Jeff Abbott bij Mynx:

Paniek
Angst

www.mynx.nl

Jeff Abbott

Angst

MYNX

Oorspronkelijke titel: Fear
Vertaling: Fanneke Cnossen
Omslagontwerp: DPS design & prepress services, Amsterdam

ISBN 978-90-225-4855-4 / NUR 332

Ter nagedachtenis aan mijn broer Danny

Help haar eraf.
Kunt u een zieke geest niet beter maken,
de ziel van diepgeworteld leed af helpen,
het schrift der zorgen wissen van het brein
en met een zacht, rustgevend tegengif
haar overkropt gemoed verlossen van
de gifstof die haar kwelt?

William Shakespeare, *Macbeth* (vertaling: H.J. de Roy van Zuydewijn)

En wat is moed dan wel?

Plato

1

Ik heb mijn beste vriend vermoord.

Miles staarde naar de woorden, zwarte lijnen op een wit vel. Voor het eerst de waarheid op papier. Hij legde de pen op het blocnote terug.

Ik wilde hem niet vermoorden, was niet van plan hem te doden. Maar ik heb het wel gedaan.

'Met zo'n ontboezeming schiet je niets op.' Andy stond geleund tegen de rand van de keukentafel naar hem te kijken. 'Ze zal je er alleen maar om haten.'

Miles zei: 'Nee, hoor.'

Andy stak een sigaret op, blies een blauwe rookwolk over de bekentenis die Miles aan het schrijven was. 'Je hebt al weken tegen Allison gelogen...'

'Dat is wel wat sterk uitgedrukt.'

'Niet zo sterk als moord. Het wordt er geen spat beter op als je haar vertelt wat je hebt gedaan.' Hij keek naar de kringelende sigarettenrook.

'Hou je mond.' Miles schreef zijn bekentenis af. Andy liep de keuken door, rommelde in de koelkast en vond een biertje.

'Priesters beweren dat biechten goed is voor de ziel, maar dit is echt een heel slecht idee. Zelfs voor je ziel. We hadden een afspraak, Miles.'

'Dit heeft niets met jou te maken.' Miles zette zijn naam – zijn echte naam, Miles Kendrick – onder aan het vel papier. Hij had bij Allison zijn ware naam nooit genoemd.

'Het heeft verdomd veel met mij te maken als je haar vertelt wat er is gebeurd.' Andy sloeg met zijn hand op de tafel. 'Laat me lezen wat je hebt opgeschreven.' Miles schoof het vel papier over de tafel naar hem toe, liep naar de eetbar in de keuken en schonk zwarte koffie in een mok. Meestal dronk hij een kop koffie zodra hij wakker werd, maar vanochtend wilde hij eerst de bekentenis opschrijven, voordat de moed hem in de schoenen zonk.

Miles liep naar de badkamer en spatte koud water over zijn gezicht. Staarde naar zichzelf in de spiegel.

Vroeger was ik iemand, dacht hij. Vroeger was ik mezelf, een gewone vent, de doorsnee-Amerikaan met een huis, een eigen zaak en een leven, en nu weet ik niet meer wie ik ben. Mijn oude ik is gestorven. Mijn nieuwe ik wil maar niet geboren worden.

'Leugens!' riep Andy vanuit de keuken.

Miles droogde zijn gezicht en liep de keuken weer in. 'Het is de waarheid.'

Andy sloeg met een hand op de bekentenis. 'De waarheid zoals jij je die herinnert, ja. Niet wat er werkelijk is gebeurd.'

'Dat is het enige wat ik nog weet.'

'Je hebt die politiemannen niet gered.'

'Wel waar, dat weet je best.'

'En ik moet elke dag aan de enorme prijs denken, Miles.'

Miles stapte om Andy heen, pakte het vel papier, vouwde het op en deed het in een envelop. 'Ik moet eerlijk tegen haar zijn.'

'Dat hadden we niet afgesproken.'

'De enige afspraak die wij hebben zit in je hoofd. Ik moet nu gaan. Als ik terugkom, wil ik dat je bent opgehoepeld.'

'Ik wil niet veel zeggen, Miles,' zei Andy, 'maar als je haar die bekentenis geeft, vermoord ik je.'

Miles bleef bij de flatdeur staan. Driftig trok hij zijn jas aan en deed de bekentenis in zijn jaszak.

'Dat doe ik echt, Miles.' Andy zei het op een zachte toon die op Miles' huid prikte alsof een ijsblokje over zijn ribben gleed. 'Ik stop een pistool in je mond en haal de trekker over. Dan staan we quitte.' Andy sloeg zijn armen over elkaar en staarde hem ijsberend over de keukenvloer aan.

'Je doet je best maar.' Miles sloot de deur achter zich en leunde ertegen. Toen snelde hij de trap af, langs de geruststellende kaneelgeuren van de bakkerij op de begane grond van zijn flatgebouw. Hij bleef pal voor de voordeur staan, stak zijn hoofd een paar centimeter naar buiten en keek in beide richtingen de smalle straten af, nam elke auto en voetganger in zich op.

Niemand stond hem op te wachten om hem te vermoorden. Op de weg geen treuzelende auto's vol killers die hem zodra hij vijf stappen had gedaan zouden neermaaien. Hij wandelde in de richting van Allisons kantoor. Hij reed geen auto meer omdat hij bang was dat als de Barrada's hem zouden vinden, ze een bom in zijn auto zouden stoppen die zou afgaan zodra hij het contactsleuteltje omdraaide. Pasgeleden nog hadden ze twee mensen opgeblazen die tegen hen hadden getuigd. Op een autoweg in Hialeah en een kantoorparkeerplaats vlak bij Miami lagen de motorbrokstukken, het glas en de stukken vlees overal verspreid. In het centrum van Santa Fe, waar hij nu woonde en werkte, was alles lopend bereikbaar. Santa Fe was zo'n stuk kleiner en rustiger dan Miami waar het steeds lawaaiiger werd. Hij liep over het Plaza in het centrum van de oude stad langs de Indianen met hun turkooizen en zilveren sieraden op hun zwarte viltmatjes. Hij ging naar Palace Avenue en passeerde een mooie jonge moeder achter een wandelwagen met een meisjestweeling onder een roze deken, toeristen die op hun gemak een architectuurroute volgden en joggers die in de grijze, heldere ochtendberglucht puften. Joggen, dacht Miles, dat zou hij eens moeten proberen. Gezonde lichaamsbeweging om al die rotzooi binnen in hem te genezen.

Hij keek twee keer achter zich om te zien of Andy achter hem aankwam. Geen Andy, hoewel die hem snel zou inhalen als hij het op zijn heupen kreeg.

De bekentenis in zijn binnenzak maakte onder het lopen een zacht krakend geluid en hij streek het papier met zijn vinger glad.

Het vel papier zou opnieuw zijn hele leven op zijn kop zetten.

Hij liep langs de stenen grandeur van de Holy Faith Episcopal Church en het elegante Posada Hotel en Spa. De meeste huizen aan dit deel van Palace Avenue waren als kantoorruimte in gebruik. Allison Vance was counselor in een oud bakstenen victoriaans huis dat tussen de alledaagsere gebouwen in adobe-stijl opviel. De voortuin stond vol naaldbomen en populieren. Door een open bovenraam brulde het rumoer van een zaag. De huisbaas knapte de twee lege bovenverdiepingen op terwijl Allison mensenhoofden opknapte.

Miles liep naar het huis toe en keek over zijn schouder. Andy stond in de tropische ochtendkilte van een lente in Santa Fe in zijn misplaatste tropische printshirt en kaki broek kouwelijk ineengedoken op de geplaveide stoep.

Ga weg, mimede Miles naar Andy.

'Ook al biecht je haar alles op,' zei Andy, 'dan verandert er niets. Mij schaadt het niet, het schaadt jóú. Begrijp je dat, Miles?'

Miles gebaarde hem weg te gaan.

'Dit is van de gekke.' Andy gooide de sigaret op straat en beende over het Plaza terug.

Miles bedaarde wat en liep naar binnen. Op de deur rechts van hem stond: DR. ALLISON VANCE, PSYCHIATER. Hij deed hem open, liep naar binnen, deed de deur dicht en rustte er even met zijn hoofd tegen.

'Goedemorgen, Michael,' zei Allison tegen zijn rug. 'Fijn dat je het vanochtend hebt gered.'

'Ik ben vroeg,' zei hij. Een paar dagen lang had hij de afspraak, de gedachte dat hij door het zwarte zand in zijn geheugen moest spitten, niet aangekund, bang om wat hij naar boven zou kunnen woelen. 'Wat is er?' vroeg hij.

'Helemaal niets,' zei Allison en de gespannen uitdrukking op haar gezicht trok weg. 'Heb je zin in een kop groene thee?'

Hij verafschuwde groene thee maar zei: 'Ja, graag.' Hij deed zijn jasje uit, hing het aan een haak – de bekentenis nog steeds in de zak – en ging in de grote, uitgewoonde leren stoel tegenover haar zitten.

Ze schonk de dampende thee in een kopje en gaf dat aan hem.

'Bedankt,' zei hij.

'Je ziet er moe uit, Michael.' Het was de naam uit zijn nieuwe leven, bedacht door het getuigenbeschermingsprogramma WITSEC.

'Ik ben geen ochtendmens.' Hij nipte.

'Je bent detective, dus je zult wel heel wat nachten aan het werk zijn geweest.' Poging nummer één om hem aan het praten te krijgen. Een van de drie belangrijke aanknopingspunten die ze van zijn oude leven had, was dat hij vroeger privédetective was geweest.

'Nachttijd is prachttijd,' zei hij. 'Overspelige echtgenoten zijn vaak in de kleine uurtjes actief.'

'Heb je hem neergeschoten? Een overspelige echtgenoot?'

Poging nummer twee, voortbordurend op aanknopingspunt nummer twee. Ze bleven in een kringetje ronddraaien: zij probeerde hem aan het praten te krijgen over dat verschrikkelijke moment waarop zijn oude leven stierf, over de details die hij zich niet kon herinneren, en hij zou wegduiken en wegrennen, zich achter grappen en luchtige praatjes verschuilen. 'Nee. Ik heb nooit een schietwapen bij me.' De woorden dropen als een stroperige massa van zijn lippen. Schiet op, geef haar die bekentenis, zei hij bij zichzelf.

Andy stond achter Allison. 'Wat is er aan de hand, Miles? Zakt de moed je in de schoenen? Voor de dag ermee, vertel de mooie dame precies wat je me hebt aangedaan.'

Miles verstijfde. Hij had het gevoel alsof zijn huid in ijs werd ondergedompeld. Andy had nog nooit eerder een voet in Allisons kantoor gezet. Miles keek naar zijn jas waarin de bekentenis zat. Hij keek naar Andy. Andy grijnsde en schudde zijn hoofd.

'Michael? Is er iets mis?' Allison boog zich met fronsend voorhoofd naar voren.

Miles verschool zich achter een lange nip van zijn thee. Bracht zijn adem tegen de rand van het kopje tot bedaren. Keek weer op. Andy vormde met zijn vingers een pistool en vuurde dat op Miles.

'Michael, elke keer dat ik het over de schietpartij heb, bevries je zo'n beetje.'

'Ik weet het.' Hij zette de thee neer. 'Ik wil niet... ik wil me dat allemaal niet meer herinneren.' Zijn keel voelde dik aan bij die woorden. 'Ik heb je hulp nodig.'

Ze ging tegenover hem zitten. 'Natuurlijk, Michael. Dat is een belangrijke stap. Dat je jezelf wilt genezen, dat is een kritisch element dat tot nu toe aan onze samenwerking heeft ontbroken.'

'Ik wil niet dat je een hekel aan me hebt,' zei hij.

'Onmogelijk. Geen denken aan.' Ze schonk hem een mager glimlachje. 'Ik denk dat ik je beter begrijp dan je vermoedt.'

'Wacht maar tot je erachter komt wat ik heb gedaan,' zei hij. 'Ik weet de bijzonderheden niet eens meer... dat gaat niet.'

'Het enige wat ertoe doet is dat je over je trauma wilt praten, Michael.'

'Ik weet dat ik niet erg heb meegewerkt, maar ik wil er zeker van zijn dat... ik je patiënt blijf. Jij bent de enige die me kan helpen.'

'Nou, ik ben blij met je compliment, dank je wel, maar...'

Hij stak zijn hand op. 'En kom nou niet aan met die zielknijperspraat over dat elke therapeut prima is blablabla. En ik wil ook niet dat je me laat opnemen. Daar wil en kan ik niet naartoe, dat is geen optie.'

Over haar gezicht gleed een verraste, of een teleurgestelde, uitdrukking, dat kon hij er niet uit opmaken, die met een knikje weer verdween.

'Geen inrichtingen. En ik ben blij dat je anders in je therapie bent gaan staan. Waar wil je beginnen?'

Haar op de bekentenis voorbereiden, besloot hij. 'Ik blijf degene die ik heb neergeschoten steeds maar voor me zien. Daar kan ik niet mee leven. Ik kan die persoon niet de hele tijd op mijn schouders meetorsen. Daar moet een einde aan komen of ik word nog gekker dan ik al ben.'

Haar gezicht leek wel uit staal gesneden. 'Is hij nu hier?'

'Ja. Hij is als een koorts die ik niet van me af kan schudden. Vanochtend zei hij tegen me dat hij me wil vermoorden.'

'Hoe heet hij?'

'Andy.'

Achter haar sloeg Andy de armen over elkaar. 'Ik vind het echt erg dat je dat goedbedoelende secreet tussen ons laat komen, Miles.'

'Laten we het over de schietpartij hebben,' zei Allison.

'Ik heb al gezegd dat ik me niet alle details kan herinneren.'

'We doen het stapje voor stapje. Begin met waar de schietpartij plaatsvond.'

Het eerste woord bleef als een steen in zijn keel steken, maar hij kuchte even en zei: 'Miami.'

'Kom je daar vandaan?'

'Ik ben daar opgegroeid. Evenals Andy.'

'Waar in Miami vond de schietpartij plaats?'

'In een pakhuis. Er was niemand, alleen ik en...' Hij zweeg, kon haar niet aankijken. Onmogelijk om haar nu de bekentenis te geven. Hij bracht zijn ademhaling tot bedaren, brandende paniek baande zich een weg door zijn botten.

'Ik, twee politieagenten en Andy...'

'Dat mes dat in de keukenla ligt,' zei Andy. 'Akelig scherp. Ik zorg dat je het vastpakt, help je met een lekker warm bad, dan kun je je polsen doorsnijden en is het weer net als vroeger.'

Miles onderbrak zichzelf. 'Ik wil weer gezond zijn, ik wil mijn leven terug...' Hij stond op en begon met zijn gezicht in zijn handen te ijsberen.

'Laat me je dan helpen. Ga terug naar je verhaal.'

'Maar ik weet het niet meer, ik herinner me het niet, hoe kun je me helpen als ik niets meer weet?'

'Stapje voor stapje. Je hebt die Andy neergeschoten.'

'Ja, ja.'

'Waarom?'

De beelden schoten door zijn hoofd, een ratjetoe, als willekeurig op de vloer uitgestrooide foto's. 'We lachten. Toen... ging Andy uit zijn dak. Hij trok een pistool. Richtte op het hoofd van een van de agenten.'

'En jij schoot hem neer.'

Hij liet zich weer in de stoel terugzakken. 'Ja. Maar ik kan het me niet herinneren.'

'Verdient de mooie dame niet de waarheid,' fluisterde Andy, 'voordat je haar opzadelt met een brief vol leugens?'

'Probeer het je dan niet te herinneren,' zei Allison. 'Probeer de schietpartij te visualiseren, kijk hoe je er dan over denkt. Dat is anders dan de herinnering zelf.'

Hij nam een slokje groene thee en wilde dat er whisky in zijn kopje zat. 'Ik weet nog dat we lachten. Maar toen hield het lachen op en hief ik het pistool. Ik zie dat Andy iets zegt maar ik kan hem niet verstaan. Ik haal de trekker over. Hij schiet op me.'

'Hij schiet op jou?'

'Ja. In de schouder. Ik zie hem vallen. Ik...' Het litteken op zijn schouder ging steken, klopte als een hartslag. Zweet bedekte zijn handpalmen, de compacte atmosfeer van het gebouw drukte op zijn borst... de geur van de verf, het verre hameren twee verdiepingen boven hem stierf weg en plotseling was het kantoor verdwenen. Het koele, zich voor de ramen opdringende New Mexico maakte plaats voor de vochtige deken van Miami, de schoten bulderden aanhoudend in zijn oren, weergalmden in het spelonkachtige pakhuis, overstemden Andy's kreet, zijn eigen stem geschokt en vol afgrijzen, de plop van de kogel die Miles' vlees doorboorde, een kanonskogel van pijn.

'Michael?'

'O, jezus, alstublieft.' Miles streek met een hand over zijn voorhoofd. Hij voelde zich koortsig, ziek. Hij bracht zijn handen tot rust, drukte ze tegen het zachte leer van de fauteuil. Hij was hier. Niet daar. Hij zou daar nooit meer naar terug kunnen. Nooit meer.

'Michael. Michael.'

Hij heette geen Michael en wilde op die naam niet reageren, en toen wist hij het weer, ja, hij was Michael, nu en voor altijd. Als hij tenminste wilde blijven leven.

'Ja,' zei hij.

'Je had een flashback. Je bent veilig. Niemand doet je wat aan.'

'Ik ben veilig,' herhaalde hij. Hij knipperde met zijn ogen.

Ze schraapte haar keel. 'Vertel me over Andy.'

Hij wilde zijn hand naar de bekentenis uitsteken, hem gewoon aan haar geven, maar wilde de envelop niet met trillende handen overhandigen.

'Ik wil... Michael, luister je wel naar me?'

Hij richtte zijn blik op haar. 'Ja, Allison. Maar meer wil ik niet naar boven halen. Sorry. Ik kan het gewoon niet.' Maak er een eind aan, dacht hij. Verscheur de bekentenis en loop weg. Kom nooit meer terug. Dan is Andy maar tot je dood je permanente metgezel.

'Je hebt vandaag een enorme stap gezet. Je zei dat je je gezondheid, je leven terugwilde. Vecht ervoor, Michael.'

'Het is te zwaar.' Hij kon weer rustig ademhalen. 'Laten we het over mijn vader en moeder hebben. Heb ik je verteld dat mijn vader zoveel gokte?'

'Ik geloof niet dat we voor je confrontatie met Andy moeten terugschrikken. Ik wil graag een nieuw element in de therapie inbrengen.'

Hij hoorde hem, hoe hij achter hem de deur opende.

Miles sprong uit de stoel op, overbrugde de vijf stappen naar de deur, greep de man bij zijn nekvel en drukte hem stevig tegen de muur. De man was net zo lang als Miles en zijn krachtige hand greep die van Miles in een poging diens greep om zijn keel los te wringen.

'Michael! Hou op!' gilde Allison. 'Laat hem los!'

Miles liet los. De man had blond haar, blauwe ogen, was zwaargebouwd en droeg een gedistingeerd pak. Hij keek Miles met koele blik aan.

'Ik heb een hekel aan mensen die me van achteren besluipen,' zei Miles.

'Dat is duidelijk,' zei de man.

'Michael. Dit is dokter James Sorenson. Ik ken hem al jaren. Hij heeft verbazingwekkende resultaten bereikt met mensen die lijden aan een ernstig posttraumatisch stresssyndroom.'

'Dan zou hij moeten weten dat je mensen niet moet besluipen,' zei Miles. 'Sorry.'

'Neem me niet kwalijk... als ik je heb laten schrikken,' zei Sorenson.

Voor zo'n grote man had hij een zachte stem, raspend, alsof hij de paar woorden langs zijn lippen voelde glijden. Hij streek zijn revers glad.

De ondertoon in Sorensons stem stond Miles niet aan, hoe hij licht superieur 'laten schrikken' had gezegd. Hij liep naar zijn stoel terug en keek Allison aan.

'Ik wil niet nog een dokter,' zei Miles. Brandende woede golfde door hem heen. Zo hoorde een betrokken arts als Allison zich niet te gedragen, zomaar een andere dokter op hem los te laten. Dat was verkeerd. Niets voor haar.

'Ik weet het. Maar dokter Sorenson is bezig met een nieuw programma dat je volgens mij kan helpen. Daarmee kun je wellicht je oude leven weer oppakken.'

De bekentenis. Dat zou de wisseling kunnen tegenhouden, deze dokter buiten beeld houden. Sta dus uit je stoel op, geef haar de bekentenis en wees niet doodsbenauwd voor wat ze van je zou kunnen denken.

Andy, die achter Sorenson stond, zei: 'Het gaat niet om wat zij van jou denkt. Het gaat om wat er precies gebeurde toen ik stierf. Dát wil je je niet herinneren. Hoe je me hebt vermoord.'

'Mijn oude leven...' Miles schudde zijn hoofd naar Allison en toen naar Sorenson. 'Ik wil mijn geval met niemand anders bespreken.'

'Over vertrouwelijkheid hoef je je geen zorgen te maken, Michael,' zei Sorenson. 'Bij mij zijn je geheimen veilig. Ik wil je alleen maar helpen.'

Miles wist dat hij kon opstaan en vertrekken. Hij wilde de bekentenis niet aan Allison geven, niet waar Sorenson bij was. Dat die misschien zou lezen wat hij had opgeschreven. Nee. Niet nu.

Sorenson bestudeerde de besluiteloosheid die op Miles' gezicht te lezen stond, en zei: 'Ik wil je helpen. Je herinneringen, wat die ook mogen zijn, moeten verschrikkelijk voor je zijn.'

'Minder erg dan doodgaan.' Hij kon niet zeggen: Andy is gestorven en ik hield als een broer van hem. Sinds mijn derde jaar mijn beste vriend. Hij is dood en ik heb hem vermoord, God sta me bij, vergeef me. Het was niet mijn bedoeling hem te doden. Ik wilde hem niet doden. Ik probeerde hem te redden.

Sorenson boog zich naar voren en Miles zag de spierbundels op de brede schouders van de man. Hij keek hem effen en kil aan. 'Er bestaat een theorie over traumatische herinneringen. Onze verschrikkelijkste herinneringen laten de diepste sporen na. Omdat ze anders zijn dan normale herinneringen. Na een trauma rakelen we constant de uitkomsten van onze akeligste, levensveranderende ervaringen op. We bestuderen ze, ontleden ze. Wat had ik anders kunnen doen, welke keus had ik kunnen maken om het drama te kunnen voorkomen? Als ik twee minuten eerder naar school was gegaan, was mijn auto niet tegen een truck aangebotst en mijn kind niet verongelukt. Als ik beter had opgelet was mijn vriend niet in een gevecht neergeschoten.'

Miles wachtte.

'De traumatische herinnering wordt als het ware van de "normale" herinneringen afgeschermd en kan niet met andere herinneringen samengaan. Ze worden niet afgehandeld als een niet-bedreigende herinnering die wordt gearchiveerd en opgeborgen, om het in kantoortermen uit te drukken. Dus die verschrikkelijke herinnering laat diepere sporen na en dat gebeurt ook met het trauma dat ermee verbonden is... de nachtmerries, de verlammende angst, de paranoia dat het lot opnieuw dodelijk zal toeslaan. Zelfs als je geen specifieke details meer weet, is de herinnering er wel, een motor voor het trauma. Het is een vicieuze cirkel.'

Miles stopte zijn handen tussen de armleuningen en het stoelkussen voor het geval het trillen zou terugkomen.

'Als je het ergste moment uit je leven zou kunnen vergeten... zou je dat dan willen?' vroeg Sorenson.

'Niemand kan vergeten.'

'Maar als het zou kunnen, zou je het dan willen? Het hele trauma vergeten dat je associeert met de moord op deze Andy-figuur?'

'Ja,' zei Miles. 'Ja, dat zou ik wel willen.'

'Mooi niet,' zei Andy die nu op de stoelleuning zat en Sorenson van dichtbij zat te bestuderen. 'We zijn onafscheidelijk als het om freaken gaat.'

'Nou ja, ik kan je hersens niet schoonvegen, maar ik kan het traumatische van de herinnering wel een stuk verzachten.' Nu kwam er een glimlach op Sorensons gezicht tevoorschijn. 'Zie het als een soort botoxinjectie, de pijnlijke rimpels in je geheugen worden gladgestreken.'

Hij stelde zich Andy stervend voor, zonder schuld, pijn, angst of afgrijzen. Geen schuld. Miles keek Allison aan. 'Is dat echt zo?'

'Ik wil je graag in een speciaal programma voor traumaslachtoffers hebben. Allison denkt dat het je zou kunnen helpen.'

Allison bestudeerde haar handen in haar schoot.

'Denk je dat ik dit programma nodig heb?' vroeg Miles.

Allison knikte zwijgend. Ze keek naar Sorenson en Miles merkte dat ze daarom zo gespannen was toen hij binnenkwam, die andere dokter die zich in haar kantoor verborg. Die op hem wachtte.

Het leek allemaal... niet goed.

'Wil je me je laten helpen, Michael? Allison wil graag nog twee patiënten van haar in dit programma hebben. We komen hier vanavond bij elkaar om erover te praten. Ik hoop dat je er dan ook bij bent. Je bent een fascinerend geval.'

'Bedankt voor het aanbod. Ik zal er over nadenken.' Miles stond op. Einde sessie, ook al stonden er nog twintig minuten op de klok.

'Je bent vandaag echt een stuk vooruitgegaan,' zei Allison. 'Ik vind het fijn dat je met dokter Sorenson hebt willen praten en hem hebt willen aanhoren. Dank je wel voor je... begrip.'

'Ik laat je mijn besluit wel weten.'

'Het besluit is al genomen, klootzak,' zei Andy tegen Sorenson. 'Hij komt nog niet bij je in de buurt.'

Sorenson schudde Miles met ijzeren greep de hand. 'Ik hoop dat we er samen voor kunnen zorgen dat de pijn weggaat.'

'Nu we het daar toch over hebben,' zei Allison, 'hier, Michael.' Ze drukte hem een wit plastic pillenflesje in de hand.

'Wat is dat?'

'Een licht verdovend middel voor als je weer zo'n flashback hebt.'

'Niet nodig.' Hij had een hekel aan pillen en haatte de antidepressiva die ze hem voorschreef. Bij elke pil die hij slikte werd hij eraan herinnerd hoe zwak hij was.

'De doseringsvoorschriften zitten erbij,' zei Allison. 'Bel me als je nog vragen hebt. Ik hoop echt dat je er vanavond om acht uur bij bent.'

Miles liet de pillen in zijn jasje glijden. Hij hoorde zijn bekentenis tegen het flesje ritselen. Hij ging weg en deed de kantoordeur achter zich dicht. Zweet bedekte zijn handen, druppelde langs zijn ribben.

Andy hing bij de ingang rond. 'Ik wist wel dat je het niet zou doorzetten. Verscheur die bekentenis en laten we naar huis gaan.'

Miles zei: 'Ik ga aan het werk en zet jou uit mijn hoofd.' Hij strompelde naar buiten. De frisse wind sloeg hem in het gezicht.

'Sorenson,' zei Andy, 'vond jou een fascinerend geval, ik kreeg er kippenvel van. Ik ben heel wat meer dan een geval.'

'Mee eens,' zei Miles. 'Ik mag hem ook niet.' Hij sprak zacht in de holte van zijn hand, alsof hij zijn huid met zijn adem verwarmde.

'Mooi zo, dat schijtprogramma heb je dus niet nodig.' Andy sloeg een arm om zijn schouder. 'Het mooiste stukje uit je bekentenis was waar je zei dat je me probeerde te redden. Dat is een goeie! Je hebt me niet gered, dus je redt jezelf ook niet, eerlijk is eerlijk, Miles.'

Miles bleef staan. Sloot zijn ogen, kromde zijn schouders tegen de kou, telde tot honderd en luisterde naar het verre gedreun van de auto's die over de Paseo de Peralta reden. Hij opende zijn ogen en Andy was verdwenen.

Zou je het ergste moment van je leven willen vergeten?

Zo kan ik niet doorgaan, dacht hij. Onmogelijk. Hij zou met dat stomme programma meedoen, zou Sorenson zijn hersens uit elkaar laten halen als hij daarmee Andy kon uitbannen. Als Allison geloofde dat hij onder Sorensons vleugels zou kunnen genezen, prima.

Hij betastte de bekentenis in zijn zak en merkte dat hij eroverheen streek als een man die in gebed een rozenkrans bevoelt. Vanavond om acht uur. Vanavond zou hij haar aan Allison geven als teken van vertrouwen en met een open, zij het gebroken geest luisteren naar Sorensons voorstel om zijn hoofd te genezen.

'Maar misschien vermoord ik je wel voor vanavond,' zei Andy, weer terug en zich dicht naar hem toe buigend. 'Zorg ik dat je onder een hard rijdende auto loopt. Stop ik een pistool in je mond. Laat ik je tot boven op een hoog gebouw klimmen en je zo over de rand vallen...'

Miles begon te rennen.

2

Dennis Groote was laat voor zijn bezoek aan zijn dochter omdat hij de laatste Duarte om zeep moest helpen.

Maandagavond was hij de man – een accountant die na de ineenstorting van de Duartebende de politieradar had weten te ontduiken – gevolgd naar een ontmoeting in San Diego in een luxe strandhotel. Groote had die maandagavond in een lege kamer naast die van zijn doelwit gebivakkeerd. 's Avonds om negen uur was hij met een illegaal bewerkte toegangspas binnengeglipt. Als nog laat gearriveerde gasten zouden opduiken en de kamer zouden opeisen, zou hij ze eenvoudigweg naar de receptie terugsturen met de bewering dat er vast een vergissing in het spel was en vertrekken. Dan moest de moord nog een dag wachten. Geduld betekende succes; geduld betekende leven.

De accountant arriveerde maandagavond even na half tien, maar hij was niet alleen. Groote hoorde de accountant en een vrouw op een vreemde manier praten, toen hoorde hij de accountant schaterlachen, zich aanstellen als een macho. Toen onmiskenbare geluiden van kussen, kleren die langs huid schuurden, matrasbewegingen.

Tijdens de vrijpartij speelde Groote patience op zijn PDA, geeuwde een keer en wachtte tot de accountant klaar was. Hij kon gewoon het slot van de aangrenzende kamer openmaken, naar binnen wandelen, ze beiden doodschieten en geen seconde missen van zijn tijd met Amanda. Maar hij zag niet in waarom hij een vrouw zou doden eenvoudigweg omdat ze die avond de verkeerde sekspartner had opgepikt. Hij wachtte en hoopte dat de vriendin van zijn doelwit niet zou blijven slapen.

Maar dat deed ze wel. Groote luisterde tot middernacht naar hun intieme samenzijn tot ze in slaap vielen. Hij gaf ze nog een uur in de hoop dat de vrouw uit de postcoïtale sluimer zou bijkomen. Nog altijd stilte, een licht snurken van zowel de accountant als de vrouw. Toen doezelde Groote zelf in en hij werd in het bleke ochtendlicht wakker.

Hij luisterde aan de deur. Gedempt, aanhoudend snurken. Daarna een zachte voetstap en de douche van zijn buren kwam tot leven.

Nu. Het hele akkefietje kon achter de rug zijn terwijl de vrouw veilig onder de douche stond. Groote versleutelde het slot van de tussendeur tussen de beide kamers en maakte hem voorzichtig open. De accountant was rond de veertig, lang en lag met blote borst op bed. Hij zag er in de verste verte niet als een boekhouder uit, eerder als een arbeider, met zijn grove gezicht en zware kaken.

'Hoi,' zei Groote.

De accountant opende slaperig verward zijn ogen en zei: 'O, hoi.'

'Je hebt mijn gezin helpen uitroeien. Dat je het even weet.' Met zijn pistool met geluiddemper vuurde Groote twee keer tussen zijn ogen.

Achter zich hoorde hij een gil, boven het geruis van de douche uit. Verdomme, ze had de hete kraan opengedraaid maar was nog niet onder de straal gaan staan. Hij greep de vrouw beet, duwde haar hardhandig tegen de muur en legde zijn hand over haar mond. Ze was ouder dan de accountant, achter in de veertig. Groote herkende haar, een receptioniste van het hotel. Groote herkende haar van gisteravond, tijdens zijn wandeling door de lobby had hij iedereen gezien en opgemerkt. Ze had van haar computerscherm opgekeken en hem verwelkomend toegelachen, en hij had teruggeknikt.

Nu drukte Groote zijn pistool tegen de keel van de vrouw. 'Geef antwoord, dan blijf je leven.'

De receptioniste sloot haar ogen, rilde onder zijn aanraking.

'Begrepen?'

Ze knikte.

'Wat doe je hier?' Groote haalde zijn hand een centimeter van haar mond af.

'Hier?' stamelde de receptionist doodsbang. 'O, mijn god, mijn god...'

'Ja. Hier. Met hem.' Verkeerde plek, verkeerd moment, ratelde het in Grootes hoofd, hij had een bloedhekel aan die zin. Hij hoorde Cathy's laatste woorden: ik neem jouw auto, meer ruimte voor rotzooi in de kofferbak.

'Hij heeft me uitgenodigd. Alsjeblieft, vermoord me niet. Alsjeblieft niet.' De receptioniste probeerde onder de pistoolloop die tegen haar keel werd aangedrukt uit te komen, maar Groote had de vrouw stevig bij de haren beet.

'Logeert hij vaak in dit hotel?'

Ze knikte bevestigend.

'Ken je hem al langer dan sinds vannacht?'

'Ja.'

Een doelbewuste keus dus, geen toevallige onenightstand. 'Weet je wat voor soort man dit is?'

Ze rilde van angst. 'Hij... hij is gewoon een registeraccountant. Voor een scheepsbedrijf...'

'Daarvoor had hij een andere baan. Door zijn toedoen is mijn vrouw vermoord en mijn dochter verminkt geraakt. Hij heeft het geld uitgeteld waarmee de wapens zijn betaald die mijn gezin hebben uitgeroeid.'

Ze huiverde onder zijn aanraking. 'Scheeps... bedrijf...'

'Je zou je vrienden zorgvuldiger moeten uitkiezen, dame,' zei hij vriendelijk.

'Ja, oké, dat zal ik doen, beloof ik...'

'Het spijt me dat ik u lastig heb moeten vallen.'

En hij schoot de receptioniste één keer tussen de verbijsterde ogen.

Hij nam de I-5 naar Orange. Doordat hij het grootste deel van de nacht was opgebleven, de receptioniste ruimhartig de kans had gegeven voortijdig te vertrekken, de tijd had genomen om de laptop van de accountant te onderzoeken op bestanden die op anderen konden duiden die met de laatsten der Duartes in verband konden worden gebracht en gedood moesten worden, het tafereel zo had ingericht dat het op een roofoverval leek en de verkeersdrukte van die ochtend had moeten trotseren, was hij te laat voor zijn ochtend met Amanda. Maar hij wist nu tenminste dat hij niet onredelijk was geweest.

Anders dan bij Amanda of Cathy, die hadden geen schijn van kans gehad.

Om tien uur – bijna een uur te laat – scheurde hij door het centrum van Orange, schoot langs de gerestaureerde Orange Circle met zijn charmante winkeltjes en langs de spiksplinternieuwe gebouwen van Chapman University. Orange was een leuke stad, hij zou ernaartoe moeten verhuizen, dan was hij dichter bij Amanda. Hitman uit suburbia... hij moest lachen bij het idee. Hij reed nog een paar blokken verder in de richting van een groep bakstenen gebouwen die de rustige sfeer uitademden van een moderne middelbare school. Alleen zaten hier tralies voor de ramen. Bij het hek van Pleasant Point Hospital gaf hij zijn naam op aan de op zijn post staande bewaker. Hij reed naar het hoofdgebouw, parkeerde zijn Mercedes en haastte zich het parkeerterrein over. Hij wist dat hij aan een douche toe was, maar hij had geen minuut willen verliezen. Een groepje kinderen was in het ochtendzonnetje aan het spelen, een paar anderen stonden alleen maar naar de lucht, de grond of hun handen te staren. Geen spoor van Amanda.

Hij liep snel het gebouw in om bij de receptie navraag te doen. Vandaag had Mariana dienst, zijn lievelingsverpleegster.

'Ik ben te laat,' zei Groote. 'Dat rotverkeer.'

'Amanda is op haar kamer,' zei Mariana.

'Bedankt.' Groote tekende het register en snelde de hal door naar Amanda's kamer. Nog voordat hij bij haar deur was, hoorde hij de klaaggeluiden al en hij stapte langzaam naar binnen zodat ze hem kon zien, niet opschrok. De afgrijselijke gebeurtenis had maanden geleden plaatsgevonden, maar ze bleef schrikachtig.

Amanda lag opgerold in haar bed, ze had haar knieën hoog tegen haar borst opgetrokken en hield haar rechterwang in het kussen gedrukt. Patsy Cline, haar moeders favoriete zangeres, deinde zachtjes uit de speakers. 'Walking After Midnight'. Te droevig voor een heldere ochtend, te droevig liedje voor een meisje van zestien. Ze zou naar die jongensbands moeten luisteren, met haar vingers moeten knippen, in een haarborstel moeten zingen, voor de badkamerspiegels moeten dansen. Bij hem thuis, waar ze hoorde.

'Amanda?' Hij liep naar de cd-speler en zette het geluid zachter. 'Amanda, ik ben het, pap.'

Nu opende ze haar bruine ogen, keek naar hem, door hem heen.

'Hé, Amanda Banana.' Hij trok een stoel bij haar bed. 'Hoe gaat het?' Hij zei het op vriendelijke, troostende toon.

Amanda gaf geen antwoord. De trek om haar mond, de manier waarop ze dwars door hem heen keek alsof hij in een waas zat, zeiden hem dat dit een slechte dag voor haar zou worden, en voor hem.

'Wil je niet opstaan en mee naar buiten gaan?'

Ze schudde nauwelijks merkbaar haar hoofd. Een van de littekens op haar gezicht – het kleine stervormige vlak naast haar mondhoek – vertrok en hij dacht dat ze hem goedemorgen zou wensen. Maar het kwam weer tot rust.

'Sorry dat ik zo laat ben, popje, ik moest vanochtend nog een project op het werk afmaken.'

Nu richtte ze haar ogen op zijn gezicht. Ze zei langzaam en behoedzaam: 'Mam is me komen opzoeken.'

'Ah. O ja?'

'Ja.'

'Wat zei mam?'

'Ze wil dat ik mezelf pijn doe.'

'O nee, schatje, dat wil ze niet. Dat wil ze niet.' Groote probeerde haar hand vast te pakken, maar ze hield haar handen als klauwen stijf tegen haar borst gedrukt.

'Ze zei,' fluisterde Amanda, 'dat ik mijn gezicht af moest snijden.'

'Nee, liefje,' zei Groote. De medicijnen, die klotetherapie, slaan niet aan, ze herinnert zich Cathy's dood niet eens. 'Ze was hier niet.'

Nu klonk Amanda's stem staalhard. 'Wel waar. Ze komt bijna elke dag.'

'Mopje. Het zit allemaal in je hoofd.'

'Ze was hier!'

Hij ging er verder niet op in. Hij wilde dat ze kalm werd en met hem praatte, niet gilde en schreeuwde waardoor hij niet lang zou kunnen blijven. Er was zoveel noodzakelijke lelijkheid in de wereld en zij was zijn enige rugzakje schoonheid. Hij beroerde even het litteken bij haar mondhoek, een ander litteken dat haar wenkbrauw in tweeën spleet, het kronkelende littekenweefsel onder haar oor. De zichtbare souvenirs van kogels die door glas sloegen, van een auto die in een rotsachtige canyon tuimelde. Hij kuste elk litteken. Hij fluisterde in haar oor: 'Mam zou nooit tegen je zeggen dat je jezelf pijn moest doen.'

Hij rook een indringende, metaalachtige geur. Kwam hem bekend voor. De geur van bloed. Hij bekeek haar van een afstandje, onderzocht haar gezicht, voelde met zijn vingers over het bed. 'Amanda!'

Haar blik keerde zich naar binnen.

Hij rukte de dekens van haar af. Ze lag in een zachte pyjamabroek en shirt en hij controleerde haar ledematen en bovenlijf op verwondingen. Niets. Hij tilde haar wang van het kussen op, haar huid was glad, niets te zien. Zijn handen vlogen naar haar achterhoofd en daar voelde het plakkerig aan.

Ze begon te gillen, ging tegen hem tekeer, schreeuwde tegen hem dat hij haar gezicht eraf moest halen.

'Ik begrijp niet,' zei Groote, 'dat ze zichzelf pijn wil doen.'

'Er zijn tal van redenen.' Dokter Warner was een zwaargebouwde man, had een blozend gezicht en zijn peenrode haar begon grijs te worden. 'Ze geeft zichzelf de schuld van het ongeluk.'

'Dat moet ze niet doen. Het was in de verste verte niet haar schuld.'

'Toch geeft ze zichzelf de schuld.'

'Nou, ik geef u de schuld van hoe ze er geestelijk aan toe is,' zei Groote op ijzig kalme toon. 'Mijn dochter snijdt haar schedel open, godbetert. Uw personeel heeft niet voorkomen dat ze een veiligheidsspeld te pakken kreeg.' Dat had ze uitgegild toen hij hulp ging halen: ik moet van achteren beginnen, pap, zo kan ik mijn gezicht er makkelijker af halen.

'Het zal niet meer gebeuren.'

'Ik wil dat u,' zei Groote zijn zelfbeheersing bewarend, maar bijna sissend door zijn tanden, 'haar helpt.'

'We hebben creatieve therapie geprobeerd, medicijnen, groepstherapie. Elke standaardbehandeling bij een gedesintegreerd, getraumatiseerd geheugen. Bij Amanda slaan ze gewoon niet aan.' Warner liet zijn kin op zijn handpalmen rusten. 'De geestelijke schade die is ontstaan doordat ze zo lang bij haar dode moeder heeft vastgezeten, is wellicht onomkeerbaar.'

'Als iets stuk is, kan het worden gerepareerd,' zei Groote.

'Amanda is geen schaal die je weer aan elkaar lijmt,' zei Warner.

Geduld, prentte hij zichzelf in. Diep ademhalen. 'Als ik zeg repareren, bedoel ik… haar zo gezond maken dat ze haar leven weer kan leiden. Dat ze weer wil leven.' Groote dacht: ik kom er wel achter of je een gezin hebt, dokter, want als u mijn dochter niet helpt, zul je ook je eigen dochter niet kunnen helpen. Dan weet je pas écht wat pijn is.

'Voor het ongeluk had Amanda al problemen. Ze is door haar biologische vader misbruikt.'

'Ja.' Groote wilde niet graag herinnerd worden aan de trieste details, en hij had het gevoel dat Warner zei: sorry, kerel, maar je dochter was al aangeschoten wild voordat je haar hier bracht. Maar Groote had met die gore, waardeloze klaploper van een vader afgerekend, een heimelijke gunst ten behoeve van zijn nieuwbakken vrouw en dochter. Hij voelde nooit haat als hij moordde, behalve toen hij tien kogels op dat waardeloos stuk vreten afvuurde. Hij had niet beseft dat hij zoveel van Cathy en Amanda hield, liefde was voor hem eerder een gerucht, nooit reëel, tot hij hen tegenkwam.

En nu was Cathy er niet meer en had Amanda hem nodig. Hij was de enige die haar kon beschermen.

'Het is duidelijk dat ze volkomen in de war is omdat ze haar moeder heeft verloren. Maar de omstandigheden waarin ze haar moeder is kwijtgeraakt zijn veel schadelijker dan wanneer haar moeder in een ziekenhuisbed aan kanker was overleden, of zelfs plotseling bij een ongeluk. In zekere zin heeft Amanda tijdens de dood van haar moeder haar eigen dood ervaren. Zie het maar als een samengesteld psychisch trauma. Dat heeft haar rechtstreeks in een gecompliceerd posttraumatisch stresssyndroom getrokken.'

'U helpt haar niet,' zei Groote zachtjes. 'Ze probeert haar gezicht eraf te snijden. Als ze zichzelf opnieuw iets aandoet, houd ik u persoonlijk verantwoordelijk en zult u een compleet nieuwe betekenis van het woord consequénties ervaren.'

Warner glimlachte. Een slimme vent, dacht Groote, die eigenlijk maar heel weinig wist. 'Met mij bedreigen helpt u uw dochter niet, meneer Groote.'

'Sorry. Maar ik wil dat u haar oplapt. Haar weer beter maakt. Alstublieft. Alstublieft.' En toen werd hij verlost door zijn telefoon. Alleen het ziekenhuis en zijn cliënten hadden dit nummer. Hij klapte zijn mobieltje open. Hij deed niet aan voicemail, veel te riskant. 'Ik bel je terug,' zei hij zonder plichtplegingen.

'Graag,' antwoordde een gladde stem. 'Met Quantrill. Ik heb een perfecte klus voor je. Misschien heeft je dochter er zelfs ook nog wat aan.'

De hele weg terug naar Santa Monica overschreed Groote de maximumsnelheid. Oliver Quantrills huis, een samenspel van staal en glas, stond in een dure buurt. Quantrill zat op zijn peperdure veranda op zijn laptop te tikken en dronk mineraalwater. Hij was lang, getraind en broodmager vanwege een proteïnedieet, en begin veertig. Hij klapte zijn laptop dicht toen Groote naar hem toe liep.

'Hoe wist je het van mijn dochter?' Groote liet zijn woede – nee, wees eerlijk, het is geen woede, het is angst – niet aan de oppervlakte komen.

'Kalm, Dennis. Ik heb je nagetrokken toen ik je de eerste keer inhuurde. Gezien je verleden zou het stom zijn om dat niet te doen. Ik wil Amanda geen kwaad doen.'

'Zeg op. Wat voor klus heb je waarmee ik mijn kind kan helpen?'

'Weet je eigenlijk wel wat ik doe, Dennis?'

'Je verkoopt informatie. Ik weet geen details.'

'Laat me je een detail vertellen. Ik heb de hand weten te leggen op medisch onderzoek dat erop is gericht mensen te helpen die aan een posttraumatisch stresssyndroom lijden. Mensen als Amanda.'

Grootes knieën knikten. Hij ging zitten. 'Onderzoek.'

'Afgebroken onderzoek. De eerste keer werkte het niet. Mijn team moest verbeteringen aanbrengen. Nu werkt het wel.'

'Hoe dan?'

'Het gaat om een medicijn waarmee je PTSS in de hand kunt houden. Wellicht zelfs kunt genezen.' Quantrill nipte van zijn mineraalwater. 'Wil je je dochter terug, Dennis? Wat is je dat waard?'

Groote opende zijn mond en sloot hem weer.

'Alles, toch?'

'Absoluut,' zei Groote. 'Voor mijn dochter wel.'

'Jij en heel veel andere mensen. Deskundigen schatten dat zo'n tien procent van de Amerikaanse bevolking en tien procent van de Europeanen aan een vorm van PTSS lijden. Dat zijn miljoenen potentiële patiënten. En wat dacht je van al die soldaten die fris uit de Midden-Oostenoorlog terugkomen? Zo'n veertig procent heeft traumatische ervaringen achter de rug. Torenhoge kosten, dat kan ik je verzekeren. En de burgerbevolking in de oorlogsgebieden. En voeg daar nog eens al die andere verschrikkingen des levens aan toe die ons achtervolgen: orkanen, aanrandingen, verkrachtingen, verkeersongevallen, ongelukken, terroristische aanvallen… nou, het is duidelijk dat traumabestrijding een groeimarkt is.' Quantrill nam nog een slokje water, schonk een glas uit de karaf in voor Groote en reikte hem dat aan.

'Ik weet niets van welk medicijnonderzoek op dit gebied dan ook, en ik houd alles in de gaten wat mijn meisje kan helpen.'

'Het onderzoek en de testfase zijn achter de rug, nou ja, in het geheim, dan. Dus ik kan het onderzoek aan een farmaceutische producent verkopen en zij kunnen beweren dat dit product een resultaat is van eigen productontwikkeling. Ik krijg een percentage van de opbrengst. Hoe eerder dit voor elkaar komt, hoe eerder het medicijn voor Amanda en wie er ook behoefte aan heeft beschikbaar komt.'

Groote kreeg een heel droge mond. 'Waarom wordt dit onderzoek zo geheimgehouden?'

'Dat is jouw zorg niet. Jouw zorg is een vrouw in Santa Fe. Ze heet dokter Allison Vance. Zij werkt met de patiënten die daar in een van mijn psychiatrisch ziekenhuizen op het medicijn zijn getest. Mijn onderzoeksleider is bang dat ze misschien de FDA erbij gaat halen. Als ze dat doet kun je dat wondermiddel wel op je buik schrijven. Met inbegrip van Amanda.'

'Ik heb nu al een bloedhekel aan dokter Vance,' zei Groote. 'Ik weet zeker dat ze een afschuwelijk mens is.'

Quantrill grijnsde. 'Ik wist wel dat je de juiste man voor deze klus bent. Pak de eerstvolgende vlucht naar New Mexico en haal het onderzoeksmateriaal voor me op. Ik weet dat dat bij jou veilig is. En als dokter Vance problemen geeft, dan wil ik dat je haar kennis laat maken met een heel ernstig ongeluk.'

3

Verman jezelf, zei Miles tegen zichzelf. Andy haakte af toen hij door Paseo de Peralta rende en de hoek omsloeg naar Canyon Road. Hij vecht tegen je omdat hij bang is dat je werkelijk van hem af wilt.

Miles ging langzamer lopen, stak een hand in zijn zak en sloot zijn vingers om de pillen die Allison hem had gegeven. Nee, hij zou er nog niet een nemen, hij wilde scherp zijn op zijn werk. Zo scherp als maar mogelijk was. Als Andy weer zou opduiken... dan zou hij de pil nemen. Maar Andy leek geen belangstelling voor de galerie te hebben en Miles liep met meer zelfvertrouwen het gebouw binnen.

De wandeling kalmeerde hem, maar hij kon Sorenson niet uit zijn hoofd zetten. De man had kennelijk gepopeld om zich op Miles uit te leven, had niet die atmosfeer om zich heen van een psychiater die een geschrokken patiënt op zijn gemak kon stellen. Miles speelde de merkwaardige sessie nog eens in zijn hoofd af. Het was verkeerd om een andere therapeut op hem af te sturen, dat was niks voor Allison. Een therapeut hoorde geen onverwachte dingen te doen. Het leven roffelde meestal al hard genoeg op zijn deur.

Op dit moment wenkte de galerie hem als zijn vluchtoord toe.

Miles had in zijn hele leven slechts twee sollicitatiegesprekken hoeven voeren. Hij had altijd voor zijn vader bij Kendrick Investigation Services gewerkt, in een kleine winkelstraat tussen een pandjeshuis en een vintage kledingzaak in een wijk in Miami. Toen Andy Miles twee dagen na zijn vaders begrafenis kennis liet maken met de Barrada's, was zijn eerste sollicitatiegesprek zonder meer eenzijdig: je vader was ons driehonderd ruggen schuldig, Miles, en heeft zijn business daarvoor in onderpand gegeven. Dus we kunnen je zaak ter plekke overnemen. Maar dankzij je vriendje Andy bieden we je een deal aan. We hebben iemand nodig die voor ons gaat spioneren, Miles. Je moet informatie voor ons stelen. Belastend bewijsmateriaal over andere bendes verzamelen... uitzoeken wie hun dealers zijn, hun leveranciers en waar ze hun geld stallen en witwassen. Als we dat eenmaal weten, kunnen we ze te pakken nemen en hun zaakjes overnemen. Jij kunt ons die munitie leveren en daarmee zijn we de concurrentie te slim af. Meneer Barrada vond het heerlijk om de nieuwste bestsellers op zakengebied te lezen en die ideeën op de maffiapraktijk toe te passen. Als je dat de komende twee jaar voor ons doet, is de schuld vereffend. En, bang tot in zijn merg, had hij geen keus gehad dan in te stemmen.

Het gesprek met Joy Garrison was net zo lastig geweest. Hij was de galerie door gelopen, zijn inspecteur van het getuigenbeschermingsprogramma had intussen mijmerend de prijskaartjes van de schilderijen bekeken, en Joy naar haar privékantoor boven gevolgd. Ze was klein van stuk, in de vijftig, aantrekkelijk en op het eerste gezicht dacht hij dat ze een typische Santa Fe hippymafkees was, in haar wijde slobberbroek en haar zilver-met-turkooize sieraden. Maar zodra hij tegenover haar zat, herkende hij een hardheid in haar ogen die kon wedijveren met die van meneer Barrada.

Een martelende minuut bestudeerde ze hem. Hij dwong zichzelf niet onrustig in zijn stoel heen en weer te schuiven.

Ten slotte zei ze: 'Je wilt deze baan heel graag, hè?'

'Ja, ma'am.'

'Maar van kunst heb je totaal geen kaas gegeten, hè, liefje?'

'Niet veel, ma'am. Maar ik...' Hij zweeg omdat Andy met over elkaar geslagen armen in de hoek stond.

'Wat is er? Maar wat?'

'Ik wilde de kunstacademie doen. Fotografie. Ik kreeg er de kans niet voor.'

'Lagen je ouders dwars?'

'Ja, ma'am. Zeiden dat ze daar hun geld niet aan wilden verspillen.'

'Mijn ouders zeiden hetzelfde. Ze hadden gelijk, ik had het niet helemaal op een rijtje. Maar als kunstenaar heb je heel andere vaardigheden nodig dan als kunstverkoper.' Ze lachte. 'Deze galerie betaalt voor pappie en mammie een heel prettig onderkomen in een bejaardenoord.'

'Ik werk hard, ma'am. Ik kan de kunst voor u transporteren, een hoop van die schilderijen en beeldhouwwerken zijn vast behoorlijk zwaar.'

'Ik heb een stel hersens nodig, geen spierkracht. Inspecteur Pitts zegt dat je handig met computers bent. Ik verkoop door het hele land aan kunstverzamelaars, maar mijn website is een puinhoop… die moet een stuk effectiever worden. Bovendien heb ik iemand nodig voor de inventaris.'

'Ja, ma'am. Ik kan een database voor u bouwen, een website bouwen of onderhouden en uw computers in orde maken, uw systeem veiliger maken, wat u maar wilt.' Hij wilde Andy niet zien, dus hij hield zijn blik op zijn schoot gericht. 'Als u me vertelt hoe ik kunst moet verkopen, dan verkoop ik kunst. Ik doe wat u maar wilt.'

'Schatje, je moet me aankijken als je tegen me praat.'

Hij keek op.

'Met verkopen wachten we nog even tot je mensen in de ogen kunt kijken.'

Hij slikte. 'Dat lijkt me wel een goed idee.'

'Je bent niet de eerste regeringsgetuige die voor me werkt. Twee jaar geleden hebben ze me een verduisteraar gestuurd. Twee maanden lang deed ze het prima en vervolgens ging ze er met vijfduizend van mijn exman vandoor.' Joy haalde haar schouders op. 'Beter van hem dan van mij.'

'Ik steel niet.'

'Je moet goed begrijpen dat ik hier de enige ben die weet dat je een getuige bent. Inspecteur Pitts heeft me je echte naam niet verteld en ook niet waar je vandaan komt. Alleen je nieuwe naam, je strafblad en je werkkwalificaties zoals die bij WITSEC bekend zijn.'

'Ik heb geen strafblad, ma'am.'

'Daarom krijg je de baan ook, liefje.'

Hij ademde uit. 'Dank u wel. U zult er geen spijt van krijgen.'

Ze leunde naar voren. 'Ik kan me voorstellen dat je nogal een beproeving achter de rug hebt doordat je uit je oude leven moest stappen. Je moet weten, Michael, dat je me kunt vertrouwen. Niemand in de galerie zal te weten komen dat je in een getuigenbeschermingsprogramma zit. Dat vertrouwen zal ik nooit beschamen.'

'Dank u. Ik hoop dat ik uw vertrouwen waard ben, mevrouw Garrison.'

'Noem me maar Joy. Je begint morgen.'

Ze gingen staan en schudden elkaar de hand, en de afgelopen twee maanden had hij van zijn baan genoten.

De deur naar de Joy Garrison Galerie klingelde toen hij die open- en dichtdeed. In de galerie was werk te zien van veertien kunstenaars die steeds meer in de belangstelling van verzamelaars kwamen. De meeste schilderijen en beelden kostten zo'n tweeduizend dollar of meer en Miles wilde dat hij zijn geld kon verdienen met het creëren van rustige schoonheid op canvas. Miles knikte naar Joy en haar zoon Cinco toen hij het kantoor achterin binnenliep waar hij en het andere personeel werkten. Zij zat aan een verkoopbalie op een morsig papiertje wat aantekeningen te maken. Ze trok een wenkbrauw op. Cinco was aan de telefoon met een New Yorkse verzamelaar en prees een nieuw schilderij aan als iets wat hij absoluut niet mocht missen.

'Ik had je vandaag niet verwacht, schatje,' zei Joy.

'Nee, ma'am, dat klopt. Ik wilde wat achterstallig werk wegwerken. Een paar uurtjes maar, u hoeft me niet te betalen.' Hij zei het met vaste stem en zijn handen trilden niet.

'Gaat het wel met je, liefje?'

'Ik moet gewoon bezig blijven.'

'Als je jezelf dan toch nuttig wilt maken, kun je misschien uitzoeken wanneer die nieuwe computer wordt afgeleverd? Je ziet wel hoe ik vandaag mijn e-mails aan het afhandelen ben.' Ze stak het morsige papiertje omhoog. 'En ik heb een stel foto's nodig van die nieuwe beeldhouwwerken van Krause, die moeten op het net gezet worden. Daarna mag je de website met de nieuwste tarievenlijst actualiseren.'

'Geen probleem.'

'Door jou kom ik in een slecht daglicht te staan, Michael,' zei Cinco terwijl hij de telefoon ophing. 'Heb je geen vrije dagen nodig?'

'Ik verveel me gauw.'

Twee vriendinnen van Joy kwamen binnen, met een latte in de hand stonden ze te roddelen en Joy riep ze lachend toe. Ze liepen de trap op naar Joys kantoor boven de galerie. Miles bracht ze een klein schilderij dat Joy ze wilde laten zien.

Hij liep naar beneden, twee toeristen keken voorin rond en Cinco beantwoordde hun vragen over een beeld van een springende ram. Miles schonk zich nog een kop koffie in en besloot zijn WITSEC-inspecteur te bellen om Sorenson te laten doorlichten zodat hij kon meedoen aan het behandelprogramma als hij dat wilde. Maar hij liep het kantoor weer in en trof daar Blaine de Pain met trommelende vingers aan zijn bureau aan. Vanuit de deuropening schoot Miles een wanhopige blik op Cinco af die Cinco beantwoordde met een grijns van: sorry, je bent de pineut, ik heb klanten, hij is jouw probleem nu.

'Hallo, meneer Blaine.'

'Begin niet met hallo, Michael. Worden de schilderijen vandaag gewisseld?'

'Morgen, sir.'

'Is *Emilia staat in de zon*' – zijn meest recente werk, een schilderij in prachtige tinten van een jonge latina in hoog gras – 'soms in een hoekje achteraf terechtgekomen?' Emilia had vier maanden aan de wand gehangen maar was niet verkocht.

'Nee, sir, dat denk ik niet.'

'Want als *Emilia* geen prominente plek krijgt, nou' – en hij wierp zijn favoriete wapen in de strijd – 'dan ga ik naar een andere galerie. Ik heb al aanbiedingen. Voortdurend.'

'Dat zou ons hart breken, meneer Blaine. Ik beloof u dat we ons uiterste best doen om de juiste koper te vinden.'

'Ik wil het gewoon verkopen. *Emilia* heeft een goed thuis nodig.' Er klonk een zweempje wanhoop in zijn stem door.

'We laten haar heus niet in de steek, hoor.'

'Mooi zo. Ik moet vandaag naar Marfa.' Marfa was een plaatsje in de West-Texaanse woestijn, nieuw leven ingeblazen doordat het als achtergrond had gefungeerd voor de filmklassieker *Giant* en daaruit als een mini-Santa Fe tevoorschijn gekomen, een bloeiende kunstkolonie waar het leven niet duur was. 'Misschien verhuis ik daar wel heen, een vriend rijdt me erheen zodat ik een paar dagen kan kijken hoe het er is. Ik wilde alleen maar zeker weten of *Emilia* niet ergens in een achterafhoekje terecht is gekomen. Wil je me bellen als ze is verkocht?' Hij krabbelde een nummer op een papiertje en gaf dat aan Michael.

'Ja, sir.'

Blaine the Pain vertrok. Miles sloot de deur van het kantoor en belde DeShawn Pitss' pieper. Hij voerde zijn pincode in en hing op. Nog geen minuut later ging de telefoon.

'Joy Garrison Galerie,' zei Miles. 'Met Michael Raymond.'

'Met Pitss. Wat is er aan het handje?' Hij had een jonge, maar donkere stem, klonk enigszins afgeleid en Miles hoorde papier over een bureau ritselen.

'Niet door de telefoon. Lunch. Kun je hierheen komen?' DeShawn woonde in Albuquerque, hij was de WITSEC-inspecteur voor de door de overheid beschermde getuigen die zich in het noorden van New Mexico schuilhielden. Hij was verantwoordelijk voor Miles, hielp hem bij het beschermen van zijn nieuwe identiteit, werk te zoeken en zich in zijn nieuwe leven te voegen. Hij waakte over zijn veiligheid.

'Zeg tenminste iets, man.'

'Mijn zielknijper wil dat ik onder behandeling kom van een andere arts en ik vertrouw het niet helemaal.'

'Ik weet zeker dat dokter Vance geen kwakzalver op je afstuurt. Hoe heet hij?'

'James Sorenson.'

'Waarom heb je een andere dokter nodig?'

'Hij doet een project met PTSS-patiënten.'

'Heb je dokter Vance ooit verteld dat je een getuige bent?'

WITSEC had gezegd dat hij zijn psychiater eventueel op de hoogte mocht brengen van het feit dat hij een beschermde getuige was, dat werd als cruciaal beschouwd wilde de therapie vruchten afwerpen, gezien de enorme beproevingen die getuigen moesten doorstaan in hun nieuwe leven. Maar hij had Allison nooit verteld dat hij getuigenbescherming genoot. Ze wist alleen dat hij betrokken was geweest bij een schietpartij en door de autoriteiten was vrijgepleit. Maar van WITSEC mocht hij Allison onder geen beding zijn echte naam vertellen of waar hij oorspronkelijk vandaan kwam, tenzij dat van vitaal belang was voor de therapie. Al die details stonden in de bekentenis die hij haar vandaag uit angst niet had durven geven.

'Nee. Ik heb haar nooit verteld dat ik een getuige ben.'

'Groepstherapie is geen goed idee, man, je moet immers voorzichtig zijn. Maar we kunnen er tijdens de lunch over praten. Kom naar Luisa's, Om half een.' En DeShawn hing op.

Joy kwam gehaast binnen, griste een dossier van Cinco's bureau terwijl de sterke aroma van een espresso uit haar koffiekop oprees. Ze snelde weer naar de verkoopruimte, riep iets tegen haar gasten en door het koffiearoma begon de wereld voor zijn ogen te zwemmen. Cubaanse koffie. Sterk en koppig. Een lachkreet van een van Joys vriendinnen. De geur en de kreet sneden dwars door zijn hersenen. De galerie veranderde in een leeg pakhuis, lichtstralen sneden door de schemering en hij stond in het pakhuis terwijl de vier mannen sterke koffie dronken. Miles probeerde zijn trillende handen te verbergen. De twee undercover FBI-agenten, Miles en Andy waren bij de tafel aan het praten. Andy had het erover hoe hij het beste nieuws van zijn leven kon krijgen en toen zei Miles iets, een paar woorden maar en probeerde te lachen.

Wat zei hij eigenlijk? Hij kon zich de woorden niet meer herinneren.

Andy staarde hem aan, stond achter de twee undercoveragenten, die aan tafel in hun kop koffie zaten te roeren. En toen greep Andy zijn pistool en ging alles mis, Miles greep in een reflex naar zijn eigen pistool, vol afgrijzen zeggend: 'Andy, niet doen.'

Hij hoorde de schoten, de drievoudige echo. Opende zijn ogen. Weer terug in de galerie, de bebloede pakhuisvloer was weg. Hij liet zich naast de fotokopieermachine op de grond zakken. Hij leunde tegen de machine terwijl zijn vinger stuiptrekte, nogmaals een spooktrekker overhaalde.

Afschuwelijke stilte, duisternis, alsof de wereld hem met huid en haar had verzwolgen.

'Het heeft geen zin.' Andy knielde naast hem neer. 'Dit is nu je leven. Ik. Jij. Nooit meer gescheiden. 'Je kunt het niet veranderen.'

Miles schudde zijn hoofd.

'Je sterft als je het probeert,' fluisterde Andy.

Toen hoorde hij lachen. Joys warme, zoetgevooisde lach. De heerlijke rust van de galerie omringde hem. Miles dwong zichzelf naar zijn bureaustoel terug te gaan. Hij haalde diep adem in een poging de pijn en angst af te wenden.

Zo kon hij niet leven.

'Doe het dan niet. Maak er een einde aan. Ik help je wel,' zei Andy.

Miles voelde in zijn zak hoe zwaar het pillenflesje was. Allisons pillen. Een licht verdovend middel voor als je weer zo'n flashback hebt, had ze gezegd.

Hij viste het pillenflesje uit zijn zak. Een gewoon plastic flesje, geen etiket. Hij draaide het open. Het waren witte capsules.

Tussen de pillen lag een opgevouwen stukje papier.

Hij haalde het papiertje eruit, streek het op zijn bureau met zijn vingers glad.

Beste Michael, ik heb je hulp nodig. Ik heb je diensten als privédetective nodig. Ik zit echt in de problemen. Kom vanavond om 19.00 uur naar mijn kantoor, dan zal ik het je uitleggen. Zeg dit tegen niemand. Ik reken op je, zie je om zeven uur.
Allison.

4

Miles stond in de rij bij Luisa's drive-in, voor hem een Mercedes, naast hem een dakloze die naar goedkope wijn stonk en achter hem een met middelbare scholieren volgepakte pick-uptruck die zijn motor liet razen.

Toen hij pas in Santa Fe arriveerde, had Miles zich zorgvuldig een reeks tactieken en camouflagepraktijken aangeleerd om mensen maar niet op het idee te brengen dat hij Ergens Mee Bezig was. Hij gaf Andy nooit in het openbaar antwoord, zorgde ervoor dat hij bij plotselinge geluiden niet opschrok, deed zijn ogen dicht en bleef stilstaan wanneer een flashback zijn geest binnendrong. Hij wilde niet opvallen, opgemerkt worden, op een of andere straathoek als een gek tegen spoken tekeergaan. Want als je je gek gedroeg, belandde je in het gesticht.

Vandaag lag zijn zich-normaal-gedragenact in de plee.

Luisa's drive-in was een perfecte naam voor het eenvoudige etablissement met het smalle dak in een bocht van de drukke Paseo de Peralta. Ze hadden geen toonbank, klanten haalden met de auto hun bestelling bij het loket af of ze kregen niets. Dus iemand die liep, viel op, moest in de ruimte tussen de auto's in staan. Tijdens zijn loopje had hij een uitgemergelde zwerver zien liggen die naar de naam Joe luisterde, achter in de vijftig en in de lorum was. Hij nam aan dat Joe niet vaak werd gevraagd of hij iets wilde eten, dus toen hij langs hem liep zei hij: 'Ik trakteer je op een lunch bij Luisa als je daar zin in hebt.' En Joe was hem zonder een woord achternagelopen.

De federale getuige en de dakloze dronkaard stonden tussen de twee auto's en gaven hun bestelling op in de microfoon, en stonden nu geduldig in de rij tot ze bij het loket waren.

Achter hem ging de pick-up met motorisch machismo tekeer. Miles hoorde het holle en wrede lachen van een stel stompzinnige kinderen.

'Hé, losers!' riep een meisje. Miles keek achterom. Het meisje zat vlak bij de chauffeur met vette nek en een gladgeschoren kop. Miles zag dat het meisje de hersens had en hij de spieren. Ze was barbieachtig mooi maar een lelijke, spottende grijns spleet haar gezicht in tweeën. Drie andere kinderen zaten in de auto.

'Hé, losers!' schreeuwde barbie nogmaals. Ze was zich aanmatigend bewust van haar lieftalligheid en wist hoe ze daarmee om moest gaan. 'Waarom pak je de auto niet?'

De pick-up rolde een paar centimeter dichter naar zijn been. Hij negeerde het.

'Ze zouden je met rust laten als ik niet bij je was,' zei Joe op afgemeten fluistertoon.

'Nee, zij niet,' zei Miles. 'Een klootzak is een klootzak.'

Het meisje, veilig in gezelschap van haar persoonlijke grizzlybeer, lachte. Zo hard dat ze zeker wist dat Miles het kon horen. 'Dit is een drive-in. Geen inloop. Wat hebben jullie?'

Miles dacht dat hij er normaal uitzag. Niet als een idioot. Maar te oordelen naar de zijdelingse blikken die hij vaak kreeg, moest er toch iets aan hem te zien zijn, verschrikte ogen wellicht, wat hem als aangeschoten wild verraadde aan iedereen die op zoek was naar een slachtoffer of kenmerk. Joe trok zich langzaam lopend terug naar de andere kant van het terrein, de ogen geconcentreerd op het plaveisel. De pick-up kwam dichterbij, raakte bijna zijn knieholte. Miles week geen duimbreed.

De Mercedes voor hem reed bij het loket vandaan, scheurde het verkeer in langs de bocht in de Paseo de Peralta.

Miles liep niet naar voren om zijn bestelling in ontvangst te nemen.

De pick-up toeterde luid. 'Hé! Schiet een beetje op!'

Miles bleef staan. Andy stond naast hem en zei: 'Wat is verdomme je probleem?'

'Idioot! Schiet op, ja!' Nog een toeter. De bumper streek weer langs zijn been, dwong hem stap voor stap naar voren. Gelach.

Langzaam liep Miles naar het loket. Luisa, de eigenares, bediende en vulde een plastic tas met Miles' en Joes maaltijd, vlees- en kiptaco's in dun folie gewikkeld, bakjes bonen en rijst.

'Hé, hallo,' zei ze. 'Hoe gaat het met je? Wat is dat voor getoeter?'

'Gewoon een stelletje kids.'

'Klootzak!' Barbie bleef op de claxon drukken. 'Schiet op, tweewieler,' riep de jongen.

Miles betaalde Luisa met afgepast geld. Hij zag dat ze op een plank de servetten, het zout, de zelfgemaakte pakjes salsa en suikerzakjes had liggen.

'Wacht even, Luisa, ben zo terug,' zei hij terwijl hij een paar suikerzakjes en een rietje weggriste. Hij liep om de pick-up heen, terwijl hij met de suikerzakjes naar de footballspeler en barbie zwaaide.

Hij klikte de benzinedop open en schoof een suikerzakje naar binnen toen bij de chauffeur plotseling het kwartje viel. Zijn portier vloog open en de jongen keek Miles verschrikt aan.

'Ik stamp je de grond in!'

'Geen stap meer,' zei Miles, 'of je gaat een heel zoet ritje maken.'

De footballspeler bleef staan. 'Niet doen, man!'

'Rijd dan weg,' zei Miles. 'Waarom zou je een klootzak willen zijn?'

'Wat is er aan de hand?' Barbie duwde tegen de brede rug van de jongen. 'Sla hem in elkaar.'

'Suiker in de tank. Verruïneert de auto,' zei footballspeler zachtjes met gespannen stem tegen haar.

Miles vermoedde dat het niet genoeg suiker was om echt schade aan te richten, maar dat wist footballspeler niet. 'Lesje van vandaag in goed gedrag: wees aardig tegen mensen die geen auto hebben. Als ik de suiker erin doe, hoor je ook bij de groep autolozen.'

'Sla hem verrot, Tyler,' schreeuwde barbie.

'Ja, Tyler, probeer me maar verrot te slaan. Misschien win je of laat ik je zien dat je respect voor ouderen moet tonen. Maar nog één stap en je kunt je truck gegarandeerd op je buik schrijven.'

Tyler was als verlamd en wist niet wat hij moest doen, hij zat in de val tussen barbies luide aanmoedigingen om erop los te slaan en de zekerheid dat Miles zijn benzinetank zou vervuilen voordat Tyler bij hem kon zijn.

'Tyler. Sla d'r op!' schreeuwde barbie.

'Tyler, gebruik je hersens.' Miles begon 'Sugar, Sugar' te fluiten. Hij zag dat DeShawn hard het terrein op kwam rijden en zijn sedan parkeerde.

Na nog vijf seconden won het gezonde verstand het. Tyler stapte weer in de truck en scheurde weg. Miles zag het meisje tegen de jongen schreeuwen en gebaren.

Miles liep terug naar Luisa's loket, legde de suikerzakjes en het ongeopende rietje weer op de balie. 'Door mij ben je een lunch misgelopen,' zei hij terwijl hij een briefje van twintig naar voren schoof. 'Mijn verontschuldigingen en bij deze de gederfde inkomsten. En nog drie cola, alsjeblieft, Luisa.'

Zonder een woord te zeggen gaf ze hem de cola en zijn eten.

Hij bracht een zak taco's naar Joe die met gebogen hoofd en beschaamd gefronst voorhoofd een eindje verderop stond.

'Alsjeblieft,' zei Miles.

'Bedankt,' zei Joe. 'Sorry dat ik je in de steek liet. Die kinderen. Ik kan er gewoon niet tegen. Ze zijn zo gemeen.'

'Maak je geen zorgen. Ze zijn weg. Zoek me maar in de galerie op als ze je lastigvallen.'

'Als ik een voet op Canyon Road zet, bellen die kaklui de politie.'

'Niet als je voor mij komt, oké?'

'Bedankt.' Joe pakte het eten en de cola aan, knikte beleefd en liep de straat in.

Miles ging naar de Ford sedan en gaf DeShawn de tacozak. Pitts was een stevig gebouwde vent, voormalig footballspeler, met een kaalgeschoren hoofd. De sedan paste hem als een te strak pak. Hij wilde dat hij Allisons briefje had gelezen voordat hij DeShawn had gebeld, want dan had hij de inspecteur niet mee uit lunchen gevraagd.

Ze wil jouw hulp. Niet van iemand anders, dus je houdt je mond. Betrek DeShawn hier niet bij. Je kunt weer de man zijn die je ooit was. Help haar op eigen houtje.

'Bedankt, man. Maar schooiers te eten geven en ruziemaken met een stelletje kids?' zei DeShawn. 'Weet je, jongen, het is niet de bedoeling dat je opvalt.'

'Ook fijn om jou weer te zien.'

DeShawn gaf hem een kiptaco en nam zelf een met vlees. Ze begonnen te eten. DeShawn maakte de eerste taco soldaat en veegde zijn mond schoon. 'Bij het begin beginnen, Miles. Ik heb navraag gedaan. In New Mexico staat geen psychiater, arts of psycholoog met de naam James Sorenson geregistreerd.'

Miles nam een slok cola. 'Dat begrijp ik niet.'

'Misschien heb je je in zijn naam vergist.'

'Dat... zal dan wel. Ik heb niet goed geslapen, ik zal het wel verkeerd verstaan hebben.' Hij wist verder niets te zeggen. 'Ik heb vanochtend Allison geprobeerd terug te bellen, om meer te weten te komen over dat programma, maar ze nam haar telefoon niet op.' Dat deel was waar, hij had geprobeerd haar te bereiken en haar gevraagd hem terug te bellen. Maar als Sorenson geen arts was, waarom had ze hem dan als zodanig aan hem voorgesteld?

Waarom had ze tegen hem gelogen? Waarom had ze Sorenson tegen hem laten liegen?

Omdat Sorenson haar had gedwongen te liegen.

Ik zit diep in de problemen.

DeShawn kauwde op zijn bonen en nipte van zijn cola. 'De therapie gaat zeker niet van een leien dakje als ze hulptroepen laat aanrukken.'

Miles wilde nu als een speer terug naar Allison. Hij stopte zijn half opgegeten lunch in de zak.

'Waarom zo'n haast?' vroeg DeShawn.

'Ik heb geen haast... Maak je maar geen zorgen over mijn therapie, ik ben klaar om te getuigen, DeShawn.'

'Man. Je eerste ronde in de rechtszaal was bepaald geen hoogtepunt, maar tijdens het proces van big boss Barrada gooi je hoge ogen. Ik heb alle vertrouwen in je.'

'Zeg dat niet tegen me als het niet zo is,' zei Miles plotseling. Hij was twee keer ingestort in de getuigenbank tijdens het kruisverhoor over de schietpartij, over de deal die met hem was gesloten om te getuigen. De verdachte – een junior lid van de Barradabende die de FBI als eerste wilden berechten in de hoop dat ze een dealtje met hem konden sluiten, dat hij weigerde – kreeg een milde straf omdat Miles in de ogen van de jury een niet helemaal betrouwbare getuige was. 'Ik heb mensen nodig die geloof in me hebben.'

Ik heb je hulp nodig... ik ben echt in gevaar.

'Miles, kerel. Van Big D. heb je alle vertrouwen. Je ziet toch geen lui die er niet zijn, hoort toch geen stemmen meer?'

'Zo is het,' loog Miles. 'Alleen zo nu en dan als ik droom, oké? Ik zorg dat je de juiste naam van die dokter krijgt.'

'Oké. Maar voordat je ergens mee instemt, wil ik meer van dit programma weten, Miles.'

'Uiteraard,' zei Miles. 'Vanmiddag werk ik niet. Wil je me bij mijn flat afzetten?'

Miles haastte zich na een snelle afscheidszwaai naar DeShawn het gebouw binnen. Hij rende naar boven en pakte het gereedschap dat hij dacht nodig te hebben. Hij snelde de trap af en dacht: als je deze stap zet, is er geen weg terug meer. Hij ging op weg naar Allisons kantoor.

5

'Ik ga niet naar *Oprah.*' Celeste Brent legde het scheermesje onder haar computermuispad terug waar ze het bewaarde. Op dit moment had ze geen behoefte om het lemmet tegen haar huid te voelen. 'Ik kan er niet tegen... om weer op tv te komen.'

Victor Gamby's stem bulderde door de telefoon. 'Ik begrijp je terughoudendheid. Maar denk eens aan de mensen die we ermee kunnen helpen wanneer we ons verhaal aan miljoenen kunnen vertellen.'

'Je klinkt als een reclame.'

'Ik verkoop een idee, Celeste. Als je weer op de buis gaat, kan je dat vier jaar vooruit helpen.'

'Ik ga mijn huis niet uit. En ik heb geen zin in een mediacircus hier.'

'Doe me een lol. Doe je deur open, ga in de deuropening staan. Je hoeft geen stap naar buiten te zetten. Probeer het gewoon.'

'Nee.'

'Ik kan ze vragen of ze tijdens de show een satellietverbinding met je huis willen maken. Op die manier kunnen we samen in beeld komen. Celeste, we kunnen posttraumatisch stresssyndroom onderwerp van gesprek maken bij de moeders van Amerika, er een echt gezondheidsissue van maken, mensen aanmoedigen na te denken over de manier waarop ze met depressie of kanker omgaan. Alsjeblieft.'

'Victor, ga jij maar. Je bent een echte held.'

'O, alsjeblieft.'

'Ik ben gewoon iemand die een heel benauwd kwartiertje heeft doorgemaakt.' Ze boog zich dicht naar het grote computerscherm, las de woorden van een meisje een half land bij haar vandaan dat die ochtend naar Victors online discussiegroep het volgende had gemaild:

```
De meeste dagen ben ik zo verdrietig verdrietiger dan
wie ook zou moeten zijn en ik wil alleen maar op bed
liggen & voor altijd huilen en alleen door de beet van
het lemmet in mijn huid voel ik nog iets begrijpt
iemand dat?
```

'Celeste. Denk erover na. Miljoenen mensen hebben je bij *Castaway* gezien. Ze kennen je, ze hebben je gesteund,' zei Victor. 'Het is Oprah, godbetert. Je kúnt geen nee zeggen.'

'Nee.' Celeste herlas de woorden van het meisje op de computer en dacht: ik begrijp het, liefje, echt waar. Ze klikte op het volgende forumbericht. Jared T., die zielverslindende dromen heeft over de strijd om Fallujah. Ze wilde dat ze Jared T. een knuffel kon geven. Ze draaide de stoel bij het computerscherm weg. 'Heb ik je verteld dat ik een aanbieding voor een andere reality show heb gekregen?'

'Celeste, dat is schitterend.'

'Zet je schrap en stel je de mogelijkheden eens voor: *Group Therapy*.'

'Je maakt een geintje.'

'Zoiets verzin ik niet. Ze willen me, en Denise Daniels, het kindsterretje uit *Too Cool Kimmy* – vorig jaar had ze een zenuwinzinking – en die zogenaamd bipolaire college-basketbalster en nog een paar andere beroemdheden met een geestesziekte, die allemaal in een huis wonen met dokter Frank, de gastheer van de talkshow, en ja, het wordt nog mooier, elke week wordt een speler uit het huis gezet.'

'*Castaway* voor gestoorden,' zei Victor.

'O, dat zegt niemand hardop,' zei Celeste. 'Dat denken ze alleen maar.'

'Maar daar moeten we het wel elke dag tegen opnemen. Die perceptie dat mensen met trauma's niet echt ziek zijn, dat ze alleen een schop onder hun kont nodig hebben en klaar is Kees. Zo'n show zouden ze niet doen over mensen met kanker, denk je wel?'

'Nee.'

'Nou, houd ermee op je te gedragen als iemand met PTSS en gedraag je als een beróémd iemand met PTSS. Profiteer ervan dat je beroemd bent. Help me uit de brand, Celeste.'

De sensor die Celeste waarschuwde wanneer iemand haar voortuin binnenkwam ging af en opende een videoscherm op haar computermonitor. Allison Vance, die zich over het stenen pad haastte, kwam in beeld. Raar. Ze had geen afspraak met Allison.

'Victor. Ik moet ophangen. Ik kan dat tv-optreden niet met je doen, maar ik weet zeker dat je het er prima van afbrengt.'

'Celeste...'

'Ik bel je gauw, Victor, pas goed op jezelf,' zei Celeste en ze hing op. Nogmaals tv. Het huis uitgaan? Of vreemden die haar aan zaten te staren? Of haar weer pijn wilden doen? Nee, nooit. De deurbel ging. Ze trok hard aan het elastiekje om haar pols en liet het tegen de tere huid klappen. Een keer, twee keer, een korte, scherpe pijn die haar zenuwen tot bedaren bracht.

Ze liep naar de voordeur. Ze schoof de grendel terug, haalde het nachtslot eraf en zei tegen het hout: 'Hij is open,' en deed vijf stappen naar achteren, zodat Allison haar niet uit het huis naar buiten kon trekken. Niet dat ze dat zou doen, maar Celeste nam geen risico's. Allison kwam binnen met een aktetas stevig tegen haar heup geklemd.

'Hoi. Ben ik een afspraak vergeten?' vroeg Celeste.

'Helemaal niet, Celeste, maar ik wil je vragen of je iets voor me kunt doen, als het je tenminste niet stoort. Hoe gaat het met je?'

'Ongelooflijk stom. Ik heb net de kans om Oprah te ontmoeten afgewimpeld,' zei ze op uitdagende toon.

'Ik weet zeker dat het opwindend was geweest. Maar je staat ook wel geweldig in de schijnwerpers.'

'Denk je niet dat ik het ter plekke verzin?'

'Je bent beroemd.'

Celeste haalde haar schouders op. 'Dat was ik, ja.'

'We kunnen de dosering van je antidepressiva verhogen. Dat maakt het misschien makkelijker om het huis uit te gaan.'

'Behalve dan dat ik het huis niet uit wil, voel ik me verder prima. Ik wil niet meer pillen.' Celeste speelde met het elastiekje, liet het tegen haar huid klappen.

Allison wees naar Celestes pols. 'Werkt dat elastiekje een beetje?'

'Zoetjes als je suiker wilt.'

'Maar je hebt jezelf vandaag geen pijn gedaan.'

'Nee. Vandaag niet.'

'Schitterend. En gisteren?'

'Eén keer. Eén keertje maar.' Ze streek over de dunne snee op haar arm.

'En heb je vandaag wat gegeten?'

'Ja. Cornflakes als ontbijt en een salade als lunch.'

'Uitstekend.'

Alsof het eten van twee simpele maaltijden en niet in je vel snijden betekende dat je gezond was. Celeste wikkelde het elastiekje strak om haar pols. Een pijnscheutje, niets meer, net genoeg om haar eraan te herinneren dat ze leefde en dat Brian dood en begraven was, opgesloten in een kist, de zon niet kon zien, geen lucht kreeg.

'Ik wil graag even op je computer,' zei Allison. 'Ik weet dat je een heel krachtige machine hebt en ik heb er een nodig die snel wat berekeningen kan uitvoeren. Het duurt maar een paar minuten.'

Celeste zei bijna: nee, nee, en verdomme nee. Het idee dat iemand op haar computer zat stond haar helemaal niet aan: haar dierbare en enige verbinding met de rest van de wereld. Maar dit was Allison, haar tweewekelijkse sprankje hoop. Ze slikte en zei: 'Geen probleem.'

'Mijn computer is vanochtend door een virus vastgelopen. Morsdood.'

'Breng hem maar hier, dan kijk ik wel wat ik eraan kan doen,' zei Celeste.

'Dat is aardig van je. Ik heb de programma's en data die ik nodig heb op cd bij me.'

'Mijn computer staat in mijn werkkamer. Wil je koffie? Of wat fris?'

'Nee, dank je. Ik wil je echt niet tot last zijn.'

'Dat ben je niet. Het is de gang door rechts. Hij staat al aan.'

Allison bedankte haar en liep de gang in. Na een paar tellen hoorde Celeste het toetsenbord klikken en het gezoem van de cd-drive.

Plotseling wilde ze het scheermes tegen haar huid voelen, zijn zachte beet voelen. Het was of een vonk oversloeg die eerst smeulde en toen in vlammen uitbarstte. Tuurlijk, dacht ze, alleen maar omdat Allison hier is en je directe aandacht krijgt. Je wilt aandacht, bel de tv-producenten en zeg ze dat je die nieuwe reality sideshow wil gaan doen. Nou, dat is pas aandacht. Ze trok aan het elastiek en het brak. Ze rommelde in haar tas op zoek naar een andere, langs het pillenflesje dat Allison haar de vorige week had gegeven, langs het scheermesje dat ze onder in haar tas had verstopt. Haar vingers sloten zich rond de huls van het scheermesje.

Een heel klein sneetje maar. Nét genoeg.

Ze sloot haar ogen en de wereld wikkelde zich om haar heen, en ze zat weer in de val in het bloedhete huis, haar en Brians droomhuis, gekocht van haar *Castaway* prijzengeld. Ze was vastgebonden en huilde en smeekte de gestoorde fan Brian geen pijn te doen, hem met rust te laten, haar te pakken te nemen maar, god, niet hem, en de gestoorde fan gaf haar een kushandje en boog zich over Brian heen, met het fonkelende mes in de hand.

Celeste liet zich in de stoel zakken. De herinnering doorsneed haar veel erger dan het scheermes, en toen de flitsen kwamen, kon ze haar huid niet snel genoeg uitgutsen. Maar nu hield ze zich in, kwam op adem, met als enige pijn de verschroeiende hitte achter haar ogen.

'Celeste?' Allison legde een hand op haar schouder.

'Blijf van me af.' Haar stem klonk niet als haar eigen, maar zachter en verslagen.

Allison trok haar hand terug. 'Gaat het wel?'

'Ja.' Ze stond op en de tas tuimelde op de vloertegels, de inhoud viel kletterend op de grond.

'Celeste. Je hebt een flashback.'

'Verleden tijd. Hij is al weg.'

'Je bent veilig.'

'Ja, bedankt, dat weet ik.' Ze wilde dat Allison vertrok, een blos van verlegenheid kroop over haar huid.

'Waar kwam het door?'

'Ik denk... doordat jij zat te typen. Ik hoor nooit iemand op een toetsenbord rammelen, behalve mijzelf en dan let ik er niet op. Die gestoorde fan... nadat hij in mijn huis was binnengedrongen, nadat hij me had vastgebonden, typte op onze computer. Hij hackte de website van mijn fans.' Haar keel voelde zo rauw aan als schuurpapier. 'De eerste stap om mij niet met de wereld te hoeven delen.' Ze huiverde.

'Ik vind het zo erg.'

'Het gaat wel weer.' De aandrang om te snijden trok alweer weg, ging van vuur over naar rook.

'Ik blijf wel bij je, zodat je jezelf niks aandoet.'

'Niet nodig. Misschien ga ik huilen, maar niet snijden.'

'Dat hoop ik maar.' Ze had hoop. Vooruitgang. Piepkleine stapjes. Ze kon zich nog steeds voorstellen dat ze de voordeur zou opendoen en de wijde wereld in zou lopen. Te veel.

'Ik ben klaar met de computer. Nogmaals bedankt.'

'Graag gedaan.'

'Ik wil me nergens mee bemoeien maar ik zag op je scherm dat je op een van die posttraumatische steungroepblogs was ingelogd.'

'Ja. Die van Victor Gamby. Ik geloof dat ik het wel eens met je over hem heb gehad. Hij is een vriend van me uit Los Angeles... is onvermoeibaar in het onder de aandacht brengen van PTSS-kwesties. Hij is degene die me in *Oprah* wil laten optreden.'

'Ik hoop dat je zo sterk bent dat je op zijn aanbod kunt ingaan.'

'God, maak je een geintje? Vergeet het maar. Nog niet over mijn lijk.'

'Op een dag, Celeste, zul je het huis uitgaan. Dan wil je het ook.'

Celeste kon geen woord uitbrengen. Allison schraapte haar keel, knipperde met haar ogen alsof ze naar de juiste woorden zocht. 'Die discussiegroepen... prima dat je op zoek gaat naar anderen.'

'Ik heb het niet over mezelf. Ik lees alleen wat andere mensen te zeggen hebben.'

'Maar het helpt toch te weten dat je niet alleen bent.'

'Ik heb alleen-zijn tot kunst verheven.'

Tot haar verbazing knielde Allison tussen de spullen die uit haar tas waren gevallen en viste er een elastiekje tussenuit, bleef er onhandig mee staan en glipte het toen om Celestes pols. 'Wellicht komt er een dag dat je niet meer alleen wilt zijn.'

Celeste haalde haar schouders op. 'Wie wil nou een hopeloos geval als ik?'

'O, Celeste.' Allison schudde haar hoofd. 'Ik wil je nog een gunst vragen.'

'Ga je gang.'

'Als iemand je uit het ziekenhuis opbelt – met name dokter Hurley – dan heb je me vandaag niet gezien.'

'Wie is dokter Hurley?'

Allison stak haar tong uit en sloeg haar ogen ten hemel. 'Mijn baas van mijn parttime baan.'

'Stoute meid, je spijbelt,' zei Celeste.

'We hebben allemaal wel eens een baaldag.'

'Of week, maand of jaar.'

'Ik bel je morgen om te kijken hoe het is,' zei Allison.

'Bedankt.'

Allison ging weg en Celeste sloot de zware deur achter haar. Ze gluurde tussen het gordijn over de lage kleiwal om haar tuin en zag Allison in haar BMW stappen en wegrijden. Celeste bleef bij het raam staan, haar hand rustte op het kogelvrije glaspaneel. Twintig seconden later schoot een andere auto langs en toen lag de lemen weg er rustig bij. Celeste luisterde naar het ruisen van de wind door de populieren.

Ze liep naar haar computer terug. Allison had die zorgvuldig net zo achtergelaten als ze hem had aangetroffen, het mailtje van de uit Bagdad teruggekomen jonge soldaat stond midden op het scherm. Ze klikte op antwoorden en schreef:

> Het wordt beter, liefje, zorg dat je een dokter krijgt die echt begrijpt wat ptss inhoudt en wil luisteren naar wat jij haar/hem te vertellen hebt. Laat je niet wijsmaken dat het alleen in je hoofd zit of dat het om een depressie gaat, en laat je geen pillen in de maag splitsen waarvan je verdoofd raakt. Verlies het vertrouwen niet. Als je hier was, zou ik je stevig omhelzen, als je dat zou toestaan.

En aan het meisje dat zich sneed, schreef Celeste:

> Vandaag wilde ik mezelf snijden, maar dat heb ik niet gedaan. Tegenwoordig kan ik de aandrang beter weerstaan, misschien omdat een nieuw seizoen is aangebroken of omdat ik vandaag minder 'gek' ben. Maar we zijn niet gek, we zijn gebroken en we vormen onze eigen lijm. Liefje, weet dat de mensen op de lijst om je geven en als ik bij je was zou ik je een stevige knuffel geven en je vertellen: het komt echt, echt goed met je.

Ze ondertekende beide antwoorden met 'ceebee', gevormd van haar initialen die ze binnen de groep gebruikte, omdat ze haar eigen naam niet durfde te gebruiken. Dat zou de media-aasgieren alleen maar in stelling brengen.

Ze drukte op verzenden. Ze wilde niet dat iemand anders door dezelfde hel heen moest als zij, ze was pas achtentwintig maar deze kinderen waren nog jonger dan zij, en hun ziel was nu al verminkt, en wat nog van haar hart restte brak. Haar weigering naar Victor, de flashback, het lezen van andermans verdriet, ze had een oppepper nodig. Ze haastte zich naar de antidepressiva die Allison haar had voorgeschreven en knielde tussen de rommel uit haar tas op de grond. Haar scheermes. De elastiekjes. Haar portemonnee.

Het pillenflesje dat ze in haar tas had gehad was weg. Witte pillen en blauwe pillen. De blauwe nam ze als ze in de put raakte, zoals nu, en ze in de antidepressiva vertroosting zocht. De witte pillen nam ze vlak voor een therapiesessie met Allison, om kalm te worden en makkelijker over Brian en de gestoorde fan te kunnen praten. Het flesje had toch net nog op de grond gelegen, toen Allison haar dat elastiekje gaf?

Op haar knieën keek ze onder de stoel en koffietafel, ze stond uiteindelijk op en liep de kamer door. Ze ging naar haar badkamer en vond een flesje met de zoete blauwe exemplaren. Maar geen witte pillen. Waar had ze die verdomme gelaten? Ze had Allison om nieuwe moeten vragen, maar het gaf niet, ze had pas over twee dagen weer een sessie.

Ze slikte een blauwe bullebak door, zoals ze die noemde, en ging voor haar raam zitten. Ze keek vanuit haar kooi naar het zich door de dag verschuivende zonlicht. De gedachte bleef aan haar knagen. Die pillen hadden vanmiddag nog in haar tas gezeten, dat wist ze zeker.

Misschien had Allison de pillen meegenomen, in haar hand gestopt toen ze door Celestes tas had gerommeld. Maar waarom, waarom had ze niets gezegd? En haar te vragen dat ze haar komst geheim moest houden, alsof ze een stel tieners waren, was regelrecht merkwaardig. Eigenlijk heel onprofessioneel. Een geheim bewaren betekende verantwoordelijkheid, en ze wilde niets met verantwoordelijkheid te maken hebben.

Ze stond op en liep naar de telefoon.

6

Miles ging langzamer lopen toen hij bij Palace Avenue aankwam. Hij keek op de kantoorparkeerplaats rond. Allisons zilveren BMW stond er niet.

Maar hij zag Sorenson door de voordeur het gebouw in lopen. Hij had een lijvige aktetas bij zich van het soort dat Miles wel bij overheidsjuristen had gezien en waarmee ze enorme stapels dossiers de rechtszaal in zeulden.

Miles bleef dicht bij een populier staan, telde tot dertig en liep toen de trap op en het gebouw in.

Allisons kantoor was dicht. Hij waagde het even aan de deur te luisteren, hoorde een uiterst zachte tred op de vloer. De lucht in de gang rook naar verf en oplosmiddelen en boven hoorde hij stemmen, werklui die de renovatie bespraken, de kalme stem van een vrouw die vroeg wanneer ze dachten klaar te zijn, dat ze van plan was om van Denver naar hier te verhuizen en dat ze verdomme kantoorruimte nodig had voordat de huur omhoogging. De schilders lachten en stemden met haar haastige spoed in.

Hou ze alsjeblieft nog even bezig, dame, dacht Miles. Kloppen of wachten? Sorenson confronteren… maar waarmee? Dat hij niet geregistreerd stond? Hij vond Allisons verzoek eigenlijk maar raar, een briefje weggestopt tussen zijn medicijnen. Ze kon zijn hulp waarschijnlijk niet vragen waar Sorenson bij was. Dus Sorenson vormde haar zogenaamde problemen. Telefonisch kon ze niet om hulp vragen, wat wellicht betekende dat Sorenson bijna voortdurend in haar buurt was. Of haar telefoontjes in de gaten hield…

Dat klonk bespottelijk. Paranoïde. Maar ze had gezegd dat Sorenson arts was, en dat was hij niet. Dus wat was hij dan wel?

Hij stapte bij de deur vandaan naar het tegenoverliggende kantoor. De deur stond open, de muren waren onlangs met beige verf geschilderd. Deze vertrekken waren vast ook door de werklui boven opgeknapt. Ze konden elk moment terugkomen en hij wilde zijn aanwezigheid hier niet hoeven verklaren. Hij deed de kantoordeur dicht tot op een kier zodat hij Allisons deur nog steeds kon zien.

Twee minuten laten stapte Sorenson Allisons kantoor uit, deed de deur op slot en liep door de voordeur het gebouw uit. Hij had geen aktetas bij zich.

Miles keek tot Sorenson uit zijn gezichtsveld was en tien tellen later sloeg de deur waarachter hij zich schuilhield in zijn gezicht.

'Jezus, meneer, sorry,' zei de schilder die zijn hoofd om de deur stak.

'Mijn schuld,' wist Miles uit te brengen. 'Neem me niet kwalijk.'

'Deze kantoren zijn al verhuurd,' zei de schilder. 'Boven is nog kantoorruimte beschikbaar.'

'Oké, bedankt, sorry.' Miles vloog de gang door de toiletten in. Hij waste zijn gezicht en telde tot dertig. Na een poosje hoorde hij de zware voetstap van de schilder naar de trap teruglopen.

Miles haastte zich naar Allisons deur. Hij viste de lockpick die hij van huis had meegenomen uit zijn zak. Die leek op een Zwitsers legerzakmes en hij klapte een lemmet open, en stak dat in de deur. Sinds zijn spionageactiviteiten voor de Barrada's had hij geen sloten meer geforceerd, nadat hij een vergadering met de FBI had bijgewoond om de Barrada's erbij te lappen. Lockpicks waren onderdeel van de wereld die hij achter zich had gelaten, maar toen hij naar Santa Fe was verhuisd, had hij via internet een basisset gekocht. Hij had de picks aan elkaar gemonteerd en ze in een huurkluisje bij het busstation verstopt, een voorraadje gereedschap en geld voor het geval WITSEC hem niet kon beschermen, voor het geval hij op zijn eigen voorwaarden wilde verdwijnen. Want, tot het moment dat hij zijn verstand verloor, had hij altijd voor zichzelf gezorgd.

Bijtend op zijn lip morrelde hij aan het mechanisme en hij vroeg zich af of het forceren van een slot van iemand die hem om hulp had gevraagd een overtreding van de samenwerkingsovereenkomst was die WITSEC hem had laten ondertekenen. Het was niet de bedoeling dat hij een misdaad zou plegen. Het was geen contract maar de overeenkomst beschreef klip en klaar zijn verantwoordelijkheid als nieuwbakken opvolger aan de wet en de taak van de overheid om hem te beschermen. Als WITSEC erachter kwam dat hij haar sloten openbrak, konden ze hem uit het programma zetten en dat betekende zijn dood.

Hij overschreed een grens die niet met inkt of in zand was getrokken, maar in vertrouwen. Maar ze nam haar telefoon niet op en Sorenson – die geen dokter was en daarover had gelogen – liep naar eigen believen haar kantoor in en uit. Hij maakte zich ongerust over Allison.

Het slot klikte open.

Hij ging naar binnen en deed de deur achter zich op slot. Hij controleerde het kantoor.

Ze was er niet.

Oké, dacht hij. Ze is er niet. Hij komt met een lijvige aktetas binnen, hij vertrekt zonder, wat betekent dat hij hem hier heeft achtergelaten. En daarin staat wie hij is.

Hij keek in de kledingkast. Die was leeg op een sweatshirt met capuchon, een regenjas, een paraplu, een afgesloten kartonnen doos met DIVERSEN erop en een doos reservekantoorartikelen na. Hij gluurde onder haar bureau. Leeg. Zoveel plekken waren er niet om een grote aktetas te verstoppen. Hij doorzocht het kantoor systematisch, zei tegen zichzelf dat hij weg moest gaan, dat hij geen privédetective was, dat hij Barrada's spion niet meer was.

'Ik denk niet dat ze het op prijs stelt dat je hier bent,' zei Andy.

Miles lette niet op hem. Geen spoor van de aktetas. Nu werd het pas interessant, nu werd het een item, Sorenson wilde niet dat het gevonden zou worden. Maar zijn verstopplaatsen raakten op.

De telefoon ging. Hij liet hem gaan. Vijf keer en toen Allisons groet op het antwoordapparaat met de boodschap dat de beller een bericht moest inspreken. Een kalme vrouwenstem zei: 'Hallo, Allison, met Celeste Brent. Eh, de medicijnen die je me vorige week hebt gegeven lijken te zijn verdwenen, de witte pillen. Ik wil graag nieuwe.' Stilte, maar hij hoorde de vrouw aan de lijn nog ademen. 'En ik vind het eigenlijk niet prettig dat ik een geheim voor je moet bewaren. Het is niet persoonlijk bedoeld, maar ik vind dat we daarmee een grens overschrijden en dat moeten we niet doen. Dus breng me alsjeblieft niet nogmaals in zo'n situatie. Als je me een kreng vindt, dan spijt me dat heel erg. Bel me, dan kunnen we erover praten.' De vrouw hing op.

Celeste Brent. De naam kwam hem vaag bekend voor, maar hij kon hem niet plaatsen. Het feit dat hij de naam kende, hinderde hem. Hij zou zeker uitvinden wie ze was.

Toen hoorde hij een stem in de gang, de sleutel in het slot steken.

Hij stapte in de kledingkast, hield de deur op een kier open zodat hij een streepje van het kantoor zag en hoorde toen de deur open- en dichtgaan.

Bij de gedachte dat Allison hem hier zou betrappen trok zijn borst samen van schaamte. Maar Sorenson haastte zich het kantoor in, langs de twee stoelen waar Allison altijd met Miles zat. Hij kon Sorenson niet zien maar hij hoorde het kraken van een stoel en een paar minuten lang getikt op een toetsenbord. Miles bleef doodstil staan, er zorgvuldig voor zorgend dat hij geluidloos door zijn neus ademde terwijl een paniekgolf langs zijn rug joeg. Jezus, stel dat Sorenson hier bleef tot Miles' afspraak met Allison? Bij die gedachte begonnen zijn benen pijn te doen en werd zijn mond gortdroog.

Het typen hield op. Hij hoorde Sorenson over de telefoon zeggen: 'De actie is in gang gezet. Dodd weet het niet.' Een lachje, stilte. 'Vanavond. Ja. Haar huis. Geen probleem.' Stilte.

Miles spitste zijn oren. Wat betekende dat? Wie was Dodd? De stilte was martelend. Hij beeldde zich in dat Sorenson regelrecht naar de kast zou lopen.

Toen ving hij een glimp op van Sorensons blazer die langs de smalle opening flitste, het geratel van een openschuivende dossierkast, een paar tellen niets, en vervolgens werd de kast met een klap gesloten. Hij hoorde de klik van een slot dat de kast afsloot.

Daarop voeten op de vloer, het openen van de kantoordeur, sluiten, weer op slot.

Miles bleef doodstil staan. Als bevroren. Hij telde tot driehonderd. Toen nog een keer. Langzaam bevrijdde hij zich met trillende handen uit de kast. Hij inspecteerde de dossierkast. Hij kon het slot forceren... maar, nee, hij kon zijn neus niet in haar patiëntendossiers steken. Dat was een te groot verraad. Hij maakte de deur open. Deed de kantoordeur weer op slot en vertrok terwijl hij de lockpick weer in zijn zak stak.

Hij keek de straat naar twee kanten af. Geen spoor van Sorenson. Hij kon er geen touw aan vastknopen, Sorenson die op haar computer zat te rommelen, haar dossiers naliep, een aktetas in haar kantoor verstopte. Hij haastte zich via Palace naar het Plaza terug. Hij diepte zijn mobieltje uit zijn zak op en belde nogmaals Allisons nummer.

'Allison?' zei hij toen ze opnam.

'Ja. Michael?'

'Je moet me vertellen wat er gaande is. In wat voor soort problemen zit je?'

Ze gaf niet meteen antwoord en hij hoorde het gedreun van een motor, het klonk alsof ze in een auto zat. 'Kun je om zeven uur langskomen?'

'Ja.'

'Dan zal ik het je uitleggen. Voordat Sorenson er om acht uur is.'

Hij waagde een schot voor de boeg. 'Is Sorenson echt arts?'

Een onbeholpen lachje. 'Heel goed. Nee, dat is hij niet.'

'Waarom heb je tegen me gelogen?'

'Omdat ik niet wilde dat hij wist... dat jij me kon helpen.'

'Wie is hij dan? Bedreigt hij je?'

'Ik vertel je alles vanavond wel. Ik kan nu niet praten.'

'Hij is vanavond iets van plan bij je thuis.'

Stilte. 'Hoe weet je dat?' Een zweem van schrik in haar stem.

Hij besloot te wachten. Het haar in haar gezicht te zeggen. 'Dat weet ik gewoon. Ik ben... detective geweest, ik onderzoek dingen.'

'Heb je zo je dag doorgebracht... met onderzoeken?' Ze klonk verbaasd.

'Ja. Vroeger was ik daar goed in.'

'Daar twijfel geen moment aan. Ik weet dat ik je kan vertrouwen. Kom om zeven uur naar me toe, dan zal ik het allemaal uitleggen.'

'Oké. Allison... wie is Dodd?'

Maar ze had al opgehangen.

Hij belde haar nogmaals. Geen antwoord.

Onder het lopen trok de wind aan en in de lucht dreef de scherpe geur van een storm. Hij rende de trap op naar zijn appartement. Het was te warm in de kamers en hij opende een raam op een kier om de frisse lucht binnen te laten. WITSEC had aangeboden een huis voor hem te huren, maar een huis betekende te veel ruimte en rust, te veel ruimte voor Andy om in rond te dwalen.

Uitgeput van de nipte ontsnapping liet hij zich op zijn bed vallen.

Hij las Allisons briefje nog een keer. Hij liet een pil uit het flesje in zijn handpalm vallen, een kleine witte capsule. Na zijn flashback in Joys kantoor had hij er niet een willen nemen omdat hij niet onder de medicijnen met DeShawn had willen praten. De pil was zo licht als een veertje. Hij betastte de capsule, het omhulsel deukte onder zijn vingernagel. Hij drukte harder. De deuk werd dieper.

Hij trok de twee kanten van de capsule uit elkaar... leeg.

Ze had hem een flesje neppillen gegeven. Hoogst merkwaardig.

Hij ging op bed naar het plafond liggen staren. De verantwoordelijkheid – om haar te helpen, om een beslissing te nemen om iets te doen in plaats van alleen maar te zijn – drukte zwaar op hem. Het slaaptekort van de vorige nacht, rusteloos en opgejaagd als hij was toen hij nadacht over zijn bekentenis, bezorgde hem pijnlijke ogen. Stel dat hij haar niet kon helpen, dat hij niet tegen die taak opgewassen was? Hij beroerde de bekentenis in zijn zak en sloot zijn ogen in een poging na te denken.

7

'Werkt het?' vroeg Groote. Hij hield bijna zijn adem in en dacht: dit is het, Amanda, hier is het wonder dat je zal redden en je weer heel zal maken. Hij was uit Orange County naar Albuquerque gevlogen en had de vier uur naar het noordelijke Santa Fe geracet. Zijn uitputting vanwege de lange nacht waarin hij had gewacht om de accountant te vermoorden, loste op. 'Werkt het echt?'

In de vergaderzaal van het ziekenhuis glimlachte dokter Leland Hurley om hem, zijn hoop en zijn vragen. Hurley praatte weer verder over het beperken van de emotionele tol die de afgrijselijkste herinneringen eisten en dreunde een heel rijtje chemische stoffen in de hersenen af: epinefrine, propanolol, superbètablokkers, adrenergetische receptoren. Hurley had het erover dat patiënten hun normale leven weer konden oppakken en het enige waar Groote aan kon denken was: werkt het, werkt het, werkt het?

Dokter Hurley wees naar de lift. 'Laten we naar de bovenste verdieping gaan.'

De bovenste verdieping betekende Frost. Het medicijn.

Na de vroege avondmaaltijd zaten de meeste patiënten op hun kleine, maar comfortabele kamers. Aan het eind van de hoofdgang van elke etage was een ruime koffiekamer waar ze bij elkaar konden komen en praten.

'Dit is geen alledaagse behandeling,' zei Hurley terwijl hij Groote door een deur leidde waarop stond: VIRTUAL-REALITYBEHANDELING. STILTE ALSTUBLIEFT.

Het was donker in de kamer die in tweeën werd gedeeld door een glaswand, langs de muren stond een wirwar aan computers. Aan de andere kant van de glaswand bungelde een jonge man in vier elastische banden aan het plafond. Een vreemdsoortige helm bedekte zijn ogen en oren. Hij droeg een strakke witte bodysuit die volzat met draden en kleine gadgets, Groote veronderstelde dat die de hartslag, ademhaling en andere functies bijhielden. De patiënt hing nagenoeg bewegingsloos en maakte zo nu en dan een spastische beweging in reactie op de scènes die in zijn bril werden afgespeeld. Een scherm vertoonde iets wat leek op een computer geanimeerde film, een donkere steeg, nat van de regen en waarin drie mannen dicht naast elkaar liepen. Een had een ketting vast, een ander een mes.

'Wat zijn dat voor scènes?' vroeg Groote.

'We spelen de gebeurtenissen voor ze na,' zei Hurley met een scherpe grijns. 'We doen uitgebreid onderzoek en nemen diepte-interviews af om achter de details van hun persoonlijke trauma te komen, dan construeren we op de computer een scenario dat met die details overeenkomt. Wij zien het op scherm, hij ziet het in zijn bril, alsof hij zelf in de scène zit. Je kunt het grofweg zien als een computerspelletje, behalve dat dit op maat is gemaakt om ze hun ergste angsten onder ogen te laten zien. Het helpt degenen die nog niet samenhangend over hun ervaringen willen praten die op een rij te zetten, zodat ze erover leren praten. Het medicijn, Frost, zwakt de slechte herinneringen af. Deze man werd aangevallen en bijna vermoord tijdens een akelige bendestraatroof in Washington. Hij ervaart nu die straatroof opnieuw.'

'Virtual reality,' zei Groote. 'Maar voor de werkzaamheid van het medicijn is dat toch niet nodig?'

'Voor ons fungeert het als camouflage voor Frost. Iedere patiënt hier gelooft dat ze worden getest op het effect van de virtual-realitybehandeling... ze weten niet dat ze een dosis Frost toegediend hebben gekregen.'

Groote fronste zijn wenkbrauwen. 'Ze weten niet dat ze als proefkonijn fungeren.'

'Nee. We kunnen ze dat niet vertellen. Het is van belang dat het onderzoek niet wordt gepubliceerd, omdat we het willen verkopen aan een farmaceutisch bedrijf dat het onderzoek zelf wil opeisen.'

De jonge man trok aan de hangbanden, snakte naar adem en smeekte om hulp toen op het scherm de door de computer gegenereerde schurken hem met kettingen en messen te lijf gingen. Een technicus die aan dezelfde kant van de glaswand stond als waar Groote en Hurley zachtjes stonden te praten, sprak de patiënt kalm en geruststellend door een microfoon toe.

'Ik heb gehoord dat uw stiefdochter aan een interessant trauma lijdt.'

Interessant? Mooi woord, deze kerel was duidelijk een lab-ratfreak. 'Dochter. Ik heb haar geadopteerd. Zij en haar moeder reden door een canyon toen een andere auto... het vuur op hen opende en ze van de weg af schoot. Ze zaten in het wrak bekneld. Mijn vrouw stierf een paar uur later, mijn dochter zat met haar moeders lijk in de auto in de val, het duurde zo'n zesendertig uur voor ze werden gevonden.' Zijn borst verkrampte. Het verbaasde hem dat hij het gezinsdrama aan een nagenoeg onbekende vertelde, maar hij wist dat dit de oplossing was, een goede en reële hoop voor Amanda, de belofte dat er een toekomst voor haar was weggelegd voorbij betegelde gangen en kalmerende middelen en vierentwintig uur per dag zorg. 'De artsen kunnen haar niet helpen. Ze probeert zichzelf pijn te doen.'

'Haar hersens blijven zich voortdurend bezighouden met de traumatische herinneringen. Die herinnering versterkt – evenals het trauma dat ermee gepaard gaat – de nachtmerries, angst, paranoia,' zei Hurley. 'In uw dochters geval wordt alles een reactie op de krachtige herinnering. Ik neem aan dat ze bang is om in een auto te rijden, of als ze aan haar moeder denkt, ze in een dissociatieve toestand terechtkomt waarin ze naar het trauma zelf terugkeert, of ze pijnigt zichzelf omdat ze gelooft dat ze net als uw vrouw had moeten sterven.'

'Ja,' zei Groote.

Hurley wees naar de man in de virtual-realitykamer. 'Het grootste deel van het onderzoek naar het verdoven van het traumatische geheugen – we kunnen de herinnering tenslotte niet helemaal uitpoetsen – concentreert zich op het toedienen van bètablokkers aan de patiënt, die helpen geheugenmisvorming tegengaan. Wanneer we een beangstigende ervaring meemaken, maken onze hersenen stresshormonen aan, neurotransmitters en perifere bètareceptoren; ik noem die hele mikmak de "angstmix".' Hurley glimlachte. 'Die chemische stoffen versterken de herinnering aan de traumatische gebeurtenis. We kunnen tijdens het ontstaan van een traumatische herinnering wel onmiddellijk ingrijpen als we bèta-adrenergetische antagonisten toedienen zoals een bètablokker als propanolol, in simpele bewoordingen komt het erop neer dat de herinnering aan het trauma dan niet de kans krijgt zo krachtig te worden als de angstmix.'

Groote knikte. 'Op de universiteit heb ik scheikunde gehad, ik begrijp de technische uitleg wel.'

Hurley glimlachte enigszins ongelovig naar hem. 'Uiteraard. Een traumatische herinnering consolideert zich door ons hele brein heen, ze blijft niet beperkt tot een paar hersencellen die we kunnen wegwerken. Maar de momenten dat de patiënt zich de gebeurtenis herinnert, zoals onze jongen daar op dit moment ervaart, zijn ook de momenten wanneer de herinnering chemisch gesproken op haar zwakst is. Dat is de beste gelegenheid om de herinnering te verzwakken, de impact ervan te verminderen. Je trekt de herinnering uit het bed van de hersenen, als een roos die je uit de aarde trekt. Als je de herinnering niet behandelt, schiet ze weer wortel, nog hardnekkiger en dieper. Maar als je de herinnering chemisch behandelt nadat je haar eruit hebt getrokken, kun je als het ware de doorns eraf halen. Bij eerdere experimenten liepen we tegen het probleem op dat je de bètablokkers heel snel na het trauma moest toedienen, er bestond niets voor lijders aan een langetermijntrauma. Tot Frost ten tonele verscheen. Het is een cocktail – nou ja, "een combinatie" klinkt eleganter – van medicijnen die verschillende benaderingen samenvoegt: een synthetische, superbètablokker om de angstmix te onderdrukken en krachtige nieuwe hersenenzymblokkers om te voorkomen dat de angstige herinneringen hun doorns terugkrijgen.'

Op het scherm schopte een van de zogenaamde aanvallers de man gemeen tegen de borst en hield een mes tegen zijn keel. De patiënt hing stil in de banden, hield zijn hoofd schuin alsof zich slechts een matig interessante scène op het scherm afspeelde.

'Bedoelt u dat deze jongen met Frost de aanval uiteindelijk zal vergeten?'

'Niet helemaal. Maar Frost haalt het trauma van de aanval weg, voorkomt dat de angstige herinnering wordt versterkt. Frost kan de gedachten aan het moment dat hij in elkaar werd geslagen nagenoeg doen vervagen, zodat die herinneringen niet in een posttraumatisch stresssyndroom kunnen ontaarden.' Hurley tikte met een pen tegen zijn onderlip en grijnsde trots. 'Deze man heeft zijn trauma twee jaar geleden opgelopen. Toen hij vier maanden geleden naar de computeranimatie keek, kwam hij bijna in een dissociatieve toestand terecht. Maar nu, na behandeling met Frost, versnelt zijn hartslag maar een fractie, hij is nerveus, maar niet bang.'

'Het is een geneesmiddel.'

Hurley grinnikte. 'Het werkt. Zolang het wordt gebruikt in combinatie met therapie die de traumatische herinnering oproept – zoals in onze virtual-realitykamer of de gangbare psychiatrische therapie – en tegelijk Frost wordt toegediend. Kom mee.'

Groote liep achter hem aan de VR-kamer uit door de gang naar Hurleys rommelige kantoor. Hurley ging aan zijn bureau zitten en typte iets in op zijn toetsenbord. 'Alle zesenveertig patiënten die Frost hebben gekregen, leden aan een ernstig PTSS, met extreme flashbacks, uitgesproken angsten en vaak onaangepast gedrag. Ze vertoonden allemaal gestage verbetering bij het terugdringen van hun trauma door middel van het geheugenmedicijn in vergelijking met de controlegroep van zesenveertig patiënten die een suikerpil hebben gekregen. Een kleine groep, maar voldoende om de farmaceutische industrie voor koop te interesseren.'

'En deze Allison Vance weet van het programma af.'

'Ze weet niets van Frost, alleen van de VR-kant van het project hier. Maar ik denk dat ze wantrouwig is geworden of we de patiënten medicijnen toedienen. Ik heb haar betrapt toen ze een bloedmonster bij het lab probeerde op te halen. Ze zei dat ze dacht dat een van haar patiënten misschien hiv-positief was en dat we daarop moesten testen.'

'Dat is niet helemaal ongeloofwaardig.'

'Op mij kwam het over alsof ze geloofde dat er iets met de bloedmonsters aan de hand was,' zei Hurley. 'Als ze iets te weten komt over Frost, of als ze wist dat ons onderzoek aan de medicijnfabrikanten is aangeboden, kan ze problemen veroorzaken.'

'Wil de farmaceutische industrie dit niet zelf ontwikkelen?'

'Moet je eens naar al die medicijnadvertenties kijken. Hun marketingbudgets zijn veel groter dan die voor research en ontwikkeling. Wij slaan er munt uit en zij ook.' Hurley wendde zich weer tot zijn computer.

Groote sloeg zijn armen over elkaar. 'Hoe komt Quantrill aan Frost?'

'Dat weet ik niet.'

'Heeft hij het gestolen? Hij is een dief, ook al plak je nog zo'n mooi consultantetiketje op hem.'

Hurley gaf geen antwoord.

Groote boog zich naar voren. 'Dit is mijn theorie. Hij wil niet dat de farma's weten waar hij Frost vandaan heeft, wel?'

'Ik zou het niet kunnen zeggen, meneer Groote.'

'Hoe is Allison Vance erbij betrokken geraakt?'

'Ze is nog niet zo lang in de stad en zit nog niet stevig in de plaatselijke psychiatrische gemeenschap verankerd. Ze is erg op zichzelf. Ik had een diagnosticerend arts nodig. Ze was betaalbaar en efficiënt. Patiënten mogen haar.'

'Ze kon een monster van Frost naar buiten smokkelen en laten testen.'

'Ik houd alle doseringen bij. Er ontbreekt niets.'

'Hoe controleer je ze?'

'Ik tel ze.'

'Zijn dit compacte capsules? Kan ze die door neppillen vervangen?'

Hurleys gezicht kleurde rood. 'U geeft veel te hoog van haar op. Ze zou nooit haar toevlucht tot diefstal nemen. Als ze zich ongerust maakt, zou ze eenvoudigweg de autoriteiten erbij halen.'

'Dus als ze herrie gaat schoppen, kopen we haar af.'

'Allison is niet het type dat je met geld kunt omkopen. Ze is van het altruïstische soort. Heeft het er altijd over dat de patiënten op de eerste plaats komen.'

'Waarom breng je haar niet hier, zet je haar neer en ondervraag je haar niet?'

Hurley slaakte een nerveus lachje. 'Ik ben niet zo'n stoere bink. Daarom ben jij hier.'

'Maar ze is nog niet naar de autoriteiten gerend om alles aan de grote klok te hangen.'

'Allison zou nooit een onverhoedse of misplaatste beschuldiging uiten. Als je vijf minuten met haar hebt gepraat zul je merken dat ze simpelweg een zorgzaam iemand is, zoals de meeste psychiaters. Je kunt zien hoe ze is, we hebben opnamen van haar tijdens haar patiëntengesprekken...'

Hij ontsloot een bureaula en opende die, en verstijfde.

'Wat is er?' vroeg Groote.

'Ik had hier dvd's met back-ups van ons hele onderzoek liggen. Ze zijn weg.'

Frost. Verdwenen. Grootes borst trok weer samen. 'Maar het zijn alleen back-ups. De originelen zitten op de harde schijf...'

'Daar gaat het niet om. Als Allison ons wil verraden, heeft ze het bewijs op die dvd's.'

'Misschien heb je ze gewoon ergens anders gelegd.'

'Nee. Ik maak hier dagelijks een back-up en berg ze goed op. Ik ben de enige met een sleutel.' Hurleys stem kreeg een schrille klank van paniek.

'Is Allison nu hier?'

Hurley klikte met de muis op het computerscherm. Er verscheen een venster waarop de drie in- en uitgangen van het ziekenhuis te zien waren, evenals het gebruik van de elektronische personeelspassen. 'Nee.'

'Waar kan ik haar vinden?'

'Waarschijnlijk op kantoor. Op Palace Avenue, vlak bij het Plaza.'

'Hoe lang geleden is ze hier weggegaan?'

Hurley drukte een toets op het keyboard in, twee van de vensters bleven open en op een ervan liep Allison Vance het gebouw uit. Volgens de klok was dat om tien uur die ochtend geweest. Het andere videoscherm toonde een jonge man in ziekenhuisuniform die over zijn schouder keek en op weg was naar de deur. De klok gaf tien minuten geleden aan.

'Wie is die vent?' vroeg Groote.

'Een patiënt. Nathan Ruiz. Wat doet die verdomme met een pas? De registratie geeft aan dat de pas die hij heeft gebruikt dezelfde code heeft als die van Allison... de bewakers hebben hem vast niet zien vertrekken.'

Groote trok zijn wapen van onder zijn jasje.

'Ik weet niet hoe hij door de deuren hier is gekomen,' zei Hurley.

'Hij is de dief.'

'Die kerel niet, hoor, hij is volslagen gestoord, en de patiënten weten niets van Frost,' zei Hurley. 'Ik pak hem wel aan. Ga jij Allison opzoeken en kijken of ze die bestanden heeft.'

'Het is niet het einde van de wereld, toch? Je hebt nog steeds het originele onderzoek.'

Hurleys stem klonk gespannen en gejaagd toen hij de gang door liep met Groote achter zich aan. 'Doe niet zo idioot. Wie dat onderzoek ook heeft gestolen, als ze Frost aan de FDA doorspelen kunnen ze ons zo buitenspel zetten. Dan hebben we geen medicijn te verkopen.' Hij schudde zijn hoofd. 'Geen medicijn voor uw kind.'

Groote drong zich langs hem heen.

8

Het onweerde en Miles opende zijn ogen. Hij was bezweet, had een vieze smaak in zijn mond en rukte zich los uit de vervagende droom waarin Andy een pistool achter uit zijn broekriem trok en Miles probeerde uit te brengen: niet doen niet doen niet doen; waarin Andy op het met olie bespatte beton neerstort terwijl Miles over hem heen valt, de vloer stoffig tegen zijn wang. Hij knipperde nogmaals met zijn ogen.

De avond was de kamer in geslopen.

Hij keek naar het glanzende lichtje van zijn wekker. Twee minuten voor zeven. Hij was te laat voor zijn afspraak met Allison. Hij greep zijn jas en rende de koude druilregen in.

Hij rende twee straten door, toen het Plaza over, daarna Palace Avenue. De regen vervaagde tot een mist en hij zag de lichten in haar kantoor branden. Allison zat nog steeds op hem te wachten.

Miles rende het parkeerterrein op en zag Allisons BMW helemaal achteraan geparkeerd staan. En toen, terwijl hij zijn gezicht naar het gebouw toe keerde, sloeg de wereld met een knal uiteen en werd hij achteruit door de mist geslagen. Zijn schouders kwamen als eerste op de straat terecht, het nabeeld van de explosie liet een felle vlek op zijn netvlies achter.

Hij sloeg zijn arm over zijn gezicht en de hitte nestelde zich op zijn broek, in zijn buik. Hij rolde een keer om, kronkelde, sloeg het brandende puin van zijn kleren. Hij kwam wankelend overeind. De gevel van het gebouw was ingestort maar hij hoorde alleen een afschuwelijk piepgeluid in zijn oren. De vlammen sloegen uit Allisons gebouw, een vurige vuist werd naar de hemel uitgestoken.

Hij rende naar de muur van verzengende lucht om het gebouw en trok zich zacht kreunend weer terug. Waar haar kantoor was geweest – aan de voorkant rechts – brandde een hel van vuur. Miles bleef staan, verdoofd van schrik.

Sirenes gilden toen twee brandweerauto's vlakbij op straat parkeerden. De pijn kroop langs zijn armen en handen omhoog. Hij betastte het bloed op zijn huid en haar, voelde hoe dat in de hitte opdroogde.

Hij strompelde naar achteren, viste zijn mobieltje op, toetste haar piepernummer in, en voerde als een uitzinnige zijn nummer in om haar terug te laten bellen. Ondertussen dacht hij: ze is hier niet, misschien was ze eten gaan halen omdat ik te laat was. Hij belde haar mobieltje, alleen haar voicemail.

Een volgende brandweerauto kwam brullend tot stilstand, de brandweerlieden namen vakkundig en snel hun positie in, al snel spoot het water uit hun slangen, een stank van vernietiging dreef in de door de regen schoongewassen lucht.

Miles ontweek de brandweerlieden, stak de straat weer over en ging op de stoeprand zitten tussen de menigte die zich vanuit de Posada en de straat had verzameld. Hij hoorde een brandweerman aan een kind in Posada-uniform vragen wat er gebeurd was. De jongen zei: 'Gasexplosie, man, een enorme knal.'

Geen gasexplosie, dacht Miles vol afgrijzen toen zijn hoofd door de schok weer helder werd. Nee. Sorenson. Hij had een aktetas in haar kantoor gelegd. Een tas die ik niet heb kunnen vinden. De actie is in gang gezet, had hij gezegd. Een bom, jezus, hij heeft goddomme een bom in haar kantoor gelegd en ik heb die niet gevonden terwijl ik de kans had, dit is mijn schuld mijn schuld mijn schuld...

'Sir?'

Miles hief zijn hoofd op. Een brandweerman stond over hem heen gebogen.

'Gaat het wel met u? U bent gewond.'

'Nee. Het gaat wel. Ik liep...' hij zei bijna náár, maar hij bedacht zich... 'langs het gebouw. En plotseling was er die knal.'

'U hebt u gesneden. Kom maar even mee.'

Miles liep schuifelend achter de hulpverlener aan. Het kantoorgebouw trilde opnieuw op zijn grondvesten, het vuur verslond nu de restanten van het dak en spuugde vlammen de lucht in. Er klonk een oorverdovend gekraak toen het afgebroken skelet van het gebouw instortte.

Hij dacht aan de opknapbeurt die binnen aan de gang was, de oplosmiddelen, verf, de rommel, allemaal brandstof voor het inferno.

Er vormde zich een mensenmenigte uit de straten in de buurt, vanuit de kerk, uit de hotels, en al lopende zocht hij in de mensenmassa naar haar gezicht, luisterde of hij haar stem hoorde.

Ik heb je hulp nodig. Ik zit echt in de problemen. Zie je om zeven uur.

Hij had haar in de steek gelaten.

Sorenson. Sorenson had dit gedaan. Wat had hij nog meer gezegd? Vanavond. Ja. Haar huis. Geen probleem.

Haar huis.

Hij liep niet meer achter de hulpverlener aan naar een ambulance, hij baande zich een weg terug door de massa. Hij liep weg, niet in staat om naar het vuur te kijken.

Niemand hield hem tegen.

Miles liep half rennend naar Allisons huis, de pijn op zijn geschaafde handen, zijn suizende oren en het bloed dat langs zijn nek drupte negerend.

'Je had samen met haar moeten sterven,' zei Andy naast hem rennend.

'Houd je kop,' zei Miles die met een zijwaartse vuist naar Andy uithaalde, die lachend Miles' vuist omzeilde.

Miles bleef doorrennen.

Haar huis lag in de lange bocht van Cerro Gordo helemaal aan de oostkant van de stad, boven op een heuvel vol chimisa en piñon. Cerro Gordo sneed door de zijkant van de heuvelrug, geflankeerd door adobehuizen en stroken struikgewas. De geplaveide weg ging over in een onverharde weg. De onweersstorm, nu meer gerommel dan regen, dreef naar het oosten weg. De grijze, laaghangende bewolking verduisterde de bergen als een lijkwade.

Hij mocht eigenlijk niet weten waar ze woonde, dat zou ze logischerwijs als een inbreuk hebben ervaren. Hij had haar niet gevolgd of in het telefoonboek opgezocht, daar stond ze niet in. Maar toen ze een keer naar een sessie met hem vertrok en ze het gebouw uitliepen, was een rekening uit een zijvak van haar tas gevallen. Hij had het bonnetje opgeraapt en aan haar teruggegeven, maar het adres was hem niet ontgaan. In zijn vroegere leven had hij zichzelf geoefend in het in een enkele oogopslag onthouden van adressen, rekeningnummers, telefoonnummers. Hij was maar één keer langs haar huis gelopen, toen hij wist dat zij op kantoor zat. Alleen maar om de weg te weten. Want hij was bang dat als Andy te overheersend, te hardnekkig werd, als Andy een pistool in Miles' hand zou stoppen en dat naar zijn slaap of mond zou begeleiden, hij haar nodig zou hebben en niet door middel van pieper of telefoon voordat Andy de trekker zou kunnen overhalen.

Hij moest weten waar hij heen moest rennen als hij hulp nodig had.

Vanaf Cerro Gordo liepen privéoprijlanen van de hoofdweg kronkelend verder de heuvels in. Hij nam de oprit voor een groep van vijf huizen waaronder dat van haar, negeerde het VERBODEN VOOR ONBEVOEGDEN-bord en liep langs het open adobe-hek. Het tweede huis was van haar. De weg was verlaten en aan weerskanten stonden struiken. Hij haastte zich langs het eerste huis waar de ramen zwart waren.

Haar huis was donker. Er stond geen auto op de oprit. Hij rende naar de voordeur. Greep voorzichtig de deurknop. Op slot.

Het bleef stil in huis.

'Ze is weg,' zei Andy vanaf de adobe-wal langs haar oprit. 'Weg, weg, weg.'

Miles snelde over een stenen pad naar de achterkant van het huis. Op zijn hurken bestudeerde hij het slot. Geen nachtslot. Als een alarmsysteem ging loeien, zou hij weer met de nacht samensmelten.

Miles pakte de kruk beet. De deur zwaaide open toen hij ertegen duwde.

Voorzichtig stapte hij naar binnen en sloot de deur achter zich. Hij stond in haar slaapkamer. In het vage schijnsel van een badkamerlichtje zag hij de details van de kamer: zachtroze geschilderde rotanmeubels, een turkooizen tapijtje met kronkelige geometrische figuren erop, een boekenkast met stukgelezen paperbacks, een queensize bed. Een bureau met daarboven een spiegel. De spiegel was van links naar rechts gebroken, één enkele breuk, en hij zag zichzelf in tweevoud in de slaapkamer staan.

Hij liep de keuken in. Borden stonden in de gootsteen opgestapeld. Een vergeten glas stond op de betegelde bar, een slok fris prikkelde op de bodem. Ernaast lag een open doos met een rol aluminiumfolie, het kartelig afgescheurde uiteinde hing eruit. Alsof ze zo een boodschap was gaan doen of de telefoon ging opnemen.

Hij liep door de keuken naar haar huiskamer. De loop van een pistool beroerde zijn achterhoofd.

'Geen beweging.'

9

'Haar kantoor is weg,' riep Groote in zijn telefoon. Hij stond aan het eind van Palace Avenue naar het brandende gebouw te kijken.

'Weg?' Hurley begreep er duidelijk geen woord van.

'Verwoest, brandt als een verdomde fakkel,' zei Groote. 'Er staat een menigte, ik hoorde mensen zeggen dat er een ontploffing is geweest.' Hij was vanaf het ziekenhuis naar Vance' kantoor gereden, was gestopt toen de verkeerschaos ontstond en uit de auto gestapt toen hij haar gebouw in lichterlaaie zag staan. 'Wat is er verdomme aan de hand?'

'Ik weet het niet. Ik begrijp het niet.' Hij klonk verdwaasd. 'Staat Allisons kantoor in brand?'

'Iemand neemt ons verschrikkelijk in de zeik,' zei Groote. En neemt ons in de zeik met een medicijn dat mijn kind kan helpen, en mag God ze bijstaan als ik ze te pakken krijg. 'Dit is geen toeval, een patiënt van Allison Vance breekt uit en haar kantoor wordt in de as gelegd. Heb je die knaap al gevonden?'

'Nee. Hij heet Ruiz. Hij is gewelddadig, gevaarlijk.'

Christus, dacht Groote. Hij was nauwelijks een uur in de stad en de hele operatie die hij moest beschermen stortte in elkaar. 'Ik neem aan dat we de politie er maar niet bij moeten halen.'

'Hm, liever niet, nee.' Hurley schraapte zijn keel. 'Als Allison dood is, zijn de onderzoeksbestanden hopelijk met haar mee de lucht in gegaan. Dat betekent dat we niet verraden kunnen worden.'

'Het staat me niet aan,' zei Groote. 'Stel dat ze niet op kantoor was. Waar woont Allison?'

10

'Handen boven je hoofd, je palmen naar boven,' beval de stem. 'Schiet op, klootzak.'

'Ik snap het,' zei Miles. 'Geen probleem. Rustig maar.' Hij spande zijn armen en benen aan en dacht: als hij zijn arm dicht bij me in de buurt brengt, kan ik het pistool langs mijn hoofd stoten voordat hij kan reageren. Maar als Allison hier gevangenzat, kon een gevecht haar in gevaar brengen, en hij kon niet ontsnappen en haar achterlaten.

'Allison!' riep hij.

'Op je knieën, gevangene,' beval de stem.

Gevangene? Miles liet zich op de stenen vloer vallen en dacht: sommige hoofdschotwonden kun je overleven, maar niet waar hij zijn pistool nu heeft, tegen mijn slaap. Hij wist hoeveel pijn het deed als je werd beschoten, die verblindende pijn.

Zijn vingers zochten naar zijn portefeuille. 'Michael Raymond,' zei de stem.

'Ja.'

'Je geeft volledig antwoord op elke vraag die ik stel.' Hij probeerde gezag uit te stralen maar de toon verraadde zijn onervarenheid. Hij is net zo bang als ik. Maar bang-zijn was slecht nieuws. Bang betekende tot het uiterste gespannen zenuwen, met een vinger strak aan een trekker die op Miles' hoofd was gericht.

Hij dwong zijn stem kalm te laten klinken. 'Ik ben op zoek naar Allison Vance. Leg dat wapen neer.'

'Ben je met die andere kerel?'

'Andere kerel?'

'Die vent die hier het eerst was.'

'Ik weet niet wat je bedoelt...'

Miles werd overeind getrokken, de badkamer in. Sorenson lag in de badkuip, een gemene bloederige kneuzing prijkte aan de zijkant van zijn hoofd, zijn voeten en armen waren met een laken vastgebonden. Miles zag dat Sorenson oppervlakkig ademde, hij was bewusteloos.

'Deze man heeft Allisons kantoor opgeblazen,' zei Miles.

'Wat?'

'Haar kantoor is afgebrand...'

'Je liegt.'

'Nee, het is echt zo. Ik ben een patiënt van haar. Ik had vanavond een afspraak met haar. Dat kan ik bewijzen. Leg alsjeblieft dat pistool neer.'

'Je bent niet eens een goeie leugenaar. Al haar patiënten zitten in Sangriaville.'

'Wat is Sangriaville?'

De stem negeerde hem. 'Je zei dat haar kantoor in brand stond.'

'Kijk naar mijn gezicht. Mijn handen. Ik stond op het parkeerterrein van haar kantoor. Er was een explosie...'

'Nee.' Scherp, kort, doortrokken van de schok. 'Nee, nee, nee...'

'Ze zat in de problemen. Ze vroeg mij om hulp. Die vent was vandaag in haar kantoor, ik denk dat hij een bom heeft neergelegd. Waarom is hij hier?'

De stem trilde. 'Hij kwam door de achterdeur... ik heb hem neergeslagen.'

'En hij had niets bij zich?' Als hij haar kantoor heeft opgeblazen, waarom dan niet ook haar huis? dacht Miles.

'Nee.'

'Ik ga hem wakker maken.'

'Je blijft bij hem uit de buurt.' De man trok Miles de badkamer uit en duwde hem hardhandig op de tegelvloer van de kamer. 'Je laat hem met rust, ik heb geen zin in een overmacht. Wat heb je met Allison gedaan?'

'Niets.' Miles hield zijn stem stabiel en kalm. 'Een leugen als het afbranden van haar kantoor houdt niet lang stand. Ik weet niet zeker of je het vanaf hier kunt zien, maar als je Cerro Gordo afloopt zie je de vuurgloed.'

De hand van de man beefde, waardoor het pistool tegen Miles' hoofd trilde. Houd hem kalm, dacht Miles.

'Sta op,' beval de stem en Miles kwam overeind. De man duwde hem naar voren terwijl hij de pistoolloop tegen Miles' haar drukte.

Miles duwde de gordijnen open. Opende de deur van het balkon dat uitkeek over de heuvelafwaarts lopende zijwegen naar Cerro Gordo.

De wind droeg in de stilte het geluid van de sirenes omhoog.

De man achter hem maakte een verstikt keelgeluid. 'Ze hebben haar te pakken. Ze hebben haar vermoord.'

'Wie zijn zij? Sorenson?'

De man zweeg. De pistoolloop drukte stevig tegen zijn schedel, alsof hij een beslissing had genomen.

Miles' ingewanden veranderden in water. 'Ik had beloofd haar te zullen helpen,' zei hij. 'Ik heb een briefje van haar. Waarin ze mijn hulp vraagt.'

'Ja ja.'

'Rechterzak. Pillenflesje. Kun je het zelf zien.'

'Ik lees het wel als je dood bent.'

'Dan heb je een verschrikkelijke vergissing begaan.'

De man drukte de pistoolloop hard tegen Miles' oor, vond het flesje, klikte het open en las het briefje in het schemerlicht dat uit de slaapkamer binnensijpelde.

'Het is haar handschrift,' zei Miles.

Seconden werden een eeuwigheid. Miles wachtte op het schot. Ten slotte zei de man: 'Allison... was op kantoor vanavond. Ze zei dat ik op haar moest wachten. Ze zou hier gauw zijn.'

'Oké, dan staan we aan dezelfde kant.' Miles vond zijn stem terug. 'Haal alsjeblieft dat pistool weg.'

'Niemand mag weten dat ik hier ben. Dan stoppen ze me weer terug op die bovenste verdieping.'

'Ik zeg niks,' zei Miles, niet wetend wat de man bedoelde. 'Beloofd. Leg dat schietding weg. Ik kan je helpen je te verstoppen.'

'Jij. Jij bent niets. Ik ben een gediplomeerde held, begrijp je?'

'Absoluut. Je klinkt als een stoere, slimme vent. Ik heb je hulp nodig om degene die Allison kwaad heeft gedaan te pakken te krijgen,' zei Miles. 'Je hebt Sorenson al uitgeschakeld en ik denk dat hij een kwaaie is. We moeten hem aan het praten krijgen.'

'Tenzij jij haar hebt vermoord en de kerel in het bad de goeie is en jij niet. Hoe weet ik dat nou?'

'Maar ik heb het briefje en hij niet,' zei Miles.

De man dacht na. 'Je zei dat je een patiënt was. Wat mankeert je?'

'Niet veel.' Zijn standaardantwoord, het was er al uit voordat hij nadacht. Het pistool bleef vlak bij zijn schedel.

'Wat is dat véél dan? Zeg me hoe krankjorum je bent.' Hij drukte de loop tegen Miles' slaap.

'Ik word achtervolgd door een dooie vent,' zei Miles. 'Ik heb hem vermoord. Per ongeluk. Het was niet mijn bedoeling. Maar ik kan hem niet afschudden.'

'Ik ben niet gek,' zei de stem trots. 'Helemaal niet, niet meer. Ze hebben me gerepareerd.' De pistoolloop werd van Miles' hoofd teruggetrokken. 'Ik ben beter dan jij, ik ben nu van ijzer...'

Miles haalde hard met zijn hand uit, raakte de man pal op de borst. Hij strompelde achteruit, Miles tackelde hem en stompte hem twee keer hard in de buik. De man klapte dubbel en viel neer. Miles plukte het pistool uit de handen van de man, deed een stap achteruit en hield de beretta op hem gericht. Miles frummelde aan een lamp en deed hem aan.

De man van het pistool was nog maar een kind, begin twintig. Zijn haar was militair gemillimeterd, een donker voorkomen, zijn gezicht een en al hoeken: scherpe neus, jukbeenderen als scheermessen, een hoekige kaak. Twee fletse littekens prijkten op zijn wangen, de brug van zijn neus boog licht door een oude breuk. Hij hapte naar adem, staarde Miles met donkere, angstige ogen aan.

Miles richtte het pistool op de benen van de jongen. Hij had geen schietwapen meer in handen gehad sinds hij Andy had neergeschoten. Zijn hand begon te trillen en hij hield het pistool met een dubbele greep stabiel, hoorde Andy achter zich hinniken.

'Verdomme,' zei de jongen. 'Ga je huilen, of zo?'

Diep ademhalen. 'Sta op. Handen op je hoofd,' zei Miles. Zijn stem sloeg over als een puber. Hij kon nu niet uit zijn dak gaan, hij mocht zijn kalmte nu niet verliezen.

Naar lucht happend gehoorzaamde de jongen.

Eén stap tegelijk. Miles klopte op zijn zakken en jasje. De jongen was gekleed in jeans en een denim jasje waar de winkellabels nog aan hingen. Hij droeg marineblauwe instappers. Miles deed een stap naar achteren en hield het pistool in de aanslag. 'Doe die armband af. Gooi hem naar me toe.'

De jongen, de vernedering brandde in zijn ogen, worstelde de armband los en gooide hem in Miles' gezicht. Miles ving de armband op. Er stond RUIZ NATHAN op met een negencijferig nummer, en het woord FROST-C.

'Schiet hem neer, als je wilt,' zei Andy uit de hoek van de kamer. 'Bouw je eigen decor.'

'Houd je kop,' zei Miles.

'Ik zei niks,' zei Nathan Ruiz, nu weer op adem gekomen. 'Man, je kunt me maar beter neerschieten, want ik vermoord je als ik de kans krijg.'

'Je bent heel erg boos.' Miles liet het pistool zakken, richtte het niet meer op de jongen, hij trok de clip open en haalde het magazijn eruit. De clip en het magazijn stopte hij in zijn zak. Nu klonk zijn stem kalm.

'Dat was stom,' zei de jongen. 'Je had me moeten neerschieten. Je laat me heus niet gaan.' Brandende, zinderende woede in zijn ogen, maar zijn stem verraadde achter zijn bravoure een trilling en hij deed geen uitval naar Miles.

'Ik ga jou niet neerschieten en jij gaat niet op mij schieten. Jij bent ook een patiënt van haar, vermoed ik.'

Hij stapte achteruit, stootte tegen een koffietafel en liep eromheen. Hij zag een lippenstiftrode telefoon op de tafel liggen.

'Ik heb zijn zakken doorzocht.' Nathan knikte in de richting van de badkamer. 'Hij had Allisons telefoon.'

Dat was een slecht voorteken. Miles draaide de gebroken armband om. 'Wat betekent Frost?'

'Dat weet ik niet. Ik ga niet een beetje lopen nadenken over wat er op mijn ID-armband staat.' Maar Miles geloofde hem niet, de jongen wendde zijn blik naar de grond.

'Waarom zit je in het donker met een pistool op Allison te wachten?'

Geen antwoord.

'Ik kan je zo mee naar de politie sleuren, Nathan.'

'Dat heb ik van die vent afgepakt... die volgens jou Sorenson heette. Heb hem op zijn hoofd geslagen toen hij door de achterdeur kwam.' Nu stak hij een lege hand naar Miles uit. 'Geef me dat pistool en de clip terug en dan gaan we elk ons weegs.'

'Nee. We gaan met Sorenson praten. Samen. Uitvissen wat hij met Allison heeft gedaan...'

Toen hoorden ze een klik bij het slot van de voordeur. Geen sleutel, een staafje dat het mechanisme bewerkte. Miles kende dat subtiele verschil in de fluistering van metaal over metaal.

Iemand was aan het inbreken.

11

'Allison?' Nathan wendde zich naar de deur.

'Zij is het niet,' zei Miles. Jezus, hij had het pistool ontladen, dat was stom. Hij gooide de lamp om en frummelde in zijn zak naar de clip. 'Ga naar de slaapkamer. Doe de achterdeur op slot.'

Nathan Ruiz sputterde: 'De bewakers kunnen me niet vinden, zij kunnen niet weten dat zij me heeft geholpen...' Hij draaide zich met een ruk om, rende het balkon op naar buiten en sprong over de balustrade. Miles probeerde hem vast te grijpen maar miste. Ruiz viel vijf meter naar beneden, landde in het stof en grind, glipte tussen de piñonbomen door en klauterde de heuvel af die naar Cerro Gordo leidde. Bij zijn paniekerige ontsnapping maakte hij een hoop kabaal.

De voordeur ging open. Miles zag een lange gedaante in het verspreide licht van de omgevallen lamp, man, zwaargebouwd. Miles trok zich tegen de balustrade terug en zag dat een pistool op hem werd gericht.

Miles sprong van het balkon. Hij hoorde het afschuwelijke *woesj* van de geluiddemper. De hitte van de afgevuurde kogel schoot over zijn schouders, scheerde langs zijn schedel. Hij schreeuwde het uit.

Hij landde, buitelde over het grind omlaag tegen een piñonstronk, worstelde zich los. Hij zat op zijn achterste en gleed de rest van de heuvel omlaag van de privéoprit van het huis over de onverharde Cerro Gordo.

Hij hoorde het geluid van een tweede gedempt schot in de duisternis boven zijn hoofd. Links van hem hoorde hij voeten op het grind roffelen: Nathan, hijgend rennend. Als je achter hem aan gaat, vangen ze jullie misschien allebei. Dus Miles dook naar rechts, bleef met een vaart gestaag doorrennen, zigzagde over de donkere weg.

Hij hoorde een achtervolger van het balkon springen en achter hem aan komen. Links van hem lag een lappendeken aan huizen, tuinen en braakliggend terrein. Hij sprong over een adobe-muur, viel in een zijtuin, rende langs een keukenraam waar licht uit scheen en kinderen om chocolade-ijs als toetje bedelden. Over nog een hek, langs een oprijlaan, terwijl het geluid van zijn achtervolger dichterbij kwam.

Miles sprong over nog een paar hekken en rende toen over een donkere open vlakte. Armijo Park, had hij op de weg naar Cerro Gordo gelezen. Vlak, meer dan genoeg ruimte om je hond uit te laten, kinderen te laten rondrennen en krijgertje en voetbal te spelen. Hij rende over het parkeerterrein, struikelde over een ketting die het park afschermde en viel languit op het gras. Hij hoorde de achtervolger en nu priemde een over het park zwaaiend zoeklicht uit een naderende auto.

Hij stond op en zette het opnieuw op een lopen, niet in een rechte lijn in een poging de lichtbundel te ontwijken die hem voorbij het hek opjoeg, langs het speelveld, langs de schommels en glijbanen. De lucht was bewolkt en het gemurmel van de Santa Fe-rivier steeg in de bries op. Normaal gesproken viel de rivier droog of druppelde er een piepklein stroompje in, maar nu raasde het water erdoorheen door de zware regens en het smeltwater van de afgelopen tijd.

Steek de rivier over, verstop je in de buurt, blijf laag bij de grond... Toen raakten zijn schoenen het gladde oppervlak van gepolijst steen en hij herinnerde zich dat de rivier nog altijd aan de overkant van de straat liep, ónder hem, minstens tien meter, en hij gleed de leegte in.

Dood. Dood door een regelrechte val op de rotsen, en toen stortte hij door een web van boomtakken naar beneden. Hij greep zich vast aan een populiertak die hem hard in de rug sloeg, miste, viel, raakte er nog een en rolde met zwaaiende armen omlaag, viel opnieuw, en een krankzinnige gedachte kwam in hem op: dit schudt mijn hersens zo door elkaar dat ik hierna beter ben.

Maar de volgende tak ving zijn volle gewicht op, hield stand, begaf het vervolgens met een traag krakend gekreun en hij liet zich langs de knarsende boog omlaag glijden. Luisterde. Geen geluid van een achtervolger. De lichtbundel danste boven hem, een auto reed zoekend door het park. Jaagde op hem.

Hij schaarde zijn benen in de lege lucht. De tak knapte opnieuw. Hij liet zich gaan.

Het landschap rees in een snelle beweging omhoog en Miles raakte de grond na een val van ruim drie meter waardoor hij zijn enkels verzwikte en in een duikvlucht terechtkwam. Zijn benen raakten een cactus, de stekels doorboorden zijn dunne kaki broek en hij jankte het uit. Maar hij worstelde zich overeind, navigeerde door het labyrint van bomen en zag een auto langsrijden, de koplampen beschilderden de nacht.

Oost-Alameda. Hij rende de weg op, liet zichzelf langs de ondiepe oever zakken, waadde met een paar passen het rivierstroompje door, het koude water voelde vertroostend aan tegen zijn door bomen en rotsen bezeerde handen. Hij klom weer tegen de oever op en keek over zijn schouder. Geen man met pistool. Geen politieauto. Niemand.

Aan de overkant van de straat, de rivier, op de heuvel, knipte de lichtbundel uit alsof een reuzenoog zich sloot.

Hij liep de buurt naast de rivier in en rende door het spinnenweb van straten. Rechts onder hem een vage oranje gloed tegen de wolken, Allisons kantoor, of het gebouw ernaast, nog altijd in brand.

'Heb je dat pistool nog?' vroeg Andy hem. Hij liep onverstoorbaar naast hem.

Hij greep naar zijn riem. Nee. De beretta was weg, verloren tijdens zijn val. Maar diep weggestopt in zijn jaszak betastte hij de verkreukelde bekentenis die hij aan Allison had geschreven.

'Maar goed ook, dat je het pistool bent verloren,' zei Andy. 'Ik had je dan een stuk makkelijker kunnen doden. Wat doen we nu?'

Miles gaf geen antwoord. Hij liep door, bleef uit de buurt van Palace en de brandweerauto's. Hij rook de rook in de wind. Hij strompelde over het verlaten Plaza – meestal ging Santa Fe 's avonds vroeg naar bed – door de zijstraten tot hij bij zijn flat was. Hij waste het vuil van zijn handen en gezicht, en besprenkelde zijn handpalmen en wangen met antibacteriële lotion. Zijn hoofd bloedde niet meer, de stolsels klitten in zijn haar. Hij gooide zijn natte kleren op een hoop en trok een stuk of drie cactusnaalden uit zijn been. Hij ging op de rand van zijn bed zitten, vroeg zich af wat Sangriaville betekende, wie Nathan Ruiz was, wie de man was die hem had geprobeerd te vermoorden, waarom Sorenson naar Allisons huis was gegaan. En hij probeerde zich niet voor te stellen hoe Allison in een vuurbal verdwenen was.

Het rode mobieltje op tafel. Van haar, hij had haar dat eerder zien gebruiken. Ze had het thuis gelaten. Hij belde haar mobiele telefoon nog een keer. Hij ging twee keer over. De telefoon werd opgenomen.

Maar stilte.

'Hallo?' fluisterde Miles. Toen tegen alle hoop in: 'Allison?'

'Jij en ik weten allebei dat ze hier niet is.' Een mannenstem. Laag, knarsend.

'Waar is Allison?'

'Verbrand. Ik denk dat je dat wel weet, meneer, want ik geloof dat jij en Ruiz met haar plan meededen.'

'Ik weet verdomme niet waar je het over hebt.'

'Ik heb je stem gehoord,' zei de stem, 'aan de andere kant van Allisons deur. Dus ga niet doen alsof je niet de klootzak bent die bij Ruiz was en voor me op de vlucht sloeg.'

Nog altijd op bed zittend zei Miles: 'Oké, ik zal niet doen alsof. Wie ben je?'

'Ik houd niet van namen.'

'Heb jij haar vermoord? Werk je samen met Sorenson?'

'Ik weet verdomme niet wie dat is.'

'Je liegt,' zei Miles, maar de stem praatte door hem heen: 'Allison heeft iets van me gestolen en ik betwijfel of dat per ongeluk samen met haar de lucht in is gegaan. Ik betaal je voor dat onderzoek. We kunnen het op een akkoordje gooien. Maar als je het niet teruggeeft, ben je er geweest.'

Miles telde tot tien, dacht na, probeerde erachter te komen hoe hij de schutter kon manipuleren. 'Ik kan niet teruggeven wat zij gestolen heeft als ik niet precies weet wat het is...'

Een lange stilte. 'Luister, stomme klootzak. Ik geloof niet dat je vanavond in Allisons huis een onschuldige toeschouwer was. Jij en Ruiz, jullie speelden met haar onder één hoedje en je gaat me Frost teruggeven, of ik vermoord je. Zo simpel is dat.'

Frost. Hetzelfde woord als op Ruiz' armband.

'De man in het bad... Sorenson. Ik denk dat hij vandaag een bom in haar kantoor heeft geplant. Verder weet ik er niks van.'

Een stilte en Miles hoorde de zware voetstappen van de man op de tegelvloer. 'Welke man in welk bad?'

'Er ligt een vent in het bad... buiten westen.'

Stilte. 'Er ligt een stapel lakens op de grond, meer niet.'

Sorenson moest zijn ontsnapt in de tijd tussen het begin van de schietpartij en het moment dat de schutter weer naar Allisons huis terugkeerde, waarschijnlijk om te zoeken naar wat dat Frost ook was.

'Ze is dood, je kunt het onderzoek niet verkopen. Ik heb al gezegd dat ik je zal betalen. Laatste kans,' zei de schutter.

Als je antwoorden wilt, moet je die vent vertellen wat hij wil. Lok hem uit zijn tent, probeer hem te vangen. Je hebt Allison niet kunnen redden maar je kunt wel uitvissen wat er verdomme met haar gebeurd is. Behalve dan dat hij in dat geval een reusachtige roos op zijn rug tekende en een aanval van alle kanten kon komen.

Miles sloot zijn ogen. 'Ik heb... Frost... niet, maar misschien weet ik wel waar je het kunt krijgen.'

'Waar dan?'

'Niet nu. Ik... neem nog wel contact met je op.'

'Nee. Je hebt hier en nu. Zeg me wat je weet, dan laat ik je in leven.'

'Je weet niet eens wie ik ben.'

'Ik weet wát je bent. Inhalig. Stom. Je zit er tot je nek in. Luister, schijtbak, ik verdien m'n geld met jagen. Ik spoor je op, reken daar maar op.'

Miles sprak op vaste toon. 'Geef me je nummer waarop ik je kan bereiken, dan bel ik je zodra ik Frost heb.'

'Onaanvaardbaar. Ik heb je hier en nu een aanbod gedaan. Dat wijs je af. Dan zul je de consequenties wel voelen, klootzak.'

De koude rillingen joegen door Miles' borst, maag en keel. 'In plaats daarvan zul je lijden.'

De schutter fluisterde nauwelijks hoorbaar: 'Als ik met jou klaar ben, denk je dat je gezicht afrukken hetzelfde is als een wandeling door een verdomd park.' En de schutter hing op.

Miles sloot zijn ogen, zag het brandende huis, Allison dood en verdwenen.

Ze heeft je om hulp gevraagd en je hebt haar in de steek gelaten. Hij had haar in de steek gelaten, haar net zo in de steek gelaten als Andy. Ik had je moeten redden. Hij had zijn tijd met haar verdaan, een beetje therapie bij haar doen, de slimme jongen uithangen, haar nooit in de buurt van de waarheid laten komen, terwijl het enige wat ze wilde zijn hulp was. Dat ze uit de wereld weg was, voelde aan als een gat dat in zijn borst was geboord.

Maar hij hoefde zich niet als een egel op te rollen. Hij kon de mensen die haar hadden vermoord ervoor laten boeten. Hij stond van het bed op en overwoog zijn mogelijkheden.

Ruiz. Hadden de schutter en zijn mensen met de zoeklichten Ruiz te pakken gekregen? Nathan Ruiz wist hoe hij heette, nu heette hij Michael Raymond. Of erger nog, misschien was zijn mobiele nummer op Allisons mobieltje verschenen. Daarmee kon de schutter hem opsporen. Zijn flat stond op naam van Michael Raymond, en de schutter kon het factuuradres van zijn nummer herleiden naar zijn appartement. Hij kon hier niet blijven.

Maar hij kon ook niet weer op de vlucht slaan, hij kon Allison niet in de steek laten. De man dacht dat hij iets had wat Allison had gestolen. Waarom? Wat was Frost? Hier was Sorenson ook bij betrokken, dat was duidelijk – hij was na de explosie bij Allisons huis opgedoken – waarschijnlijk was hij ook op jacht naar Frost. Maar nu moest hij zich als de donder uit de voeten maken en onderduiken voordat de schutter zich kwam melden.

Miles stopte kleren in een tas, belde DeShawns nummer maar kreeg geen antwoord. Hij probeerde zijn gedachten te ordenen, te bedenken wat hij moest zeggen. Hij moest zich voor de schutter verbergen, maar tegelijkertijd kon hij niet toestaan dat WITSEC hem uit Santa Fe weghaalde. Als dat gebeurde, kon hij de schutter nooit aan de schandpaal nagelen, noch Sorenson, noch Ruiz, wie Allison ook had vermoord.

'Ga je dat doen?' zei Andy, zittend op zijn bed. 'Haar wreken – wat een charmant idee – en dan ben je weer aangepast en ik verdwijn. Je houdt jezelf voor de gek, Miles. Jij en ik zijn een team. Voor altijd.'

Miles pakte zijn tas en liep alleen door het donker naar een bescheiden motel aan Cerillos dat werd bevolkt door armlastige artiesten en lifters. De receptionist vroeg niet om een identiteitsbewijs toen hij twintig extra neerlegde voor een overnachting.

De kamer was eenvoudig maar schoon. Hij ging op bed liggen en deed de tv aan. Het plaatselijke nieuws stond bol van de verschrikkelijke explosie in Santa Fe. Het vuur was gedoofd. Brandweerlieden hadden ernstig verbrande resten van een stoffelijk overschot tussen het puin gevonden. De overledene was nog niet geïdentificeerd maar de onderzoekers vermoedden dat het ging om de vrouw die daar kantoorruimte huurde, een psychiater. De verslaggever die voor de brandweerwagens en het verwoeste skelet van het gebouw stond, zei dat de onderzoekers nog geen commentaar konden geven op de oorzaak van de ontploffing.

De overledene. Allison was dood en verdwenen, en in de door rook beroerde nacht achter het groezelige raam waren de leugenachtige Sorenson, een schutter die vast van plan was te moorden en een verknipte jongen die Nathan Ruiz heette, en zij hadden de antwoorden waar hij op uit was.

Hij hoefde ze nu alleen nog maar op te sporen zonder zelf het loodje te leggen.

'Dat wordt lachen, om te zien hoe je jezelf opnieuw verliest,' zei Andy.

12

Groote beval de twee bewakers de jongen op bed te gooien, de beveiliging aan zijn armen en de reling te bevestigen, en zei vervolgens dat ze konden ophoepelen. Ze vertrokken en sloten de deur achter zich. Hij klikte op de bellijst in Allisons mobieltje dat hij uit haar huis had meegenomen. Een mobiel nummer van de man die had gebeld stond in Allisons telefoon met MR aangeduid.

MR was een wandelend lijk.

Hij stopte de telefoon weer in zijn zak en smeet water uit een kan in het gezicht van de jongen. Nathan Ruiz kwam met een ruk sputterend bij bewustzijn.

'Hoi,' zei Groote. 'Je hebt vanavond een wandelingetje gemaakt.'

'Ik... ik...'

'Je hebt je tong verloren. Waarschijnlijk omdat je verwachtte dokter Hurley te zien. Nou, voor dit soort therapie is hij niet gekwalificeerd, Nathan.' Groote ging naast hem zitten. Hij stak een sigaret op, hoewel hij in geen tien jaar had gerookt, trok er zo hard aan dat de punt opgloeide en blies de rook zonder een kuchje uit. 'Dit gaat alleen tussen jou en mij.'

Nathan knipperde met zijn ogen.

'Je bent weer waar je thuishoort.' Groote klopte op zijn eigen slaap. 'En je komt er niet meer uit.' Hij zweeg een paar seconden en zei: 'Je vriend is er zonder jou vandoor gegaan. Het kon hem zeker niets schelen.'

'Wie?'

'Zijn initialen zijn MR. Als jij me zijn hele naam geeft, dan zijn we cool, jij en ik. Cool is goed.' Hij stak de smeulende sigaret in de lucht. 'Heet niet.'

De uitdrukking op het gezicht van de jongen verdrong zijn verdwazing. Groote zag dat hij het laatste restje moed dat hij nog overhad verzamelde. 'Ik weet niet hoe hij heet.'

Groote drukte de sigaret in Nathans pols.

Nathan schreeuwde het uit. Groote trok zich terug. 'Ik ga door met je andere pols, en dan verder met je tong. Vervolgens je ogen. Dat is echt heel vervelend.' Hij dacht: alsjeblieft, laat me je niet te erg hoeven verbranden. 'Hoe heet MR?'

'Ik weet echt niet wie hij is... hij hoorde daar helemaal niet te zijn.'

Groote besloot de jongen wat lucht te geven. 'Wie had daar dan wel moeten zijn?'

'Allison.' Nathan beet zijn tanden op elkaar tegen de pijn. 'Zij heeft me een deurpas gegeven... zei tegen me dat ik naar haar huis moest gaan.'

'Waarom?' Hij leunde achterover alsof hij het zich gemakkelijke maakte voor een gezellig babbeltje.

'Om te vluchten.'

'Hoezo?'

'Ze zei... dat ik niet meer in Sangriaville thuishoorde.'

'Je verzekering is niet verlopen, Nathan, dus waarom wilde ze dat je ervandoor ging?'

'Ze zei dat dokter Hurley me wilde vermoorden.'

'Goh, Nathan, en hij geeft nog wel zo hoog van je op.'

'Verder weet ik er niks van.' Hij kneep zijn ogen dicht van angst.

Groote dacht na, stelde zich in Allisons plaats. Je gelooft dat er illegaal medicijnen worden getest. Je steelt het onderzoek als bewijs. Maar je wilt ook een patiënt die als proefkonijn heeft gefungeerd, ter illustratie voor de FDA. Zou je met die gegevens een beter plan hebben kunnen bedenken om hem het ziekenhuis uit te krijgen? Nee... niet als je in tijdnood zit, als je wist dat Quantrill op het punt stond Frost te lanceren, de operatie af te ronden nu de testfase achter de rug was. 'Waar is Frost, Nathan?'

'Frost?'

'Allison heeft een paar dvd's gestolen, van die computer-dvd's waar je grote bestanden op kwijt kunt. Daar stond informatie op over een project met de naam Frost. Zeg me waar die dvd's zijn.'

'Dat weet ik niet. Ik heb alleen gedaan wat ze me heeft opgedragen, doe me alsjeblieft geen pijn meer.'

'O, maar dat wil ik ook niet, Nathan. Echt niet. Ik heb alleen een probleem. Die dvd's die Allison gestolen heeft zijn niet in haar huis. Het kan zijn dat ze samen met haar en haar kantoor de lucht in zijn gegaan. Maar dat komt wel verschrikkelijk goed uit, zie je, en ik geloof niet dat goed uitkomen in deze wereld bestaat. Ze heeft iets heel waardevols gestolen, ze wordt de lucht in geblazen en vervolgens is er een groepsknuffel bij haar thuis. Dat is toch met elkaar in tegenspraak.' Hij glimlachte naar Nathan. 'Ik heb je dossier gelezen terwijl jij sliep. Je bent me nogal een geval, tinnen soldaatje. Misschien heb jij Allison wel de lucht in geblazen.'

Nathan schudde vol afgrijzen zijn hoofd. 'Nee, man, dat zou ik niet doen, ik zou nooit...'

'Vertel me wat er gebeurde toen je vluchtte.' Groote draaide met de sigaret tussen zijn vingers, bestudeerde de rook, blies de punt met een diepe trek nieuw leven in.

'Ze heeft een elektronische toegangspas voor me achtergelaten. Zei tegen me dat ik om half zeven op de loop moest gaan, vertelde hoe ik bij haar huis kon komen. Ze had andere kleren voor me klaargelegd. Tegen me gezegd dat ik in haar slaapkamer moest wachten tot zij thuiskwam, maar daar was een enorme spiegel. Ik houd niet van spiegels, wil niks met spiegels te maken hebben, geen spiegels.'

'Wellicht heb je er een nog grotere hekel aan als ik met je klaar ben,' zei Groote zachtjes.

Nathan ging verder: 'Dus ben ik de kamer in gegaan, ben voor het raam gaan staan zodat ik haar kon zien aankomen. Maar er kwam een man. Hij reed langs haar huis, stapte uit en liep weer terug. Geen spoor van Allison. Ik werd bang. Hij kwam binnen en ik heb hem met een Indiaans beeldje van de schoorsteenmantel op zijn hoofd geslagen, hem met lakens vastgebonden en in de badkuip gelegd. Ik wist niet wat ik anders moest doen... ik nam aan dat Allison me het wel zou vertellen.'

Groote fronste zijn wenkbrauwen. Dat kwam overeen met het verhaal van MR. 'Hij was er niet toen wij je vonden, Nathan. Wie was hij?'

'Die andere vent... zei dat hij Sorenson heette.'

De naam zei Groote niets. 'En geen idee wie die andere vent was?'

'Nee.'

'Maar hem heb je niet op het hoofd geslagen, hem heb je niet vastgebonden. Waarom was je tegen hem zo aardig, Nathan?'

'Ik wilde dat hij praatte... me vertelde wat er aan de hand was.'

'En heeft hij dat gedaan?'

'Nee. Hij wist het niet... Hij zei dat Allisons kantoor met een bom was opgeblazen.'

Groote dacht na. Het stond hem totaal niet aan dat Allison Vance kennelijk door een bom was vermoord. Bommen werden niet in een minuutje gebouwd. Bommen waren gecompliceerd en technisch en retelastig. Schietwapens, messen en touw waren veel makkelijker methoden om iemand het zwijgen op te leggen. Een bom betekende middelen, expertise, tijd om te plannen. Een bom betekende een vijand die wellicht ook Groote kon opblazen.

'Ik... ik geloof niet dat die vent op wie jij uit bent haar heeft vermoord,' zei Nathan.

'Veel verdachten heb ik anders niet.'

'Die vent Sorenson...'

'... kan net zo goed een verhaaltje zijn dat jij en je vriendje hebben bedacht om het spoor te verdoezelen voor het geval een van jullie gepakt zou worden. Nee, Nathan, ik denk dat die MR het antwoord op mijn gebeden is.'

'Ik weet niks van MR... Het spijt me, ik weet het niet.'

Groote liet de sigaret in de waterkan vallen. De peuk siste en doofde uit. 'Sorry, Nathan, maar sigaretten gaan te langzaam.' Hij haalde een schroevendraaier uit zijn zak tevoorschijn en stak hem omhoog zodat Nathan hem kon zien. 'Je moet het juiste gereedschap voor de juiste klus gebruiken.'

'Alsjeblieft. Doe het alsjeblieft niet.'

'Op maat voor me gemaakt in Hongarije. Perfect uitgebalanceerd. Ik houd de rand scherper dan de kont van een engel.'

'Ik ken hem niet! Ik heb niks te zeggen!'

'Ik wed dat je tijdens de wiskundeles dol was op verhaaltjessommen. Ik bedoel, net als die raketten en shit die je in het leger hebt afgeschoten, je moet toch minstens een 6 voor meetkunde hebben gehaald.'

'Verhaaltjessommen?' Trillend schudde Nathan zijn hoofd.

'Als je ruim twee centimeter vlees op je botten hebt zitten, en de schroevendraaier kan bij een stoot twee centimeter doorboren, hoe lang duurt het dan voordat hij op je bot zit? Ik breng de metrische noot in omdat ik weet dat je een wiskundig genie bent.'

Nathan worstelde met zijn bedbeveiliging. 'Alsjeblieft... niet doen. Niet doen.'

'Niet doen? Niet doen? Tuurlijk, Nathan, doe ik het niet. We hoeven het niet op de harde manier te doen. Geen sikkepitje, als je niet van wiskunde houdt.' Hij sprak op zachte, intieme toon, bracht de schroevendraaier dicht bij Nathans opengesperde oog. 'Heel wat zieke mensen hebben Frost nodig, tinnen soldaatje, met inbegrip van jou. Met inbegrip van iemand van wie ik houd. Praat of ik los de verhaaltjessom in de praktijk op jouw vlees en botten op. Zeg het maar.'

'Ik kan niet vertellen… wat ik niet weet.'

'Mooi dat je de held wilt uithangen. Echt waar.' Groote klopte Nathan teder op de wang. Toen stootte hij de schroevendraaier diep in Nathans arm.

13

Op woensdagochtend ging om zeven uur de telefoon naast Miles' hoofd. Hij was onmiddellijk wakker, paniek nestelde zich in zijn maag en hij probeerde helemaal bij zinnen te zijn voordat hij de telefoon opnam en met zijn achtervolger zou praten.

'Hallo?'

'Waar ben je, verdomme?' DeShawn klonk woedend.

'Ik ben een vrouw tegengekomen...' loog Miles. 'Ik ben vannacht bij haar gebleven. Is dat toegestaan, mammie?'

'Ik wil dat je naar je flat teruggaat, Miles. En wel meteen.'

'Wat is er aan de hand?'

'Ik heb slecht nieuws. Ik pik je wel op. Waar zit je?'

'Het is niet ver. Ik loop wel,' en hij hing op voordat DeShawn kon tegensputteren. Miles wilde niet terug naar zijn flat, terwijl de schutter hoogstwaarschijnlijk Michael Raymond zou opsporen, maar hij kon niet laten merken dat hij bang was om thuis te zijn. DeShawn zou hem onmiddellijk uit Santa Fe weghalen, en er was geen sprake van dat hij nu zou vertrekken.

Miles waste zijn gezicht, trok een schoon shirt, een schone broek en sneakers aan. Hij liet zijn tas met inhoud in de kamer achter en sloot hem af. Voordat de galerie open was zou hij zijn spullen wel gaan ophalen. Hij liep naar het appartement terug, maar er sprongen geen schutters tevoorschijn om het vel van zijn botten te schieten. DeShawns auto kwam aangereden en Miles stapte in.

'Dokter Vance is dood,' zei DeShawn.

'Ik heb het vanochtend op het nieuws gezien.'

'Ben jij in orde?'

'Ik ben van streek.'

'Je begrijpt zeker wel, Miles, dat als dit ook maar iets te maken heeft met de Barrada's, je binnen vijf tellen wordt overgeplaatst.'

'Dat is niet zo.'

'Zo te horen weet je dat zeker.'

'Die zouden mijn zielknijper niet vermoorden. Als ze me vinden, vermoorden ze mij. En waarschijnlijk niet met een bom van eigen makelij, het vervoer is veel te lastig. Zij stoppen gewoon kogels in mijn hoofd.'

'Weet je niets van dit drama, Miles?'

'Nee.'

'Wat is er met je gezicht gebeurd?'

'Ben gisteravond in een vechtpartij verzeild geraakt.'

'Man, versieren en vechten, dat was me het avondje wel.' Er klonk ongeloof in zijn stem door.

'Waar gaan we naartoe?' wilde Miles vragen, maar ze waren er al. DeShawn zette de auto vlak bij Allisons afgebrande gebouw neer. De boel was met geel lint afgezet. Een groep brandweerlieden was as naar de achterkant van het gebouw aan het scheppen, een paar nieuwsstations uit Albuquerque hadden hun satellietwagens in de buurt van het wrak gezet. Groepjes mensen stonden op de stoep naar de ruïne te gapen. Het parkeerterrein was verlaten, Allisons auto was weggetakeld.

Miles wees naar de brandweermannen die met een zeef schudden, de as tuimelde om hun voeten. 'Ze zoeken naar het deurslot, om te zien of die op slot was of niet. Een bevriende brandweerman van me uit Miami heeft me verteld dat dat het eerste bewijs is waarnaar ze op zoek gaan.' Zijn stem klonk hem doods in de oren. 'Op het nieuws heb ik gehoord dat ze haar hebben gevonden. Denk je dat ze geleden heeft?'

'Nee, Miles, dat niet. Er was… weinig van dokter Vance over. Ze hebben alleen, hm, stukken gevonden. Ik weet zeker dat ze door de kracht van de ontploffing werd gedood, ze is niet levend verbrand.'

Miles legde zijn handen over zijn gezicht, hield zijn emoties in bedwang. Hij had het kunnen voorkomen als hij Sorensons verstopte aktetas had kunnen vinden. Hij heeft hem gemist en nu is ze dood. 'O, godverdomme.'

'Ik mis haar,' zei Andy vanaf de achterbank.

'Het spijt me, man, je zei dat ze je geweldig hielp, dat weet ik.' DeShawn legde een hand op Miles' schouder.

Miles hield zijn stem neutraal. 'Weten ze wat er is gebeurd?' Hij zou Sorenson te pakken krijgen, of wie ook uiteindelijk verantwoordelijk was voor Allisons dood, en hem voor DeShawn slepen, als een kat die een dode muis aan de voeten van zijn baas legt.

'Ik heb met de branddeskundigen gesproken. Ze kunnen de voorkant van het gebouw, waar de verdiepingen zijn ingestort, pas onderzoeken als ze de beschikking krijgen over zwaar transportmaterieel uit Albuquerque. Ze moeten chemische tests doen om te zien of het een gasexplosie of een bom was. Dat weten ze nog niet.'

Ze reden bij de verbrande kolos vandaan.

'Ik moet het je nog een keer vragen, Miles, wist zij dat je in een getuigenprogramma zit?'

'Nee. Dat heb ik haar nooit verteld. Ik was het eerst wel van plan... maar ik wilde het haar niet vertellen. Ik geneerde me.'

'Dus in haar dossiers, niet dat die de vuurexplosie hebben overleefd, hoor, en dan nog, verwijst niets naar jouw status als getuige. Dat is onze voornaamste zorg,' zei DeShawn.

'Dus niet dat mijn arts is vermoord,' zei Miles. 'Echt, fijn dat jullie zo bezorgd zijn.'

DeShawn zette de auto aan de kant van de weg en staarde Miles indringend aan. 'Weet je zeker dat ze is vermoord?'

'Ik weet dat het niets met de Barrada's te maken heeft.'

'Maar het heeft wel ergens mee te maken, hè, Miles? Je hebt me verteld dat een andere dokter, iemand die ik nergens kan terugvinden, Allison met jouw therapie wilde helpen en diezelfde dag is ze dood.'

'Ik moet zijn naam verkeerd verstaan hebben. Sorenstam, Sorengard, ik heb hem maar een minuut gezien. Allison zei dat zij vroeger met hem heeft gewerkt.'

'Als het brandstichtingsteam erachter komt dat er opzet in het spel was, ga jij hun vragen beantwoorden.'

'Dat begrijp ik. Hoe snel weten ze dat?'

'Nou, als het eenmaal veilig is, moeten de onderzoekers diep het gebouw in, chemische tests doen, bij het gasbedrijf navraag doen of er een grote hoeveelheid gas in het gebouw is gebruikt. Ik denk eigenlijk dat het een gaslek moet zijn geweest. Ze zijn dat gebouw zo aan het opknappen, een van de werklui heeft een pijp beschadigd en zo is het lek ontstaan. Waarom zou iemand in Santa Fe een psych willen opblazen?'

'Wees een padvinder,' zei Andy vanaf de achterbank. 'Vertel hem de waarheid en niets dan de waarheid.'

In plaats daarvan vroeg hij zich af wat DeShawn verder nog te zeggen had als Miles niet nadrukkelijk de vraag had gesteld: 'Is haar huis in orde?'

DeShawn trok een wenkbrauw op. 'Wat bedoel je met in orde?'

'Ik neem aan dat de politie of de brandonderzoekers bij haar thuis zijn gaan kijken.'

'Ja.'

'Er was, ik weet het niet, hoor, niet toevallig ingebroken of zo?' Hij hield zijn blik op het raam gericht. 'Mensen beroven voortdurend het huis van dode mensen.'

'Miles, wat houd je voor me achter?'

'Niets. Ik weet niet waarom iemand haar iets wilde aandoen.'

'Voor zover ik weet, was haar huis prima in orde.'

Oké. De schutter had dus schoongemaakt voor hij vertrok, wilde niet dat iemand al te wantrouwig werd over wat er in Allisons huis was gebeurd. De schutter had het erover gehad dat hij Miles voor onderzoek wilde betalen, wat hij Frost had genoemd, een codenaam, vermoedde Miles, omdat dat ook in Nathans medische armband was gegraveerd. Research betekende alleen maar enorme stapels papier of computerdisks of allebei. Makkelijk te verstoppen, maar ook makkelijk te vinden en te transporteren.

Miles zei: 'Laten we ons tot de zaak beperken. Gaan jullie me overplaatsen?' Hij ging ervan uit dat de bureaucraten in Washington aan het berekenen waren hoeveel zijn leven waard was, zich afvroegen of hem overplaatsen gerechtvaardigd was, alleen maar omdat zijn dokter op ongebruikelijke wijze om het leven was gekomen. Maar hij kon niet blijven watertrappen en als Michael Raymond blijven doorleven, niet als de schutter hem via Nathan, die zijn naam wist, kon opsporen of via het mobiele telefoontje. Hij kon zijn nieuwe leven niet verbergen en hij kon niet vluchten.

'Niet als de kans klein is dat je identiteit bekend wordt. Maar ik voel me een stuk beter als je een paar dagen onder een andere naam in een hotel gaat zitten. Tot het brandonderzoek achter de rug is.'

'Prima. Kan ik nu aan het werk?' vroeg Miles.

'Heb je zin in zoiets triviaals als kunst? Ik weet dat je Allison graag mocht...'

'Werken is voor mij nu het beste.' Maar Miles bedoelde niet het bijwerken van de website of verplaatsen van beelden. Ik heb smerig werk nodig, besloot hij, van het soort waar ik goed in was: geheimen aan het licht brengen.

De galerie was nog niet open, maar Joy zat aan de receptie te telefoneren, probeerde op zoetgevooisde toon een verzamelaar uit Boston tot een deal te verleiden. Bij wijze van groet wiebelde ze met haar vingers naar hem, fronste haar wenkbrauwen bij het zien van de schaafwonden op zijn gezicht. Hij stak zijn duim omhoog en wilde plotseling dat hij deze baan nooit zou verliezen.

Hij vouwde de ochtendkrant open en keek erin. Niets wat DeShawn hem niet al had verteld. Het onderzoek loopt, het gebouw is verloren, de lichaamsresten zijn er zo slecht aan toe dat DNA-onderzoek nodig is. Het artikel vertelde dat Allison slechts een paar maanden langer dan Miles in Santa Fe had gewoond. Het verbaasde hem dat ze hier niet dieper geworteld was. Hij bekeek de sectie waar het politierapport stond: geen woord over enige ordeverstoring langs Cerro Gordo. Misschien had Nathan kunnen ontkomen.

Miles ging aan zijn bureau zitten, startte het managementprogramma op waarmee de galerie haar verkopen, contacten, kunstenaars en hun werk bijhield. Hij liep door een lijst met te verwerken inkomende schilderijen, zag Joys notitie om e-mails te versturen naar drie belangrijke verzamelaars die geïnteresseerd waren in zeventien nieuwe schilderijen van één kunstenaar die de galerie gistermiddag laat had binnengekregen. Van al die schilderijen moest hij digitale foto's maken en ze op de website zetten, en ze dan in het systeem invoeren zodat ze te volgen waren. Daarna een rotatieschema voor de schilderijen: de geselecteerde nieuwe schilderijen (allemaal landschappen en afbeeldingen van de hoger gelegen woestijn) ophangen, de onverkochte werken naar de kunstenaars terugbrengen of bekijken of het personeel kunstwerken vanuit de achterkamer aan de man kon brengen. En Joys nieuwe computer was gistermiddag aangekomen, die moest hij op het netwerk aansluiten en de software erop zetten. Een lange dag. Maar hij had ook nog een eigen missie te volbrengen.

Joy hing op. 'Goedemorgen. Wat is er met jou gebeurd, liefje?'

Hij raakte zijn gezicht aan. 'Geen bijster interessant verhaal.'

'Ik vermoedde dat je zou gaan zeggen dat je een borrel met Cinco bent wezen drinken.' Ze fronste haar voorhoofd. 'Heb je van die brand bij het Plaza gehoord?'

'Ja. Verschrikkelijk. Als je het niet erg vindt, begin ik vanochtend met je computer in orde te maken. Ik heb misschien meer tijd nodig om hem op het netwerk aan te sluiten. Nieuwe operating-systemprotocollen.' Schuldig zweet kwam verraderlijk op zijn arm, in zijn haar, op zijn lip tevoorschijn. Hij had er een bloedhekel aan om tegen haar te liegen. Joys ogen keken glazig zodra hij over protocollen begon.

'Nou... doe jij je voodoo maar.'

'Oké.' Hij schrok van het belletje van de achterdeur. Joys zoon Cinco kwam gapend met een reusachtige mok koffie binnen.

Miles vroeg: 'Heeft iemand van jullie ooit van Sangriaville gehoord?'

'Nee. Is dat een nieuwe bar?' vroeg Cinco. 'Want ik heb nieuwe bars officieel van mijn lijst geschrapt.'

'Dat geloof ik niet. Ik dacht eerder aan een plaats met een psychiatrische inrichting.'

Joy knipperde met haar ogen. 'Er is een psychiatrische privékliniek een eind verderop in de straat, vlak bij waar de Canyon doodloopt, dat noemen ze Sangre de Cristo.'

Sangre de Cristo. Sangriaville. 'Misschien is dat wel hetzelfde,' zei Miles.

Joy zei: 'Ik weet het niet, liefje. Maar ik ken dan ook geen gekke mensen.'

14

Boven deed Miles de deur van Joys kantoor dicht zodat niemand hem onverhoeds kon verrassen. Hij pakte de nieuwe computer uit en zette hem aan, sloot hem aan op het draadloze netwerk van de galerie en downloadde een gratis *open-source* webbrowser die hij zou wissen als hij klaar was. Hij wilde voor Joy geen sporen nalaten.

Hij googelde naar een website van de psychiatrische kliniek Sangre de Cristo in Santa Fe. Die bestond niet. Raar. Een modern ziekenhuis zonder website. Moesten ze de medische gemeenschap of potentiële patiënten niet informeren? Hij vond het ziekenhuis in de gouden gids, een eenvoudige notering, geen advertenties over wat ze te bieden hadden.

Hij vond een lijst met ziekenhuizen in New Mexico, Sangre de Cristo stond erop en had een licentie. Eigenaar was het bedrijf 'Hope-Well'. Hij googelde 'Hope-Well', geen website.

Iemand wilde niet gevonden worden. Tijd om de ouwe trukendoos uit de kast te halen.

Hij belde met zijn mobieltje naar het ziekenhuis. 'Hallo, u spreekt met Steve Smith, ik werk aan een verhaal voor Associated Press over de arts die gisteravond om het leven is gekomen, en ik heb informatie over uw ziekenhuis nodig.'

'Welke arts?'

'Leest u de kranten niet? Allison Vance.'

'Ik vrees dat u zich vergist,' zei de receptioniste. 'Er werkt geen dokter bij ons die zo heet.'

'Kunt u me doorverbinden met uw pr-functionaris?'

'We hebben geen commentaar.' En ze hing op.

Hij zocht op het web naar Nathan Ruiz en voegde Santa Fe aan de zoekterm toe. Er waren twee Nathan Ruizes in de stad: een was eigenaar van een restaurant aan de zuidkant en een leidde een wijkcentrum. Hij klikte op beide sites. De restauranthouder was in de vijftig, absoluut niet de jonge man die gisteravond een pistool tegen zijn hoofd had gehouden. Hij belde het nummer van de andere Nathan Ruiz.

'Corazón Community Services, met Nathan Ruiz.'

'Meneer Ruiz, hallo, u spreekt met Fred George van de staatsverzekeringsraad. Sorry dat ik u lastigval, maar we doen onderzoek naar verzekeringsfraude en ik hoop dat u me daarbij kunt helpen.'

'Eh, natuurlijk.'

'We volgen een spoor van frauduleuze verzekeringsclaims. Een aantal claims is op uw naam ingediend in het kader van zorg in het Sangre de Cristo ziekenhuis in Santa Fe en ik bel om te controleren of dat klopt.'

'Ik heb nog nooit van mijn leven in een ziekenhuis gelegen,' zei Ruiz. 'Kan ik aansprakelijk worden gesteld voor die claims? Mijn verzekeringsmaatschappij heeft mij niets laten weten.'

'Nee, sir, u bent helemaal niet aansprakelijk. Het kan om een patiënt gaan die net zo heet als u, maar we hebben gezien dat door inaccurate archiveringsprotocollen claims bij de verkeerde mensen met dezelfde naam terecht zijn gekomen,' zei Miles op snelle, officiële toon.

'Nou, ik ben het niet en ik ken ook geen andere Nathan Ruiz,' zei de man. 'Moet ik mijn verzekeringsmaatschappij bellen?'

Dus geen familielid met dezelfde naam. 'Nee, u hebt me uitstekend geholpen. Dank u dat u me te woord hebt willen staan,' zei Miles en hij hing op. Hij ging naar de zoekmachine, voegde 'New Mexico' aan 'Santa Fe' toe en zocht opnieuw.

Hij vond een Nathan Ruiz in Los Alamos die als Eagle Scout was onderscheiden, een Nathan Ruiz die vorige maand op zevenendertigjarige leeftijd in Clovis was overleden, een Nathan Ruiz die in de Irakoorlog gewond was geraakt en naar Albuquerque was teruggekeerd.

Hij klikte op het nieuwsverhaal. Deze Nathan Ruiz was technicus geweest bij een gevechtseenheid, het team moest raketten afvuren tijdens het begin van de invasie in Irak.

Zijn team was per ongeluk gebombardeerd in de chaos van de opmars naar Bagdad, ze waren verkeerd geïdentificeerd en door een Amerikaanse jet aangevallen die dacht dat ze een raketeenheid van de Iraakse Republikeinse Wacht waren. Vier teamleden kwamen om, de anderen raakten zwaargewond. Nathan Ruiz was naar huis gestuurd.

Als hij in Sangre de Cristo zat, dan was het geen fijne thuiskomst voor hem geweest.

Zijn vader, Cipriano, werd in het verhaal over Nathans thuiskomst geciteerd: 'We zijn er trots op dat hij zich zo kranig heeft geweerd, dat hij het leger van dienst is geweest, en we willen alleen maar dat hij bij ons thuiskomt.'

Cipriano Ruiz. Miles ging naar een telefoonboek uit Albuquerque en vond het nummer.

Hij belde. De telefoon ging vier keer over en toen nam een vrouw op. Haar stem klonk neerslachtig, alsof elke dag een aaneenschakeling van teleurstellingen was. 'Met huize Ruiz.'

'Mevrouw Ruiz?'

'Ja.'

'Mijn naam is Mike Raymond. Ik ken uw zoon uit Irak.'

Stilte.

'Ik heb hem niet meer gesproken sinds hij terug is. Ik wilde weten of het goed met hem gaat.'

Stilte.

'Mevrouw Ruiz, kan ik Nathan even spreken?'

Ze zei niets en een paar seconden vroeg hij zich af of ze had opgehangen. Toen zei ze: 'Nee. Hij woont niet bij ons.'

'Hebt u een nummer waar ik hem kan bereiken?'

'Hij is... hij ligt in een ziekenhuis.'

'Gaat het goed met hem?'

'Nee. Hij zit in een speciale kliniek. Voor als je problemen na de oorlog hebt, weet u wel. Hij...'

'Ik wil me nergens mee bemoeien, mevrouw Ruiz. Ik wilde alleen weten hoe het met hem ging.' Hij wachtte even. 'Zit hij soms in het Sangre de Cristo in Santa Fe?'

'O ja.' Ze slaakte een zucht van verlichting. 'Hebt u daarvan gehoord?'

'Ja, mevrouw, alleen dat het heel goed moet zijn.'

'O ja, ik hoop dat ze goed voor hem zorgen. Want...' en ze zweeg. 'Ik begrijp het niet.' Ze viel weer stil, alsof ze naar woorden zocht. 'Kunt u me vertellen waarom hij zich maar niet over zijn verdriet heen kan zetten?'

Miles' maag kromp ineen. 'Wat bedoelt u?'

'Hij heeft het overleefd. De andere jongens zijn gesneuveld. Hij zou dankbaar moeten zijn dat hij niet is doodgegaan. Waarom is hij niet gelukkig? Hij leeft nog.'

'Bij posttraumatisch stresssyndroom, mevrouw, is...' hij worstelde om de juiste woorden te vinden, '... gaat het niet om gebrek aan wilskracht. Het... tast de werking van de hersenen aan, de manier waarop hij op alles reageert. Het is als een brand die je niet kunt blussen. Je denkt dat het vuur uit is, weg is, en dan laait het opnieuw op.'

'Neem dan een brandblusser.' Ze klonk verslagen. 'Wil hij dan voor altijd huilen en de schaduw opzoeken en nachtmerries hebben? Meneer, ik heb een baby verloren. Nathans oudere broer, hij was pas drie weken oud en is in zijn slaap gestorven. Mijn hart brak. Maar als ik er niet overheen was gekomen, had ik Nathan niet gehad, had ik geen leven gehad. Waar is zijn kracht?' Haar stem trilde.

'Hij heeft nog kracht, mevrouw, dat weet ik zeker.'

'De laatste keer dat ik met hem sprak, toen ik hem in het ziekenhuis achterliet, zei ik: blijf hopen, baby, en hij zei: mama, al mijn hoop is dood omdat ik dit nooit zal vergeten. Ik zeg: je hoeft het niet te vergeten, maar leer met het gebeurde omgaan. En hij schudt zijn hoofd naar me alsof ik krankjorum ben.'

'Wanneer hebt u hem het laatst gezien?'

'Toen hij een half jaar geleden naar het ziekenhuis ging. Ik mis hem verschrikkelijk. Hebben we hem thuis, is hij buiten gevaar, en...' haar stem brak, '... maar het gaat niet goed met hem, het doet me zo'n pijn in mijn hart.'

'Het spijt me heel erg, mevrouw Ruiz. Denkt u dat ik hem misschien kan gaan opzoeken?'

'Geen bezoek. Zelfs geen familie. De dokter zei dat dat onderdeel is van de therapie.'

'Dat lijkt me heel ongebruikelijk. Wie is zijn dokter?'

'Dokter Leland Hurley.'

'Nou. Ik denk dat ik Nathan dan maar een brief schrijf.'

'Geen contact. Helemaal niet. Dat is de enige manier om de pijn uit zijn hoofd te verdrijven, zeiden ze.'

Hij begaf zich op glad ijs. 'Dat moet dan een dure grap zijn. Ik wist niet dat de regering een privékliniek betaalde.'

'Ik mag eigenlijk niet over het programma praten,' zei ze plotseling. 'Wat was uw achternaam ook weer?'

'Michael Raymond. Ik zou heel graag met Nathan willen praten als hij weer thuis is.'

'Geef me uw telefoonnummer, dan geef ik dat aan hem.'

Hij gaf haar zijn mobiele nummer. 'Dank u wel, mevrouw Ruiz, ik hoop dat Nathan gauw weer beter is.'

'Dat hoop ik ook. Voordat hij zichzelf wat aandoet, anderen iets aandoet. Dag.' Ze hing op.

Ik mag eigenlijk niet over het programma praten. Geen contact, dat heeft de dokter gezegd. Merkwaardig. Hij wist niet precies hoe je PTSS effectief moest behandelen, maar hij wist zeker dat het isoleren van een patiënt van zijn geliefden daar niet bij hoorde.

Allison zei dat Sorenson een speciaal programma leidde. Sangre de Cristo bood een speciaal programma aan. Ging dat om hetzelfde programma, en had de schutter daar iets mee te maken?

De volgende naam op zijn lijstje was Celeste Brent, de vrouw die een boodschap op Allisons antwoordapparaat had achtergelaten. Hij googelde haar naam in combinatie met Santa Fe en kreeg een lawine aan resultaten. De eerste was een headline: 'Reality tv-ster verhuist na tragedie naar Santa Fe.'

Tv-ster?

Een klop op de deur. Miles sloot de browser.

Joy stak haar hoofd om de deur. 'Doet de computer het al, liefje?' vroeg ze.

'Ik heb problemen met het e-mailprogramma,' loog hij, 'maar ik kom er wel uit.'

'We moeten een paar stukken verhangen, kun je even komen helpen?'

'Natuurlijk,' zei hij. Hij kon de rest over Celeste Brent een andere keer wel lezen. Maar hij realiseerde zich met een koude rilling dat als hij de waarheid wilde achterhalen, hij in dat ziekenhuis, het Sangre de Cristo, moest zien te komen en uitvissen wat daar aan de hand was.

Een psychiatrisch ziekenhuis. Zijn ergste nachtmerrie.

'Gekke Gerritje,' zei Andy vanaf de andere kant van de kamer, terwijl Miles onder leiding van Joy een nieuw schilderij ophing, 'die in het gesticht gaat inbreken. Dat moet ik zien.'

15

Eerst met de vuisten, vervolgens de tuinslang en ten slotte de als virtuoze toegift weer tevoorschijn gehaalde schroevendraaier kreeg Groote een naam van Nathans mishandelde lippen los. Groote haalde geen plezier uit het pijn doen van anderen, marteling was slechts een middel. Maar na twee uur marteling – het tinnen soldaatje had werkelijk een indrukwekkende imitatie van een held weggegeven – schreeuwde hij een naam uit die bij Allisons schimmige partner hoorde: Michael Raymond. De MR op Allisons mobieltje. Vijf minuten later kreeg hij ook een signalement van hem: ongeveer een meter vijfentachtig, stevig gebouwd, bruin haar, bruine ogen.

Groote had onmiddellijk een vriend in Californië gebeld, een vriend die zijn geld verdiende met het hacken van firewalls om de veiligheid van telefoonproviders te testen. Zijn vriend, zeker van een royale betaling, deed er een dag over om door de firewall heen te breken en gaf Groote woensdag aan het einde van de middag een huisadres en het nummer van zijn werk waar de rekening heen ging. Groote belde het werknummer, kreeg een vrouwenstem aan de lijn die hem met Joy Garrison Galerie aan de wereldberoemde Canyon Road verwelkomde, gaf een lijst van de werknemers en een nummer om op hun voicemail in te spreken. 'Voor Michael Raymond, toets vier,' somde de computerstem op.

Groote hing op. Ik heb je, klootzak.

Groote stond in de kleine keuken op de bovenste verdieping van het Sangre de Cristo en dronk een glas ijswater. Hij gooide het ijs in de gootsteen en bekeek zorgvuldig zijn handen. Nathans bloed was onder Grootes nagels gaan zitten en hij moest ze nog een stevige schrobbeurt geven.

Hij huiverde. Je moest doen wat je moest doen. Voor Amanda. Voor al die andere zieke zielenpoten die van hun nachtmerries verlost moesten worden. Zelfs als Nathan Ruiz een van die zielenpoten was.

Dokter Hurley – slapeloos, uitgeput, een angsthaas in een bos vol vossen – maakte de deur open, liep de keuken in en deed de deur weer achter zich op slot. 'Quantrill is aan de lijn. Hij klinkt niet erg gelukkig.'

'Stel je voor.'

'Dit is niet mijn schuld. Helemaal niet. Ik heb Quantrill om extra beveiliging gevraagd en hij wilde er niet aan. Hij had je eerder moeten sturen. Ik wil niet verantwoordelijk gesteld worden...'

Groote gaf hem een stomp in zijn maag, niet hard, maar wel zo hard dat hij zijn mond hield. Hij zakte op de vloer ineen en braakte een golf koffie uit.

'De volgende keer is je neus aan de beurt, dokter Hurley, en dan stuur ik een botsplinter regelrecht je hersens in. Kost me geen druppeltje zweet. Begrepen?'

Hurley knikte, de angst stond in zijn ogen te lezen.

'Dus hou je mond. Ik heb nu de leiding en jij niet. Je hoeft je overbelaste koppie niet te breken over verantwoordelijkheid. Maar aan janken heb ik een rothekel.' Hij hielp Hurley overeind.

'Je... je moet dat telefoontje in mijn kantoor nemen,' zei Hurley verdwaasd.

'Dat zal ik doen.'

Hij liep naar Hurleys kantoor en drukte op de knop. 'Groote.'

'Zeg me dat je Frost terug hebt.'

Groote zei bedaard: 'Doe niet zo theatraal. Als ik het had, had ik je al gebeld. Jij en Hurley moeten je hoofd erbij houden, hoor je?'

Hij hoorde Quantrill kalmerend ademhalen. 'En, hoe staat het ervoor?'

'Ik heb een theorie. Als ze eropuit was om jou te verraden, kun je gevoegelijk aannemen dat ze hulp had, en Nathan zegt dat ze Michael Raymond om hulp had gevraagd. Raymond werkt in een kunstgalerie, dus ik begrijp absoluut niet hoe hij haar zou kunnen helpen... maar laten we zeggen dat Nathan de waarheid spreekt. Michael Raymond realiseerde zich dat jouw medicijn voor de hoofdprijs ging. Dus gebruikt hij Allison om Frost te pakken te krijgen. Vervolgens ontdoet hij zich van Allison.'

'Een bom... wie gebruikt nou een bom?' In Quantrills stem was plotseling angst geslopen in plaats van het ongeduld van zonet.

'We weten niet of het een bom is. Kan net zo goed zijn dat hij een gasexplosie heeft veroorzaakt. We weten geen fluit van die vent behalve zijn naam en dat hij in een galerie werkt.' Hij zweeg even. 'Ze hebben allebei nog een naam genoemd. Sorenson. Nathan en Raymond beweerden dat Sorenson na haar dood naar Allisons huis is gegaan, maar ik heb hem niet gezien. Of er is nog een speler aan het werk, rol onbekend, of ze liegen tegen me. Ik moet afgaan op wat ik weet.'

Quantrill dacht in stilte na.

'Meneer Quantrill,' zei Groote, 'u moet eerlijk tegen me zijn. Behalve die vrouw die wellicht de publiciteit zou hebben gezocht, hebt u meer vijanden, neem ik aan. Wie weet nog meer van Frost? Wie zou het van u willen stelen?'

'Een farmaceutisch bedrijf. Een andere infomakelaar.'

'Het farmaceutische bedrijf zodat ze het in productie kunnen nemen. De makelaar, zodat hij het onderzoek kan verkopen.'

'Of,' zei Quantrill langzaam, 'Michael Raymond is op geld uit. Wil hij niet aan de bel trekken zoals Allison had gewild. Wil hij me de research-dvd's terugverkopen.'

'Maar toen ik hem sprak, wilde hij niet van een ontmoeting weten. Hij leek... in de war. Maar hij zei wel dat hij wist waar Frost was, dat het tijd zou kosten en dat hij me terug zou bellen.'

'Dan wil hij ons in het stof laten bijten en de prijs opdrijven.'

'Als hij het openbaar maakt...'

'Geen enkel bedrijf neemt een medicijn in productie dat gebaseerd is op illegaal onderzoek,' zei Quantrill. 'We moeten de testmethode van Frost verhullen. Die zou het onderzoek stante pede om zeep helpen. Dan duurt het nog jaren voordat iemand zijn vingers eraan wil branden of het op de markt brengt.'

Amanda had geen jaren. 'Dan moet geld de drijfveer zijn. Anders had hij het al aan de bel getrokken.'

'Spoor hem op. Zeg dat je hem vijf miljoen betaalt voor Frost. Je moet je ervan verzekeren dat hij de informatie nog aan niemand anders heeft doorgespeeld. Je kunt hem natuurlijk niet in leven laten.'

'Ik haal de schroevendraaier wel tevoorschijn.' Hij hing op en Groote controleerde zijn pistool en horloge. Eerst maar naar de galerie om te kijken of Michael Raymond daar was, dan zijn appartement. Een galerie. Dat klopte niet met iemand aan wie Allison Vance om hulp zou vragen.

En dat zinde Groote niet. Hij hield er niet van zich op onbekend terrein te begeven.

Hij stopte zijn pistool in de holster van zijn jasje en ging op weg naar de parkeerplaats.

16

Groote liep de galerie binnen. Onverschillig bekeek hij de kunst aan de muur: portretten van Navajo en cowboys, landschappen van de opgloeiende woestijn van New Mexico en met wilde bloemen bespikkelde velden. Hij las het prijskaartje van een landschap van een door rotsen verstopte kreek. Elfduizend dollar. Voor minder had hij ooit een man vermoord.

Hij bleef staan en spitste zijn oren. Te oordelen naar het stemmengemurmel vermoedde hij dat er twee mensen in de galerie waren. Een vrouw en een man die zachtjes achter in de galerie aan het praten waren. Hij zette zijn zonnebril weer op zijn neus, niet nodig om makkelijk herkenbaar te zijn. Hij liep naar de deur terug, switchte het ingegraveerde open-bordje van gepolijst staal naar 'gesloten' en deed het nachtslot erop. Hij hoopte dat hij niet iedereen in het gebouw hoefde te doden. Hij had Raymond liever uit het gebouw gehaald en hem alleen gesproken. Hij kon maar beter voorbereid zijn.

Hij liep naar het kantoor achterin en luisterde naar de mannenstem, niet zeker of het Raymond was. Hij scande de etage-indeling. Twee uitgangen vanuit de gang, een trap naar een andere tentoonstellingsruimte, nog drie vertrekken links van hem, een kleine gang en een paar klapdeuren rechts.

Hij bleef bij de kantoordeur staan. Een vrouw van in de vijftig, oogverblindend mooi, en een man van in de dertig hielden op met praten en glimlachten beiden naar hem, klaar om hem een schilderij in de maag te splitsen en geld uit de zak te kloppen. Ze waren duidelijk moeder en zoon, de gelijkenis was verbluffend. In de hoek stond een derde bureau, leeg.

'Hallo, kan ik u helpen?' vroeg de vrouw.

'Ja, mevrouw, ik wil Michael Raymond graag spreken. Ik heb beloofd dat ik bij hem een schilderij zou kopen.'

De vrouw leek even te verstijven en zei toen gehaast: 'Nou, het spijt me, Michael is er vanmiddag niet. Ik ben Joy Garrison, de eigenares, dit is mijn zoon Cinco. Kunnen wij u misschien helpen?'

Groote keek naar Cinco, die zijn mond opende alsof hij de vrouw wilde onderbreken, maar hem weer sloot.

'Mam...'

'Cinco, het is al goed,' zei Joy op een toon die geen tegenspraak duldde. De telefoon ging, Cinco nam op, zei hallo en begon een vraag te beantwoorden over de openingstijden van de galerie.

'In welk schilderij was u geïnteresseerd?' vroeg Joy.

De vrouw wilde vast zelf de commissie opstrijken, dacht Groote. 'Dat landschap bij de voordeur. Wat vreemd. Michael heeft me verteld dat hij er vandaag zou zijn. Ik wil hem er liever zelf over spreken, zeker weten dat hij de commissie krijgt.'

'Uiteraard. Het spijt me dat hij er niet is.'

'Wanneer verwacht u hem terug?'

Maar toen knipte ze met haar vingers. 'O. Wacht. U hebt gelijk. Hij zou vandaag wel even komen. Rond zessen, vlak voor sluitingstijd. Dan komt hij zijn loon ophalen. Vergeten dat hij dat tegen me zei.'

'Zullen we uw naam noteren, meneer?' Cinco was klaar met de telefoon.

'Jason Brown,' loog Groote omdat het wantrouwen zou wekken als hij geen naam zou opgeven.

De telefoon piepte en Joy Garrison drukte op een knop. 'Ja?' zei ze. 'Uiteraard kan ik aan dat schilderij voor u komen, meneer, ja...' en ze begon te knikken, krabbelde woorden op een notitieblokje.

Er klopte iets niet, maar hij hoorde aan de deur rammelen, een klant drukte de deurkruk naar beneden, verbaasd dat ze zo vroeg gesloten waren. Dus hij liep naar de deur, draaide het bordje om en haalde het slot eraf, hij hield zijn rug naar Cinco en Joy gekeerd zodat ze niet konden zien wat hij had gedaan. Hij zei sorry tegen de twee in turkoois uitgedoste toeristen, glipte langs hen heen en liep naar zijn auto. Tijd voor plan B: op naar Michael Raymonds huisadres, kijken of hij thuis was, en zo niet, de plek doorzoeken om uit te vissen wie hij was. Vervolgens zou hij om zes uur terugkomen om Michael Raymond onder vier ogen te spreken.

Groote was tien blokken verder toen hij zijn vergissing ontdekte en hij maakte met gierende banden een U-bocht.

17

Miles kwam uit Joys kantoor op de eerste verdieping, zag de man, zag dat hij het bordje omdraaide en de deur op slot deed, en dacht: die komt voor mij. Hij deed vier geluidloze stappen bij de balustrade vandaan, dook achter een beeld van een kruipende poema en vroeg zich af of dit de man was die vanaf Allisons huis achter hem aan had gezeten. De schutter.

Toen de man met Joy en Cinco stond te praten en met naam en toenaam naar hem vroeg, wist Miles het zeker.

Hij had geen wapen, maar hij greep een beeldje beet, een figuur in ijzer van een Siouxkrijger. De ruiter rees hoog boven het paard uit, een speer naar voren gericht en Miles besloot dat hij de schutter op de slaap zou raken, waar het bot en de huid het zwakst waren. Hij kon niet toestaan dat de man Joy en Cinco iets zou aandoen.

Maar godzijdank zei Joy dat hij er niet was. Cinco speelde het spelletje mee. Miles luisterde naar het gesprek, hoorde haar de man afpoeieren en tegen hem liegen. Toen kroop hij terug naar het kantoor en dacht: hij vermoordt niemand als hij denkt dat ze aan het bellen zijn. Dus pakte hij de handset, drukte het nummer van Joys bureau in en liet hem op de internationale ringtoon bellen. Joy, slim, deed alsof het een binnenkomend telefoontje was en Miles zei tegen haar: 'Ga aan je werk, dan hoepelt hij wel op.'

Toen een rammelen aan de deur en de vertrekkende voetstappen van de schutter, hij hoorde hem beleefd zijn excuses aanbieden aan een klant bij de deur.

Hij telde tot tien en liep de trap af. Joy snelde langs twee vrouwen, waarschijnlijk voor het eerst in haar leven een koper negerend.

'Wie was dat?' zei ze.

'Je hebt tegen hem gelogen,' zei Miles verbaasd.

'Ik mocht hem niet. Die zonnebril, de manier waarop hij naar je vroeg. Ik ruik het op afstand als er problemen zijn. Jij doet geen sales. Dus ik wist dat hij loog.' Ze greep hem bij de arm, duwde hem naar achteren in de ruimte en zei tegen Cinco dat hij zich met de kijkers moest bezighouden. Ze sloeg de deur achter zich dicht. 'Kan een schurk uit je vorige leven het op je gemunt hebben?'

Hij wist dat ze de Barrada's bedoelde, maar het was makkelijker om het niet uit te leggen. 'Ja. Luister naar me. Je moet onmiddellijk de galerie sluiten. Vertrek. Voor het geval hij om zes uur terugkomt. En ik ga ervoor zorgen dat hij jullie met rust laat.'

'Ik breng je overal naartoe, waarheen je maar wilt.'

'Nee. Ik wil je er verder niet bij betrekken. Ga nou maar. Meteen.' Zijn gezicht gloeide. 'Bedankt, Joy, dat je zo'n vriendin voor me bent. Je weet niet hoeveel jij en deze baan voor me betekenen. Zeg niks over me tegen Cinco, oké?'

'Ik zal wel een goed verhaal verzinnen.' De tranen stonden in haar ogen, ze ging op haar tenen staan en gaf hem een kus op de wang. Toen opende ze de deur, kondigde aan Cinco en de dames aan dat ze onmiddellijk gingen sluiten, begeleidde de twee vrouwen vriendelijk naar de deur en zei tegen Cinco dat hij naar huis moest gaan.

'Wat is er verdomme aan de hand?' wilde Cinco weten.

'Breng je moeder thuis,' zei Miles. 'Nu meteen.'

'Wil je me alsjeblieft vertellen waar al die paniek over gaat?' vroeg Cinco.

'Michael, laat ons je een lift geven...'

'Nee. Ga, Joy, alsjeblieft.'

Joy kneep in zijn hand en spoorde Cinco naar de auto aan. Ze reden met gierende banden weg.

De schutter wist hoe hij heette. Andy, zittend op Cinco's bureau, zei: 'Het spel is uit, Miles.'

Miles negeerde hem, griste een baseballcap van de New Mexico Lobos universiteit van Cinco's bureau, trok hem laag over zijn gezicht en rende toen naar de achterkant van het gebouw. Hij moest in zijn hotel terug zien te komen. De naastliggende galerie was van drie pottenbakkers en hij wist dat een van hen altijd op de fiets naar haar werk ging. Hij zou haar wel bellen en vertellen waar de fiets was. Hij had zijn lockpicks nog in zijn zak en had het fietsslot in tien seconden open.

'Afgegleden tot fietsendief,' zei Andy. 'Je moest je schamen.'

Miles sprong op de fiets, vond merkwaardig genoeg – hij had in geen tien jaar gefietst – zijn ritme en spoot de hoek van het gebouw om, het parkeerterrein over naar Canyon Road.

En zag de schutter aan het stuur van een auto zitten, terugrijden vanaf de Canyon, met piepende banden regelrecht op hem af komen.

18

De zoemer in plaats van een bel. Dat was een intern telefoontje geweest. Het telefoontje dat Cinco aannam toen Groote de galerie kwam binnenlopen was een bel geweest. Het tweede telefoontje dat Joy had opgenomen, was een zoemer geweest, maar ze had gedaan alsof het een inkomend gesprek was. Hij voelde aan zijn water dat de vrouw had gelogen. Het idee dat Michael Raymond om zes uur zou terugkomen was alleen maar een smoes geweest om hem de galerie uit te werken.

Dus hij reed keihard, negeerde het getoeter om hem heen toen hij op een haar na een snelrijdende truck miste, scheurde de Paseo de Peralta af en sloeg gierend naar de Canyon af.

En recht voor hem reed een onhandig balancerende idioot midden op straat op een fiets, een baseballcap praktisch over zijn ogen. Groote miste hem maar net toen hij met een vaart het parkeerterrein voor de verzameling galeries op reed.

Groote zag het 'gesloten'-bordje op de deur van de Garrison Galerie. Hij rende naar de deur en pakte de kruk. Op slot. Hij sloeg het ruitje in dat het dichtst bij de kruk was en een alarm begon te janken. Hij opende de deur, trok zijn pistool, rende de galerie door, naar boven en weer terug. Niemand te bekennen.

De politie zou er binnen een paar minuten zijn. Hij stopte zijn pistool in zijn holster onder zijn jasje, liep naar de achterkant en zag een vrouw staan met de handen in haar zij en een fronsend voorhoofd.

'Ik ben een vriend van Joy en Cinco,' zei hij tegen haar voor ze iets kon zeggen. 'Is er iets aan de hand?'

'Mijn fiets is weg.' Ze wees naar de galeriedeur, het gillende gejammer. 'Is het een inbraak of vals alarm?'

Die vent op de fiets. Buitenspel gezet door een kunsthippie en een kerel op een klotefiets. Hij rende langs de vrouw en haastte zich naar zijn auto.

Groote schoot Canyon in, toen de Paseo de Peralta. Hij moest kiezen en scheurde naar rechts. Hij reed twee minuten, reed door rood licht en keek uit naar die kerel op de fiets. Hij keerde driftig en reed vloekend de andere kant op. Hij ging weer terug, scheurde met honderdtwintig kilometer per uur door de zijstraten. Zijn hart klopte in zijn keel, hij rukte als een bezetene aan het stuur.

Ik was er zo dichtbij. Bijna had ik Frost.

Geen fiets op straat te bekennen. Nergens een fiets te zien. Michael Raymond was weg.

19

Miles nam de gestolen fiets mee naar zijn hotelkamer en waste zijn gezicht. Het voorraadje geld en de uitrusting die hij in een kluis bij het busstation had voor het geval hij ooit op eigen houtje de wijk moest nemen: nu was het zover om het op te gaan halen. Maar als de schutter de straten van Santa Fe aan het doorzoeken was, was fietsen riskant, een auto was hij nooit te snel af.

Er werd op zijn deur gebonsd. DeShawn beval hem open te doen.

Hij maakte open en DeShawn drong zich met een uitzinnig gezicht naar binnen en sloeg de deur achter zich dicht. 'We verhuizen je naar een nieuwe stad, je krijgt een nieuwe identiteit. En wel meteen. Pak je tas.'

'Waarom?'

'Je bent bekend, Miles. Je cover is opgeblazen. De politie heeft een laptop in Allisons kofferbak gevonden. Daar stond een volledig psychiatrisch rapport op over jou van Allison, ingescand en wel. Inclusief dat je een federale getuige bent en je echte naam.' Hij schudde zijn hoofd. 'En dan hebben we het er nog niet over dat je tegen me hebt gelogen, natuurlijk.'

DeShawns haast had niets te maken met de schutter die bij de galerie was opgedoken.

'Ik...'

'Je hebt het gehad in Santa Fe. We gaan.'

Miles wankelde op zijn voeten, het nieuws kwam aan als een stomp in zijn maag. 'Hoe kan Allison mijn echte naam nou weten?'

'Weet je zeker dat je haar die niet hebt verteld?'

'Ja, heel zeker.'

'Ik geloof je niet. Je hebt me verteld dat je haar zelfs niet hebt gezegd dat je een getuige was!' DeShawns stem klonk kil. 'Je hebt tegen me gelogen, Miles. Ze wist je naam, ze wist waar je vandaan kwam, ze wist wat je was en nu is ze dood.'

'Ik heb het haar nooit verteld.' De bekentenis – ondertekend met zijn echte naam – zat nog steeds in zijn broekzak. 'Zei je een ingescand rapport? Zoals je tekst in een computer inscant?'

'Ja.'

Sorenson had gistermiddag de dossierkast open- en dichtgedaan. Hij had er iets uitgehaald. Miles' dossier. Maar daar had kennelijk informatie in gestaan die hij nooit aan Allison had verteld. 'Jezus en Maria,' zei Miles.

'Klaar met liegen, Miles? Je gezicht. Je hebt niet gevochten. Je was vlak bij haar kantoor toen het de lucht in ging.'

'Nee.'

'Je hebt haar vlak na de explosie proberen op te piepen... ik heb die gegevens. Leg dat tijdstip dan eens uit.'

'Ze wilde met me praten...'

'Jij had daar ook moeten zijn toen de boel ontplofte, Miles, waar of niet? Jij had samen met haar dood moeten gaan, begrijp je het dan niet?'

'Nee.'

'Je hebt haar verteld wie je was. En toen zijn ze in je verleden gaan graven, om je te begrijpen, je te helpen en zij heeft de Barrada's getipt. Misschien per ongeluk. Maar als je je mond had gehouden over dat je Miles Kendrick was, zou ze nu nog leven.'

Miles schudde zijn hoofd. 'Ik heb haar nooit mijn echte naam verteld! En ook al had ik dat gedaan, waarom moest ze dan dood? Waarom zouden ze haar kwaad willen doen?'

'Je bent ook zo'n klootzak!' schreeuwde DeShawn. 'Weet je wel hoeveel mensen je dood willen? De Barrada's natuurlijk. Dan de hele misdaadmikmak die je erbij hebt gelapt omdat je voor de Barrada's hebt gespioneerd, zij villen je levend: de Razor Boys, de Duartes, de GHJ-bende... Miles, ze wist het, ze is dood en ze heeft een dossier met je vroegere naam achtergelaten. Dat is het enige wat ertoe doet. Welkom in je nieuwe opwindende leven.'

Miles ging zijn tas pakken. Hij dacht koortsachtig na. Nee, hij kon nu niet weggaan, hij kon niet op dat vliegtuig stappen. 'Stel dat ik weiger te verhuizen?'

DeShawns stem klonk kil. 'Nu spreek ik als je inspecteur. WITSEC is een vrijwillige aangelegenheid, Miles. Je kunt elk moment onder onze bescherming uit, als je dat wilt. Maar sprekend als je vriend, geef ik je op een briefje dat je dood bent als je hier blijft. De pers krijgt er uiteindelijk lucht van, haar dood is hier een te groot verhaal. Ik ben je vriend en ik maak me zorgen dat je niet helder kunt nadenken, dat je geestelijk evenwicht is verstoord en dat je niet in staat bent doordachte beslissingen te nemen. En om je leven te redden sla ik je buiten westen en zet je op dat vliegtuig. Dat is officieus, uiteraard.'

'Uiteraard. Ik...'

'Je hoeft hier niet te blijven,' zei Andy vanuit de hoek. 'Zij is dood. Houd op de hulpverlener uit te hangen, Miles. Mensen worden vermoord.'

'Wat is er?' zei DeShawn.

'Beroerd.' Miles liep naar de gootsteen en schonk een glas water in.

'Eerst laat je haar in de steek en nu sla je op de vlucht,' zei Andy. 'Je bent me er wel eentje, Miles.'

Miles dronk wat water, negeerde zowel DeShawn als Andy. Nee. Hij ging helemaal nergens heen, niet tot hij de waarheid over Allisons dood wist. Ze had hem nodig gehad. Hij had haar niet op tijd kunnen helpen, had niet de man kunnen zijn aan wie zij behoefte had. Wat had het hem opgeleverd dat hij met een leugen leefde? Niets. Hij had dit nieuwe leven net zo makkelijk verloren als zijn vorige. Zijn besluit was klip en klaar, dreef zijn angst terug, legde Andy's gesputter het zwijgen op.

Hij moest vluchten, dat was het enige antwoord. Hij moest DeShawn minstens een paar dagen uit de weg gaan. Zich in Santa Fe verschuilen, de schutter zoeken, de waarheid boven tafel krijgen. De bobo's van WITSEC zouden hem heel goed uit het programma kunnen zetten, maar hij dacht dat ze dat niet zouden doen. Hij was een psychiatrisch patiënt en van vitaal belang voor de overgebleven zaken tegen de Barradabende. Hij had twee FBI-agenten van een wisse dood gered. Maar hij verbrak een gouden regel van WITSEC. Tegen een inspecteur ingaan, zijn eigen gang gaan.

'Ik ga met je mee. Maar ik moet eerst met Joy praten. Alsjeblieft,' zei Miles.

'Je kunt Joy vanuit de nieuwe locatie bellen.'

'Ik wil dat Joy en Cinco beschermd worden.'

'Heb je hun dan ook je echte naam verteld?'

'Nee.'

'Ik garandeer je dat ze veilig zijn.'

'Bel dan nu. Ik wil dat de politie bij Joys en bij Cinco's huis gaat posten, en bij de galerie.'

DeShawn zag dat Miles alleen zou meewerken als hij zou toegeven. 'Oké, man. Ik bel wel.' Hij belde, sprak zachtjes in zijn mobieltje terwijl Miles zijn schamele bezittingen in zijn tas stopte.

DeShawn verbrak de verbinding. 'De Garrisons worden beschermd. Dat garandeer ik je.'

'Bedankt.' Miles sjorde de tas over zijn schouder. 'Laten we gaan.'

DeShawn ging hem voor, deed de deur open en Miles haalde hard naar hem uit.

'Miles, waag het niet!' schreeuwde DeShawn toen hij de deur hard tegen zich aan kreeg. Hij jankte van de pijn, zijn hand zat vast tussen de deurpost en kruk. Miles sloeg met een vuist op DeShawns nek. Een keer, twee keer en toen kon DeShawn zich afzetten, hij bevrijdde zijn hand uit de deurval en schoot als een kanonskogel op Miles af.

'Dikke vergissing,' zei DeShawn toen hij zijn vuist ophief. Een harde stoot op de borst, de kaak, twee stompen in de maag en Miles viel als een hoopje neer op bed.

'Godverdomme, je hebt mijn hand bezeerd.' DeShawn boog zich over hem heen, schudde de pijnscheuten uit zijn vingers. 'Wat bezielt je, verdomme!'

Miles gaf geen antwoord, sloot zijn ogen, zei tegen zichzelf de pijn te negeren. Met moeite dwong hij zichzelf adem te halen.

'Een federaal agent aanvallen,' zei DeShawn. 'En dan hebben we het er nog niet over dat je zogenaamd mijn vriend was.'

Miles hield zijn ogen dicht. Hij hoorde het zachte geklingel van handboeien.

'Hou op met voor lijk te spelen,' zei DeShawn en hij greep Miles bij de polsen. 'Doe je ogen open en stop...'

Miles draaide zich om en haalde keihard met beide voeten uit. Een voet raakte DeShawns neus, de ander zijn keel en hij wankelde achteruit. Miles stoof het bed af, aangemoedigd door de pijn omdat hij nu niet mocht verliezen, want dan zou DeShawn hem bewusteloos slaan.

Hij greep DeShawns pijnlijke hand en draaide die om.

Twee vingerbotjes knapten, DeShawn hapte naar adem en vloekte. Miles deed een stap achteruit en sloeg hem twee keer, greep de hotelwekker en liet die hard op DeShawns achterhoofd neerkomen. Een keer. Twee keer. DeShawn viel op zijn knieën, probeerde Miles naar zich toe te trekken en hem in de houdgreep te nemen en Miles zwaaide nogmaals met de wekker, nu tegen DeShawns slaap. DeShawn ging neer, zijn ogen dicht.

'Het spijt me,' zei Miles. 'Het spijt me echt.' Hij knielde naast hem en voelde zijn pols. Duidelijk en stabiel. Hij zou niet lang buiten westen blijven en ziedend zijn als hij bijkwam.

Miles trok de kabels van de tv en de lamp los. Hij bond DeShawn ermee vast, haalde een laken van het bed en bond dat aan de twee kabels die om DeShawns handen en voeten zaten, waardoor hij geen kant meer op kon. Miles verscheurde een kussensloop en stopte een prop in DeShawns mond, er zorgvuldig voor zorgend dat zijn luchtwegen niet werden geblokkeerd. Hij haalde DeShawns autosleutels uit zijn zak, maar liet zijn badge, pistool en portefeuille zitten. Hij legde DeShawns mobieltje op het bed. Toen sleepte hij DeShawn voorzichtig in de kast, deed de deur dicht en zette de bureaustoel onder de knop klem.

Zijn gezicht en ribben deden pijn, DeShawn had hem met zijn vuisten bewerkt, maar Miles had zo'n pijn dat hij dacht dat hij door een auto was geschept. Hij had op zijn hoogst een paar minuten. Hoogstwaarschijnlijk had DeShawn doorgegeven dat hij Miles bij het hotel zou oppikken en als hij zich niet binnen een paar minuten zou melden, zouden WITSEC en de FBI regelrecht naar het hotel gaan.

'Sorry, DeShawn,' zei hij tegen de dichte deur. 'Vergeef het me alsjeblieft. Maar ik moet een paar dingen rechtzetten.'

Hij hing het NIET STOREN-bordje aan de deur en liep weg uit zijn leven als Michael Raymond.

20

Miles hoopte dat Andy in de hotelkamer zou achterblijven, er als een spook zou blijven rondhangen, DeShawn gezelschap zou houden. Maar nee. Miles was Andy's spookhuis.

En nu moest hij autorijden.

Angst bonsde in zijn maag, een vuist die zich langs huid en spier boorde en zijn ingewanden in de houdgreep hield. De Barrada's waren vermaard om hun autobommen waarop ze degenen die ze haatten trakteerden, en toen hij naar de auto liep, zei Miles tegen zichzelf dat zijn angst onterecht was, dat de Barrada's geen bom in DeShawns auto konden leggen, niet in staat zouden zijn DeShawn te vinden.

'Natuurlijk kunnen ze een bom in DeShawns auto leggen.' Andy haastte zich om hem in te halen. 'Ik bedoel, Allison wist wie je was. De Barrada's zouden kunnen weten dat DeShawn je ging ophalen, ze hebben maar een paar tellen nodig om de bom te plaatsen...'

'Nee,' zei Miles. 'Hou je kop.'

'Jou en DeShawn tegelijk opblazen. Voor de Barradaboys is dat gerechtigheid. Met je contactslot knoeien terwijl jij boven met DeShawn op de vuist ging.'

Miles liep door naar de auto.

'Je gaat toch niet écht autorijden?'

Miles bleef staan. Andy dartelde voor hem uit, sprong op de motorkap van DeShawns auto, maakte een geïmproviseerd twistdansje. 'Ik mag wel op mijn tellen passen, straks blaas ik die klootzak nog op!'

Hij is er niet, er is geen bom. Het is volkomen veilig. Alleen diefstal komt nog bij je lijstje misdaden van vandaag.

'Te bang om te rijden.'

Andy ging op de motorkap zitten en liet zijn voeten op de bumper rusten.

Miles maakte de auto open, het zweet gutste langs zijn rug. Met trillende hand stak hij de sleutel in het contact en draaide hem om.

'Ka-boem!' schreeuwde Andy vanaf de andere kant van de voorruit, hij vertrok zijn gezicht krampachtig en drukte zijn handen en lippen tegen de ruit.

Maar de motor explodeerde niet, hij startte gewoon.

Miles greep het stuur vast.

'Je moet stoppen!' zei Andy. 'Stop. Nu.'

Miles vuurde met een vinger op hem, knarsetandde en bracht de auto met een schok in beweging. Andy viel van de motorkap en begon achter Miles weer zacht te fluisteren. 'Dit gaat niet werken,' zei Andy zacht.

Heb ik weer, dacht hij, een passagier met commentaar.

'Je hebt mij vermoord en nu heb je Allison vermoord,' zei Andy. 'Wie is de volgende die voor je zonden gaat boeten, Miles?'

Het litteken op zijn borst brandde, hij sloot zijn ogen en glipte de vochtige ochtend van Miami in. Andy glimlachte naar hem, en toen werd het een geschrokken Andy die in een opwelling zijn pistool trekt, het richt, de kogel die Miles raakt, en toen was hij in een ziekenhuis, zwaarbewaakt, de regering die hem vertelt dat hij niet langer Miles Kendrick kan zijn.

Waarom zat die blinde vlek in zijn geheugen, in zijn hoofd? De list liep verkeerd... Andy had naar zijn pistool gegrepen, Andy wist dat Miles voor de overheid werkte. Een vlek waar hij niet doorheen kon kijken. Hij hoorde de stemmen van de twee undercoveragenten, die zeiden: je hebt het goed gedaan, man, je bent een held.

Maar hij wist niet waarom.

Nu. Focus op nu. Het geld en pistool dat hij bij het busstation van Santa Fe achter de hand hield voor noodgevallen. Hij rommelde in het zijvak van zijn tas en vond de kluissleutel.

Hij reed naar de busterminal op St. Michael, cirkelde er langzaam twee keer omheen.

Als WITSEC weet dat ik het kluisje heb gehuurd... Zouden ze dat soort dingen routinematig controleren wanneer ze een getuige in een nieuwe stad neerplanten? Kijken of hij een postbus, kluis of opslagruimte huurde?

Zou WITSEC me hier gaan zoeken?
Erger nog... zou de schutter dat doen? Er was geen groot vliegveld in Santa Fe, als je geen auto had en snel de stad uit wilde, nam je de bus. Hij moest het riskeren. De schutter kon niet weten of vermoeden dat hij geen auto had.
Tenzij hij je op de fiets heeft gezien.
Plan B. Hij reed terug naar Paseo de Peralta, op zoek naar dakloze Joe. Hij zou hem een twintigje geven om zijn spullen op te halen. De schutter zou niet op Joe letten en als de FBI ervan wist en de kluis in de gaten hield, zouden ze Joe in de kraag vatten maar hem laten gaan als duidelijk was dat hij van niets wist. Maar op straat was er geen spoor van zijn vriend op straat, dus reed Miles aarzelend terug naar het station.
Hij moest het risico nemen.
Hij liep naar binnen. Het was laat in de middag en het was druk in de terminal, de luidsprekers kondigden donderend een vertrekkende bus naar Albuquerque en El Paso aan. Hij keek om zich heen, geen spoor van de schutter, niemand die met de rechte rug van een federaal agent op de uitkijk stond. Hij griste de groene tas uit de kluis, sjorde hem op zijn schouder en haastte zich over straat naar zijn auto.
Miles maakte de tas open. Afgezien van de paar kleren die hij aanhad, bestonden zijn enige wereldse bezittingen nu uit een identiteitsbewijs en creditcard op de naam die hij van zijn overleden vader had meegekregen, een geladen beretta, en in een valse bodem van de tas zat duizend dollar cash verstopt.
'Je denkt dat je slim bent,' zei Andy naast hem.
Miles hield op. 'Ja,' zei hij met een trage fluistering die zijn adem maar net overstemde. 'Inderdaad. Ik ben slimmer dan jij. Jij bent dood en ik niet.'
Andy deed er het zwijgen toe.
Miles moest een plek zien te vinden waar hij zich schuil kon houden. Hij reed snel, nam alleen zijstraten tot hij bij het huis van Blaine de Pain naast Old Santa Fe Trail aankwam. Hij parkeerde DeShawns auto achter het huis, naast die van Blaine en klopte op de deur. Er gebeurde niets. Blaine de Pain was nog steeds in Marfa bij zijn vriend om zijn schildersinspiratie nieuw leven in te blazen.
Hij doorzocht de bloempotten op de lemen veranda en in de derde voelden zijn vingers de vorm van een sleutel. Hij stak hem in het slot,

opende de deur, biddend dat Blaine nog steeds weg was, biddend dat er geen alarmbel ging rinkelen.

Hij glipte naar binnen, sloot de deur en luisterde naar de stilte.

Oost west, thuis best. Voorlopig.

21

Donderdagochtend keek Miles vanachter een zwaar gordijn toe terwijl Blaines buren naar hun werk gingen. Toen reed hij DeShawns auto naar de parkeerplaats van een supermarkt, liet hem daar achter, niet op slot en met de sleutel in het contactslot, en liftte naar Blaines huis terug.

Hij had boven op de dekens van Blaines bed geslapen, zijn hoofd bonsde van uitputting. En toen hij wakker werd, realiseerde hij zich dat hij een verkeerd spoor volgde als hij probeerde Nathan Ruiz op te sporen.

Hij moest eerder Celeste Brent proberen te vinden, die die merkwaardige boodschap op Allisons antwoordapparaat had achtergelaten, over dat ze een geheim moest bewaren.

Blaine de Pain had kennelijk zijn laptop meegenomen naar Texas. Miles vond een telefoonboek van Santa Fe, bladerde door het alfabet en liep met zijn vinger langs de lijst. Geen Celeste Brent. Geen C. Brent.

Oké. Ze was een tv-ster. Beroemd zijn was heel wat in Santa Fe. Hij had verschillende beroemdheden op hun weg naar de stad voor Joys galerie zien stoppen.

Hij kreeg een idee. Hij dook in zijn tas en doorzocht de zakken van zijn broek die hij dinsdag aan had gehad... Hij had het mobiele nummer van Blaine de Pain nog, op een papiertje gekrabbeld. Hij pakte de telefoon en legde hem weer neer. Op Blaines mobieltje zou waarschijnlijk te zien zijn dat hij vanuit zijn huis belde. Zijn eigen mobiel gebruiken was riskant... de FBI kon je opsporen als de telefoon aanstond, had hij gehoord. Maar Blaines telefoon kon hij niet gebruiken. Dus nam hij het risico.

Hij klapte zijn telefoon open en belde.

'Ja?' antwoordde Blaine op zijn gebruikelijke norse toon.

'Hallo, meneer Blaine. Met Michael Raymond van de galerie. Misschien heb ik een koper voor *Emilia*.'

'O, man, Mike, dat is geweldig.' Blaine klonk gelukkiger dan ooit en Miles maag kromp ineen van schuldgevoel.

'Nou ja, sir, er is nog niets besloten. Een vrouw heeft serieuze belangstelling getoond, maar ze heeft geen telefoonnummer achtergelaten... vergeten, zeker. Ze is van hier, en beroemd, dus ik dacht dat u haar misschien wel kende. Ze heet Celeste Brent.'

'Ja. Ik ken haar niet, niemandként haar, maar ik weet wie ze is.'

'Nou, ik niet.'

'Nou, ik heb ook nooit naar *Castaway* gekeken. Ik vind PBS leuker.'

'Wat is *Castaway*?'

'Die realityshow waarin ze een stuk of tien mensen op een godverlaten eiland droppen en waar ze met elkaar moeten wedijveren om als enige over te blijven, voor vijf miljoen dollar.' Hij snoof afkerig. 'Een populariteitswedstrijd met steroïden.'

Miles herkende de shownaam nu. Zijn werk voor de Barrada's had zich voornamelijk 's avonds en 's nachts afgespeeld, dus veel tv-series kon hij niet volgen. Maar haar naam was hem bekend voorgekomen en een flintertje van het niet-aflatende showverslag moest in zijn brein zijn blijven hangen. 'Zat ze in die spelshow?'

'Heeft de vijf miljoen gewonnen. Een paar jaar geleden. Een kwartier lang roem voor een beetje rondrennen in een limoengroene bikini. Een kwaadaardig, achterbaks spel en zij was de bijenkoningin van het eiland. Het verbaast me hoe ze *Emilia* heeft kunnen zien. Ze leeft in totale afzondering. Bij haar vergeleken is een kluizenaar nog een sociale fladderaar.'

'Waarom?'

'Haar man is vermoord en zij werd – hoe zal ik het vriendelijk uitdrukken? – krankjorum.'

'Wat verschrikkelijk,' zei Miles. 'Hoe krankjorum?'

'Pleinvrees... heet dat niet zo? Ze gaat haar huis niet uit, zelfs niet in de tuin. Maar als ze op kunst uit is, dan is ze zeker aan de beterende hand.'

'Ze staat niet in het telefoonboek en nu weet ik waarom,' zei Miles improviserend. 'Kent u iemand die weet waar ze woont? Ze vroeg op de voicemail of ik de *Emilia* voor een privébezichtiging wilde komen brengen.'

'En ze heeft geen adres of telefoonnummer achtergelaten? Wat vreemd.'

'Sir,' zei Miles, 'als ze al zo lang in afzondering leeft, is ze wellicht niet erg goed in de dagelijkse omgang met mensen.'

'Dat is zo. Ik bel wel wat rond en dan bel ik je op de galerie terug.'

'Ik heb liever dat u me mobiel belt.' Hij gaf Blaine het nummer. 'Ik ben niet in de galerie maar ik ga erlangs zodra ik weet waar mevrouw Brent woont.'

'Oké. Bel je zo terug. Bedankt, Michael.'

'Ja, sir.' Miles hing op.

Krankjorum. Misschien een posttraumatisch stresssyndroom, net als hij. Een paar minuten later ging zijn telefoon en Miles nam op.

'Ik heb de beste makelaar van Santa Fe gebeld,' zei Blaine. 'Zij kent iedereen die er iets toe doet. Celeste Brent woont op Camino del Monte Sol.' Hij gaf hem het huisnummer. 'Zij heeft Celeste het huis verkocht. Ze zei dat Celeste geen stap buiten de deur zet. En ik bedoel echt nooit. Een vrouw doet voor haar de boodschappen en regelt haar zaken. Ze laat geen bezoekers binnen, behalve die vrouw en haar arts. Heb je ooit zoiets krankzinnigs gehoord?'

'Ja. Krankzinnig. Ik vermoed dat ze de *Emilia* op de website heeft gevonden.'

'Krankzinnig geld is net zo goed als gezond geld.'

'Oké.' Hij had echt spijt van de noodzakelijke truc die hij moest uithalen. 'Heb maar niet te veel hoop, meneer Blaine.'

'Laat me weten wat er gebeurt. Spreek je gauw.'

'Dank u, sir.' Miles verbrak de verbinding en begon na te denken over hoe hij zich een compleet afgezonderd huis binnen moest kletsen.

22

Het laken voelde koel aan op Celestes gezicht. Ze lag in bed als een lijk in een lijkenhuis. Ze was klaar met huilen, ze had geen tranen meer over.

Allison was dood. De afgelopen vierentwintig uur hadden louter in het teken gestaan van verdriet, shock, ontkenning. Celeste had een pistool in huis en had het tevoorschijn gehaald, het twee keer opgepakt en het toen weer in zijn la teruggelegd. Ik kan het niet, Allison zou me vermoorden. Toen moest ze weer huilen en daarna lachen terwijl de goede herinneringen aan Allison zich door het verdriet heen ploegden.

Ze glipte onder het laken vandaan, ging aan haar toilettafel in de badkamer zitten en raakte heel lichtjes het scheermes aan. Ze kon zichzelf snijden, een heel klein sneetje maar. Ze wist dat snijden een hellend vlak achteruit was. In de afgelopen week had ze zich sinds maanden sterker, zekerder van zichzelf gevoeld. De rand van het scheermes glansde, een perfecte streep. Net als de streep die haar leven had getrokken voordat Brian werd vermoord, voor ze vanbinnen stierf en niet wist hoe ze zichzelf weer tot leven kon brengen.

Ze drukte de punt in de huid van haar bovenarm, een pijnsteek, een bloeddruppel welde op.

Wat ben je aan het doen? Allisons stem schalde in haar oren. Wil je echt dat een scherpe rand het antwoord is op je pijn?

Ze legde het scheermes neer, staarde naar het bloed, zag het dode gezicht van haar man, het dode gezicht van zijn moordenaar in de bloedrode bel.

Allison zou zich voor haar schamen. Ze stelpte het bloed, deed er een desinfecterend middel op en bedekte haar zwakheid met een pleister. Ze deed het scheermes weer in zijn huls, stopte die tussen twee opgevouwen briefjes van twintig in de portefeuille van haar tas en deed weer een elastiekje om haar pols. Ze noemde dat haar snijcondoom, dat stukje rubber moest haar van haar pijnverslaving af helpen. Ze liet het rubber hard tegen haar pols aan klakken, steeds opnieuw, tot ze vermoeid raakte en misselijk werd. Maar de aandrang om te snijden was weg. Ze krulde zich weer op onder de lakens.

Bel de politie. En wat moest ze dan zeggen? De middag voor mijn dokter omkwam, is ze hier langs geweest, gedroeg ze zich raar en heeft ze mijn computer gebruikt? En wat dan nog? Het enige wat ze ermee bereikte was dat ze weer vol in de media-aandacht zou komen te staan, een verblindende, onafwendbare spotlight. Ze stelde zich de koppen al voor: 'Vroegere tv-ster in verband gebracht met dood psychiater.' Ze wist niets, er was niets te vertellen.

Ze bleef in haar kamer toen Nancy Baird, die al haar boodschappen en klusjes deed, langskwam met de tweewekelijkse supermarktboodschappen.

'Celeste? Gaat het wel goed?' riep Nancy uit de keuken.

'Ja. Ik ben verkouden, dus ik blijf in mijn kamer.'

Nancy maakte de deur open. 'Mij maak je niet bang met een paar verkoudheidsvirussen. Zal ik wat bij de apotheek gaan halen?'

'Nee,' zei Celeste vanuit haar vrijplaats onder de lakens.

Nancy, in de vijftig en van het no-nonsense type, liep de kamer in en legde een hand op Celestes voorhoofd. 'Niet heet of klam.'

'Nee. Het is mijn keel.'

'Laat me eens kijken.'

'O, echt, Nancy, laat me met rust.'

'Je wordt veel te veel met rust gelaten,' zei Nancy. 'Schiet op, uit je bed, meid.'

'Laat me gewoon met rust!' gilde Celeste. 'Pak de boodschappen uit en ga weg.'

'Je hoeft niet tegen me te schreeuwen,' zei Nancy onverstoorbaar. 'Zal ik dokter Vance voor je bellen?'

'Nee,' zei ze en ze zei er niet bij: ze is dood, lees de kranten maar niet. 'Ik ben gewoon...'

'Verdrietig en eenzaam,' zei Nancy. 'Waarom kom je niet bij mij thuis met mij en Tony wat eten?'

Een immer terugkerende uitnodiging.

'Nee, dank je wel.' Celeste vocht haar tranen terug. 'Nancy, dokter Vance is dood.' Nancy's gezicht kleurde rood van schrik. Celeste vertelde haar het nieuws.

'Mijn god.' Nancy ging op de rand van het bed zitten.

'Dus in de krant staat dat het een gasexplosie kan zijn geweest, maar als dat niet zo was... stel dat iemand haar wilde vermoorden?' Celeste kwam uit bed en begon door de kamer te ijsberen. Ze dook onverwacht op, gedroeg zich raar, vroeg me een geheim voor haar te bewaren. Over het ziekenhuis. Maar ze kon Nancy niets zeggen over Allisons verzoek... Nancy zou de politie bellen, die zouden komen, dan de pers... nee. Dat nooit meer. Maar ze zou de autoriteiten moeten bellen... ze vertellen wat Allison had gezegd. Die gedachte, die ze steeds op afstand had gehouden, kwam als een lawine over haar heen.

'Liefje. Luister.' Nancy legde een arm om haar heen. 'Ik weet zeker dat het een ongeluk was, niemand zou dokter Vance iets willen aandoen.'

'Ze werkt met gekken. We zijn gevaarlijk.' Celeste bleef heen en weer lopen.

'Je bent niet gek, liefje...'

'Ja, dat ben ik wel, ik ben gek, Nancy.' Celeste strompelde naar de gordijnen en leunde tegen de muur. 'De prijs die ik betaal omdat ik mijn man niet heb gered...'

Nancy begeleidde haar naar het bed terug. 'Heb jij Brian dan neergestoken?'

'Nee... nee.'

'Dan heb je hem ook niet vermoord. Zet dat idee uit je hoofd. Jij bent niet verantwoordelijk.' Nancy schudde haar hoofd. 'Jij bent niet krankzinnig. Krankzinnig is dat je denkt dat je normaal bent, en jij weet dat dat niet zo is. Nou. Je gaat jezelf toch geen pijn doen, hè?'

'Nee,' zei ze. 'Dat zal ik niet doen.'

Nancy keek naar de nieuwe pleister op Celestes arm. 'Ik denk dat ik vanavond maar blijf.'

'Nee. Je hebt je eigen leven. Laat me maar.'

'Ik blijf.'

'Ik doe mezelf heus geen pijn. Ik ben liever alleen. Echt. Alsjeblieft. Ik bel je als ik je nodig heb.'

'Je bent veel te veel alleen. Heb je vandaag wat gegeten?'

'Ontbijt. Voor ik het nieuws ging kijken.'

'Dan maak ik voor ik wegga een pan groentesoep voor je. Terwijl die opstaat maak ik een bord kaas met crackers klaar waarvan je kunt snoepen.'

'Wees niet zo lief voor me.'

'Doe dan niet alsof je het niet verdient.' Nancy omhelsde haar en Celeste liet haar begaan, hoewel ze liever niet aangeraakt wilde worden.

'Dank je wel, Nancy.'

'Ik wil niet oneerbiedig zijn tegenover dokter Vance,' zei Nancy, 'maar misschien is het verstandig om op zoek te gaan naar een andere therapeut.'

'Ik denk dat ik nu geen nieuwe psychiater onder ogen kan komen.'

'Dokter Vance zou niet willen dat je met je therapie ophoudt.'

'Je hebt gelijk.' Ze veegde de tranen van haar wangen. 'Ik denk dat ik mijn e-mail even ga bekijken.'

'Je zit veel te vaak aan die computer. Ik schakel dat ding nog eens uit en smijt hem op straat. Dan kom je het huis tenminste uit.' Nancy gaf een kneepje in haar hand en ging naar de keuken.

Celeste ging aan haar computer zitten. Allison had daar gezeten, had nerveus geleken. Schrikachtig. Nu was ze dood, onder vreemde omstandigheden. Misschien had het een niets met het ander te maken. Een rare dag hebben en dan doodgaan hoefde niet per se iets te betekenen.

Maar op de dag dat Brian stierf was alles in de war geweest. De koffiemachine hield ermee op, hij sputterde gorgelend tegen en wilde niet doorlopen. Toen ze de doos met eieren van de koelkast pakte, liet ze die vallen en lagen alle eierschalen en -dooiers op de tegelvloer verspreid. Dus Brian zei: ik wip wel even langs de winkel en haal koffie bij Starbucks, schatje, omdat zij overal waar ze zich ook in Atlanta vertoonde werd herkend, en daar was een controleur die er heel wat voor overhad om een glimp op te vangen van de winnares van *Castaway*. Dus Brian was weg toen de gestoorde fan, van wie ze dacht dat hij een vriend was, met die ongedwongen glimlach van hem op de deur had geklopt en ze had hem binnengelaten omdat ze hem vertrouwde, hij was de voorzitter van haar fanclub. En toen had hij het mes getrokken en het pistool en zei dat zij en Brian gingen sterven, zodra Brian thuiskwam met de eieren en hete koffie.

Ze sloot haar ogen, kalmeerde zichzelf in de stoel. Brian kwam binnen, zij zat vastgebonden en de gestoorde fan stopte stof tussen haar lippen. Brian die riep: schat, ik heb Sumatra, ik hoop dat dat goed is, en toen was alles voorbij, haar leven ingestort en weggegooid.

Ze slikte de brok in haar keel weg. Ze tikte op de spatiebalk van het toetsenbord, de computer uit zijn slaap wekkend. Ze kon om het systeem heen, kijken wat Allison had gedaan. Voor Brian stierf, was Celeste een succesvol computerprogrammeur geweest, nu was behalve Nancy haar computer de enige vriend die ze had.

Ze controleerde de map met verzonden e-mails in haar mailprogramma. Niets bijzonders. Allison had geen mail verstuurd vanuit Celestes account. Vervolgens dook ze in haar webbrowser en controleerde de geschiedenis.

De lijst van sites die de browser gisteren had bezocht rolde over het scherm. Wat raar. Celeste had woensdagochtend een hele tijd op de site van Amazon gezeten en nieuwe boeken over PTSS besteld, en die pagina's waren uit de geschiedenis gewist. Maar de adressen van de sites die ze had bezocht na Allisons bezoek: Victor Gamby's blog en de discussiegroep van PTSS-lijders, CNN en e-Bay stonden er nog wel.

Wat betekende dat waar Allison ook naartoe was gesurft, ze de hele geschiedenis had gewist. Ze had geen sporen willen achterlaten.

Celeste opende de verschillende Microsoft Office programma's en liep de lijsten door van recent geopende bestanden, om te kijken of er een bestandsnaam bij stond die ze niet herkende. Geen een. Dus Allison had geen Worddocument of spreadsheet geopend, of ze had de geschiedenis van de in die programma's geopende bestanden ook gewist.

Wat had Allison ook alweer gezegd? Celeste fronste haar wenkbrauwen, probeerde het zich te herinneren: ik heb alle programma's die ik nodig heb op disc.

'Celeste, je snack is klaar,' riep Nancy. 'Kom bij me zitten terwijl ik je soep afmaak.'

'Oké.' Ze vroeg zich af of ze de gewiste geschiedenisbestanden kon terughalen. Daar zou ze mee aan de gang gaan zodra Nancy was vertrokken.

De keuken geurde naar bouillon en pepers en ze ging aan een bord met volkorencrackers, druiven en Havartikaas zitten. Voedsel. Dit had ze harder nodig dan uren huilen in haar bed, hoewel Allison het waard was om verdriet om te hebben. 'Dank je wel.'

'Graag gedaan, schatje.'

'Je hebt gelijk dat ik een andere therapeut moet zoeken,' zei Celeste. 'Allison had het over een dokter Hurley in het Sangre de Cristo. Ik bel hem op en maak een afspraak.'

Nancy zei tegen haar dat dat een goed idee was en vertrok. Celeste schonk de eenvoudige soep in een kom. Hij smaakte heerlijk, heet, pittig met groene chili's. Ze at er twee kommen van en voelde zich beter.

Toen pakte ze de gouden gids en vond een nummer van Leland Hurley. Ze belde het ziekenhuis, kreeg zijn voicemail en liet een boodschap achter dat hij haar moest terugbellen over het overnemen van haar therapie. Toen voegde ze eraan toe: 'Allison gedroeg zich… vreemd op de dag dat ze hier was, dinsdag, en daar wil ik graag met u over praten.' Ze voelde zich een verraadster maar ze wist dat Nancy gelijk had, ze kon niet ophouden met haar therapie. Ze had afleiding nodig dus liet ze zich op de bank vallen en deed de tv aan om de komende uren door te brengen met een oude comedy van Bob Hope.

De deurbel ging. Ze schakelde de tv over op de beveiligingscamera bij haar voordeur. Ze kende de man niet die op de stoep stond. Hij hield een bordje voor de camera, op wit karton stond in handgeschreven blokletters: IK KEN ALLISONS GEHEIM.

Ze staarde ongelovig naar het scherm. De man zwaaide beleefd naar de camera.

Ze drukte op de intercomknop. 'Wie bent u?'

'Hallo. Ik ben Miles Kendrick.'

'Wat wilt u?'

'Ik geloof dat u relevante informatie hebt over de reden waarom Allison is omgekomen.' Zijn blik liet de camera geen ogenblik los.

'Ik praat niet met mensen,' zei ze. 'Ga weg.'

'Ik weet dat u liever alleen bent. Dat begrijp ik. Maar ik denk dat u wel met mij wilt praten.'

'Waar kent u Allison van?' zei ze ten slotte.

'Ze heeft mijn hulp ingeroepen.' Hij haalde een andere notitie tevoorschijn en hield dat voor het scherm. Ze las het, ze kende Allisons strakke, nette handschrift.

'Hoe weet u welke informatie ik heb?' vroeg ze.

'Omdat Allison me heeft verteld,' zei hij, 'dat ze in de problemen zat en u kon vertrouwen.'

Vijf minuten lang bestudeerde ze zijn gezicht. Met trillende handen ging Celeste haar pistool halen, zijn gewicht voelde vreemd aan, en ze opende de deur.

23

Groote wilde de schroevendraaier niet nogmaals hoeven gebruiken, maar hij had geen keus.

Michael Raymond was niet naar huis gegaan, was niet naar de galerie teruggegaan en nam zijn telefoon niet op. Woensdagavond had Groote met een ziekenhuistelefoon het MR-nummer gebeld dat in Allisons mobieltje stond maar er werd niet opgenomen. Hij had een eenvoudig bericht achtergelaten: 'U en ik moeten praten, meneer Raymond. Ik bel u wanneer uw telefoon weer aan is.' Hij had elk hotel in de stad gebeld, de uitgaande vluchten vanuit Albuquerque nagelopen. Hij had uitgezocht waar Joy Garrison woonde en was twee keer langs haar huis gereden. Buiten stond een politieauto van Santa Fe. Dat had geen zin. Hij was beide keren doorgereden om geen aandacht te trekken.

Natuurlijk kon Michael Raymond zijn fiets ergens hebben achtergelaten en de stad per auto hebben verlaten. Maar – en die gedachte bleef aan Groote knagen – als die vent Allison had vermoord en Frost had gestolen, een onderzoek in zijn zak had dat miljoenen waard was, waarom was hij woensdag dan in de stad gebleven en in de galerie gaan werken? Hij was een volle vierentwintig uur gebleven terwijl hij had moeten verdwijnen, als hij het medicijnonderzoek inderdaad had. Maar die zakkenwasser had gewoon zijn leven weer opgepakt.

Hij moet een verdomd goede reden hebben gehad om in de stad te blijven. Ik heb... Frost... niet, maar ik denk dat ik weet hoe ik eraan kan komen, had Michael Raymond gezegd. Misschien liep de kerel vertraging op voordat hij de hand op Frost kon leggen.

Nathan Ruiz wist misschien waarom.

Groote trof Nathan zwaar verdoofd aan, hij bracht Hurley naar Nathans bed.

'Ik moet hem aan het praten krijgen,' zei Groote.

Hurley trok zijn arm uit Grootes greep los. 'Ik heb er geen zin in dat hij zijn longen uit zijn lijf schreeuwt. De andere patiënten kunnen hem horen.'

'Wie maalt daarom? Zeg gewoon dat hij een zenuwinzinking heeft.'

'We kunnen ook andere wegen bewandelen,' zei Hurley met een irritant zelfverzekerd toontje in zijn stem. 'Ik kreeg een telefoontje van een van Allisons patiënten... Celeste Brent. Ze is beroemd geweest, heeft een reality tv-show gewonnen.'

'Een PTSS-patiënt?'

'Ik denk het wel, gezien haar recente verleden.' Hij vertelde Groote kort de achtergrond van Celeste Brent. 'Volgens de plaatselijke pers heeft ze pleinvrees, heeft ze haar huis in een fort veranderd. Ze zei dat Allison dinsdagmiddag bij haar langs was geweest en zich vreemd gedroeg.'

Groote dacht na. 'Laten we aannemen dat ze het onderzoek dinsdag bij haar vertrek heeft meegenomen. Allison heeft of het onderzoek aan iemand anders gegeven of verstopt. Ze zou het niet op kantoor achterlaten want daar en bij haar thuis ga je als eerste zoeken. Stel dat ze het heeft verstopt, en Michael Raymond weet dat ze het heeft verstopt maar heeft het niet kunnen vinden,' zei Groote, 'dan is dat de beste verklaring voor het feit dat hij gisteren de stad niet is uitgegaan.'

Hurley knikte. 'Dus waar zou ze het verstoppen?'

'Ga eens in haar schoenen staan. Ze had het onderzoek. Ze heeft het niet regelrecht naar de FDA of de pers gebracht, dus had ze een reden om Frost geheim te houden, in elk geval een paar uur. Dan is de beste plek ergens waar niemand anders dan zij toegang toe heeft, niet gemakkelijk tenminste. Misschien kan meneer Raymond er niet bij komen en is dat het probleem.'

Hurley zag waar dit naartoe ging. 'Ze zou het nooit in het huis van een patiënt achterlaten.'

'Maar iets verstoppen in het huis van een kluizenaar... waar alleen jij en nog een paar anderen binnen kunnen komen... dat is een interessant idee. Je zei dat haar huis wel een fort lijkt. We moeten met haar praten.'

'Dit is allemaal speculatie.'

'Zo werkte ik vroeger altijd.' Groote vertelde er niet bij dat dat een gedeelte van zijn baan bij de FBI was: verbanden tussen de spelers proberen te leggen om een grotere zaak op te kunnen bouwen.

Hurley verbleekte. 'Je kunt niet naar haar toe gaan en haar de stuipen op het lijf jagen. Ze heeft mij gebeld... ik kan uitvinden wat ze weet.'

'Oké. Ga je gang dan maar.'

Hurley vertrok.

Groote keek op zijn horloge. In Californië was het tegen vieren. Amanda zou in haar kamer zijn. Hij belde het nummer, de zuster haalde Amanda en bracht haar naar de telefoon.

'Hé, pap.'

'Hé, zonnetje. Hoe gaat het vandaag?'

'Ik ben vandaag geen zonnetje.'

'Wat is er aan de hand, Amanda Banana?' Hij merkte dat hij tegen haar praatte alsof ze een klein kind was, maar hij kon er niets aan doen. Voor zijn geestesoog zag hij zijn dochter als het onbeschadigde kind, niet deze gebroken, verdrietige tiener die meer nodig had dan hij haar kon geven.

'Ik mis je.'

Zijn hart kromp ineen. 'Ik mis jou ook, engeltje, maar dit is een belangrijke reis voor pappie.' Zou hij het erop wagen haar enige hoop te geven? Hoop was het beste medicijn van allemaal, als die niet in haar hart al was gedoofd. 'Pappie werkt met een paar aardige mensen samen die een nieuwe manier weten om je te helpen.'

'Hoe dan?' Ze klonk wantrouwig.

'Een pil, liefje. Een magische pil.'

'Een magische pil,' zei ze mat. 'O, alsjeblieft, pap.'

'Die vermoordt alle nare herinneringen in je hersens. Maar een heel, heel slechte kerel heeft de magische pillen gestolen en pappie gaat hem vangen.'

'Je verzint maar wat,' zei ze.

'Nee. Ik moet nu de draken te lijf gaan en die magische pil zien terug te krijgen. Ik denk dat hij hem onder honderd matrassen heeft verstopt waar een prinses op slaapt.'

Nu moest ze lachen, en hij genoot ervan, de mooiste muziek van de wereld. 'Je bent echt gek, pap.'

'Ik hou van je, Amanda Banana.'

'Ik hou van jou, pap,' zei ze na een stilte, alsof ze naar de woorden moest zoeken, de emoties moest herkennen. 'Ga een draak voor me verslaan.'

'Dat zal ik doen, liefje, dat zal ik doen.' Hij verbrak de verbinding, drukte op de brug van zijn neus en haalde diep adem. Hij kon haar niet in de steek laten, hij kon haar niet in dat ziekenhuis laten wegrotten. Niet wanneer ze weer beter kon worden.

Groote liep terug naar de geluiddichte kamer waar Nathan Ruiz geboeid op bed lag. Hij had een bebloed verfomfaaid hemd en ondergoed aan. Vier gemene groeven prijkten op zijn been, waar Groote zijn schroevendraaier in had gedreven en verdraaid. Groote deed de deur achter zich dicht. Nathan opende zijn ogen en kromp ineen.

Hij boog zich over Nathans gezicht. 'Nu ga je me de waarheid vertellen, je gaat me alles vertellen wat je over Michael Raymond weet. Je hebt geprobeerd hem in bescherming te nemen, het duurde uren voordat je zijn naam noemde, wat suggereert dat je meer weet dan je me tot nu toe hebt verteld.'

Nathan spuugde naar hem, maar de fluim landde slechts op zijn eigen neus en lip.

Groote veegde het spuug voorzichtig van Nathans gezicht. 'Mooie daad van verzet. Als je me kwaad maakt gaan we op andere middelen over.'

'Ik... ik ben niet bang voor je,' zei Nathan.

'Ik herken angst. Je verdrinkt erin, jongen. Maar je staat op het punt om in plaats daarvan in pijn te verdrinken.' Hij bracht zijn mond dicht bij Nathans oor. 'Waar heeft Allison Frost verstopt?'

'Ik heb je al verteld dat ik er niks van weet dat ze dat spul heeft gestolen.'

Groote had er geen zin in om nog weer uren te martelen. Hij vroeg zich af of de betrekkelijk grote moed van de jongen het bewijs was dat Frost bij hem werkte. Dus veranderde hij van tactiek. 'Als je me helpt, hoef ik je geen pijn te doen. Celeste Brent. Vertel me meer over haar.'

'Wie?'

'Zij was een van de laatsten die Allison in leven hebben gezien.'

Nathan sloot zijn ogen. 'Ik ken haar niet.'

Een klop op de deur kondigde Hurley aan, het viel Groote op dat hij niet naar Nathan keek. 'Wat moet ik doen als Allison inderdaad Frost bij mevrouw Brent heeft achtergelaten?'

'Me bellen. Ik handel dat wel af. Mensen plegen soms zelfmoord als ze hun therapeut verliezen,' zei Groote. 'Jammer, maar het gebeurt.'

24

Miles hoorde zes zachte klikken: nachtsloten die werden opengemaakt. Toen ging de deur open. 'Leg het briefje neer,' fluisterde een stem. 'Doe dan tien stappen bij de deur vandaan. Tel de stappen hardop.'

Hij deed wat ze vroeg.

De deur piepte nog een paar centimeter open, een hand werd uitgestoken, schoof het briefje naar binnen. De deur sloeg met een klap dicht. Hij hoorde de sloten weer op slot gaan.

Nog drie minuten. Hij keek omhoog naar de maan die vanachter een donkere wolk zijn gezicht liet zien, zijn licht bescheen zilverachtig de wilde bloemen in de bloemperken. De nachtsloten, alle zes, klikten en de deur ging weer open. Nu had de hand een pistool vast, een gladde glock. Hij kon haar zien, slechts een deel van haar gezicht was zichtbaar. Ze stond in een T-shirt met Batman-logo, verschoten jeans en haar haar in een dikke paardenstaart gebonden.

'Je mag binnenkomen,' zei ze.

'Ik word nerveus van schietwapens.' Hij had het zijne in de auto gelaten.

'Ik word overal nerveus van,' zei Celeste. 'Leg uit waarom ze je dat briefje heeft gestuurd. Waarom heeft ze er niet gewoon om gevraagd?'

Hij zag niet in waarom hij zou liegen, ze kon de deur in zijn gezicht dichtslaan maar net zo goed besluiten hem te vertrouwen. 'Ze wilde niet dat iemand anders die op dat moment ook in de kamer was wist dat ze om hulp vroeg.'

'Wie?'

'Een man die naar de naam Sorenson luistert. Hij zei dat hij arts was, maar dat is hij niet. Ze heeft het briefje in een pillenflesje gestopt.'

'Pillen? Witte pillen?' Haar stem sloeg over.

'Lege hulzen. Er zitten geen medicijnen in.'

Tien seconden verstreken. 'We gaan praten. Maar op mijn voorwaarden. Handen op je hoofd. Kom binnen.'

Hij gehoorzaamde. Ze week terug en bewaarde een gezonde drie meter afstand tussen hen. Haar stem noch haar hand met de glock was bepaald vast.

'Doe de deur dicht,' zei ze. 'Doe hem niet op slot, houd je handen op je hoofd. Doe hem gewoon dicht.' Met zijn elleboog duwde hij de voordeur dicht. Hij wachtte.

'Oké,' zei hij. 'Kunnen we praten?'

'Ga zitten.' Ze gebaarde met het pistool naar een zware fauteuil in de hoek. Hij ging zitten, zij bleef aan de overkant van de kamer staan, het pistool op hem gericht.

'Ik begrijp dat je voorzichtig bent, maar dat is niet nodig.'

'Waarom is Allison naar jou toe gegaan?'

'Ik was vroeger privédetective. Ze geloofde dat ik haar kon helpen.'

'Vroeger.'

'Ik ben ermee gestopt.'

'Ze gaf je pillen. Ben je patiënt?'

'Ja.'

'Wat is er met je aan de hand?'

'Ik houd me Met Dingen Bezig.'

'Niet zo vaag. Ik kom m'n huis niet uit. Wat doe jij?'

Hij slikte. 'Een vriend van me heeft geprobeerd iemand te vermoorden. Toen heb ik hem vermoord. Hij blijft me achtervolgen.'

'Ik heb liever mijn leven dan het jouwe,' zei ze.

'Allison heeft mijn hulp gevraagd, ze heeft jou gevraagd een geheim te bewaren, ze is vermoord. We zouden gedachten kunnen uitwisselen.'

'Het is te laat om haar te helpen.'

'Ik kan er niet voor weglopen. Onmogelijk. Mag ik mijn handen laten zakken?'

'Nee.'

'Ik vertel jou waarom Allison in gevaar was, dan vertel jij me haar geheim.'

'Wat kan mij het schelen? Ze is dood.'

'Ik zie zo dat het je wel kan schelen. Je hebt gehuild. Maar, mevrouw

Brent – Celeste – misschien ben je wel in net zulk gevaar als zij was.'

Een misselijke, verdrietige frons trok over haar mooie gezicht. 'Ik heb al een poging tot moord overleefd. Meestal komt dat maar eens in een leven voor.'

'Dat geldt ook voor mij. Maar jij en ik tarten het lot.' Hij vertelde haar de gebeurtenissen van de afgelopen twee dagen: de ontmoeting met Sorenson, Allison die hem om hulp vroeg, dat hij erachter kwam dat Sorenson geen arts was, de confrontatie en achtervolging bij Allisons huis, de schutter die hem in de galerie was komen opzoeken. Hij vertelde niet dat hij in het WITSEC-programma zat en zich voor de autoriteiten schuilhield. Hij wilde haar niet afschrikken.

Ze luisterde zonder hem in de rede te vallen.

'Die man die achter me aan zit denkt dat ik dat door Allison gestolen onderzoek heb. Ik vroeg me af of ze het aan jou heeft gegeven of er met je over heeft gepraat.'

'Spoel even een stukje terug. Je zegt dat Allison een dief was.'

'Ik weet hoe het klinkt. Maar ze is dood. Nathan Ruiz is in dat ziekenhuis geweest en als hij de waarheid heeft verteld, heeft ze hem helpen ontsnappen. Hij deed mee aan dit Frost-onderzoek... er stond FROST op zijn ziekenhuisarmband. Allison probeerde hem uit het onderzoek te halen.'

'Nathan Ruiz heeft misschien gelogen.'

'We zijn achtervolgd en beschoten.'

Na een ogenblik liet ze het pistool zakken en hij merkte dat hij makkelijker kon ademen. 'Oké. Maar waarom zou ze dat onderzoek hier brengen?'

'Omdat, als ze haar wantrouwden... kon ze alleen naar plekken waar ze normaal gesproken ook heen zou gaan. Ze heeft iets heel waardevols gestolen. Dat kan ze niet op kantoor of bij haar thuis verstoppen... deze man, of die Sorenson, zit er misschien achteraan. Ze heeft een andere verstopplaats nodig, waar ze makkelijk heen kan zonder argwaan te wekken.'

'En jij denkt dat dat geheim in mijn huis ligt?'

'Hoe lang is het geleden dat je buiten de deur bent geweest?'

'Dat gaat je geen zier aan,' snauwde ze.

'Je hebt gelijk. Maar stel dat ze het haastig moest wegstoppen. Als ze onverwacht bij je wilde opduiken, wist ze zeker dat je thuis was. Omdat je altijd thuis bent.'

Celeste wilde daartegen ingaan maar zag dat hij gelijk had. Ze sloeg haar armen over het Batman-logo over elkaar. 'Dit is krankzinnig.'

'Wat Frost ook mag zijn, voor deze mensen is het immens belangrijk.'

'Maar wat kan het zijn?'

'Die man voor wie ze bang leek te zijn, die Sorenson, had het over een nieuwe therapie. Zei dat die de effecten van het traumatisch geheugen tenietdeed. Misschien heeft Frost met zijn project te maken.'

'Maar je zei dat Sorenson geen arts is. Wat is het verband dan met Sangriaville?'

'Dat weet ik niet. Maar Nathan zei dat ze hem hadden gerepareérd. Als je je trauma bent vergeten, of je leven ligt er niet meer door in puin... zou je dan zeggen dat je gerepareerd bent?'

'Je kunt een trauma niet zomaar uitpoetsen.' Er klonk woede door in haar stem.

'Laten we voor het gemak aannemen dat hij baat had bij een nieuwe therapie, en dat Allison hem uit het ziekenhuis wilde smokkelen... dan komt dat op mij over alsof ze wilde laten zien dat hij beter is.'

'Ter ondersteuning van het gestolen onderzoek. Hij is het menselijk bewijs.' Hij zag aan de frons in haar voorhoofd dat ze zijn theorie vanuit verschillende invalshoeken bekeek.

'Denk je dat het om medicijntesten gaat?'

'Als dat zo is, dan zijn het geheime experiments. Of illegaal.'

Hij zag dat ze een elastiekje om haar smalle pols had en dat ze dat langzaam tegen haar huid liet klappen, als een onbewust duimendraaien. Ze leek tot een besluit te willen komen, hem in te schatten.

'Twee jou onbekende feiten spreken voor jouw idee. Of ik ben net zo gek als jij.' Ze slaakte een gespannen zucht. 'Op de dag dat ze stierf kwam ze langs om op mijn computer te werken, omdat die van haar het niet goed deed. Toen ze weg was, was ik een flesje witte pillen kwijt die ze me een paar weken eerder had gegeven, die moest ik voor onze sessies innemen. Ze waren uit mijn tas weg. Ik had het krankzinnige idee dat zij ze moest hebben meegenomen, maar ik kon het niet echt geloven.'

Hij herinnerde zich het bericht dat ze op Allisons kantoortelefoon had achtergelaten. 'Je nam die pillen voor je therapie.'

'Ja. Ze zei dat ik dan makkelijker over mijn trauma zou praten.'

'Ik werkte als patiënt bepaald niet mee,' zei hij. 'Kon jij vrijuit met haar over je trauma praten?'

Celeste likte met haar tong langs haar lippen. 'Ja. De laatste tijd veel beter.'

'Voel je je... sterker of minder aangedaan door je herinneringen sinds je die pillen ging nemen?'

'Ik... dat weet ik niet. Ik snijd mezelf.' Ze schopte tegen de vloer. 'Nu minder... maar dat bewijst niet dat ze me experimentele medicijnen heeft gegeven.'

'Wat heeft ze op je computer gedaan?'

'Er zit niets nieuws op mijn systeem... maar ze heeft de internetgeschiedenis gewist.'

'Laat me eens kijken.'

'Eerst een vraag. Jij bent erachter gekomen wat ze heeft gestolen of waarom ze dood is, wat nu?'

'We blazen die mensen op. We hangen aan de grote klok wat ze hebben gedaan, dat ze Allison hebben vermoord. Nathan bij hen weghalen, als ze hem nog hebben. Als ze weten dat Allison hier is geweest op de dag dat ze doodging, komen ze misschien ook achter jou aan.'

'O, shit. Ik heb het ziekenhuis vandaag gebeld, ze verteld dat ik een nieuwe therapeut nodig heb, dat Allison me op haar sterfdag is komen opzoeken en zich vreemd gedroeg.'

'Hebben ze teruggebeld?'

'Nee.'

'We hebben misschien niet veel tijd...' Miles schrok toen iets ging piepen.

'Mijn sensor in de voortuin,' zei Celeste. De deurbel ging.

'Verwacht je iemand?' fluisterde hij. De deur zat nog steeds niet op slot, hij wist nog dat ze erop stond dat hij hem niet op slot deed toen hij binnenkwam.

Ze schudde haar hoofd. 'Alleen mijn vriendin Nancy en die is al weg.' Ze richtte een afstandsbediening op de tv, klikte op het camerabeeld van haar voortuin.

Een man in een wit labjas over een gekreukt pak stond op de stoeptegels in de camera te gluren.

'Ken je hem?' vroeg Miles.

'Nooit gezien.'

'Praat met hem via de intercom. Kijken wie hij is.'

'Ik neem geen bevelen aan in mijn eigen huis, Miles.'

'Sorry. Alsjeblieft?'
Ze drukte een knop in op de intercom. 'Ja?'
'Mevrouw Brent?'
'Wie bent u?'
'Ik ben Leland Hurley. Ik ben een collega van dokter Vance uit het Sangre de Cristo. U hebt me gebeld en ik wilde zeker weten dat u in orde was. Mag ik binnenkomen?'
Miles stond dicht naast Celeste. 'Hij kan ons vertellen wat we moeten weten.'
'En uit de school klappen? Of laat me raden, je slaat het uit hem.'
'Geen van beide. Maar hij kan me niet zien en weet niet dat ik er ben. Als ze achter me aan zitten, kan ik het niet riskeren dat hij weet hoe ik eruitzie. Ik kan me verstoppen en meeluisteren terwijl jij met hem praat. Ik laat hem je geen kwaad doen.'
'Nee, dat kan ik niet.' Haar stem was plotseling van angst doortrokken.
'Dat kun je wel,' zei hij. 'Alsjeblieft, Celeste. Help me alsjeblieft. Voor Allison.'
Ze legde haar handen over haar gezicht terwijl de dokter onzeker in de camera blikte.

25

'Er is hier een man die de leidinggevende zoekt.' De bewaker stond in de gang van de vierde verdieping, slikte en keek naar een punt links van Grootes schouder.

Ze zijn bang voor me, dacht Groote. Een aangename ontdekking, net alsof je erachter komt dat een vrouw je aantrekkelijk vindt. 'Ik zie niemand.' Hij sloot de deur achter zich maar vroeg zich af of de bewaker Nathan had gezien.

'Wil absoluut iemand spreken die hier aan het hoofd staat.'

'Hoe heet die vent?'

'Sorenson.'

Interessant en onverwacht. Groote hield voor de bewaker zijn gezicht in de plooi. 'Is het een pak of problemen?'

'Problemen. Grote vent. Uitermate zeker van zichzelf.'

'Ik praat beneden met hem, in de vergaderzaal. Blijf buiten de deur maar in de buurt voor het geval ik hulp nodig heb.'

De bewaker gehoorzaamde. Groote liep naar Nathans kamer terug. Hij lag lusteloos naar het plafond te staren.

'Je vriendje Sorenson is hier,' zei Groote.

Nathan keek naar het plafond.

'Dus ik vermoed dat jij en Michael Raymond me de waarheid over de derde vent hebben verteld.'

'Ik heb al gezegd... ik wist niet wat hij bij Allison deed.'

'Hij is beneden, we kunnen het hem vragen. Als je hem een klap op zijn kop hebt verkocht, nodig ik hem uit je met gelijke munt terug te betalen. Beschrijf Sorenson nog een keer.'

Nathan herhaalde de beschrijving en Groote liep de trap af naar de begane grond. Zo had hij tijd om na te denken. Hij was ervan overtuigd geweest dat Sorenson een verzinsel was, door Michael Raymond en Nathan bedacht om de verdenking op een niet-bestaande derde partij te laden. Maar misschien hadden de beide mannen de waarheid verteld en was deze Sorenson werkelijk Allisons partner. Het zou kunnen.

Groote liep de hal in waar Sorenson zat te wachten. De man voldeed aan Nathans beschrijving: groot, blond, een goed gesneden pak en een grof gezicht dat niet van de zon hield.

'Ik ben Groote, hoofd ziekenhuisbeveiliging.' Hij stak een hand uit.

Sorenson schudde die maar Groote zag dat hij zich schrap zette, alsof hij Groote ervan verdacht dat hij aan zijn arm zou trekken en hem uit zijn evenwicht zou brengen. Sorenson gaf een ruk met zijn hoofd in de richting van de bewaker die aan de receptie zat. 'Ik moet u onder vier ogen spreken. Over Allison Vance.'

'Wat gaat u dat aan?'

'Dat kunnen we het beste samen bespreken.'

Groote bracht hem naar een rustige vergaderruimte op de eerste verdieping en deed de deur dicht. Hij besloot dat hij niet zou laten merken dat hij de naam van de man eerder had gehoord... laat die vent maar praten, zijn web spinnen, kijken welk verhaal Sorenson zou ophangen.

'Ik haal projecten binnen voor Aldis-Tate.'

Groote kende het bedrijf: een grote internationale farmaceutische fabrikant. 'En?'

'We willen van meneer Quantrill een onderzoek kopen, waarmee hij in dit ziekenhuis experimenteert.'

'Ik ben alleen maar iemand van de beveiliging...'

'Dat denk ik niet,' zei Sorenson. 'Dinsdag was u in Allison Vance' huis, was u op mensen aan het schieten. Ik heb u vanuit de badkamerdeur gezien. U hebt ze gemist. Ik dacht dat u een betere schutter was.'

Dit was een vent met wie hij kon omgaan. Groote trok een wenkbrauw op. 'Krijg nou wat. Ze hebben de waarheid verteld.'

'Zij?'

'Ruiz en Raymond. Ze zeiden dat u in haar huis was, ik geloofde ze niet.'

Sorenson haalde zijn schouders op. 'Ik ging erheen om met Allison Vance te praten. Ik werd wakker in een wirwar van lakens, in een badkuip, met een migraine waar ik nog steeds pillen tegen slik.'

'Waarom bent u hier, meneer Sorenson?'

'Allison Vance heeft een van onze onderzoeksdirecteuren benaderd, een studievriend van haar, over een prototype van een medicijn dat hier wordt getest, Frost genaamd.'

'Ik geloof niet dat ik commentaar heb op...'

'Ze bood aan om het Frost-onderzoek aan ons te verkopen. Ik denk nu dat ze dat aanbod onder tafel aan ons heeft gedaan.'

Verkopen? Quantrill was ongerust geweest dat ze de publiciteit zou opzoeken, hun kansen zou vernielen om ermee de markt op te gaan. Dat kreng was een huursoldaat geweest. Hij kreeg bijna zijn geloof weer terug in de mens als een op winst belust schepsel.

'Hebt u haar aanbod geaccepteerd?'

'Nee.'

'Wat doet u hier dan?'

'Omdat we nog een aanbieding van Frost hebben gehad,' zei Sorenson.

Groote zei: 'Dat is dan gestolen waar.'

'Dat zal wel. Waarvoor Allison Vance is vermoord.'

Michael Raymond had haar vanwege Frost vermoord, dat was het, zijn theorie werd bevestigd. 'Waarom koopt u dan niet gewoon, waarom komt u naar mij toe?'

'Omdat we geen gestolen onderzoek kopen. Meneer Quantrill is ondanks het feit dat hij graag achter de schermen opereert, een partij met aanzien. En met de wetenschap dat Aldis-Tate met deze informatie op de proppen komt, geloof ik dat we wellicht tot overeenstemming kunnen komen over de prijs van Frost. Voor de veiling.'

'Veiling.'

'Ja,' zei Sorenson. 'Degene die de Frost-bestanden van Allison heeft gestolen houdt over vier dagen een veiling. Dat heb ik Quantrill gisteren verteld. Wist u dat niet?'

Hitte verspreidde zich over zijn gezicht, zijn borst.

Sorenson zag het. 'Vreemd. Ik had gedacht dat uw baas het u wel zou vertellen. Ik heb gehoord dat het openingsbod de helft is van wat Quantrill wilde vragen. Daar zal zijn maag wel van omdraaien, de dief die Frost met korting verkoopt.'

'Maar het medicijn moet toch nog in productie worden genomen?'

'Als Aldis-Tate het onderzoek krijgt, wordt Frost voor ons topprioriteit. Ik weet niet hoe het met de anderen zit. Er moet een soort rookscherm worden opgetrokken om te verdoezelen waar het onderzoek vandaan komt. Maar als we rechtstreeks met Quantrills team werken, en het niet kopen van een moordenaar en dief met wie we nooit overleg kunnen hebben over onderzoek of testresultaten, kan Frost sneller worden geproduceerd.' Sorenson schokschouderde.

'U wilt dat ik een deal met u maak over Frost.' Een paar jaar van Amanda's leven.

'We zijn bereid meneer Quantrill goed te betalen voor Frost. Maar als hij zijn veiling sluit, en u sluit de veiling van de dief, dan zijn wij de exclusieve kopers.'

'U bent te ruimhartig.'

'Patiënten krijgen het dan wel sneller. En ik doe liever geen zaken met een moordenaar als Michael Raymond.'

'Hoe bent u zoveel over hem aan de weet gekomen?'

'Allison wees hem aan als een patiënt die haar geholpen heeft bij het verkrijgen van het onderzoek. Ik kreeg de indruk dat het een levensgevaarlijke man was.'

Een patiënt, dat had Groote niet verwacht te horen over Michael Raymond. 'Maar uw deal is waardeloos als hij een veiling houdt.'

'Meneer Quantrill laat de andere kopers weten dat het onderzoek gebreken vertoont. Dan hebben de kopers geen belangstelling meer. De deal gaat tussen ons en meneer Quantrill. Michael Raymond moet dood zodat hij de media noch de FDA de illustere geheimen van Frost kan doorspelen, maar ik neem aan dat u daar wel voor kunt zorgen. Ik kan u helpen. Ik kan een ontmoeting arrangeren. U komt naar me toe. Michael Raymond opgelost.'

Michael op een presenteerblaadje, jezus, dat klonk aanlokkelijk. 'Als wij nu eens samen onze eigen deal sloten, meneer Sorenson. U wilt Frost. Ik wil een respectabele medicijnfabrikant die Frost op de markt brengt. Ik steek mijn nek niet meer uit alleen maar om Quantrill en Hurley meer winst te bezorgen.'

Sorenson keek geamuseerd. 'Ik luister.'

'Ik gooi alleen maar een balletje op. Ik ontken het als u ermee naar Quantrill gaat. Maar als u me helpt ervoor te zorgen dat Michael Raymond de experimenten hier niet aan de grote klok hangt, dan krijgt Aldis-Tate Frost. Als Quantrill niet meespeelt, zorg ik zelf dat u het onderzoek krijgt.'

Sorenson glimlachte. 'U bent een stoute jongen, zo uw baas in de luren te leggen, maar ik mag u wel, meneer Groote.'

'Als Aldis-Tate met de legitieme experimenten begint...' Groote verloor even zijn stem en schraapte zijn keel. 'Dan wil ik per se dat iemand daaraan meedoet. Mits u me kunt garanderen dat zij Frost krijgt, niet een placebo, geen suikerpil.'

Sorenson knikte. 'Ik zal uw voorstel in overweging nemen en het voor mezelf houden. Nog één vraag, nu ik hier toch ben. Mag ik Nathan Ruiz zien?'

'Waarom?'

'Allison wilde hem als voorbeeld voor onze onderzoekers opvoeren.'

'Vergeet dat hij u heeft aangevallen. Hij was bang.'

'Ik wil hem niet vermoorden. Maar ik wil graag een patiënt onderzoeken die baat heeft bij Frost.'

'Goed dan. Hij is boven. Hij is voor ons gevlucht, dus hij is nogal toegetakeld, op dit moment bepaald niet het toonbeeld van gezondheid.'

'Laat mij,' zei Sorenson, 'dat maar beoordelen.'

Er werd op de deur geklopt. Groote maakte open. De bewaker van de receptie stond er met gefronste wenkbrauwen en boog zich naar hem toe.

'U hebt nog een bezoeker. Hij heet DeShawn Pitts en zegt dat hij een federale marshal is. Hij vertrekt niet voordat hij iemand van de leiding heeft gesproken.'

De FBI. Hij keek naar Sorenson. 'Wacht hier even.'

Sorenson stond op. 'Ik heb geen zin in gedonder met de FBI. Ik vertrek.'

'Mis. Als ze iemand willen arresteren, vallen ze met geweld binnen. Dit is er maar één. Laat me uitvissen wat hij wil, ik ben zo terug.'

Sorenson gaf een nauwelijks merkbaar knikje en Groote deed de deur dicht. Hij wist dat hij op het slappe koord danste door zonder Quantrill een deal te sluiten, en nu had hij na sluitingstijd ook die agent nog op zijn bordje. Hij slenterde met een hartelijke uitgestoken hand door de hal en zei: 'Hallo, ik ben Dennis Groote, ex-FBI, ik ben hoofd beveiliging hier. Wat kan ik voor u doen?'

26

Celeste deed de deur open terwijl ze tegen zichzelf zei: doe alsof je weer op het eiland bent, dat je het spel speelt. Zorg dat hij uit de school klapt. Je kunt het. Spoor zijn zwakheid op en speel die tegen hem uit.

'Hallo, mevrouw Brent,' zei hij. 'Sorry dat ik u zo overval, maar ik luisterde vlak bij uw huis mijn telefoonberichten af en dacht maar even langs te gaan.'

'Erg vriendelijk van u.' Celeste knikte. 'Kom binnen.'

Hij stapte haar fort binnen en Celeste wees hem de bank, liet voor de verandering de zielknijper daar eens op zitten. Ze ging in een leren stoel zitten, wilde de machtspositie in de kamer. Ze plakte een nietszeggend glimlachje op. Celeste Brent had geleerd zich van de domme te houden en zich hulpeloos voor te doen terwijl ze haar medespelers over een met zand bestrooid schaakbord manipuleerde. Ze liet de alfamannetjes hun borst opzetten en pronkend de wedstrijd uit paraderen, liet de in bikini geklede dametjes elkaar de ogen uitkrabben, hitste de competitie op door roddel en achterklap die haar nooit inhaalden, steeg boven de bekvechtende partijen uit om de benodigde stemmen te winnen en er met vijf miljoen dollar vandoor te gaan. Ze wilde haar ogen laten glanzen, haar lef tonen, haar vastberadenheid, maar niet nu. Ze wist niet zeker of ze het spel wel kon spelen, deze kundige man om de tuin kon leiden. Ze dwong zichzelf niet naar de slaapkamer te kijken waar Miles stond te luisteren.

'Hoe gaat het met u?' vroeg hij.

'In shock door haar dood, maar het gaat.'

Zijn neutrale gezichtsuitdrukking veranderde niet. 'Ik weet zeker dat het laatste wat Allison wilde was dat deze tragedie een averechts effect op uw therapie zou hebben.'

'Weet de politie al wat er is gebeurd?'

Hij schudde zijn hoofd. 'Het kost tijd. Ik denk dat het een gaslek was.' Hurley leunde ernstig ongerust naar voren, gespeeld, besloot ze, om haar kalm te houden. 'U bent een van de laatste mensen die dokter Vance levend hebben gezien. We zagen haar afsprakenschema in haar ziekenhuiscomputer. Heb u de afspraak gemaakt of zij?'

Celeste besloot de waarheid te vertellen. 'Ze kwam langs. Uit zichzelf.'

'Verwacht u dat van een therapeut... dat die naar willekeur komt binnenvallen?'

'Nee. Ze wilde kijken hoe het met me ging.' Ze zou Miles' theorie toetsen, bedacht ze. 'We hebben een mix aan therapie-ideeën geprobeerd en het leek erop dat ik de stress over mijn herinneringen beter aankon.'

Pure verbazing schoof over zijn magere gezicht, toen knipperde hij met zijn ogen en was die weer weg. 'Dat is geweldig, miss Brent. Wat probeerde ze precies?'

'Ik heb een bloedhekel aan pillen slikken,' zei Celeste, 'maar ze had me op een nieuw antidepressivum gezet die ik voor elke therapie moest innemen, en die nieuwe pillen hebben absoluut geholpen.'

'Schitterend. En ze kwam langs om te kijken of u baat had bij dit nieuwe medicijn?' Zijn stem klonk kil.

'Ik neem aan van wel. Ze heeft de pillen weer meegenomen.'

'Heeft ze ook gezegd waarom?'

'Ze zei dat ik ze niet meer nodig had,' loog Celeste. 'Daarna hebben we gepraat, een soort verkorte sessie.'

'Hebben die pillen ook een naam?'

'Ze noemde ze een soort mix, maar ik kan me de naam niet herinneren.'

Hij haalde diep adem, volgens Celeste om zijn gedachten te ordenen. 'Het klinkt misschien vreemd, maar was ze nerveus of angstig?'

'Nou... ze was niet zichzelf.'

'Ik vraag me af of ze u wellicht om een gunst heeft gevraagd.'

'Wat voor soort?'

'Dit klinkt wel een beetje gek. Om informatie voor haar te bewaren. Misschien op een computerdisk.'

Celeste dwong zich tot een verbaasde frons. 'Waarom zou ze?'

'Allison heeft gevoelige gegevens uit het ziekenhuis meegenomen.'

'Wat voor gegevens?'

'Dat zeg ik liever niet.'

Celeste liet twee hartslagen voorbijgaan. 'Ik kan me niet voorstellen dat Allison iets zou doen wat niet door de beugel kan.'

'Het kan zijn dat Allison betrokken is geraakt bij een stel akelige mensen... misschien hebben die haar gedwongen om de gegevens te stelen.'

Ze testte hem. 'Bel de politie dan.'

Hij zakte. 'We hebben liever niet...'

'Uiteraard. Ziekenhuizen haten schandalen. Ze haten vuile was.'

Hij keek haar met gefronst voorhoofd aan waaruit bleek dat hij haar had onderschat. 'Sangre de Cristo heeft niets te verbergen, en we hebben de diefstal al gemeld,' krabbelde hij terug.

'Als ze het heeft gestolen, waarom zou ze het dan hier achterlaten? Ik geloof niet dat u hier goed over hebt nagedacht, dokter Hurley.'

Hij leunde achterover, duidelijk gekrenkt in zijn trots... hij was niet goed in pokeren.

'Mag ik je Celeste noemen? Ik heb het gevoel dat ik je ken doordat je indertijd op tv bent geweest.' Hij smeerde haar nu stroop om de mond. 'Ik moet weten of ze hier iets heeft achtergelaten. Om te bewaren. Je beschaamt haar vertrouwen heus niet als je me helpt.'

'Nee. Ze had alleen haar aktetas bij zich.' Celeste zei het met vaste stem. 'Ze zat op dezelfde plek als waar u nu zit, we hebben gepraat en ze is vertrokken.' Celeste besloot haar troefkaart uit te spelen, kijken hoe hij reageerde, dat zou Miles' theorie bevestigen of tegenspreken. 'Wacht, toen ze langskwam, was ik net klaar met een late lunch en ze vroeg of ze mijn computer mocht gebruiken. Ze verwachtte een belangrijke e-mail en wilde haar account controleren.'

'Was u daarbij?'

'Ik sta niet over de schouders van mensen mee te kijken als ze hun e-mail lezen. Ze was vijf of tien minuten alleen, terwijl ik verder at.'

Zijn gezicht trok wit weg, zijn lippen verstrakten en hij leek zich schrap te zetten voor een onwelkome taak. 'Ik stel het op prijs dat je zo eerlijk bent, Celeste. Maar ik vrees dat ik vervelend nieuws heb. Die pillen die ze van je heeft teruggenomen. Waren die wit?'

'Ja.'

'Dan ben ik bang dat je met me mee moet gaan naar het ziekenhuis.'

'Nee. Ik heb pleinvrees. Ik ga mijn huis niet uit.'

'Je hebt medicijnen gekregen die misschien een verkeerde uitwerking hebben in combinatie met andere pillen,' zei hij. 'We moeten je onderzoeken.'

'Nee.'

'Ik kan je verdoven, als je dat liever hebt. Maar ik sta erop. Voor je eigen bestwil.'

'Nee.'

Zijn ogen verschoten en nu was ze bang voor hem, hij had die broeierige blik van een kind dat niet gewend is zijn zin niet te krijgen. Hij stond op en spreidde zijn handen uit. 'Celeste. Dit is een medisch noodgeval en ik kan je dwingen met me mee te gaan...'

'Ik zei nee.'

'Je kunt niet alleen voor jezelf zorgen. Daar word je niet beter van, dan gaat het juist slechter met je. Stel je eens voor...' en hij deed een stap in haar richting '... dat je jezelf weer gaat snijden, heel erg gaat snijden, en stel je eens voor dat ik je vond, bloedend, suïcidaal...'

En toen de zachte klik van een pistool. Miles stond achter Hurley, Celestes pistool op het hoofd van de arts. 'En stel je eens voor dat je gaat zitten en gaat praten.'

Hurley verstijfde.

Miles duwde Hurley op de bank terug. 'Niemand kwaad doen, dat is jullie motto toch? Nou, het mijne is het zeker niet.'

'U vergist u,' zei Hurley.

'Dat denk ik niet,' zei Miles. 'Gaat het wel met je?'

Celeste knikte.

'Als je belangstelling hebt voor witte pillen,' zei Miles, 'dan kan ik je wel helpen.'

Hurley zei: 'Ik hoop dat we hieruit kunnen komen.'

'De deal is dat als jij mijn vragen beantwoordt, ik je hersens niet uit elkaar schiet,' zei Miles. Celeste stond uit haar stoel op en trok zich tot bij de keukendeur terug. 'Dat is de deal, dokter Doolittle.'

'Als u Allison Vance' partner bent, hebt u Frost al in uw bezit,' zei Hurley. 'Ik zou niet weten waarover u verder nog moest onderhandelen.'

'Vertel me het verhaal van Frost.' Hij zette het pistool dicht tegen Hurleys hoofd.

'Een medicijn dat PTSS-lijders rustig maakt. Daardoor wordt het trauma draaglijk en werkt de therapie effectiever.'

Miles keek naar Celeste. 'Die witte pillen, word je daar slaperig van?'

Ze schudde haar hoofd. 'Niet slaperig. Kalm.'

'En Allison zei dat je voor elke therapiesessie er een moest nemen, toch?' zei Hurley.

Celeste knikte.

'Precies. Het verdooft het traumatisch geheugen zodat de patiënt makkelijker over het trauma kan praten,' zei Hurley.

'Maar Celeste en Nathan Ruiz wisten niet dat ze proefpersoon waren.'

Hurley gaf geen antwoord en Miles prikte hem met het pistool. 'Dat weet niemand. Ik wist niet dat ze het aan Celeste gaf.'

'Waar is Nathan Ruiz?'

'Hij... hij is uit het ziekenhuis gevlucht. We hebben niets meer gehoord. Ik vermoed dat hij zich schuilhoudt. Of dood is.' Hij trok een wenkbrauw op. 'Hij is gevaarlijk, moet u weten, voor zichzelf en voor u als hij de kans krijgt.'

'Werkt dat medicijn bij hem?'

Hurley haalde zijn schouders op.

'Wie is de vent die achter me aan zit?'

'Dat zal ik u vertellen,' zei Hurley, 'als u me Frost geeft. Luister, als je die vent om zeep helpt, krijg je nog een bonus toe. Hij is gek. Niet persoonlijk bedoeld, hoor.'

'Al goed,' zei Miles. 'Probeer je me te vertellen dat hij niet aan jullie kant staat?'

Hurley knikte. 'Ik help u zodat u zich van hem kunt ontdoen. Ik regel het wel. Maar u moet me Frost geven.' Hurley probeerde een glimlachje, een afschuwelijke, angstige reflex. 'U laat hij heus niet lopen. Hij doet er een moord voor.'

'Ik heb Frost niet.'

Hoop lichtte in Hurleys ogen op. 'Zijn de bestanden samen met Allison verbrand?'

'Dat weet ik niet. Wat staat er op die bestanden?'

'Alle onderzoeksaantekeningen, de chemische formule, video's van de patiënten tijdens de testfase, alles waarmee wordt bewezen dat Frost werkt.' Hurley schudde zijn hoofd. 'Als u Frost werkelijk niet hebt, dan heeft uw blufpoker averechts gewerkt. Hij weet zeker dat u het hebt.'

'Wie is hij?'

'Ik heb geen enkele reden om u te helpen.'

Miles fronste zijn wenkbrauwen. 'Celeste. Wil je naar de andere kamer gaan? Doe de deur dicht. Ik gebruik de demper, dan is het niet zo erg.' Hij knipoogde naar haar.

Met grote ogen schudde Celeste haar hoofd. 'Vermoord hem niet. Alsjeblieft. Doe het niet.'

'Moet wel. Hij vertelt me niet wat ik moet weten.'

Ze schudde haar hoofd, begreep zijn bluf niet. Toen knipoogde hij opnieuw, twee keer. En ze werd kalm. 'Als het moet.' Ze haastte zich de keuken in.

'Jij en ik zitten niet aan een onderhandelingstafel, dokter,' zei Miles. 'Ik zit hier met een pistool op je hoofd gericht. Nu dan. Beantwoord mijn vragen. Wie zit er achter me aan?'

27

'Ik heet DeShawn Pitts,' zei de lange man terwijl hij Groote de hand schudde. 'Ik werk voor de US Marshals Service en moet met u praten over een belangrijk persoon.'

Groote zag dat Pitts vingerbraces om zijn linkerhand droeg – twee gebroken vingers – en zijn bont en blauwe gezicht toonde aan dat hij in een recent gevecht aan het kortste eind had getrokken.

'Ik wil graag helpen.'

'Waar was je gestationeerd?' vroeg Pitts.

'Vijftien jaar bij de afdeling Los Angeles gezeten.'

'En nu ben je te huur.'

'Het moederbedrijf van het ziekenhuis heeft me ingehuurd.' Hij realiseerde zich dat hij te loslippig was, maar dat was hij altijd in de buurt van andere agenten Oude gewoonte. Zijn collega's hadden hem altijd nerveus, hyperbewust gemaakt, alsof ze de schaduw konden zien die hij was geworden na Cathy's dood en Amanda's ziekte. Hij bracht Pitss naar Hurleys kantoor op de eerste verdieping, twee deuren verder dan de vergaderruimte waar Sorenson wachtte.

'Je zei dat je over een belangwekkend persoon wilde praten.'

Pitts ging zitten. 'Ja, en neem me niet kwalijk dat ik details oversla. We proberen iemand te vinden – zijn naam is Michael Raymond – die twee dagen geleden een telefoontje uit dit ziekenhuis heeft ontvangen. Ik moet weten wie hem heeft geprobeerd te bereiken.'

Groote hield zijn gezicht in de plooi maar dacht: o verdomme. Toen ik MR probeerde te bellen en er niet werd opgenomen. 'Michael Raymond. Die naam komt me niet bekend voor.' Wie is die Michael Raymond en waarom laat hij alles voor me in het honderd lopen? Groote schraapte zijn keel en sloeg een paar toetsen aan op het keyboard in Hurleys kantoor. 'Ik kijk even naar de bezoekerslijst.' Terwijl hij de lijst doorlas, ordende hij zijn gedachten. 'Hier is hij niet geweest. Ik kan het personeel rondmailen of iemand hem kent.'

'Nog niet nodig. Zijn psychiater was Allison Vance. Heb je van die explosie gehoord...'

Hij is een patiënt van haar. Nathan had gelijk. 'Natuurlijk. Wat een drama. En je dacht dat hij misschien bij ons hulp kwam zoeken.'

'Hij heeft... waanbeelden. Hij gelooft dat hij de dood van dokter Vance moet "rechtzetten".'

Groote trok een wenkbrauw op. 'Gelooft hij dat hij er verantwoordelijk voor is?'

DeShawn Pitts wees naar dokter Hurleys naamplaatje op de deur. 'Is Hurley hoofd psychiatrie hier? Ik denk dat ik op de dokter moet wachten en de geestelijke toestand van de man met hem moet bespreken. Dat begrijp je zeker wel.'

'Uiteraard. Ik wilde geen medische vragen stellen, het gaat mij om de veiligheid. Als deze man een gevaar is voor het ziekenhuis, moet ik weten waar de dreiging uit bestaat.'

'Ik denk niet dat hij iemand iets zal aandoen. Maar als hij opduikt, wil ik dat je me onmiddellijk op dit nummer belt. Sluit hem als het even kan op.'

'Jou en de politie bellen.'

'Nee. Alleen mij. Het is van vitaal belang dat ik weet waar hij is. Zonder een hoop publiciteit.'

Groote trok opnieuw een wenkbrauw op. 'Ik kan je veel beter van dienst zijn als ik precies weet wie de man is.'

'Sorry, ik kan niet op de details ingaan.'

Op zoek gaan naar een man van wie je niet kunt zeggen dat je naar hem op zoek bent. Interessant, dacht Groote. Meer dan interessant. Een situatie met maar heel weinig steekhoudende verklaringen. 'Wordt de man door de Marshals Service gezocht? Is hij op de vlucht?'

'Zoals ik al zei is het een belangrijk persoon en willen we er geen circus van maken.'

Deze man kent de waarheid over mijn doelwit, realiseerde Groote zich en hij schatte bij zichzelf in of hij een confrontatie met Pitts kon riskeren. 'Je mannetje gelooft niet dat het vuur door een gaslek is ontstaan.'

'Nee.'

'En dit onderzoek, is dat onderdeel van zijn waanbeelden?'

'Zou kunnen. Hij lijdt aan een ernstig posttraumatisch stresssyndroom.'

'Weet je, het is heel goed mogelijk dat jouw man dokter Hurley heeft gebeld. Hurley kende dokter Vance, er is hier geen grote psychiatrische gemeenschap. Misschien heeft hij Hurley wel gebeld en heeft die hem teruggebeld.' Hij tikte met zijn vingertoppen op tafel, deed of hij nadacht. 'Hurley had het laatst over een merkwaardig telefoontje.'

'Dan moet ik met dokter Hurley spreken. Jij en hij kunnen me helpen die vent in te rekenen.'

Groote sprong in de opening. 'Ik maak er geen gewoonte van mensen in de val te laten lopen. Wettelijk gesproken begeef ik me op drijfzand als meneer Raymond opduikt, ik hem opsluit en je bel, dan heb je geen zaak.'

Pitts klakte met zijn tong tegen zijn tanden. 'Je zei dat je een ex-agent bent.'

'Ja. Vijftien jaar. Hoofdkantoor LA.'

'Waarom ben je weggegaan?'

'Familiedrama.'

DeShawn zei: 'Excuseer me even, ik moet even bellen.'

'Natuurlijk. Hiernaast is een privékamer.' Hij duwde DeShawn de kamer in, een interviewruimte voor consulten met patiënten.

'De muren zijn gecapitonneerd,' zei DeShawn met een vleug afkeer in zijn stem.

'Ja,' zei Groote zonder commentaar en hij deed de deur dicht. 'Klop twee keer op de deur als je klaar bent.' Toen haastte hij zich terug naar de computer in Hurleys kantoor, deed de verborgen camera in de zachte stof aan de muur aan. Elk vertrek had van die camera's, startklaar voor het geval Hurley ze nodig had. Aan de camera was een microfoon bevestigd en hij klikte op de computer een venster aan om het geluid af te stellen.

'Jimmy, ik heb achtergrondinformatie nodig over Dennis Groote. Voormalig veldagent van de FBI in Los Angeles,' zei Pitts. De microfoon was niet krachtig genoeg om het antwoord op te pikken. DeShawn wachtte aan de telefoon. Groote wist het glanzende antwoord al: zijn staat van dienst was onberispelijk.

Pitts stelde eerst vragen om zich ervan te verzekeren dat Groote inderdaad degene was die hij zei te zijn en daarna of – alsjeblieft, god, alsjeblieft – Groote te vertrouwen was.

Ze willen hem opsporen maar willen niet dat de plaatselijke politie weet dat de jacht op hem is geopend. Dus is hij een van hun voortvluchtigen die door de mazen heen is geglipt. Klopt niet. Een vluchteling hoorde niet in een kunstgalerie te werken, ging niet regelmatig naar een psychiater. Nee. Michael is geen voortvluchtige. Wat is hij dan wel? Een marshal die op voortvluchtigen jaagt. Maar waarom jaag je een vluchteling op en laat je de politie erbuiten? Waarom de slechterik beschermen... beschermen. Het woord weergalmde in Grootes hoofd. Michael Raymond is geen voortvluchtige... hij is een getuige.

'Ja,' zei Pitts in de telefoon. Nu lag die verveelde uitdrukking op zijn gezicht van iemand die naar het voorlezen van een dossier luisterde.

Intussen kreeg Groote een idee. Hij stelde een andere camera in werking, sprong terug naar de digitale tape en keek toe terwijl DeShawn een sneltoets indrukte. Het nummer flitste op het telefoonscherm op. Groote krabbelde het nummer neer op een geeltje en liet het in zijn zak glijden. Hij sloot het tweede venster. Op de live camera zei DeShawn Pitts nog drie keer: 'Ja, oké,'

Groote pakte de telefoon en toetste het nummer in. Hij werd naar een andere marshal doorverbonden aangezien DeShawn Pitts al op Jimmy's lijn zat.

'US Marshals Service.'

Groote bracht zijn stem terug tot een hees gefluister. 'Jimmy... ik heb Jimmy nodig. Onmiddellijk. Heb hulp nodig.'

'Met wie spreek ik?'

'Ik praat alleen met Jimmy. Alleen met een WITSEC-inspecteur. Hij moet me helpen.'

'Blijft u aan de lijn, meneer,' maar Groote verbrak de verbinding.

Een getuige. Michael Raymond was een federale getuige. Ze waren hem kwijt en moesten hem zien te vinden. Hij lijdt aan een ernstig posttraumatisch stresssyndroom. Moeten hem vinden zonder een hoop publiciteit.

Een getuige op de vlucht. Maar de kerels die uit het programma wegliepen waren aan hun lot overgeleverd. Behalve deze, die moest nog behoorlijk waardevol zijn.

Op het camerascherm klapte DeShawn Pitts zijn telefoon dicht. Hij sloeg twee keer met zijn vlakke hand tegen de gestoffeerde deur.

Groote liep naar de deur, liet Pitts buiten en bracht hem weer naar het kantoor.

'Alles in orde?'

'Ja. Heb je nagetrokken. Uitstekende staat van dienst. Bel Gomez op je oude kantoor, hij staat voor mij en deze operatie in. Wettelijk loop je geen enkel risico.'

'Bedankt.'

'Kun je me nu dokter Hurleys nummer geven? Ik wil een afspraak met hem maken,' zei Pitts. 'Als je denkt dat hij kan helpen.'

'Hij is nogal bekrompen,' zei Groote. 'Ik bel hem wel.' Hij klapte zijn eigen telefoon open. Als een federaal agent Hurley zou bellen, zou hij zichzelf verraden als hij Celeste Brent probeerde te verdoven en naar het ziekenhuis bracht om haar aan het praten te krijgen.

Hij belde beleefd glimlachend Hurleys nummer.

28

Hurley kuchte, droogde zijn mond met de achterkant van zijn vuist. 'De man heet Dennis Groote. Hij komt uit Californië.'

'Voor wie werkt hij?' Miles stootte het pistool harder tegen Hurleys schedel.

'Ene Quantrill.'

'Wie is Quantrill?'

'Mijn baas.'

'Waar kan ik hem vinden?'

'Santa Monica, Californië.'

'Wat is het verband met Sorenson?'

'Ik ken geen Sorenson.'

'Liegen is geen goed idee, dokter. Ik heb al eens een man neergeschoten. Volgens mij gaat de tweede keer gemakkelijker.'

'Fijn dat je dat erbij zegt,' zei Andy tegen de muur leunend. 'Schiet hem neer, Miles, hij is waardeloos. Moord opnieuw. Je wordt er geen spat beter of slechter van.'

Miles haalde zijn vinger van de trekker maar duwde de pistoolloop dieper in Hurleys achterhoofd.

Door de druk kwamen de woorden sneller over Hurleys lippen. 'Ik ken geen Sorenson, ik zweer het.'

Het mobieltje in Hurleys zak ging over, een toccata van Bach. 'Ik moet me melden. Als ik dat niet doe, komt Groote regelrecht hierheen.'

Miles geloofde hem. 'Zorg dat je tijd rekt. Hou je van de domme. Neem op.'

Hurley haalde voorzichtig de klaptelefoon uit zijn jas en opende die. 'Ja, hallo?'

Miles hield het pistool dicht tegen Hurley aan, ging op zijn hurken zitten om mee te kunnen luisteren. 'Dokter Hurley, met Dennis Groote.'

'Ik heb met Celeste Brent gepraat. Ze weet van niks.'

'Begrepen. Er staat een meneer van de federale overheid in de hal. Hij wil u spreken over een patiënt van dokter Vance. Een man met de naam Michael Raymond. Ik weet dat u het nu erg druk hebt...'

Miles prikte Hurley met het pistool, mimede: zeg nee.

'Ik kan nu met niemand praten,' zei Hurley. 'Nu niet. Morgen.'

'Ik zou erop willen aandringen dat u nu tijd vrijmaakt, dokter. Dit is belangrijk. We kunnen de autoriteiten een dienst bewijzen. Ze moeten meneer Raymond zien te vinden.'

Hurley verstijfde. Miles mimede opnieuw: nee.

'Morgen,' zei Hurley. 'Vandaag niet. Ik kan niet. Ik heb mijn handen vol.'

Stilte, Miles hoorde Groote een gefrustreerde zucht slaken. 'Goed dan. Ik maak een afspraak voor morgen.'

'Bedank de functionaris voor zijn geduld.'

'Begrepen.'

'Ik moet nu gaan,' zei Hurley. 'Dag.'

'Dag.' Groote hing op.

Miles sloot de klaptelefoon. Celeste sloop de kamer weer in.

'Ik weet dat je het niet wilt, Celeste, maar je moet echt weg,' zei Miles.

'Mag ik dat niet zelf beslissen?' zei ze zacht.

'Die mensen zijn gevaarlijk, je kunt niet blijven.'

'Maar ik weet nergens van. Ik heb niet wat ze willen.'

'Allison heeft computerbestanden gestolen en toen jouw computer gebruikt. Dat heeft een reden. Misschien dacht ze dat ze haar systeem in de gaten hielden. Maar ze laten je niet met rust tot ze zeker weten of je Frost hebt.'

Celeste liet zich in een stoel zakken.

'Die vriendin die je noemde. Kun je haar niet bellen, dat ze je komt ophalen?'

'En haar in gevaar brengen? Nee. Dit is een politiezaak...'

'Ik moet dit doen, het voor Allison rechtzetten... ik heb haar beloofd...'

Celeste stond op. 'Stel dat ze het onderzoek heeft gestolen en het op mijn computer heeft gezet. Of het naar iemand anders heeft gestuurd, of naar zichzelf, voor het geval ze gepakt zou worden. Of vermoord. Er moet een elektronisch spoor zijn.'

'Sta op,' beval Miles Hurley terwijl hij het pistool in zijn rug drukte. 'Celeste, laat me je computer zien.'

De twee mannen volgden Celeste de gang door. De muren waren bedekt met foto's: Celeste met een knappe man op het strand, op een patio aan het proosten met margarita's, Celeste die de man een kus op de wang geeft. Aan de andere kant een fotocollage, vermoedelijk uit haar korte televisiecarrière: zij met negen andere mensen op een strand, zij in een bescheiden limoengroene bikini, afwisselend peinzend, geraffineerd, overgelukkig kijkend, palmhout hakkend, zichzelf over een stenen wal sleurend. Met een cheque van vijf miljoen dollar, een duizelingwekkende glimlach zo stralend als de zomer.

Hij en Hurley liepen achter Celeste aan naar haar werkkamer. Haar computer, een nieuwe met grote capaciteit, stond op een esdoornhouten tafel in de hoek. De kamer rook naar cleanser en Celestes mandarijnenshampoo, en Miles vroeg zich af of ze haar haar vaak waste, of ze haar huid zo hard schrobde tot haar huid er pijn van deed. De schuld van zich afwassen. Dat was nog niet bij hem opgekomen, Andy's bloed leek zo permanent als een tattoe op zijn handen te kleven. De vage geur van antiseptische middelen hing als een vrouwenparfum in de lucht.

Celeste ging aan de computer zitten en begon te typen.

'U moet wel weten dat ik niets met Allisons dood te maken heb gehad. En Groote ook niet,' zei Hurley.

'Hoe zit het met Sorenson? Hij heeft de bom daar geplaatst.'

Celeste trok bleek weg. 'Hoe weet je dat?'

'Leg ik nog wel uit.' Hij richtte zijn pistool weer op Hurley. 'Terwijl zij op jacht is, vertel jij me meer over Quantrill.'

'Quantrill is een van die consultants – nergens op een loonlijst te vinden – die voor medicijnfabrikanten op zoek gaan naar veelbelovend onderzoek dat ze verder kunnen ontwikkelen.'

'Hoe lang heb je aan Frost gewerkt?'

'Een jaar. De verfijningen aan Frost zijn mijn idee, moet je weten, je steelt *míjn* ideeën.'

'Ik geloof niet dat ze een e-mailprogramma heeft gebruikt,' zei Celeste. 'Ze heeft de browsergeschiedenis gewist. Mogelijk heeft ze iets met een FTP-programma gedaan.'

'FTP?' vroeg Miles.

'File Transfer Protocol. Een soort programma dat programma's van het ene naar het andere systeem uploadt. Bij het bouwen van websites maak je er voortdurend gebruik van, wanneer je de websitebestanden vanuit je computer naar het hostsysteem overbrengt. Ik heb er een...' Celeste opende een bestand. 'Hier. Elke upload creëert een logboek. Dat maakt een lijst aan van alle bestanden die vanuit deze computer naar een ander systeem zijn geüpload.' Stilte terwijl Celeste aan het zoeken was. 'Ze heeft het inderdaad gebruikt. Hier is een hele reeks bestanden die ze naar een webserver elders heeft geüpload. Hier is het adres.' Ze toetste een commando op het toetsenbord in en de printer spuugde de lijst voor haar uit.

'We moeten uitvinden van wie dat IP-adres is.'

Celeste typte verder, vergeleek de URL van de server met internet databases. 'Het staat geregistreerd op een Mercury Mountain Hosting, maar er is geen informatie over waar de server zich bevindt.'

'Ik weet hoe ik de server kan opsporen, maar daarvoor heb ik extra software nodig,' zei Miles. 'Ken jij Mercury Mountain, dokter?'

'Nee. Nooit van het bedrijf gehoord. Maar ik maak het goed met je. We nemen contact met ze op, halen Frost terug. Samen. Ik zorg dat Groote je met rust laat, één woord van mij tegen Quantrill en hij laat je met rust. Jij houdt je koest en gaat het medicijn terughalen. En dan doe je of je neus bloedt. Voor altijd.'

Miles porde hem met het pistool. 'Ik houd mijn mond niet.'

Hurley keek hem ongeduldig aan. 'Niet slim om de held uit te hangen. Jullie kunnen daar niet heen, allebei niet, niet twee opgefokte puinhopen die geen gesprek kunnen voeren zonder met een pistool voor iemands gezicht te zwaaien of geen stap buiten de deur kunnen doen omdat je door angst verlamd raakt.' Hij spuugde de woorden praktisch naar Celeste. 'Ik kan jullie je leven teruggeven. Je bevrijden van je nachtmerries, van je trauma. Jullie hoeven alleen maar je mond te houden.'

Miles dacht aan de vreemde belofte van Sorenson die in zijn hoofd spookte: stel dat je de ergste herinnering uit je leven kon vergeten?

Hurley zei: 'Celeste, sorry als ik je bang heb gemaakt. Maar Frost kan je genezen. Dat wil je toch?'

Miles deed een stap bij hem vandaan. 'Celeste. Is er nog een kopie van wat ze naar dat adres heeft geüpload op jouw systeem aanwezig?'

'Ik doorzoek nu de harde schijf, maar tot nu toe heb ik niets gevonden.'

'Ik wil niet dat de fijne dokter ziet wat we eventueel verder nog vinden.'

'Oké.' Haar stem klonk vast en ze haalde haar handen van het toetsenbord. 'Je zegt dat je je mond niet houdt. Ga je hem vermoorden?'

'Nee,' zei hij en hij voegde er een leugen aan toe: 'Maar ik wil ook niet dat hij ons iets aandoet.'

Hurley zei: 'Je begaat een verschrikkelijke vergissing, Michael...'

Celeste keek verbaasd. 'Je zei dat je Miles heette.'

'Dat is ook zo. Hij denkt dat ik Michael heet. Lang verhaal.'

'Hij heeft tegen je gelogen, Celeste. Hij heet Michael en in het ziekenhuis heeft een FBI-agent naar hem gevraagd,' zei Hurley. 'Je kunt hem niet vertrouwen. Ik heb je alleen maar geprobeerd te helpen, te beschermen...'

'Hoe kom je aan mijn naam?' zei Miles. Hij dacht terug aan de binnenkomst van Hurley, hij had zijn nepnaam, of zijn echte naam nooit uitgesproken, en Celeste ook niet. Plotseling realiseerde hij zich dat Hurley had gelogen. 'Jullie hebben Nathan.'

'Ja.'

De agent wilde met Hurley over Michael Raymond praten... waarom? Wat had Groote gezegd? We kunnen de autoriteiten een dienst bewijzen. Wat betekende dat? Eén ding... een val voor Miles zetten, bedacht door de FBI en uitgevoerd door Groote. En Hurley had Groote zonder een echte reden afgepoeierd, en wetende hoe graag Hurley en Groote Miles wilden hebben, zou Groote argwaan krijgen...

'Celeste!' schreeuwde hij. 'We moeten ervandoor! We moeten weg. Groote is waarschijnlijk al onderweg.' Evenals de FBI, maar dat zei hij er niet bij, ze zou stampij maken om te kunnen blijven en hij kon haar niet alleen laten.

Celeste schudde haar hoofd. 'Nee. Ik kan het niet.'

'We moeten gaan, meteen!'

Ze schudde nogmaals haar hoofd, haar handen begonnen te beven. 'Nee, nee, ik kan niet, ik kan niet weg...'

'Ik breng je naar mijn vriend DeShawn,' zei hij. Hij stond op en liep langs Hurley heen. Als hij dit verknalde, zou hij zich aan WITSEC overgeven, hij kon het niet aanzien dat ze zo beefde, zo gebroken en gekwetst was. Ze wisten genoeg om de politie de moordenaars van Allison in handen te spelen en over dit medisch onderzoek, waarvoor ze was gestorven in een poging daar een eind aan te maken. Hij was gek dat hij dacht dat hij Allisons dood de wereld betaald kon zetten, vanwege hemzelf, vanwege wie dan ook.

Een naald gleed in zijn nek.

Met een ruk trok hij zijn hoofd bij Hurley uit de buurt. Miles struikelde over een stoel, greep naar zijn keel, frummelde met zijn vingers naar de spuit en trok hem uit zijn huid los.

Hij viel in de stoel terug. Miles schreeuwde het uit toen Hurleys duimen met kalme, chirurgische precisie zijn ogen begon uit te steken. Hij probeerde zich bij de dokter vandaan te trappen, maar Hurley stak een nagel in Miles' zachte ooghoek, van plan om de oogbol uit zijn schedel te wippen. Hij probeerde het pistool langs de aanval op zijn gezicht te richten en een hand ging van zijn oog weg, greep het pistool uit zijn hand. Miles sloot zijn handen om Hurleys polsen, kwam omhoog en duwde. De loop drukte als een koude kus tegen zijn lippen toen hij Celeste hoorde gillen. Toen werd de loop met een ruk van zijn mond weggetrokken.

Met een enorme krachtsinspanning trok Miles zijn knieën tussen hemzelf en Hurley op, schopte terug en rukte zijn gezicht uit Hurleys klauwvingers los. Hij kon niets zien, zijn ogen waren verblind van de pijn, zijn hoofd voelde los en licht aan als een zwevende ballon. Toen ging het pistool af, Celeste schreeuwde, en plotseling heerste er stilte.

29

Het gesprek met Hurley stond Groote niet aan. Totaal niet. Het klopte niet, een kans te laten liggen om Raymond te helpen vinden…

Raymond. Misschien was Raymond daar, met Hurley. In Celestes huis. Maar hoe kon hij iets van Celeste weten?

Omdat Allison het hem had verteld. Jezus, hij speelde met Allison onder één hoedje.

Hij belde Hurley nogmaals. Zijn mobieltje ging over. En ging over. Geen antwoord.

Hun plan ontspoorde, en, verdomme, Groote had Sorenson in het ene kantoor en die agent in het andere, en hij zat ertussenin. Hurley zou een paar minuten zijn eigen zaakjes moeten opknappen.

Groote schokschouderde naar DeShawn Pitts. 'Sorry. Je weet hoe dokters zijn. Ze laten je altijd wachten. Dokter Hurley is momenteel bezig met een suïcidale patiënt… waarschijnlijk is hij pas morgen weer beschikbaar.'

'Dan kom ik morgen wel terug.'

Groote liet de functionaris hartelijk handen schuddend uit en ging voor het raam staan. Pitts' auto bleef op de parkeerplaats staan, de beambte zat aan het stuur in zijn telefoon te praten.

Schiet op en ga nou maar. Alsjeblieft. Eindelijk reed Pitts weg.

Hij belde Hurleys mobiel nog een keer. Geen antwoord. Hij ging naar de vergaderruimte terug. Sorenson zat daar koffie te drinken.

'Waar is de agent?' vroeg Sorenson.

'Weg.'

'Waarom was hij er?'

'Heeft niets met u te maken.'

‘Ik heb momenteel dringend andere zaken te doen.’

‘Onze afspraak is gebaseerd op de vraag of ik Ruiz kan zien,’ zei Sorenson. ‘Ik heb u geholpen. Nu helpt u mij. Het duurt niet langer dan een paar minuten.’

Groote nam een besluit. ‘Schiet op dan maar. Kom mee.’

30

'Brian?'

Miles lag opgekruld op de grond, knipperde met zijn ogen zodat hij weer scherp kon zien. De pijn doorboorde zijn hoofd en zijn stem kwam nauwelijks boven een fluistering uit. Hij tilde zijn hoofd van de tegelvloer op.

Een paar centimeter bij zijn hoofd vandaan lagen een stel versleten leren zolen. Hij knipperde nogmaals met zijn ogen, verdreef de zoute tranen, sprong overeind en moest met geweld zijn ogen openhouden.

Hurley lag languit op de grond, zijn keel een open wond, zijn ademhaling ging gorgelend. Het geluid van het pistoolschot weergalmde in zijn botten, hij wilde zijn ogen wel weer dichtdoen, gal kwam achter in zijn keel omhoog... maar Celeste was belangrijker dan zijn angst. Celeste lag als een verkreukeld hoopje voor hem, het pistool in haar handen. Toen hij begon te praten lag zijn tong als een loden gewicht in zijn mond. 'Het is oké, Celeste. Geef me het pistool.'

'Brian, hij doet je geen pijn meer, hij zal je geen pijn meer doen, dat beloof ik, beloof ik beloof ik,' zei Celeste. Miles kroop naar Hurley toe, voelde aan de pols van de man. Die werd zwakker en hield er toen mee op.

'Brian, we zijn veilig, oké, we zijn veilig voor hem, ik had hem nooit in huis moeten laten...' Celestes stem stierf hortend en stotend weg.

Miles strompelde bij haar vandaan, bij de dode man vandaan. Hij leunde over de gootsteen en sloeg koud water in zijn gezicht. Hij proefde bloed in zijn mond en dacht: als hij mijn oog eruit had gerukt, zou ik meer pijn voelen, toch, of ben ik alleen maar in shock? Met zijn vingers bevoelde hij zijn gezicht. Bloed stroomde uit een wond tussen zijn ogen en van zijn neusbrug. Hij veegde het weg. Hij wist zijn ogen open te doen, inspecteerde zijn gezicht in de spiegel op een kastje in de ontbijthoek. Zijn ogen waren bloeddoorlopen, maar allebei nog heel.

'Brian?' Celestes stem, harder nu. Ze deinsde voor hem terug toen hij de keuken uit kwam terwijl hij met een theedoek zijn gezicht afveegde en zijn hand uitstak.

'Celeste. Ik ben Brian niet. Ik ben Miles, weet je nog? Miles.' Met uitgestoken hand knielde hij naast haar. 'Geef me het pistool.'

Ze krabbelde bij de dode man vandaan. 'Jij bent Brian niet.'

'Nee. Ik ben Miles.'

'Ik... mijn huis... mijn man...'

'Het is al goed, Celeste. Laat me je helpen. Het is nu, niet toen.'

Celeste hield op met trillen, knikte en legde haar gezicht in haar handen. 'Hij kwam mijn huis binnen,' zei ze. 'Hij is mijn huis binnengegaan en heeft Brian vermoord. Hij dwong me met hem te wachten, te wachten tot Brian thuiskwam zodat hij hem... voor mijn ogen kon vermoorden.' Ze zei het zacht, vanachter uit haar keel, de stem van een schim, niet van een levend wezen.

'Het spijt me zo.'

Ze gebaarde naar Hurleys lijk. 'Ik pakte het pistool... om hem tegen te houden. Alleen om hem tegen te houden. Maar ik heb hem echt vermoord.'

Miles pakte de injectienaald op. Hurley moest de spuit in zijn labjas verstopt hebben... een schitterende verstopplek. Waarschijnlijk om Celeste te verdoven, haar naar het ziekenhuis te brengen om... hij wilde er niet aan denken. Hurley had niet de hele dosis kunnen inspuiten, maar wel zoveel dat hij zich verdoofd en misselijk voelde en er een wattenhoofd aan overhield.

'Celeste. Luister.' Zijn stem klonk donker. 'De man die je iets heeft aangedaan, jouw man heeft gedood, is niet hier. Hurley probeerde me te vermoorden, jij hebt me gered, begrijp je me?' Hij dwong zichzelf langzaam en kalm te praten.

Nu knikte ze.

'Wil je me het pistool geven?'

Ze klemde het pistool stevig tegen haar T-shirt. 'Nooit meer, heb ik gezworen. De camera's. De sloten. Nooit meer. Fort Celeste. Ik heb hier fort Celeste van gemaakt.' Ze luisterde niet naar hem.

'We kunnen hier niet blijven. Groote is waarschijnlijk al op weg. We moeten gaan. Meteen.'

Celestes stem brak. 'Er ligt een dode man op mijn vloer. Ik wil dat hij... weggaat. Ik wil dat jij weggaat, ik wil mijn huis terug.'

'Dat weet ik wel. Maar je bent hier een schietschijf. Geef me alsjeblieft het pistool.'

Ze gaf hem het pistool. Over haar armen liep een web van flinterdunne littekens naar haar ellebogen toe.

Ze zag dat hij het opmerkte. 'Ik snijd mezelf niet meer,' zei ze. 'Ik ben beter.'

'Dat is fantastisch, Celeste, dat is schitterend.' Hij stopte het pistool achter in zijn broekriem, probeerde door de verdovende mist heen te denken.

'Wat ga je nu doen?' vroeg ze.

'Jou in veiligheid brengen, en dan Nathan Ruiz uit het ziekenhuis halen.'

'Hoe?'

Hij doorzocht Hurleys zak, vond een elektronische toegangspas, een sleutelbos. 'Naar binnen lopen en hem meenemen.'

'Hoe heb je hem leren kennen?'

'Hij is de sleutel op weg naar de waarheid, maar ze hebben hem opgesloten.'

'Maar die Groote is in het ziekenhuis.'

'Dat hoeft niet. Hij is buiten op jacht naar me. Met de pas en een pistool kan ik naar binnen wandelen en Nathan vrij krijgen.'

'Dat is volslagen krankzinnig,' zei ze. Ze schudde haar hoofd. 'En ik kan het huis niet uit.' Ze sprak het uit alsof hij haar zojuist had verteld dat de wereld plat was.

'Je was dapper genoeg om me te helpen. Je bent ook dapper genoeg om door die deur te lopen. Het is maar een deur. Loop er verdomme doorheen.'

'Dat kan ik niet...'

'Ik houd je hand vast,' zei Miles. 'Je mag op de vloer van de auto zitten, je ogen dichthouden, bij de ramen vandaan blijven. Doen alsof de wereld er niet is.' Hij sloot zijn handen om de hare. 'Hij komt hierheen en gaat je vermoorden.'

Ze graaide naar haar tas, diepte een flesje antidepressiva op en slikte er een zonder water door. 'Ik zal het proberen.'

Hij stond langzaam op, haar tegelijk overeind helpend. Ze stapte met een verstikte kreun om Hurleys lijk heen.

'Vertrouw hem maar niet, dame,' riep Andy vanuit de hoek. 'Geen goed idee.'

Miles stak achter Celestes rug zijn middelvinger naar Andy omhoog en maakte de deur voor haar open. Hij boog zich naar voren, zocht eerst de straat af. Verlaten. 'Het is oké.'

Celeste deinsde terug voor de wereld achter de deur.

'Daar staat mijn auto.' Hij had een paar reservesleutels gevonden en was met Blaines auto naar Celestes huis gereden. 'Veertig stappen. Ik loop met je mee, ik tel.'

'Houd in elk geval mijn hand vast,' zei ze en met haar ogen dicht deed ze de eerste stap.

De lentebries ruiste door de populieren. Tien stappen. Ze kreunde. Hij hield zijn ogen op de straat gericht, verwachtte elk moment dat er een auto op hen af zou scheuren, piepend tot stilstand zou komen. Met Groote erin, met de dood erin.

'Je doet het geweldig,' zei hij.

'Praat niet tegen me... alsof ik een peuter ben... die je leert fietsen.' Ze begon met paniekerige stoten te ademen en hij sloeg een arm om haar schouders.

Twintig stappen. De wind danste over haar gezicht en ze kromp ineen.

'Dit heb je vast eerder gedaan,' probeerde hij bij wijze van grap, verdomd niet wetend wat hij moest zeggen. Celeste hield haar ogen stijf dicht. 'Naar buiten gaan.'

'Ik vond het vroeger altijd heerlijk buiten. Brian en ik...' en ze wankelde op haar voeten.

'Ik heb je vast.'

Ze nam nog een stap. En nog een. Celeste kreunde zacht en liep sneller, struikelde, haar ogen stijf dichtgeknepen, en Miles begeleidde haar naar Blaines auto. Hij had hem niet op slot gedaan en ze ging languit op de achterbank liggen. Ze sloeg haar armen over haar ogen.

Tandenknarsend stak hij de sleutel in het contactslot. Als zij het huis uit kon komen, dan kon hij weer autorijden. De verdovende spuit had hem tenminste minder paniekerig gemaakt, hij hoopte alleen dat hij de auto niet in puin zou rijden.

Hij startte de motor. Geen kaboem. Hij stuurde de modderige weg op.

'Waar breng je me naartoe?' vroeg ze.

'Naar het huis van een vriend... nou ja, hij weet niet dat ik me daar schuilhoud. Hij is een paar dagen de stad uit.'

'Ga naar het ziekenhuis,' zei ze. 'Ik wacht wel in de auto. Nu. Voor Allison.'

Hij trapte het gaspedaal in, testte zijn reactie. De mist van de drug leek op te trekken, werd overvleugeld door angst en adrenaline. Hij sloeg de eerste de beste straat waar hij langskwam links in, terug naar de heuvel die naar het ziekenhuis leidde, biddend dat Groote vanavond op hém jaagde, ver bij Sangriaville vandaan.

31

Miles reed langs een paar rustige huizen en braakliggende terreinen, langs het Sangre de Cristo-ziekenhuis naar het doodlopende Canyon Road: een Audubon Society-complex. Bij Audubon maakte hij een U-bocht en reed de weg weer af naar het ziekenhuis. Hij reed langs de kliniek, bestudeerde die zorgvuldig en vroeg zich af of ogen in het gebouw hem in de gaten hadden. Er was geen beveiliging die erop duidde dat de instelling gevaarlijke personen huisvestte... geen prikkeldraad, slechts een hoge muur eromheen, geen wachtpost.

'Wacht tot de volgende zet wordt gedaan,' zei Andy. 'Laat me je genialiteit zien.'

Hij wilde tegen Andy zeggen dat hij zijn kop moest houden, maar hij wilde niet dat Celeste hem zou horen. Hij maakte opnieuw een U-bocht, reed met Blaines auto naar het parkeerterrein van het ziekenhuis en zette de auto vlak bij de achterkant neer.

'Hoe weet je hem binnen te vinden?' vroeg ze.

'In Allisons huis had Nathan het over de bovenste verdieping,' zei hij. 'Dus ik ga in één keer door naar boven. Kun je rijden?'

'O, natuurlijk,' zei ze. 'Rijden is makkelijker dan schieten.'

'Als iemand op je afkomt – bewakers, wie dan ook – maak dan dat je wegkomt. Ga regelrecht naar de politie of naar een vriendin. Wacht niet op me.'

'Miles,' zei ze, 'als Allison mij Frost heeft gegeven, dan denk ik dat het werkt. Ik zou nu in een foetushouding moeten liggen. Ik heb een man gedood. Ik ben het huis uit gegaan. Maar het gaat.' Toch trilde haar stem en moest ze slikken, worstelde om kalm te blijven. 'Misschien is het Frost. Hurley was verbaasd toen ik hem vertelde dat ze me nieuwe pillen had gegeven.'

'Of je bent gewoon sterk,' zei hij. Ze knipoogde naar hem. 'Ik ben zo snel mogelijk terug. Kun je het aan om voorin te zitten en de motor te laten draaien?'

Ze knikte, klom over de bank en wurmde zich op de passagiersplaats.

'Ik zou meer uit moeten gaan,' zei ze. Grapje. Ze huiverde.

'Ik ben zo terug,' zei hij. 'Vlucht als het moet.'

Ze knikte.

'Celeste?'

Ze keek naar hem op.

'Bedankt. Je hebt ons allebei gered.'

Ze slikte. 'Ga nu maar. Laat je mobieltje achter. Als ik moet wegrijden... bel me dan, dan kom ik je ophalen.'

Hij sloot het portier, wachtte tot ze de boel op slot had gedaan en liep naar de uitgang van het parkeerterrein achter het ziekenhuis.

Bij elke stap wilde hij liever in tegengestelde richting rennen. Een gekkenhuis. De plek die hem de grootste angst inboezemde sinds zijn geest hem parten begon te spelen, toen Andy zijn dagen en nachten begon af te schuimen. Bang dat Allison hem naar die plek zou sturen. Hij liep door naar het gebouw.

Als ik kan rijden, zei hij tegen zichzelf, dan kan ik dit ook. Alleen maar muren, vloeren, mensen, het was niet ijzingwekkend.

'Ik stel me wel aan de bewaking voor,' zei Andy. 'Dan ben je zo binnen.'

Het grote hoofdgebouw was opgetrokken uit adobe en telde vier verdiepingen. Twee kleinere gebouwen stonden erachter die door middel van een paar grindpaden met het hoofdgebouw in verbinding stonden. Het ademde eerder de sfeer van een exclusieve club dan de klinische atmosfeer van een psychiatrisch ziekenhuis.

Hij vermoedde dat er nu camera's op hem gericht waren, die legden uiteraard vast wie van en naar het parkeerterrein liep. Hij boog zijn hoofd. De meeste ramen van het hoofdgebouw waren verduisterd, lichten gloeiden op achter de ramen van de begane grond.

Hij hield de elektronische pas voor de lezer bij de deur, het paneel flitste van rood op groen en de deur ging met een klik open. Hij liep naar binnen.

Aan het eind van de kleine gang was een deur met een normaal slot en hij probeerde de drie sleutels aan Hurleys sleutelbos. De laatste paste.

Toen hij de deur opende, verwachtte hij een bewaker met een op hem gericht vuurwapen te zien.

Miles liep de deur door en sloot hem achter zich. De gang was leeg, de lichten gedempt. Hij haalde drie keer diep adem, wilde Hurleys rotzooi uit zijn hoofd verdrijven.

's Avonds laat in het gesticht. Zijn hart hamerde in zijn borst. Hij haalde zijn pistool tevoorschijn, hield het met gestrekte arm voor zich uit en hield het continue rode lichtje van een boven hem gemonteerde camera in de gaten die hem door de gang volgde. Ondanks de elegante architectuur van het Sangre de Cristo en het onberispelijke bedrijfsterrein vroeg hij zich af of elk gekkenhuis was ontworpen door dezelfde geschifte architect, diep in zijn eigen creaties achter tralies opgesloten. Aan het eind van elke gang waren sloten, bochten en kronkels om iedereen in verwarring te brengen die een vluchtpoging wilde wagen, licht dat in de verste verte niets te maken had met de zon... hard, wit en lelijk.

Hij sloeg een hoek om en daar stond een bewaker op hem te wachten, paraat, een gummiknuppel zwaaide ferm in de richting van Miles' nek. Miles sprong achteruit, de knuppel sloeg met botversplinterende kracht tegen de muur. De terugzwaai raakte zijn schouder en de pijn barstte los op de zenuwknoop van het gewricht. Miles viel op de grond en de bewaker – jong, grove gelaatstrekken – ramde de knuppel hard tegen zijn keel.

Miles sloot zijn handen om de bovenkant van de knuppel en probeerde terug te duwen. De bewaker grijnsde, knarste zijn tanden en duwde de knuppel met gebruikmaking van zijn eigen gewicht tegen Miles' luchtpijp.

Aan de rand van Miles' gezichtsveld begon het te schemeren. Maar toen schoot het door Miles heen dat hij hier zou moeten blijven, achter dichte deuren, opgesloten, gezichtsloze mannen die hem op bed vastbonden, opsluiting zo zeker als een doodskist. Hier. Voor altijd. Gevangen.

Angst golfde door zijn spieren en Miles duwde terug, gebruikte de vloer als hefboom voor zijn schouders en armen. De knuppel klapte hard tegen de mond van de bewaker en toen sloeg Miles hem opnieuw tegen de neus. De bewaker duizelde bij Miles vandaan. Naar adem snakkend vocht Miles met hem om de knuppel. De bewaker wilde niet loslaten, riep met verstikte stem om Jimmy en Dwayne, het bloed stroomde uit zijn neus en mond. Miles sloeg het hoofd van de bewaker tegen de muur, beet in de vingers die de knuppel omklemden. De bewaker liet los, Miles gaf hem een klap op zijn achterhoofd. De bewaker viel bewusteloos op de grond neer.

Miles keek de gang door. Verlaten. Hij vermoedde dat hier kantoren en de administratie gevestigd waren, hier geen patiënten of verzorgers. Een gekraak en een zoemtoon doorsneden de plotselinge stilte, een stem riep Robert. Hij boog zich over de bewaker. Een oortelefoontje glansde in het oor van de jonge man, bevestigd aan een walkietalkie die aan de zak van zijn overhemd zat geklemd. Miles maakte het oortje en de walkietalkie los en klikte die bij zichzelf vast.

'Robert? Heb je hem?'

Miles drukte op de knop en zei op gehaaste fluistertoon die zijn stem vervormde: 'Nee, hij heeft zich weten los te werken. Gaat naar de lift.' Hij vond de lift, de deuren stonden open, drukte op vier – de bovenste verdieping. Niets. Vier moest een beveiligde verdieping zijn. Hij zwaaide met de elektronische pas over een panel boven de knoppen en een lichtje werd groen. Hij probeerde het opnieuw, drukte op de vier en deze keer sprong de knop aan. Toen stapte hij uit de lift. De deuren gleden dicht en de lift begon aan zijn klim.

'Robert?' herhaalde de stem van de andere bewaker door het oortje.

'Ik denk dat hij met de lift naar de vierde gaat.' Misschien zou nu de trap naar de vierde verdieping door de afleiding vrij blijven.

Hij liep naar een bordje met UIT erop en vond het trappenhuis. Trappen waren goed, liften slecht. Het trappenhuis was schemerig verlicht. Hij liep de trap op, verwachtte Groote of een bewaker tegen te komen die zijn verhaal niet geloofde... maar er was niemand. Radiostilte bij de bewakers.

Zweet druppelde langs zijn wangen, kroop over zijn rug. Bij elke stap moest hij zichzelf dwingen.

Andy stond meesmuilend bij elke bocht van de trap.

Miles' adem stokte in zijn keel. Hij kwam op de bovenste verdieping. Probeerde de deur. Op slot. Hij stak een sleutel in het slot, draaide hem om. De deur ging open.

'Hallo, Nathan,' zei Sorenson.

Nathan opende zijn ogen. Probeerde te focussen. 'Wie...'

'Mijn naam is Sorenson. Ik ben een collega van dokter Vance. We hadden een kortstondige ontmoeting in dokter Vance' huis.'

Nathan zei niets.

'Je hebt me geslagen. Ik geloof niet dat je je realiseerde dat ik daar was om je te helpen. Ik wil graag even met je praten.'

Sorenson deed een stap de kamer in. Groote volgde op een pas achter hem.

'Gaat het nu beter met je, Nathan, beter dan toen je pas in Sangriaville was?'

Nathan knikte, keek naar Groote.

'Dat is schitterend nieuws,' zei Sorenson en in één genadeloze beweging greep hij Groote bij de arm, draaide die om en sloeg hem tegelijkertijd tegen de stalen deur. Groote schreeuwde en Sorenson verdraaide vakkundig zijn arm. Groote gilde het uit. Sorenson stootte twee keer met zijn elleboog in Grootes gezicht, brak zijn neus en sloeg zijn achterhoofd tegen de stalen deur.

Groote stortte op de grond neer. Sorenson schopte hem een keer in de ribben en toen op de kaak. Groote zweeg. Sorenson boog zich voorover, greep Grootes pistool en richtte dat op Nathan. 'Wat heb je ze verteld?'

'Ik weet niet waar u het over hebt... Ik weet niets!'

'Tien seconden om je te bedenken,' zei Sorenson. 'Welke namen heb je ze gegeven?'

'Ik weet niet wat u bedoelt, niet doen!' gilde Nathan.

Door de zachte zoemer sprong Miles bijna uit zijn vel. Toen realiseerde hij zich dat de deur van het trappenhuis een ping gaf als die werd geopend. Hij sloot de deur snel, zich er goed van bewust dat hij geen dekking had. Maar er stond niemand in de donkere gang. Geen bewaking die hem bij de lift stond op te wachten. De lift was al gearriveerd en de deuren waren alweer dicht, op de digitale display zag hij dat de lift op weg was naar de begane grond. Waarschijnlijk deed hij dat automatisch. Misschien hadden de bewakers de lege lift gezien en zich naar beneden gehaast om de afgetuigde Robert te helpen.

Hij liep bij de deur vandaan en bewoog zich laag bukkend dicht langs de muur voort.

Hij kroop de gang door en keek door de draadglazen ruiten in de deuren. Bedden met slapende mannen, overwegend jonge knapen, maar een stuk of wat waren in de vijftig of zestig. Nathan Ruiz was er niet bij. Miles probeerde de deuren, allemaal op slot voor de nacht. Of misschien om de patiënten uit de vuurlinie te houden als de bewakers tevoorschijn kwamen en hem zouden uitschakelen. In twee kamers lagen vrouwen, ook in slaap. Een kantoor met een computer en een set camera's, leeg, de schermen lieten nog meer verlaten kamers zien.

Hij hoorde een zachte, verstikte kreet door een stalen deur. Op het bordje stond VIRTUAL REALITY BEHANDELING. Hij duwde tegen de deur. Op slot. Hij probeerde Hurleys pas en de deur klikte open.

Hij duwde ertegen en bij de deur zat een technicus die naar een knop reikte, de andere hand trok een headset van zijn oren, grote ogen van verbazing toen hij Miles zag. Miles sloeg hem met een solide vuist tegen de kaak, en nog een. De man klapte voorover. Miles legde hem op de vloer, zijn hand tintelde. Hij keek over zijn schouder, iemand moest dit gehoord hebben. Hij sloot de deur.

Hij stapte de donkere controlekamer in waar een zware, getinte glaswand in zat. Achter het glas zweefde een man aan witte banden midden in de lucht, hij maakte licht spastische bewegingen, zijn ogen afgedekt door een zware, merkwaardige bril, zijn oren verborgen onder een gladde zilveren hoofdtelefoon.

Op het scherm stond een computerspel, met scherpe hoeken, televisie-nepkleuren, met een gedempte soundtrack van soldaten die zich door nauwe stegen en brede, stoffige straten bewogen. Hij keek naar het beeld: mannen gingen 's nachts een verlaten gebouw binnen, nepsterren aan een firmament erboven, schemerig licht. Toen een uitbarsting van licht, de wereld verdween in vlammen en stof, soldaten renden en vochten, de explosies van door raketten aangedreven granaten beschilderden de lucht.

De man trok aan zijn banden, een frons trok over zijn gezicht, een kreet ontsnapte aan zijn keel. Die man was Nathan niet, te kort, te gedrongen.

Oorlog, dacht Miles, maar geen spelletje. Wat was dit verdomme voor plek?

Hij stapte naar achteren en het koord sloot zich over zijn hals.

De druk kwam plotseling en met volle kracht. Miles probeerde zijn vingers onder het koord te werken om lucht te krijgen, maar dat lukte niet. De technicus trok het koord strakker aan en gebruikte zijn lichaamsgewicht om Miles te laten struikelen.

Zwarte vlekken schemerden voor zijn ogen. Miles trapte met zijn voet hard op de wreef van de technicus en hij hoorde een kreet van pijn. Hij probeerde zich uit de greep van het koord los te werken, schopte tegen de tafel, raakte tijdens de worsteling een toetsenbord en muis terwijl hij het verstikkende koord uit de handen van de technicus probeerde te wringen. Zijn gewonde schouder bonsde terwijl hij druk uitoefende.

De blanco monitors sprongen boven hem tot leven. Onderbroken computeranimaties van tragedies werden afgespeeld, vergelijkbaar met de oorlogsscène op de hoofdmonitor. Een verpletterde auto die over een snelweg tolt en tegen een enorme wal knalt. Een vliegtuig dat het World Trade Center in vliegt. Een in vlammende uitbarstende schoolbus.

Miles tolde rond en gooide zich hard naar een kant waardoor de technicus zijn evenwicht verloor. Die liet zijn greep los, Miles voelde hoe de zwetende handen van het koord afgleden en hem bij de nek vastpakten. Hij schopte hard terug, sloeg de technicus tegen de muur met de beeldschermen. Miles gooide zijn hoofd achterover voor een vervaarlijke stoot en maakte contact met het gezicht van de technicus. Glas versplinterde en de technicus gilde het uit van de pijn. De grijpende handen om zijn keel gleden weg en hij rukte zich los. Hij liet zich op zijn knieën vallen en greep de politiegummiknuppel beet die hij had laten vallen toen hij zich van het koord probeerde los te worstelen. Hij zwaaide de knuppel omhoog en begroef hem in de maag van de technicus. De technicus stortte neer en Miles trakteerde hem zorgvuldig op nog een klap op zijn achterhoofd. Hij gaf zichzelf even tijd om op adem komen en stapte bij de monitors en kringloop van afgrijzen vandaan. Gal kroop naar zijn keel, de rillingen kusten zijn huid.

Hij stopte het oortje van de walkietalkie op zijn plek en hoorde de bewakers praten, de begane grond afzoeken, de bewusteloze Robert in de gang ontdekken. Ze zouden hier binnen een minuut zijn. Hij moest Nathan Ruiz vinden en maken dat hij wegkwam, anders zouden ze hem voor eeuwig opsluiten, aan die machine vastbinden, hem zijn persoonlijke hel laten herbeleven. Afgrijselijk.

Miles stapte de gang weer in, sloot de deur en hoorde toen de korte, gewelddadige geluiden van een gevecht. De klap van een lichaam tegen staal. Toen een gil: 'Niet doen!'

Hij rende, de deur stond een beetje open en in de smalle lichtschacht zag hij een man languit op de vloer liggen, een andere man stond met zijn rug naar Miles toegekeerd.

Miles duwde de deur verder open.

Sorenson. Met een pistool. Hij wilde zich omdraaien om te vuren en Miles tackelde hem waardoor ze beiden tegen de muur knalden. Miles greep Sorensons arm, sloeg die een, twee, drie keer keihard tegen de muur in een poging Sorensons greep om het pistool te breken.

Hij zag dat Nathan Ruiz met één hand vastgeboeid aan het bed lag en uit de vuurlijn van het zwaaiende pistool trachtte te blijven. Miles haalde smerige straattrucs uit: hij dreef een knie in Sorensons lies, boog zich naar voren en beet hard in Sorensons neusbrug. Sorensons gilde het opnieuw uit en knuppelde met het pistool op Miles in.

Ze duikelden op het bed. Nathan stompte met zijn vrije vuist Sorenson op het hoofd. Miles wrong het schietwapen uit Sorensons greep los.

'Vermoord hem!' schreeuwde Nathan.

Miles zette het pistool op Sorensons voorhoofd. 'Wie ben je?'

Sorenson zei niets.

'Wie. Ben. Je.'

'Ik heb over je gelezen, Miles,' zei Sorenson. 'En ik geloof niet dat je in koelen bloede iemand kunt neerschieten. Niet nog een keer.'

Hij kende zijn echte naam. Miles sleurde Sorenson van het matras en sloeg Sorensons hoofd een keer tegen de tegelvloer. 'Hoe weet je mijn naam? Wie ben je verdomme?'

'Je enige hoop om in leven te blijven.'

'Bullshit. Je hebt Allison vermoord. Je hebt een bom in haar kantoor gelegd. Ik heb je gezien.'

'Ik heb haar niet vermoord. Ik kan het uitleggen. Maar niet hier. Dit is Quantrills terrein.'

'Ik weet wat ik heb gezien.'

'Je ziet een hoop dingen, Miles. Je ziet Andy.' Sorenson grijnsde door zijn bebloede tanden heen. 'Je hoeft deze oorlog niet te voeren, niet alleen. Ik kan je helpen.'

Andy. Hij wist van Andy. 'Wie ben je verdomme?' schreeuwde hij uit.

Sorenson gebaarde met een duim naar Nathan. 'Vraag meneer Ontploffing maar wie de bom werkelijk heeft geplant.'

Nathan schudde in afgrijzen zijn hoofd. 'Nee... hij liegt. Ik zou haar nooit kwaad doen...' Hij viel op de grond, nog steeds aan een arm geboeid, en sloot zijn vrije hand om Sorensons keel, verstevigde zijn greep. 'Leugenaar!'

Miles hoorde mensen rennen op de gang. Hij rende naar de deur en zag twee bewakers aankomen. Hij schoot in de lucht, de kogel schampte langs het plafond, versplinterde een lamp en de bewakers trokken zich terug.

Hij hoorde het gekerm van een gevecht achter zich, Nathan en Sorenson hadden elkaar bij de keel, Sorenson kreeg de overhand en Nathans gezicht liep paars aan. Miles gooide Sorenson los, maar Nathan hield hem in een greep bij de keel.

'Als je je beweegt, schiet ik.' Sorenson hield zich in.

'Trek de boei strak,' beval Miles Nathan.

Nathan gehoorzaamde, Miles richtte het pistool op de smalle ketting en vuurde. De ketting kletterde neer en Nathan rende naar de deur. Hij begon op de bewusteloze Groote in te schoppen.

Miles sleurde Sorenson aan zijn voeten naar de muur en duwde hem daar tegenaan. 'Laatste kans,' zei Miles. 'Voor wie werk je?'

'Ik kan je alles geven wat je wilt, Miles, alles wat je nodig hebt. Ik ben niet je vijand. Kom met me mee dan zal ik het je bewijzen.'

'Dood hem,' spon Andy in zijn oor.

'Ik geloof je niet.' Miles sloeg met het pistool op Sorensons gezicht, gooide hem tegen de muur. De man stortte neer, zijn ogen draaiden weg.

Miles greep Nathan beet. 'Heb jij Allison wat aangedaan?'

Nathan schudde zijn hoofd. 'Nee. Ik zweer het je. Als dat wel zo was, had ik je gedood toen je haar huis binnenstapte. Wie geloof je nou?'

Miles koos. 'Ik geloof jou.'

Hij hoorde het glijdende gesis van liftdeuren. De bewakers. Weer terug. De adrenaline schoot nog door hem heen, worstelde met de pijn die de bewaker en de technicus hem hadden toegebracht, met het verdovingsmiddel dat Hurley bij hem had ingespoten. Hij onderdrukte zijn paniek. 'Hoeveel bewakers?'

'Twee of drie. Het meeste personeel mag niet op deze verdieping komen.'

Uiteraard, hoe minder ogen het te zien kregen, hoe makkelijk om illegaal met medicijnen te experimenteren. En als er slechts drie waren, had hij één al uitgeschakeld. Maar twee waren nog steeds te veel.

Hij waagde een blik de gang in, bracht zijn hoofd ternauwernood in een mogelijke vuurlijn terwijl hij het pistool voor zich uit hield. Een bewaker stond met geheven pistool anderhalve meter bij hem vandaan, op gelijke hoogte met Miles' hoofd.

Miles dook weg toen de kogel in de deurpost sloeg.

'Gooi je wapens weg!' schreeuwde Miles. 'Of ik dood Groote en Sorenson!'

Een ogenblik stilte.

'Schuif je wapens door de gang! Schiet op! Ze hebben tien seconden... Tien. Negen. Acht.' Hij vroeg zich af wat hij moest doen als ze zijn bluf trotseerden.

Een pistool schoof over de tegelvloer, bleef voor hem liggen.

'Allebei!'

Een ander schietwapen voegde zich bij het eerste.

Hopelijk hebben ze er maar twee, dacht Miles. Hij stak zijn hoofd weer naar buiten, twee bewakers stonden in de schemerige gang, met moordzucht in hun ogen. Miles stapte naar buiten, pakte de wapens, zette ze op veilig en stopte ze achter in zijn broekriem.

'Kom mee, Nathan,' zei hij bedaard. Hij hield zijn wapen op de bewakers gericht. Nathan stapte de gang in. In zijn handen hield hij de gummiknuppel die Miles had gestolen.

'Je kunt niet ontsnappen, klootzak,' zei een bewaker. 'We hebben de boel afgesloten.'

'Dan komen jullie met me mee en maken alles weer open,' zei Miles.

'Dat kan ik niet.'

'Dan zoek je verdomme uit hoe het wel moet.' Miles greep de bewaker bij de arm en duwde hem voor zich uit.

'Meneer, alsjeblieft, ik heb kinderen,' zei de bewaker.

'Houd je kop.'

Nathan stapte langs hen heen en sloeg de knuppel in de maag van de tweede bewaker. Hij sloeg dubbel, kokhalsde, kreunde.

'Ze hebben me zo'n pijn gedaan,' zei Nathan zachtjes fluisterend. 'Me pijn gedaan, pijn gedaan...'

'Wij niet,' zei de eerste bewaker. 'Dat heeft Groote gedaan. Wij niet. Oké? Wij niet.'

Miles hoorde patiënten gillen en vuisten tegen deuren slaan, wakker geschrokken door het tumult, vragen schreeuwend. Hij gaf Nathan de elektronische pas en Nathan stortte zich naar voren om de deur van het trappenhuis te openen.

Miles duwde de bewaker op een holletje door de deuren de trap af. 'Zijn de andere patiënten in direct gevaar?'

'Dat denk ik niet.' Nathan snelde voor hem uit, sprong met vijf treden tegelijk naar beneden.

'Volg me,' riep Miles, maar de jongere man negeerde hem en liet zich roekeloos de vier trappen af rollen. Miles gleed de halve weg over de stalen reling om hem bij te kunnen houden. De mist van Hurleys verdovingsmiddel brandde weg, hij werd door zijn angst voortgedreven maar hij wist niet hoe lang hij de energie nog had.

Onder aan de trap hielden ze halt bij de uitgang naar het parkeerterrein. De pas werkte niet meer. Afgesloten. In de val. Miles dacht dat zijn hart door zijn vel naar buiten zou barsten.

Sorenson schudde de pijn en duizeligheid van zich af en stapte de gang in. Hij zag de bewaker die nog steeds kokhalsde van de klap in zijn maag.

Hij verstevigde zijn greep om zijn pistool. Hij kon de bewaker doden, Groote doden, maar hij wilde geen moment of kogel verspillen.

'Welke kant op?' vroeg hij de bewaker.

De gewonde bewaker hield even op met kokhalzen en wees naar het trappenhuis. Toen gaf hij Sorenson een elektronische pas. 'Die... maakt alle... sloten open.'

Sorenson greep de pas en zette het op een lopen.

'Hoe krijgen we de deuren open?' riep Miles in het gezicht van de bewaker.

'Controlepaneel... hal.'

Miles duwde de bewaker rennend de gang bij het trappenhuis in en toen ze een hoek omsloegen naar een andere gang, keek hij achterom, zag de deur van het trappenhuis opengaan en Sorenson die in het schemerlicht opdoemde. Miles duwde Nathan en de bewaker naar voren en een kogel floot door de gang, heet als een duivelse vinger langs zijn nek scherend. Hij dook een hoek in toen een tweede kogel zich in de muur boorde, een paar centimeter hoger dan waar zijn hoofd was geweest.

De bewaker brak los en rende naar de haldeur. Nathan schoot op de bewaker af met de gratie van een zombie, een gillende, razende furie. Ze vielen op de grond en Miles trok Nathan van de man af, duwde ze beiden naar de deur terwijl hij het pistool op de hoek gericht hield.

'Open de deuren!' gilde Nathan tegen de man, hij bewoog zijn tong en vingers alsof alle verstand uit hem was gevaren. 'Of ik vermoord vermoord vermoord je!'

Het gezicht van de bewaker trok wit weg.

Ze renden de hal in. Nathan duwde de bewaker naar de computer. Met trillende handen voerde die een code in.

Miles hoorde de sloten klikken.

Miles duwde de bewaker op de grond, zei tegen hem dat hij plat moest blijven liggen en zich stil moest houden. De bewaker gehoorzaamde. Alsjeblieft, jezus, laat ons naar buiten, ga open. Zijn angst brandde als vuur op zijn huid. Ze sloegen tegen de deuren, strompelden de frisse, donkere nachtlucht in, renden als een haas naar het parkeerterrein.

Sorenson naderde omzichtig de hal, luisterde, hoorde alleen de reutelende ademhaling van de doodsbange bewaker. Hij liep de hal in.

'Voordeur,' zei de bewaker. 'Ze zijn de voordeur uit gegaan. Er moet nog een wapen in die la liggen...'

Sorenson rende langs de man, probeerde de deur, concludeerde dat ze niet aan de andere kant in een hinderlaag zouden liggen en rende achter ze aan. Hij zag ze in de zachte gloed van de lantaarns vluchten en rende zo zacht hij kon, zijn pistool met gestrekte arm voor zich uit, Nathan Ruiz' hoofd in het vizier houdend.

'Deze kant op.' Miles wees naar de achterkant van het parkeerterrein en ze renden laag bukkend verder.

Achter hen verscheurde een alarm de stilte. 'Heb je een auto?'

'Ja. We moeten weg zijn voordat de politie er is...'

'Die bellen de politie niet,' zei Nathan. 'Vertrouw me maar...'

Een kogel doorboorde fluitend de lucht en Nathan viel met een verstikte kreet als een uitzinnige neer. Miles draaide zich met een ruk om en zag Sorenson twee rijen auto's verderop zich zijn kant op draaien.

Miles vuurde terug en Sorenson viel.

Maar niet alsof hij was geraakt.

Het parkeerterrein was een doolhof van auto's, sommige plaatsen waren bezet, andere leeg. Miles greep Nathan beet, die voelde aan zijn haar, zijn schedel om te kijken of hij geraakt was, en duwde hem omlaag, onder de autoraampjes.

'Ik ben oké,' mompelde Nathan.

'Blijf laag.'

Ze baanden zich een weg tussen de auto's door, Miles in paniek dat Sorenson eenvoudigweg op hetzelfde moment als zij hun rij in kon stappen en ze beiden te pakken kon nemen. Als Sorenson zo dichtbij was dat hij ze over het open terrein kon horen wegrennen, kon hij ze met twee snelle schoten omleggen.

En als Celeste hen zag aankomen, als ze naast de auto stond… kon Sorenson haar zo op de korrel nemen.

Hij legde een hand over Nathans mond. Luisterde naar de stilte. De nachtelijke stilte viel over hen heen. Hij vocht de angstgolf terug.

Ik kan Sorenson die knaap niet zomaar laten doden. Hij dwong zichzelf te wachten, luisterde naar het kloppen van zijn hart.

Elf seconden later hoorde hij steen langs een schoen schrapen, twee auto's rechts van hem.

Miles liet zich op het plaveisel vallen en vuurde onder de auto's door de duisternis in. Hij hoorde een woedende kreet, iemand vallen en zich achter een auto terugtrekken.

Miles duwde Nathan naar voren en ze raceten weg. Miles draaide zich om en vuurde, zag dat Sorenson zich van de kofferbak van een auto liet vallen, geraakt of dekking zoekend. Miles struikelde maar Nathan ving hem op, trok hem overeind.

Miles kreeg Blaines auto in het oog.

In het schemerige licht van de terreinlantaarns was de auto leeg. Celeste was weg.

'Celeste!' schreeuwde hij. 'Celeste?'

De kofferbak ging open. Ze gluurde naar buiten.

'Wat doe je verdomme?' riep hij.

'Hier is het beter,' fluisterde ze.

'Eruit, nu, nu, nu, we moeten ervandoor.' En een kogel sloeg krakend boven hen in en vernielde een ruit van een ernaast geparkeerde auto.

Hij draaide zich om, zag donkere gedaanten – Sorenson en twee bewakers – naderen. Een vuursalvo uit de loop van twee pistolen, kogels ketsten op de kofferbak van de auto naast hen.

Schietend om te doden liet Miles zich op een knie vallen, probeerde eraan te denken dat hij moest ademhalen, richtte met bevende hand, knipperde Andy's gezicht weg en haalde de trekker over. Hij schoot een, twee, drie keer. Hij hoorde zichzelf schreeuwen, een krankzinnig man.

Achter hem kwam Blaines oude auto bulderend tot leven. Miles kromp ineen. Maar geen bom. Nathan zat aan het stuur, Celeste ineengedoken op de achterbank.

Miles hield zijn weifelende pistool op de duisternis gericht. Hij zag een bewaker op hen af rennen. Miles schoot uit het autoraampje dat het dichtst bij de man in de buurt was en de bewaker dook en bleef daar.

Miles ging naast Celeste op de achterbank zitten.

Nathan reed met volle vaart de parkeerplaats af, Miles vuurde op hun achtervolgers tot zijn magazijn leeg was. Door een ratelend op het autodak afketsende kogelregen raasden ze langs Sorenson en de bewakers. Miles beschermde Celeste met zijn lichaam. Nathan zwierde de auto snel en hard het smalle kronkelpad van Canyon Road op. In een minuut reed hij negentig kilometer per uur terwijl hij laag naast het stuur gedoken zat. 'Wie ben je, man?'

'Miles Kendrick.' Zijn oude naam paste hem niet meer goed, voelde aan als een afgedragen shirt, slecht zittend en lelijk, niet meer om aan te trekken. Hij ging rechtop zitten, trok Celeste overeind en keek achter zich. Geen achtervolgers. Nog niet.

'Op je rijbewijs staat dat je Michael heet.'

'Dat moet worden bijgewerkt. Ik heet Miles. Maar ik ben wel een echte patiënt van dokter Vance. En deze vrouw ook. Zij heet Celeste.'

In de achteruitkijkspiegel schoot Nathans blik naar Celeste. 'Waarom ben je me komen halen?'

'Ik heb je nodig. Ik wil de waarheid weten waarom Allison is vermoord.'

'Ik zet je ergens af, maar ik houd de auto. Ik wil hier zo snel mogelijk vandaan.'

'Mis. We moeten bij elkaar blijven,' zei Miles.

'Ik mag Nathan niet,' zei Andy aan de andere kant van Celeste. 'Ik mag hem zelfs nog minder dan jou. Schiet hem neer voor hij je wat aandoet. Denk je dat je die kerel kunt vertrouwen? Zie er verdomme maar eens achter te komen wat Sorenson bedoelde met meneer Ontploffing.'

Nathan schoot Cerro Gordo op – de weg die langs Allisons huis liep – en Miles verwachtte gillende politiesirenes te horen. Maar niets, en de weg achter hen was zwart en verlaten. Het was een rustige nacht die zijn donkere vuist om de auto sloot.

'Bij elkaar blijven,' zei Nathan. 'Waarom?'

'Samen kunnen we beter vechten.'

'Ik wil niet vechten...' begon hij en hij zweeg toen. 'Maar ik wil me ook niet de rest van mijn leven hoeven verstoppen.'

'Ik weet waar we ons schuil kunnen houden. Waar we kunnen bepalen hoe we deze mensen moeten tegenhouden.'

'Tegenhouden om wat te doen?'

'Ons vermoorden.'

Nathan schudde zijn hoofd. 'Naar de politie kan ik niet gaan. Mijn ouders... die sturen me gewoon naar een ander gekkenhuis. Ik heb er geen zin meer in.'

'En wij ook niet. Ik weet niet wat Groote en Sorenson met elkaar te maken hebben, maar ze komen achter ons aan. We weten wat Allison uit het ziekenhuis heeft gestolen en ik denk te weten waar we dat kunnen vinden voordat Groote en Sorenson zover zijn. Als we dat doen, kunnen ze ons niets maken.'

'Er is nog een vent... dokter Hurley.'

'Dat weten we. Hij heeft geprobeerd me te vermoorden. Celeste... heeft hem tegengehouden.'

'Permanent tegengehouden?'

'Permanent.'

Nathan stak zijn duim naar haar op. 'Liefje, ik kan je wel zoenen.'

Ze huiverde.

'Maar maak je niet ongerust,' zei Nathan, 'dat doe ik heus niet.' Euforisch omdat hij vrij was trok hij een nog bredere grijns, op het maniakale af. 'Zo, waar gaan we heen, maat? We zijn zo vrij als een vogeltje in de lucht, vrij vrij vrij...'

Miles vroeg zich af welke kwade geest hij uit de fles had getoverd door Nathan te helpen.

32

'Bent u geraakt, sir?' vroeg de bewaker.

'Hij miste,' zei Sorenson. 'Op een haar na.' Hij voelde weer de hitte waar de kogel rakelings langs zijn enkel was gegaan.

'Ik denk dat ik er een heb geraakt,' zei de bewaker naar adem happend. Hij was degene van de maagstomp. 'Het raampje, ik had hem, we moeten...'

'Je had op de banden moeten richten.' Hij had zijn eigen magazijn te vroeg leeg geschoten en was woedend op zichzelf. 'Staat het alarmsysteem met de politie in verbinding?'

'Zeer zeker niet,' zei de bewaker. 'We mogen de politie niet bellen. Nooit. Meneer Quantrill wil die niet over de vloer.'

Hij begreep prima waarom de politie niet werd gebeld. Sorenson wilde bepaald niet dat het ziekenhuis de onwelkome aandacht van de autoriteiten trok, het had zijn doel gediend. Zonder een woord te zeggen wendde hij zich van de bewakers af en liep naar zijn auto.

'Hé! Meneer, wacht verdomme even...' Een van de bewakers greep hem bij de arm en Sorenson bleef ogenblikkelijk staan, trok zijn arm los en plantte zijn elleboog in het gezicht van de bewaker. Diens neus gaf met een ziekmakend gekraak mee en de man stortte jankend neer.

Sorenson keek de andere bewaker aan die zijn pistool had geheven. 'Je magazijn is leeg. Evenals het mijne.' Hij greep de bewaker met de gebroken neus bij de keel. 'Hij is een stevige kerel maar voordat je twee stappen hebt gedaan, kan ik zijn nek met één draai breken. Dus laat dat pistool vallen, ik rijd weg en jij brengt je vriend naar een dokter.'

De tweede bewaker keek Sorenson strak aan. Hij legde het pistool langzaam neer en schopte het ongevraagd weg.

Sorenson hield de keel van de bewaker in zijn greep tot hij bij zijn auto was, toen duwde hij de man walgend op het asfalt. Groote wist nu dat hij de vijand was. En Nathan bleef een dreiging vormen. Hij was nu samen met Miles Kendrick, die weliswaar geestesziek was maar die wel de vaardigheden en kennelijk ook het lef had om terug te vechten.

Sorenson reed hard de nacht in. Kendricks auto was weg.

Hij moest Kendrick en Ruiz zien te vinden. En snel ook. Of als hem dat niet lukte, hen in de val lokken. Een die ze niet aan konden zien komen.

33

Nathan reed de auto achter de adobe-muur bij het huis van Blaine de Paine. Zijn handen zaten om het stuur geklemd alsof ze met het plastic waren versmolten.

'Nathan, houd je kalm...' begon Miles.

Nathan haalde zijn trillende handen van het stuur. Plotseling greep hij de achteruitkijkspiegel en probeerde die van het plafond los te werken.

Miles leunde naar voren en greep zijn armen beet. 'Wat doe je verdomme? Houd je in!'

'Kunnen we nu naar binnen gaan? Alsjeblieft?' Celeste rilde alsof ze door de sneeuw had gerold.

Nathan duwde de spiegel van zijn gezicht weg. Miles hielp Celeste uitstappen en bracht haar snel in de beschutting van de veranda. Nathan liep achter hen aan. Miles opende de voordeur en hield zijn adem in, probeerde een verklaring te verzinnen voor het geval Blaine uit Texas terug was.

'Meneer Blaine? Het is Michael, van de galerie,' riep Miles. Geen antwoord. Blaine was nog steeds buiten de stad.

Miles knipte een keukenlicht aan en liet de andere uit. Als de buren wisten dat Blaine de stad uit was, wilde hij geen argwaan wekken.

Celeste stortte op de bank neer en trok haar knieën hoog op tegen haar borst. Nathan keek de kamer rond alsof hij op vijandig terrein terecht was gekomen.

Miles deed de voordeur achter hen dicht. 'Hier kunnen we blijven, in elk geval vannacht.'

'Is het veilig?' Nathan snelde van kamer naar kamer, alsof hij elk moment verwachtte dat er een schuifelende griezel uit een donker hoekje tevoorschijn kon komen.

Miles liep achter hem aan. 'We zitten hier prima, echt.'

'Is dit jouw huis? Hoeveel deuren? Hoeveel ramen?' Nathan liep het toilet in de hal in en een paar seconden later hoorde Miles plotseling een scherp gekraak.

Hij duwde zich langs Nathan. 'Wat doe je verdomme?'

De spiegel was gebroken, een gemene krater in het midden, barsten in een naar de rand uitwaaierende stervorm. Nathan liet een zwaar stuk zeep op de vloer vallen.

'Ik heb een bloedhekel aan spiegels.' Nathan liep bij de glassplinters vandaan.

'Waarom?' Miles greep hem bij de schouders maar zei op kalme toon: 'Mij kun je het vertellen.'

Zijn kaak trilde, in zijn ogen een opgejaagde angst. 'Ze... ze kijken me aan. Uit de spiegels. Mijn vrienden.'

'Je vrienden die in Irak zijn gesneuveld?'

'Hoe weet je...?' Nathan rukte zich los en rende de gang door. 'Ik wil niet dat ze zien dat ik hier ben...'

Miles ving hem op bij de slaapkamerdeur terwijl hij naar een spiegel boven een toilettafel staarde. 'Ze kunnen je niet zien. Dat kan niet.'

'Maar ik zie ze. Ze zijn een tijdje weg geweest. Maar ze zijn teruggekomen, ze wonen in de spiegel en het is niet mijn schuld, het was niet mijn schuld...'

Miles leidde hem bij de spiegel vandaan. 'We dekken de spiegels af, oké? Celeste, help me even.' Miles nam Nathan mee naar de rommelige keuken. Een stapel vuile borden in de gootsteen, een zure geur rees op uit de afvalbak. Nathan zakte op de vloer.

'Zoek handdoeken of dekens... dek elke spiegel af die je kunt vinden, alsjeblieft,' zei Miles tegen Celeste. Ze leek stabieler met vier muren om zich heen, knikte en verliet de kamer.

'Nathan. Verman jezelf, kerel, je hebt het vanavond zo ver geschopt, je mag het niet verliezen. Houd je hoofd erbij.'

'Het is net als... een terugval. Het ging beter, maar nu ben ik er slechter aan toe.' Nathan schrok op toen een auto door de straat ratelde.

Frost. Ze hebben hem Frost toegediend en hij had misschien dinsdag zijn laatste dosis gehad. Waarschijnlijk had het steeds minder effect als hij geen dagelijkse dosis kreeg.

Nathan schudde Miles' handen van zijn schouders, sloot zijn ogen en ging kalmer ademen. Celeste kwam terug. 'Ik heb alle spiegels afgedekt.' Ze ging op haar knieën bij hen zitten. 'Je bloedt. Je benen.' Miles zag opgedroogde, verse bloedspatten op zijn broek.

Nathan negeerde wat ze zei. Hij stak een vinger naar haar gezicht uit en ze deinsde terug. 'Jij zat in *Castaway*. Mijn hemel.'

Ze knikte.

'Dus jij hebt Hurley vermoord. Hij was een slechterik... vreselijke dokter, vreselijke adem, vreselijk haar.' Nathan lachte, een gebarsten giechel. 'Daarmee heb je een goede daad verricht, ma'am. Als iemand Groote nu nog voor me kan vermoorden... als ik er tenminste zelf niet aan toekom.'

'Niemand gaat wie ook vermoorden,' zei Miles.

Celeste stak haar hand naar Nathans gezicht uit.

'Nee.' Nathan deinsde voor haar terug. 'Raak me niet aan.'

'Laat me alleen even kijken.' Celeste zei het met zachte stem, kalm en geruststellend.

Hij staakte de terugtrekkende beweging in de keuken. Nathan verstijfde toen Celeste zijn kaaklijn aanraakte, zijn gezicht inspecteerde. Een gezwollen lip, een lichte snee in de wang met daaronder een blauwe plek. 'Ze hebben je geslagen.'

'Een paar keer maar.' Zijn stem beefde. 'En daarna zweepslagen op mijn rug.'

'Laat me kijken.' Celeste trok voorzichtig de achterkant van Nathans shirt omhoog: een lappendeken van gemene kneuzingen bedekte zijn rug.

'Groote heeft me tot op het bot met een schroevendraaier gestoken. Het doet pijn.' De tranen sprongen hem in de ogen en hij rilde. Hij stroopte zijn mouwen op, trok het verband van zijn arm en liet hun de verzameling putten zien, diepe bebloede gaten. 'Sneed me tot op het bot, boorde de schroevendraaier tot het bot. Draaide hem toen om. Heeft-ie ook op mijn benen gedaan. Lapte me op en begon opnieuw.' Hij knarste met zijn tanden.

'O, mijn god,' zei Celeste. 'Ik zal kijken of hier ergens een verbanddoos is.' Ze rende de keuken uit.

'Ik wil niet meer gek worden,' fluisterde Nathan schor. 'Dat wil ik niet.'

'Dat laat ik niet gebeuren,' zei Miles en Nathan lachte, een kort, gebarsten lachje.

'Heb je een reserveportie gezond verstand in je zak zitten?' vroeg Nathan.

'Ik weet wat je hebt doorgemaakt, Nathan,' zei Miles zacht.

'Je weet helemaal niets, man, je weet totaal niets van me... dat wil je niet.'

Celeste kwam haastig terug met verband, pleisters en antiseptische gel. 'Trek je broek uit.'

Miles hielp Nathan overeind. Grimassend van de pijn liet Nathan de broek over zijn knieën zakken. De achterkant van zijn benen was bont en blauw waar Groote hem er met de zweep van langs had gegeven. Vier gemene gutsen ontsierden zijn been. Celeste verzorgde en verbond de wonden. 'Dat zijn diepe wonden. Hij moet naar een dokter.'

'Nee,' zei Nathan.

'Zo loop je nog een infectie op,' zei Celeste.

'Nee,' zei Nathan nogmaals. 'Geen dokters. Groote mag ons niet vinden.'

Miles rommelde in de kast, vond aspirine, strooide een handvol in Nathans hand en gaf hem een glas water. Nathan nam de aspirine in alsof het snoepjes waren, met een paar tegelijk. Hij veegde het witte stof van de tabletten van zijn shirt en dronk het water op. 'Bedankt.' Zijn ogen stonden glazig van uitputting.

'Wanneer heb je voor het laatst gegeten?' vroeg Miles hem.

'Dinsdag.'

Miles rommelde in Blaines bijna lege koelkast, vond een stuk luxebrood en jam, maakte een pot pindakaas open en begon boterhammen te smeren. Nathan werkte zijn eten in een paar seconde naar binnen, trillend van de honger.

Miles ging tegenover Nathan op de grond zitten. 'Jij weet wat Frost is.'

'Ja. Allison heeft me verteld dat het je trauma kan genezen. Dat zei ze toen ze me die toegangspas gaf, dat ik moest maken dat ik wegkwam.' Nathan veegde met een hand over zijn mond. 'Eerst dacht ik dat Frost de codenaam was voor de virtual-realitybehandelingen die ze ons gaven.' Hij legde uit hoe de VR-behandelingen werkten, bevestigend wat Miles in de technische ruimte al had gezien.

'Ze hebben je het bombardement opnieuw laten beleven,' zei Miles.

'Bombardement?' vroeg Celeste.

'Ik ben een oorlogsheld.' Nathan ging meer rechtop zitten. 'Irak. Na 11 september heb ik me vrijwillig aangemeld. Ik wilde een goede strijd voeren, het land beschermen waar ik van hou.'

'Moedig van je,' zei Celeste zacht.

Hij boog gegeneerd zijn hoofd. 'Tijdens de invasie zat ik bij een aanvalscompagnie, vijfenveertig kilometer buiten Bagdad. Vlak na middernacht vuurden we onze raketten af op een doelwit voor een van de paleizen van Sadam, maar een Amerikaanse jet raakte in verwarring, kreeg de verkeerde info, geloofde dat we van de Republikeinse Garde waren en vuurde een hittezoeker op ons af...' hij zweeg, slikte, hield zijn blik op zijn voeten gericht, '... vier maatjes van me kwamen om. De rest was bijna dood.'

'Wat erg, man,' zei Miles.

'Een paar vrienden sloegen tegen me aan. Mijn neus brak toen een been in mijn gezicht sloeg.'

Miles en Celeste zeiden niets, want woorden deden er nu niet toe.

'Ik raakte in de explosie gewond, alleen brandwonden...' hij wees naar de wirwar van littekens op zijn wangen en neus, '... maar vanbinnen ben ik helemaal overhoopgehaald. Ik kon niet... ik kon mijn werk niet meer doen.'

'PTSS,' zei Celeste. 'Het is niet jouw schuld.'

'Pathetisch Tragisch Stom Syndroom,' zei Nathan. 'Zo noem ik het. Ik ging uit mijn dak. Binnen een paar seconden kan ik volkomen ontploffen. Heb een ziekenbroeder in elkaar geslagen op de psychiatrische afdeling in Duitsland waar ze me naartoe hadden gestuurd. Maar ik werd eervol ontslagen, kreeg een medaille omdat ik drie meter verder van de compagnie stond dan mijn vrienden.'

'En uiteindelijk kwam je in Sangriaville terecht,' zei Miles.

'Waar ik geen spat beter werd. Mijn ouders waren lief voor me, maar na een paar jaar zeiden ze: "Nathan, nu moet je je over je verdriet heen zetten. Hou op met jammeren. Hou op met dode mensen in spiegels te zien. Wees niet meer zo'n freak, word weer onze zoon." Probeerde bij hen in Albuquerque meubels te verkopen, stapte van ondersteunende raketsystemen op futons over.' Hij probeerde te lachen. 'Ik was niet goed in marchanderen met koopwaar. Ik verkocht een jongen een oplawaai toen hij niet kon kiezen tussen twee ligstoelen. Jezus, de wereld vergaat toch zeker niet! Na een half uur winkelen kies je en ga je verdomme op een ligstoel zitten. Dus mijn ouders vonden een psychiatrisch programma in Phoenix waar ik gratis behandeld kon worden... vervolgens ontdekten ze Hurleys project en verhuisden me naar Santa Fe.'

'Ik heb over die virtual-realitybehandelingen gelezen,' zei Celeste. 'Ze worden als veelbelovend beschouwd, maar er komen geen medicijnen bij te pas.'

'Ik heb geen toestemming gegeven voor experimenten met medicijnen, niemand van ons, ik wilde meewerken aan virtual-realitybehandelingen.' Nathan sloot zijn ogen. Miles legde een kalmerende hand op zijn schouder. Het beven hield op. 'Ik wist niets van die medicijnen tot Allison me erover vertelde.'

'Het is al goed. Vertel ons alleen wat je weet over Allisons dood,' zei Miles. 'Begin bij het begin.'

'Sorenson... die liegt.' Nathan nam nog een hap van zijn sandwich. Een klodder aardbeienjam bleef naast zijn lip hangen. 'Ik heb haar niet vermoord. Je moet me geloven. Ik zou nooit...'

'Ik geloof je.'

'D-dank je. Dat je me uit die martelkamer hebt gehaald.' Hij balde zijn vuisten, drukte ze tegen zijn gezicht. 'Ik dacht dat ik gerepareerd was, maar ik voel me erger dan ooit. Allison was de enige die me kon helpen.'

'Ik zweer dat ik je zal helpen, Nathan,' zei Miles. 'Maar jij moet ons ook helpen.'

'Waarmee?'

'Om haar recht te doen.'

Nathan lachte. 'Wat hoog en verheven. Recht.' Nathan veegde als een kind met zijn duim de jam van zijn kin en zoog het goedje van zijn nagel.

'Ze was onze vriendin,' zei Celeste. 'Onze arts.'

'Je kunt de doden niet helpen,' zei Nathan. 'Ze zijn dood, einde verhaal.'

'Geen einde verhaal. Ze heeft je geprobeerd te helpen,' zei Miles.

Nathan vertrok zijn mond tot een dunne streep. 'Ik wil weten waar ik me in stort, ik weet nog steeds niet waarom je twee namen hebt.'

'Dat zou ik ook graag willen weten, Miles,' zei Celeste rustig. 'Welke naam heb je het liefst?'

Hij kon nu de bekentenis die hij in zijn zak hield openvouwen, ze die laten lezen. Maar dat deed hij niet. Nathan moest hem vertrouwen, maar hij wist nog niet zeker of hij Nathan kon vertrouwen. Hij wist dat hij het verkeerd aanpakte – zoals hij samenwerking predikte tegen een angstig, verslagen kind – maar hij kon het niet helpen. Dus gaf hij een aangepaste verklaring. 'Mijn vader ging dood. Hij was driehonderdduizend dollar schuldig aan een misdaadfamilie in Miami. Ze dwongen me voor hen te werken om zo de schuld in te lossen. Ik moest hun rivalen bespioneren. Uiteindelijk zocht ik samenwerking met de FBI, was hun getuige en ben in een getuigenbeschermingsprogramma gezet. De overheid heeft me naar Santa Fe verhuisd en me Michael gedoopt. Maar ik ben geen beschermde getuige meer.'

'Vertel ze het hele verhaal,' fluisterde Andy vanaf de keukentafel. 'Ik ben benieuwd.'

Alsof Celeste Andy's gefluister had gehoord, legde ze een hand op Miles' arm.

'Is dat je trauma?' zei Nathan. 'Jezus, dat stelt toch geen reet voor.'

'Hou op,' zei Celeste. 'Dit is geen wedstrijdje.'

'Ik zeg alleen maar dat ik niet begrijp hoe je krankjorum kunt worden van een getuigenbeschermingsprogramma,' zei Nathan.

'Ik heb een man vermoord,' zei Miles plotseling. 'Hij probeerde mij en twee undercoveragenten die in de bende waren geïnfiltreerd te vermoorden. Ik heb hem neergeschoten.'

'Waarom deed hij dat?' vroeg Nathan.

'Dat kan ik me niet herinneren,' zei Miles. 'We stonden met hem te praten, hij trok zijn pistool en probeerde me te vermoorden.'

Nathan keek naar Celeste. 'Pas op met wat je zegt.'

'Maak er geen grap van. Je hebt je leven aan deze man te danken,' zei ze.

Nathan hield zijn mond.

'Dat is mijn waarheid, Nathan. Nu is het jouw beurt. Maak je verhaal af. Allison wilde je daar weghalen.'

'Ja. Ik moest bij haar thuis op haar wachten. We zouden, ergens heen gaan waar niemand ons kon vinden, zei ze. Ze zei dat we dinsdagavond onze slag moesten slaan. Ik weet niet waarom dinsdag zo speciaal was.'

'En hoe zit het met Groote?' vroeg Miles.

'Voor dinsdag had ik hem, of Sorenson, nooit eerder gezien.'

'Heb je ooit van een man gehoord die Quantrill heet?' vroeg Miles.

'Nee.'

'Allison had de staatscommissie op Hurley en Quantrill af kunnen sturen,' zei Miles. 'Waarom vluchten? Waarom verstoppen? Ze had simpelweg naar de politie kunnen gaan. Ze vroeg mij om hulp. Ze klonk alsof ze een gevecht tegemoetging. Maar dan vertelt ze jou dat ze op de vlucht slaat.'

Nathan zei: 'Misschien had ze jou nodig om zichzelf en mij te verbergen. Omdat jij daar alles van weet.'

Miles haalde zijn schouders op. Maar die verklaring vond hij niet aannemelijk, een deel van het verhaal was verdraaid, er ontbrak een stuk.

Nathan kwam huiverend overeind en ging bij de gootsteen zijn gezicht wassen.

'Als Frost bij jou aansloeg, waarom wilde ze dan weg?' vroeg Celeste.

Nathan trok een vinger langs zijn lippen. 'Allison zei dat Hurley extra experimenten met me wilde doen. Omdat mijn trauma zo ernstig was. Uiteindelijk... mijn hersens ontleden om te laten zien wat de uitwerking van Frost was.'

Celeste zei: 'O god, gaan ze alle patiënten vermoorden?'

'Nee, ze konden het niet riskeren om zoveel mensen op onverklaarbare wijze te laten doodgaan. Maar ik zou een ongeluk krijgen, zei Allison.' Nathan legde een hand over zijn ogen. 'Ik moet slapen.'

'Nog één vraag. Denk je werkelijk dat Frost je heeft geholpen?'

'Vroeger kon ik totaal niet functioneren. Nu wel. Dus ik vermoed dat het beter met me gaat. Maar de laatste tijd kan ik niet meer goed nadenken. Raak ik in paniek.'

'Geldt dat ook voor jou, Celeste?' vroeg Miles.

Ze haalde haar schouders op. 'Nathan, heb je het gevoel...'

'Ik wil niet meer praten!' Hij schreeuwde het bijna uit. Hij gooide zijn bord in de gootsteen. 'Alsjeblieft. Ik... ik moet gewoon slapen. Laat me slapen.'

Miles hielp Nathan naar de logeerkamer boven. Nathan ging op de dekens liggen en greep Miles bij de arm.

'Als je me in mijn slaap probeert iets aan te doen, vermoord ik je.'

'Maak het een beetje, man. Ik heb je gered. We staan aan dezelfde kant.'

'Nee,' zei Nathan. 'Niemand staat aan mijn kant.'

Nathan viel binnen vijf minuten in slaap. Miles stond in de deuropening naar het trage op- en neergaan van Nathans borst te kijken.

'Hij is gevaarlijk,' zei Andy. 'Je kunt hem niet vertrouwen.'

'Praat jij maar,' zei Miles en hij liep naar beneden. Celeste had een pot cafeïnevrije koffie gezet en zat aan de keukentafel.

'Geloof je hem?' vroeg ze.

'Ja en nee. We weten dat ze Frost heeft gestolen en het naar de host van Mercury Mountain heeft gestuurd. Allison heeft niet haar eigen computer gebruikt, of een in het ziekenhuis, of een openbare in een internetcafé of bibliotheek. Ze heeft die van jou gebruikt. Ze neemt de pillen mee terug die ze op jou heeft getest.'

'Ze zei tegen mij dat Frost een antidepressivum was. Medische monsters, zonder gedoe met recepten en zo, omdat ik niet zo vaak de deur uit ga... ging. Ik houd er niet van om als proefkonijn te fungeren.'

'Ze kan je ook de pillen hebben gegeven puur om je te helpen, als ze er zeker van was dat ze hielpen,' zei Miles. 'En toen heeft ze ze weer teruggenomen om je te beschermen voor het geval het ziekenhuis wantrouwig zou worden.'

'Het is onethisch.'

'Dat spreek ik niet tegen. Maar je bent wel je huis uit, je functioneert.'

'Ik begrijp alleen niet waarom Allison niet regelrecht naar de politie is gegaan, helemaal omdat Hurley van plan was in Nathans hersens te gaan snijden.'

'Hij liegt,' zegt Celeste.

'Denk je dat?'

'Ja. Maar ik weet niet welk deel van zijn verhaal waar is. Ik heb alleen het gevoel dat hij niet helemaal eerlijk is.'

'Ik kreeg bij hem het gevoel dat hij weer soldaatje wil spelen. Sterk zijn. Capabel. Vol zelfvertrouwen.'

Ze nipten in een onbehaaglijke stilte aan hun koffie.

'Ik heb vandaag een man vermoord,' zei ze. 'Ik krijg de woorden haast niet uit mijn mond.'

'Vermóórd klinkt akelig. Je hebt me gered.'

'Is dat zo? Je bent een grote, sterke kerel. Je schopte Hurley weg, mijn kant op, het pistool ging af. Het was niet zo dat ik mijn moed bij elkaar raapte en doelbewust heb gemoord. Ik had kunnen wachten. Als je hem met je vuisten had kunnen tegenhouden, had ik mijn pistool niet nodig gehad.'

'Je deed wat je moest doen.'

'Ja,' zei ze. 'Dat is het probleem.'

Andy zat tegenover hem aan de keukentafel.

Celeste ving zijn snelle hint in de lege lucht op. 'Je onzichtbare vriend. Is hij hier?'

Plotseling schaamde hij zich. 'Nee.'

Ze nam een muizenslokje van haar koffie. 'Je zei tegen me dat je je vriend hebt vermoord. Je hebt niet gezegd dat hij ook nog twee agenten wilde doden.'

Miles haalde zijn schouders op. 'Dat verandert niets aan het feit dat ik hem heb vermoord.'

'Als je mensen redt, dan heb je goed gehandeld, hoe verbijsterend ook.'

'Dat ben ik niet met haar eens,' zei Andy. 'Wat weet zij er nou van?'

Miles zweeg, wilde naar geen van beiden luisteren, was tot op het bot vermoeid.

'We moeten een plan maken, Miles. We kunnen ons hier niet voor eeuwig verstoppen,' zei Celeste.

Hij zette zijn koffiemok neer. 'We moeten Frost vinden. Dat is de enige manier, eerst bewijzen dat we niet gek zijn en ten tweede onszelf vrijpleiten van wat we hebben gedaan. Ik ben uit het getuigenprogramma gevlucht en jij hebt Hurley neergeschoten.'

Celeste sloeg haar armen om zich heen, alsof ze het koud had. 'Ik ga de gevangenis wel in. Ik vind het heerlijk binnen vier muren.'

'Je gaat het er haten.'

'Ben je er geweest?'

'Nee. Maar wanneer je in zo'n programma terechtkomt, stopt WITSEC je in een instelling waaruit je een paar dagen niet weg mag, je ziet er geen mens. Geen tralies, maar wel een gevangenis.'

'Ik heb hetzelfde gedaan als jij,' zei ze. 'Ik ben ook uit mijn leven weggewandeld. Heb mezelf naast de wereld gezet.'

Er groeide een onbeholpen stilte tussen hen en hij zei: 'Ik moet je nog vertellen wat ik in het ziekenhuis aantrof. Sorenson had die kerel Groote compleet in elkaar geslagen en probeerde Nathan te vermoorden. Hij deed het voorkomen alsof Nathan Allison heeft omgebracht, dat hij wist van de explosies. Nou, misschien probeerde hij alleen maar twijfel bij me te zaaien, maar Nathan heeft in het leger gezeten, en we weten geen bijzonderheden over zijn diensttijd...'

'Maar waarom zou hij Allison vermoorden als zij hem wilde helpen?'

'Weet ik niet. Laten we zeggen dat Allison Frost heeft gestolen, toen heeft Sorenson het van haar gestolen of haar om zeep geholpen. Ik begrijp waarom Sorenson een grief tegen Groote heeft, maar waarom zou Sorenson Nathan aanvallen? Waarom is Nathan een bedreiging voor hem? Hij doet alsof hij dokter is, hij vermoordt Allison en vervolgens probeert hij Nathan een kopje kleiner te maken. Ik begrijp niet wat dit alles met elkaar te maken heeft.'

'We krijgen Nathan morgen wel aan het praten. Nu ga ik een bed opzoeken en slapen.' Ze stond op en trok een mes uit het messenblok.

'Waar is dat voor?' vroeg hij. 'Je hoeft je toch niet te snijden...'

'Niet voor mij,' zei ze. 'Ter bescherming. Voor het geval de slechteriken vannacht komen.'

'Ik sta op wacht.'

'Dat kun je niet, Miles. Je bent verdoofd, je bent door een hel gegaan. Dit is geen horrorfilm, gezellig om het kampvuur zitten en wachten tot de duivel op komt duiken. We dragen onze eigen duivels met ons mee.' Ze legde een duim op het lemmet van het mes. 'Welterusten, Miles.'

'Welterusten, Celeste. Sorry dat ik je zo in de problemen heb gebracht.'

'Dat heb je niet.' Ze liep de trap op.

Miles legde zijn handen plat op tafel. Mijn god, wat wilde hij graag zijn oude leven terug. Zijn gebrekkige, suffe, maar heerlijke oude leventje, toen hij en zijn vader privédetectives waren, geen lastige Andy, geen misdaadbendes die hem dwongen zijn vaders schuld in te lossen, geen reden om zich te verstoppen, geen hallucinaties.

Hij dronk nog een kop koffie. Kies je volgende stap. Zijn hoofd tolde van de tientallen vragen, probeerde de ontbrekende stukjes te vinden van de puzzel die de strijd om Frost was. Maar hij wist heel zeker dat, wilde hij Groote, en Sorenson, bevechten en verslaan, hij het gestolen Frost-onderzoek moest vinden. De slechteriken wilden niet dat het bekend werd, hun angst was de enige zwakheid die hij kon uitbuiten. Hij zou Frost vinden en ze daarmee vernietigen. Dus de volgende stap was Mercury Mountain vinden, waar Allison het gestolen onderzoek naartoe gestuurd had. Als hij in die hoek niets te weten kon komen, moest hij die vent Quantrill in Californië zien te vinden... hij was de baas, het geld achter Frost. Volg het geld, dat was zijn stelregel toen hij nog voor de Barrada's spioneerde, en die had hem nog nooit in de steek gelaten. Behalve dat hij in het spoor van dat geld twee onschuldige mensen in zijn kielzog meetrok. Zijn maag kromp ineen bij de gedachte dat hij verantwoordelijk was voor hun bescherming, maar hij had geen keus. Hij moest ze eenvoudigweg in veiligheid zien te houden en proberen er niet aan te denken hoe hij Andy en Allison in de steek had gelaten.

'Ik maak het allemaal in orde,' zei hij tegen zichzelf, tegen de lege lucht, tegen Andy.

Hij viel dwars over Blaines onopgemaakte bed in slaap, de beretta onder zijn kussen, zoals hij een leven geleden in Miami had geslapen.

34

Een camera begluurde hem vanonder de dakrand op Celeste Brents stoep en Groote fronste zijn wenkbrauwen. Hij had zijn zonnebril op en een pet over zijn gehavende gezicht getrokken om het vroege licht van de vrijdagochtend tegen te houden, maar hij hield er niet van dat hij werd gefilmd. Hij rukte de camera van de beugel los en verbrijzelde met zijn hak de lens.

Zijn arm deed pijn toen hij naar de camera omhoog reikte, verdomme, zijn hele lijf deed pijn. Zijn linkerarm klopte, zijn hoofd bonsde, zijn gebroken neus was getapet. Hij zag eruit alsof hij onder een auto was gelopen.

Frost was weg. Sorenson had hem verraden, die hele deal was voor niets geweest, de man had alleen Nathan Ruiz willen doodschieten, om welke obscure reden ook. Nathan Ruiz en Michael Raymond waren van de aardbodem verdwenen. Hurley werd vermist. Een agent met de naam Pitts had gisteravond aan zijn hielen gelikt. Het leven was waardeloos.

Maar de gedachte aan Amanda dreef hem voort.

Hij belde aan. Niemand deed open. Hij klopte aan. Wachtte. Als Celeste Brent zich als een psycho-kluizenaar gedroeg, deed ze misschien niet open.

Hij liet een lockpick in de deur glijden, testte hem uit, bewerkte voorzichtig de tuimelaars. De deur ging open. Geen alarm. Hij stapte naar binnen en sloot de deur achter zich. Hij liet de lichten uit.

Hij struikelde bijna over Hurleys lijk dat languit op de vloer lag.

'Lulhannes,' zei hij binnensmonds. Hij trok zijn wapen, geleend van een ziekenhuisbewaker die geen dienst had, en grimaste van de pijn. Hij keek snel rond. Het huis was verlaten.

Hij controleerde Hurley zonder hem aan te raken, maar dat hoefde ook niet, hij zag zo dat de man dood was. De man die zo'n lastpak was geweest maar zijn Amanda had kunnen helpen.

'Ik zei nog dat ik met je mee had moeten gaan,' zei hij tegen het ontzielde lichaam.

Hij onderwierp het huis aan een nader onderzoek.

Als de camera voortdurend in bedrijf was, zou hij achter het verhaal kunnen komen. Hij vond een computer in de slaapkamer met een indrukwekkende externe harde schijf, verbonden aan videokabels die de muur in liepen. Hij startte de computer op. Geen wachtwoord. Niet zo gek: niemand anders dan Celeste Brent gebruikte dit systeem. Hij doorzocht de externe drive. Ze bewaarde de digitale camerabeelden slechts een paar dagen en hergebruikte de schijf dan weer. Hij opende de videobestanden en begon met die van gisteren. De camera gaf bewegende beelden en bewaarde frames wanneer mensen de voordeur naderden.

Een oudere dame, matrone: waarschijnlijk de verzorgster. Kwam aan, liet zichzelf binnen met een tas boodschappen, vertrok weer. Toen dook Michael Raymond op. Hield een bordje omhoog.

IK KEN ALLISONS GEHEIM.

Heilige Moeder Maria. Grootes maag draaide zich om. Hij spoelde snel verder. Michael wacht, stapt dan naar binnen. Niets. Dan arriveert Hurley, wacht. Gaat naar binnen. Nog meer niets. Dan Michael en een vrouw – duidelijk bang, alsof ze plotseling over de maan loopt – dicht tegen Michael aan, struikelen het frame uit. Verdomme. Geen spoor van een auto, geen nummerplaten.

Hij sprong terug naar de videobestanden van dinsdag, de dag dat Allison stierf. Spoelde snel de dag door tot Allison op de stoep verscheen. Snel verder tot ze vertrok. Dat was alles.

Celeste Brent had met Allison Vance onder een hoedje gespeeld, evenals Michael Raymond.

IK KEN ALLISONS GEHEIM.

Vier woorden die hem tot op het bot verkilden.

Hij moest erachter zien te komen waar ze naartoe waren gegaan… want te oordelen naar de datum/tijd op het beeld vermoedde hij dat ze van hieruit naar het ziekenhuis waren gegaan. Maar eerst moest hij zich met Hurley bezighouden. Hij kon het lijk daar niet laten liggen. Celeste Brent was een gewezen beroemdheid, maar veel mensen kenden haar naam nog goed. Wanneer in haar huis een lijk werd gevonden, zou dat nationaal de aandacht trekken. De verzorgster kwam vast morgen weer. Een dode Hurley was wellicht een groter probleem dan een vermiste Hurley.

Hij haalde het computersysteem uit elkaar. Misschien stond er nog nuttige informatie op de harde schijven waaruit hij kon opmaken waar Miles en Celeste naartoe gevlucht waren. Hij droeg de harde schijven naar zijn huurauto en legde ze op de achterbank. Oké. De kofferbak voor Hurley, dan het toetje.

Hij deed de deur dicht en daar, aan de andere kant van de adobemuur die de afscheiding vormde tussen de zandweg en de tuin, stond DeShawn Pitts.

'Hallo,' zei Groote. Bedaard. Je kunt je hieruit kletsen, man, je moet wel, voor je dochter.

'Wat is er met jou gebeurd, meneer Groote?'

'Een ongeluk in het ziekenhuis. Eigen schuld, ik gleed uit en ben van de trap gevallen.

'Gaat het wel?'

'Ja. Hoe heb je me hier gevonden?' Hij liet een lach in zijn stem doorklinken.

'Ik stond bij het ziekenhuis geparkeerd. Wilde dokter Hurley in de kraag vatten om hem te spreken. Zag je vertrekken, zag dat je gezicht helemaal in elkaar geslagen was. Werd nieuwsgierig. Ben je gevolgd.'

Die man had te veel argwaan. Dat speet Groote.

'Woon je hier?' vroeg Pitts.

'Was het maar waar. Nee, dit huis is van een patiënt van dokter Hurley.'

'Dokter Hurleys auto staat daar geparkeerd. Dat kenteken is van hem. Heb ik uitgezocht. Brengt hij altijd de nacht bij zijn patiënten door?'

'Nee. Maar gisteravond was een speciaal geval.'

'Ik krijg het gevoel dat Hurley me mijdt. Is hij hier of niet?'

Groote woog zijn opties af, leven of dood.

'Ik sta erop, meneer Groote. Dokter Hurley kan ten minste naar buiten komen en me vijf minuten te woord staan.'

Spijtig nam Groote een besluit. Hij sloeg het autoportier dicht en leek zich te generen achter zijn verwondingen. 'Hurley heeft met uw belangwekkende persoon gepraat, Hurley was degene uit het ziekenhuis die hem heeft gebeld. Hij heeft al Allison Vance' patiënten gebeld. Een milde vorm van ambulancejacht.'

'Schitterend.'

Groote gebaarde met zijn hoofd naar het huis. 'Waarom kom je niet even binnen, dan kunnen we praten?'

35

Miles werd wakker van geschreeuw.

Hij sleepte zich uit bed, niet zeker of hij wel had geslapen. Hij had geen ochtendnasmaak of nachtmerries, geen zielige Andy die op het beton doodging, geen kreten van afgrijzen die in de droomspelonken van zijn brein weergalmden, geen kantoor van Allison dat in brandend puin uitbarstte. De schreeuwen werden door een andere keel voortgebracht, vernietigende kreten van afgrijzen.

Hij rende de trap op. Nathan lag in een wirwar van lakens, vuisten gebald in de lucht, in een shock van razernij om zich heen te schoppen.

'Nathan. Wakker worden. Wakker...' en Nathans vuisten sloten zich om zijn keel, stalen vingers groeven zich in Miles' luchtpijp.

'Ik heb het niet ik heb het niet ik heb het niet stukgemaakt!' schreeuwde Nathan. Zijn stem brak af in een woedend gekreun. 'Ik heb het gemaakt het gemaakt ik zweer het!'

'Nathan!'

Nathan sprong van het bed, drukte Miles hard tegen de muur en staarde hem in het gezicht.

'Ik ben het, Miles. Laat me los,' wist hij uit te brengen, de schaarse zuurstof opzuigend.

'Nathan, hou op,' beval Celeste vanuit de deuropening.

Nathan liet Miles los, wankelde woordloos achteruit en ging op het bed zitten.

'Nachtmerrie,' zei Miles. 'Het is maar een droom, man, het is oké.'

Een woede die in de buurt van haat kwam smeulde in Nathans donkere ogen. 'Ik droom niet.'

'Dromen en schreeuwen. Dat heb ik ook gehad.'

Nathan liep de badkamer in – de spiegel was met een handdoek afgedekt – en spatte water over zijn gezicht. Miles zag dat Nathans handen trilden.

'Ik droom niet,' zei Nathan nogmaals.

'Wat je wilt.' Miles wreef over de vingerafdrukken in zijn hals.

'Val dood. Ik heb mijn land gediend, ik ben soldaat geweest. Waar zat jij? Een gangster, Miles, dus kijk niet op me neer.'

Miles zei: 'Dat doe ik niet als jij me niet meer elke dag een keer probeert te wurgen.'

Nathan begon in de logeerkast te rommelen op zoek naar reservekleren. 'Miles. Luister, bedankt dat je me uit dat ziekenhuis hebt gehaald. Waardeer ik echt. Maar jij en ik staan nu quitte, ik heb je alles verteld wat ik weet. Tijd om uit elkaar te gaan.'

'Waar ga je dan heen?'

'Weet ik nog niet.'

'Ik heb je hulp nodig.'

'Hulp.'

'We denken dat Allison het Frost-onderzoek naar een webserver gestuurd heeft, van Mercury Mountain. Waarschijnlijk om het voor Sorenson te verbergen, of het aan iemand anders te geven die toegang heeft tot die server. We moeten uitzoeken waar die server is.'

Nathan bleef bij de deur staan.

'Groote en Sorenson willen je vermoorden. Ze willen ons allemaal vermoorden. Onze enige kans is Frost te pakken zien te krijgen, de wereld bewijzen wat we hebben gedaan.'

'Als je ze verraadt, sla je elke kans de bodem in om met Frost beter te worden, voor jou, voor Celeste, voor mij of wie ook die aan PTSS lijdt. Denk je dat een farmaceutische fabrikant een medicijn gaat produceren dat op illegale experimenten gebaseerd is? Verdomme, nee. Als je Frost verraadt, snijd je je in je eigen vingers, man, dan zijn we voor altijd gesjochten.' Hij balde zijn vuisten. 'Ik heb ingestemd met VR omdat ik mijn medesoldaten wilde helpen. Dat betekent meer voor me dan een of andere pathetische, zinloze wraakoefening.'

'Als we Frost te pakken krijgen, kunnen we elke soldaat helpen die uit de oorlog terugkomt. Elk kind dat vanwege mishandeling getraumatiseerd is. Iedereen die Frost nodig heeft,' zei Miles. 'Een wettig bedrijf kan het onderzoek op ethische wijze uitvoeren, gebaseerd op wat Hurley heeft gedaan. Er is niets onethisch aan de chemische formule van Frost.'

Nathan knikte.

'Maar Groote, Quantrill en Sorenson hebben de jacht op ons geopend, Nathan, als ze ons vinden, vermoorden ze ons. Als we dood zijn, worden we ook niet beter. En Allison heeft jou, mij en Celeste op verschillende manieren om hulp gevraagd. Ik ben niet van plan om de mensen die haar uit de weg hebben geruimd met moord weg te laten komen.'

'Maak je een geintje, of zo? Je bent een gangster, de FBI jaagt op je, Groote heus niet alleen. En zij wil geen stap buiten de deur doen.' Nathan lachte kakelend. 'Ik kan een hoop doen om het terug te krijgen, maar ik kan jullie twee niet om me heen gebruiken. Ik stel voor dat jullie je een paar dagen heel gedeisd houden.' Hij draaide zich om en wilde vertrekken.

'Als je dan zo nodig de held wilt uithangen, wees er dan ook echt een,' zei Miles rustig. 'We moeten niet ieder voor zich werken. Werk met ons samen.'

Nathan deed vijf stappen en bleef toen staan. Hij liet zijn hoofd tegen de deurpost rusten. 'Ik ben niet goed met mensen. Je wilt me niet echt in de buurt.'

'Je kunt niet de rest van je leven op de vlucht blijven, Nathan. Geen geld, geen vooruitzichten, geen hulp. We weten niet eens wat de langetermijneffecten van Frost zijn. Je moet er niet in je eentje vandoor gaan. Help ons. Jij weet meer over wat Allison van plan was. Ik weet dat je haar vertrouwde. Om haar gaf.'

Nathan dacht even over de woorden na. Hij liet zijn tas op de grond vallen, hief zijn hoofd op en knikte. 'Oké. Ik doe mee. Wat is de volgende stap?'

'Frost vinden,' zei Miles, 'en het gevecht vierkant naar die klootzakken terugkaatsen.'

Het ontbijt bestond uit oudbakken bagels, geroosterd nog enigszins eetbaar, en een dun laagje jam, met een pot sterke zwarte koffie. Normale ochtendroutine. Behalve dat bij die routine normaal gesproken antidepressiva hoorden, pillen die ze niet hadden, en Miles vroeg zich af of ze zonder hun medicijnen niet alle drie hun focus zouden verliezen, het vermogen om helder te denken.

'Dus we zoeken die Mercury Mountain gewoon op een computer op en gaan ze bellen?' vroeg Nathan met een mondvol bagel.

'We gaan ze niet bellen. We gaan kijken wie toegang heeft tot het IP-adres waar Allison het onderzoek naartoe heeft gestuurd.' Hij keek op de klok: 06.00 uur. Hij had een computer nodig waarmee hij online kon en waarop hij software kon installeren, en bedacht dat hij dat in een internetcafé kon doen.

Maar het ging ook op de computers in de galerie, als de sloten niet waren vervangen. Joy was er vaak vroeg, maar zes uur 's ochtends was zelfs haar te gortig. Hij vroeg zich af of de galerie nog steeds onder politiebewaking stond, waar hij DeShawn om had gevraagd.

'We gaan met zijn allen,' zei Celeste.

'Jij hoeft niet mee, je kunt binnen blijven.'

'Nee. We gaan allemaal,' zei ze bedaard. 'Met mij komt het wel goed.'

Voor Nathan vonden ze een slechtzittende jeans en flanellen hemd, en een paar tennisschoenen. Celeste zette een donkere zonnebril en baseballpet op en trok een windjack aan. Ze trok de capuchon van het jack over haar hoofd. Te groot voor haar, haar hele gezicht ging erin schuil.

'Gaat het wel?' vroeg Miles haar bij de deur.

'Ja. Laten we gaan.'

Ze reden met zijn drieën naar de galerie, Miles aan het stuur, nu met meer zelfvertrouwen aan het roer. De parkeerplaats was verlaten, geen politiewagen. Miles haastte ze de galeriedeur door en zag dat er een triplex plank over het gebroken glaspaneel zat. Hij probeerde zijn sleutel en voerde zijn code in het alarmsysteem in. Het rode lichtje sprong op groen.

Celeste deed haar capuchon naar achteren en liep huiverend naar binnen. Zij en Nathan bekeken de kunst aan de muren.

'Wat een mooie schilderijen,' zei ze.

'Nergens aankomen,' zei hij waarbij hij Nathan streng aankeek. Nathan schokschouderde. Ze liepen achter hem aan naar Joys kantoor boven.

Miles startte de computer op, opende een browser en googelde op de naam Mercury Mountain. Geen website met een hosting service, tenminste geen hosting service die op klanten uit was, alleen een naam die met een server verbonden was. Miles ging naar een verkoper die software verkocht om IP-adressen op te sporen en diepte zijn VISA-card op die hij voor noodgevallen op zijn vaders naam had aangeschaft.

'Met die software spoorde ik in mijn gangstertijd bepaalde maffiapornosites op,' zei Miles. 'Het is nu veel moeilijker geworden om de eigenaars van bepaalde webdomeinen te achterhalen, ze kunnen met een gestolen creditcard zijn gekocht of voor tien jaar met een cheque zijn afgekocht. Maar ik vond altijd uit welke concurrenten van mijn bazen pornosites hadden. Die huurden vervolgens hackers in om die sites te saboteren, te snijden in de winst van de concurrent.'

'Je kent de allercharmantste mensen,' zei Celeste.

Miles kocht de software, voerde zijn VISA-nummer in, hoopte dat de transactie geaccepteerd zou worden. Wachten. En toen kreeg hij bevestiging.

'Godzijdank,' zei hij. Hij downloadde en installeerde de software, voerde zijn licentienummer in en het IP-adres dat Celeste op haar systeem had gevonden. Een kaart van de Verenigde Staten kwam in beeld, er werd naar het IP-adres gezocht, en uiteindelijk bleef een lichtje knipperen op een locatie in Noord-Californië. Miles klikte: het IP-adres was van een server in Fish Camp, Californië, eigenaar Edward Wallace.

'Googel hem eens,' zei Celeste. Miles deed dat, zich er nu van bewust dat ze nog maar een paar minuten hadden. Joy kon op verzoek van DeShawn een extra alarm op het systeem hebben gezet, zodat hij wist of er iemand na sluitingstijd in de galerie was geweest, voor het geval Miles terugkwam. Hij hoopte van niet.

De meeste googelresultaten bestonden uit links naar artikelen die door Edward Wallace waren geschreven – een paar jaar verouderd – overwegend over posttraumatisch stresssyndroom. Die kwamen er overwegend op neer dat de overheid te traag optrad bij het aanpakken van het groeiende probleem van posttraumatische stress, met name onder soldaten. Hij klikte erdoorheen. Edward Wallace was een neurobiologisch onderzoeker op het gebied van PTSS, verbonden aan een universiteit in San Diego. Dat was hij althans vier jaar geleden.

'Misschien heeft ze het ter analyse naar Wallace gestuurd,' zei Celeste.

Miles klikte op de een na laatste link. Die leidde naar een nieuwsverhaal uit een plaatselijk krantje uit Fish Camp, Californië. Een Edward Wallace was tijdens het wandelen gewond geraakt. Hij was nieuw in de stad, recent verhuisd uit Fresno. Zijn vrouw Renee deed een onderwijsfellowship in de psychiatrie aan een medische faculteit in het Verenigd Koninkrijk, dus hij was alleen toen hij viel.

'Raar. Ze noemen de naam van die faculteit niet,' zei Celeste over zijn schouder leunend. 'Waar in Californië ligt Fish Camp precies?'

Miles klikte, zocht en vond een kaart. 'Een paar kilometer ten zuiden van Yosemite National Park.'

'We moeten hem bellen. Zeggen dat we Allison kennen en dat we moeten weten hoe hij erbij betrokken is,' zei Nathan.

Miles klikte op de laatste link, een krantenartikel uit het archief van de *The Fresno Bee.*

Er stond een trouwfoto van Edward afgebeeld – geleerd en lang – en zijn bruid Renee, glimlachend, intelligent, vol zelfvertrouwen, het blonde haar in een paardenstaart gebonden.

Renee Wallace was Allison Vance.

36

Groote spoelde de schroevendraaier af onder een waterstraal.

DeShawn Pitts lag op de keukenvloer aan zijn voeten. Groote vond het maar een tragisch gezicht, zo'n geknakte, gebroken man zonder hoop.

Groote ging met zijn vinger langs de rand van de schroevendraaier. Hij had de techniek in Laos geleerd van een gewetenloze detective toen Groote in het kader van een uitwisselingsprogramma kort bij hun politiemacht had gewerkt: maak een ondiepe snee op een plek waar de huid dicht op het bot ligt en schil het vlees eraf, laat het slachtoffer het geluid van metaal over zijn eigen skelet horen schrapen. Als je het slachtoffer knevelde, was er verder geen geluid en hield je de rommel beperkt.

'Voor de laatste keer,' zei Groote. 'Of we laten meneer Schroevendraaier frisse nieuwe gebieden exploiteren. Boven de oogkas, bijvoorbeeld. Het schaambeen. Onder aan het ruggenmerg.' Hij liet zich op ooghoogte van DeShawn zakken. 'Luister. Waarom beschermen jullie die vent? Hij heeft je een oor aangenaaid. Hij is gevlucht. Geen moment aan jouw carrière gedacht, je professionele status.'

'Mijn werk,' wist DeShawn uit te brengen, zijn stem kwam nauwelijks boven een fluistering uit, '... was om hem te beschermen.'

'Kom niet aan met de waardeloze drugsdealer voor wie je hem verstopt,' zei Groote. 'Het kan me geen moer schelen wat hij vroeger heeft gedaan. Ik ben van het hier-en-nu-soort. Ik moet weten hoe ik hem weer boven water kan krijgen.'

DeShawn sloot zijn ogen.

'Waar komt hij oorspronkelijk vandaan?' Hij begon DeShawns broek los te maken.

'Nee, alsjeblieft. Nee.'

'Zeg het me. Ik vind dit ook heus geen pretje.'

'Je gaat me vermoorden.'

'Ik heb geen ruzie met je. Ik heb ruzie met Michael Raymond, die voor je op de loop is.'

DeShawn deed weer zijn ogen dicht. 'Nooit.'

'Nóóit is zo'n ouderwets concept,' zei Groote en hij reikte naar zijn mes, stelde zich een in zijn ogen vakkundige, blauwe chirurgische incisie voor op de tere huid.

Het duurde nog twintig minuten en zijn antwoorden kwamen met horten en stoten, terwijl hij met de mesrand met een open zenuw speelde: 'Miles Kendrick... Miami.'

Hij kende die naam. Jezus. Hij had de naam van die kerel eerder gehoord, toen hij met een paar andere voormalige FBI-speurders in gesprek was, hoe ze het over die slimme spion van de Barrada's hadden. Hij had nooit een foto van hem gezien, maar hij had van de naam gehoord. Je wilt niet weten in hoeveel misdaadbendes die vent een deuk geslagen heeft, man. De Barrada's hebben de cia in hun zak, wie had ooit gedacht dat gangsters nog eens creatief werden en zichzelf een spion zouden aanschaffen?

'Dank je, meneer Pitts,' zei Groote. 'Meneer Kendrick heeft een hoop misdaadorganisaties kwaad berokkend. Weet je dat hij ooit de Duartes in Zuid-Californië een slag heeft toegebracht?'

DeShawn knikte. 'Hij heeft... geholpen... bij hun ondergang.'

Ja, maar niet diep genoeg. Ze hadden nog steeds de macht om achter zijn gezin aan te gaan, hadden de schuld van hun ongeluk op de Grootes afgeschoven. 'Hoe heeft hij de Duartes klein gekregen?'

'Ik geloof dat hij... spreadsheets heeft gestolen.'

'Wanneer?' En god helpe Miles Kendrick, dacht Groote, als hij dat had gedaan voordat zijn gezin werd aangevallen.

DeShawn antwoordde niet, raakte langzaam buiten westen. Groote beheerste zijn plotseling opkomende woede. Hij moest zich nu concentreren. 'Wat weet je van Frost?'

'Wat?' Er was geen misleiding meer in DeShawns ogen te lezen.

'Waar zou Miles heen gaan? Terug naar Miami?'

'Nee.'

'Hoe hevig is WITSEC en het Bureau naar hem op zoek?'

DeShawn verloor het bewustzijn, Groote sloeg hem wakker en herhaalde de vraag.

'Hevig,' wist DeShawn uit te brengen.

'Oké. Je bent uitermate behulpzaam geweest. Dat waardeer ik echt. Dank je wel. Ik moet mijn mogelijkheden in overweging nemen.' Besluiten hoe Pitts het beste als lokaas kon fungeren, levend aan de haak of bevroren in de dood. Miles Kendrick had geen reden zich zorgen te maken over deze lulhannes. Groote ging staan, controleerde zijn wapen, stopte een plastic vuilniszak onder DeShawns hoofd en vuurde één keer tussen de halfopen ogen. Het hoofd schokte toen de kogel bot en brein doorboorde.

Groote probeerde zich in Allisons hoofd te verplaatsen. Ze was van plan er met Frosts geheimen vandoor te gaan, Quantrill en Hurleys illegale experimenten aan de kaak te stellen. Ze stond op het punt uit haar leven te verdwijnen, en wie kon haar beter helpen dan een man die zelf al van de aardbodem verdwenen was? Een man die geheimen stal, zoals zij Frost had gestolen. Behalve dat het plan voor Allison verkeerd ging. Je moet geen misdadiger, een gangster, verleiden met een drugsformule die miljoenen waard is. Dat is de kat op het spek binden, en hij heeft Allison al vanwege Frost om zeep geholpen. Groote was daar nu zeker van. Hij dacht eerst nog dat het Sorenson geweest kon zijn, maar hij geloofde dat Sorenson slechts een ingehuurde gorilla van een farmaceutische fabrikant was, die het medicijn probeerde te stelen. Misschien wist Nathan, onder één hoedje met Allison, van de deal en wilde Sorenson zijn sporen uitwissen.

De bewijzen wezen erop dat Miles Kendrick Frost in zijn bezit had. Hij hield dat voor eigen gewin achter, en hij hield het voor Amanda achter, en voor alle andere mensen die ermee gered zouden zijn.

Hij draaide de waterkraan dicht, veegde de laatste druppel van de platte schroevendraaierrand. Nu kende hij het gezicht en de naam van zijn vijand, en hij geloofde dat hij wist hoe hij hem moest verslaan. Er zat iets geruststellends in die wetenschap. Hij had gedacht dat de moord op de accountant van de Duartes de laatste stap was geweest in het wreken van Cathy en Amanda. Maar nee. Door het noodlot en zijn wraakzucht was de cirkel rond, kruiste hij het pad van een man die genoegdoening kon betekenen voor het verlies van Cathy en een vrijplaats voor zijn verloren Amanda.

Dus met Nathan Ruiz wilde Miles Kendrick bewijzen dat het medicijn werkzaam was, wilde hij de zaak waarover in de onderzoeksdossiers werd gerept kracht bijzetten. Nathan op video te zien, nauwelijks in staat een woord uit te brengen aan het begin van zijn Frost-therapie, hem maanden later weer te zien, in staat om uit een psychiatrisch ziekenhuis te ontsnappen en aan een complot deel te nemen. Kijk eens, mensen, dit spul werkt, en werkt goed, neem het ook, koop een fles.

Miles Kendrick was op de vlucht, mesjogge, met twee andere gekken die hem vertraagden, en Groote zou hem vinden. En Frost terugkrijgen.

De tweede veiling van Frost – als Sorenson de waarheid had gesproken en met die informatie zou hij Quantrill confronteren – zou over drie dagen plaatsvinden. Kendrick had hem waarschijnlijk al geregeld, erop gebrand als hij was om winst te halen uit al het harde werken van Hurley en Quantrill. Dus hij had drie dagen om Kendrick op te sporen.

Zijn horloge gaf zeven uur 's ochtends aan. Voor zonsopgang had hij nog tijd om de lijken in de hogergelegen woestijn te dumpen.

Zijn telefoon zoemde. Hij nam aan.

Quantrill. Klonk gespannen, bitter. 'Ik ben op weg naar Santa Fe. We moeten ernstig praten.'

'Dat,' zei Groote, 'is de understatement van het jaar.'

'Dit is een vervloekte ramp...' begon Quantrill.

'Niet over de telefoon. Zeg me alleen waar we afspreken.'

Dat deed Quantrill, zijn stem klonk nog steeds woedend. Groote haakte af en de telefoon zoemde onmiddellijk weer.

Het was zijn vriend de hacker die Michael Raymonds adres van het mobiele account had gevonden. 'Ik ben boven op dat probleem met Michael Raymond gaan zitten. Kon snel een blik werpen op de bellijsten. Ten slotte kon ik me erin wurmen.'

'Vertel. Ik ben heel benieuwd wie hij gebeld heeft.'

'Hij heeft gister maar één telefoontje gepleegd. Naar ene Grady Blaine, hier in Santa Fe. Wil je Blaines adres?'

'Reken maar,' zei Groote.

37

‘Ze kan het niet zijn,’ zei Celeste. ‘Kan gewoon niet.’

Miles streek met zijn vinger over de foto. Een vrouw, verlegen glimlachend in de lens, een ongedwongen foto tijdens hardlopen of wandelen buiten. Ze droeg een sporttop en shorts, stond boven op een berg, bruisend van vitaliteit. Het soort informele verlovingsfoto’s waar sportstellen zo dol op zijn. Naast de foto stond te lezen: ‘Edgar Wallace’. Hun titels stonden erbij vermeld – Edward een doctor in neurobiologie en Renee een dokter in psychiatrie. Vroeger had ze zowel aan een universiteit als in een militair ziekenhuis in San Diego gewerkt om veteranen te helpen genezen van posttraumatisch stresssyndroom. Zij en haar man waren naar Fresno verhuisd om net zo’n kliniek op te zetten.

‘Misschien is ze het niet.’ Nathan klonk afstandelijk, dromerig. ‘Je kunt haar gezicht niet goed zien.’

Miles slikte de gal die in zijn keel omhoogkroop weg. Je had me moeten helpen een ander mens te worden, ik had geen idee dat je daar al zo goed in was. ‘Ze is het,’ zei hij.

‘Ze heeft ons voorgelogen,’ zei Nathan. ‘Dat kreng.’

‘Zo mag je niet over haar praten,’ zei Celeste.

‘Ze heeft gelogen!’ Nathan knarsetandde en Miles zag dat tranen van woede de jonge man in de ogen sprongen. Nathan wankelde naar de deur van het kantoor.

‘Kom, we gaan.’ Miles sloot de browser af, deed de computer uit en resette het alarm bij de deur. Ze liepen achter Nathan de galeriedeur uit en Miles sloot af. Het parkeerterrein was nog verlaten. Hij haastte ze naar de auto en reed het terrein af.

'Ze heeft gelogen,' zei Nathan, 'en de leugen heeft haar ingehaald.'

'Er is vast een volkomen logische verklaring voor,' zei Celeste.

'Dat zeggen mensen altijd,' zei Miles, 'wanneer ze op het punt staan compleet belazerd te worden.'

Nathan fronste zijn wenkbrauwen. 'Los van de naam heeft ze het onderzoek op een server gezet. Kunnen we daar bij komen?'

'Niet zonder wachtwoord,' zei Miles. 'Dus gaan we een babbeltje met haar man maken.'

'Jullie zijn allemaal idioten,' zei Andy vanaf de achterbank. 'Waarom gaan jullie de echte problemen niet te lijf? Celeste heeft een man vermoord, Nathan is een wandelende verzakking en jij, Miles, bent een vriendjesmoordenaar. Lekker stelletje bij elkaar. Werkelijk.'

'Je kunt het niet uitstaan,' fluisterde Miles, 'als je denkt dat ik misschien ga winnen.'

'Sorry?' zei Celeste, en Nathan zei: 'Wat?'

'Ik zit in mezelf te praten. Dat is alles. Sorry.'

'Je vriend?' vroeg ze.

'Ja.'

'Jezus, praat je tegen hem?' zei Nathan.

Andy lachte. Er viel een onbeholpen stilte en Miles dacht: ik ben de enige die geen Frost heeft gekregen, zij denken dat ik gekker ben dan zij. Hij reed Blaines oprijlaan op.

'Dus daarom had je twee namen,' zei Nathan. 'Multiple persoonlijkheid. Hé, hoeveel stemmen hoor je in je hoofd?'

Miles negeerde hem terwijl hij Celeste snel Blaines huis in bracht. 'Houd je mond en laat me nadenken.'

'Had je het tegen mij?' zei Nathan. 'Ik ga niet luisteren naar een knotsgekke klootzak die gesprekken voert met een denkbeeldige vriend.'

Miles deed de deur achter zich dicht. 'Hou je mond en bedenk waarmee we te maken hebben. Allison heeft enorm veel moeite genomen om haar leven in Santa Fe te organiseren. Die trouwaankondiging vermeldde dat ze in Oregon is afgestudeerd. De diploma's aan Allisons muur waren uit Rice, Stanford en UCLA. Ze moest een nieuwe geschiedenis voor zichzelf creëren. Een diploma van een medische faculteit, een medische vergunning en een nieuw sofinummer kun je niet zomaar vervalsen, ze heeft uit het niets een verleden gesponnen. Dat betekent dat ze hulpbronnen en tijd had, neem dat maar van me aan. Ze heeft dit niet op eigen houtje gedaan.'

'Wie heeft haar dan geholpen?'

'Iemand met geld en grote betrokkenheid. Waarom zou je je identiteit vervalsen? Waarom kon ze zich niet als Renee Wallace in Santa Fe vertonen? Ze heeft dit niet alleen gedaan. Ze heeft met iemand samengewerkt.'

Nathan schudde zijn hoofd. 'Man, dit wordt een steeds groter wespennest, daar wil ik niks mee te maken hebben. We zouden ons gewoon moeten verstoppen. Of naar de politie gaan. We zijn uitgespeeld.'

'We moeten naar Californië,' zei Miles. 'Haar man opzoeken.'

'Naar Californië.' Celestes stem klonk schor. 'Dat moet met de auto... Rijden. Een aantal. Uren.' Ze draaide zich om, rende naar de achterkant van het huis en Miles hoorde de deur van Blaines atelier dichtslaan.

Miles – kalmer nu om diep na te kunnen denken – realiseerde zich dat een paar honderd kilometer in een auto afschrikwekkend voor haar moest zijn. Hij liep naar haar tas en draaide het flesje antidepressiva open. Er waren er nog vier. Alle medicijnen die ze had, en god mocht weten wat voor megadosis Nathan nodig had om kalm te blijven. Niet genoeg pillen voor hen drieën. Hij stopte de pillen in het flesje terug.

'Ik weet hoe we haar in beweging krijgen.' Nathan knipte met zijn vingers en maakte een suizend geluid.

'Ik ga met haar praten.' Miles liep het huis door naar het atelier. Dicht. Hij klopte. Geen antwoord. Hij maakte de deur open.

Groote zat op een met verf bespatte stoel, een pistool op Celestes hoofd gericht en eentje op Miles. Celeste stond met trillende lip op, keek niet naar het wapen dat op haar was gericht.

'Bingo,' zei Groote. 'Je bent het.' Zijn gezicht was toegetakeld, zijn neus ingetapet en zijn glimlach kil en magertjes.

Miles deed de deur achter zich dicht. Hoe kon dat in hemelsnaam? dacht hij. Het maakte niet uit. Hij moest Celeste bij die man vandaan zien te krijgen.

'Oké. Roep Nathan hierheen. Rustig. Ik wil ook met hem praten.'

'Wat wil je?'

'Frost.'

'Dat hebben we niet.'

'Waar is het dan?'

'Weet ik niet.'

'Lieg niet tegen me. Je speelt onder één hoedje met Allison, zowel jij als mevrouw Brent.'

'Nee.'

'Ik vraag je alleen maar niet te liegen. Wat begrijp je daar niet aan?'

'Laat haar gaan, dan geef ik het je,' zei Miles. Celeste keek naar hem.

Nathan opende de deur en liep swingend het vertrek binnen. 'Probleem opgelost. Ik heb een vuurtje gestookt, Celeste, om je aan de gang te krijgen. Sterker nog, onder het gordijn en...' Hij hield zijn mond en staarde verstijfd van angst en in shock van afgrijzen naar Groote.

'Hé, tinnen soldaatje, hoe gaat het met je?' begon Groote, maar toen zag hij in de omlijsting van de open deur wat Celeste deed.

'Vuur,' zei Celeste fluisterend naar de hal wijzen. 'Brand... hij heeft brand gesticht.'

Toen de geur van rook die zoet en afschrikwekkend oprees.

'Achterlijke idioot!' gilde Groote en hij stond op.

'Wil je Frost? Dat ligt boven,' loog Miles.

Groote zette de loop van zijn wapen tegen Miles' voorhoofd. 'Laat zien.'

'Laat ze gaan.'

Groote aarzelde. 'Naar buiten. Jullie allebei. Gewoon naar buiten. Als jullie vluchten, is hij dood.'

Nathan greep Celeste vast en duwde haar naar de achterdeur. Ze begon te gillen toen hij haar de tuin in werkte.

Groote wendde zich tot Miles en drukte het pistool hard tegen Miles' achterhoofd. 'Hier met dat Frost. Schiet op.' Met een sterke arm dwong hij Miles de gang door en de trap op. In de keuken stonden de gordijnen boven de gootsteen in lichterlaaie. In de woonkamer brandden de zware gordijnen, een groot katoenen tapijt en de complete bank fel.

Hij vermoordt me als hij erachter komt dat ik Frost niet heb, dacht Miles. Hij struikelde toen Groote hem de trap op duwde.

'Sneller, krankzinnige.'

'Doe me geen pijn,' smeekte Miles, zich tegelijkertijd tegen de trap schrapzettend, en hij deelde een brute schop achterwaarts uit. Zijn voet raakte Groote in de lies. Miles schopte nogmaals, mikte op de gebroken neus maar raakte zijn kin. Groote wankelde, verloor zijn grip, tuimelde de trap af en belandde op de tegelvloer.

Miles griste het pistool uit zijn hand en vond zijn broertje in Grootes jaszak.

Laat hem. Maak dat je wegkomt.

Maar het vuur verspreidde zich snel. Hierin kon hij niemand achterlaten, zelfs geen klootzak als Groote, een wisse dood tegemoet. Hij sleurde Groote de achtertuin in en gooide hem in het koude water van een stenen fontein. Groote hapte naar adem.

Miles zette een van de wapens tegen Grootes hoofd. Hij gooide het magazijn uit het andere weg, stopte dat in zijn tas en gooide het tweede pistool in het water.

'We gaan nu weg. Kom niet achter ons aan. Ik heb tegen je gelogen. Ik heb Frost niet. Ik weet niet waar het wel is. We zijn geen dreiging voor je. We gaan gewoon naar een plek waar niemand ons lastigvalt en wij niemand tot last zijn. Zeg dat tegen Quantrill. Begrepen?'

'Ik begrijp dat je een leugenaar bent.' Groote staarde hem vol haat aan.

'Blijf in die fontein of ik schiet je neer.' Miles liep achteruit weg en zette het op een lopen. Hij sprong over een laag hekje in de richting van de voortuin.

Nathan was bezig Celeste opnieuw de auto in te krijgen. Miles ging voorin zitten. Hij spurtte de straat in en stoof met de auto bij het brandende huis vandaan.

Groote was bij het chauffeursraam, probeerde het stuur uit zijn handen te rukken. Miles sloeg hem neer, trok zich los, raasde de straat door en racete Old Santa Fe Trail in.

'Wat... moeten we doen?' zei Nathan.

'Hier blijven we niet. Dat kan niet. We vluchten.' Hij keek in zijn achteruitkijkspiegel naar Groote uit, maar zag niets. 'We gaan naar de plek waar Allison de bestanden heeft verstopt. Californië.'

Celeste kreunde.

Groote strompelde de straat door naar zijn auto. Een paar buren stonden op straat en keken met hun mobieltje tegen het oor toe hoe de vlammen uit de ramen sloegen. Ze staarden hem na en hij rende verder de weg af naar de plek waar zijn auto geparkeerd stond. Nog altijd met de dode Hurley en Pitts in de kofferbak.

Denk na. Waar zouden ze heen gaan? Waar zouden ze zich verbergen?

Hij moest van tactiek veranderen, ze opjagen, bedenken wat hun volgende stap zou zijn. Maar hier moest hij weg zijn voordat de brandweerauto's en andere autoriteiten arriveerden. Hij moest lijken begraven. Een plan verzinnen.

Die gekken bedierven alles voor hem.

38

Op zijn terugweg van het begraven van de lijken stopte Groote vrijdagmiddag bij een kerk.

Een heiligdom in Chimayo, ten noorden van Santa Fe, beweerde dat de grond waarop het was gebouwd wonderen kon verrichten: verstikken van aids in de bloedbaan, inkapselen van kankercellen, doden verdrijven naar de afzondering. Groote reed langs de auto's die aan de weg naar de kerk stonden, stuurde langzaam langs toeristen met camera's om hun nek, langs een oude vrouw in een rolstoel, langs een mopperende jongen van Nathan Ruiz' leeftijd op krukken en een lege, weggemoffelde broekspijp, die zich als een uitzinnige een weg naar de kerk baande alsof hij een race liep.

Groote parkeerde, keek naar de jongen en vroeg zich af of een vleug van Jezus Amanda zou helpen. Tenslotte was verlossing wellicht nabij. Maar Frost – dat zijn meisje beter kon maken – leek nog altijd mijlenver buiten zijn bereik.

Dat alles, besloot hij, zou veranderen.

Hij stapte uit de auto en liep om de kerk heen naar de gebouwen erachter.

Quantrill stond hem daar op te wachten.

'Mijn god, je ziet er verschrikkelijk uit,' zei Quantrill terwijl hij Grootes neusbrace en toegetakelde kaak inspecteerde.

'Dank je. Hoe was je vlucht?'

Quantrill stak een sigaret op. 'De pinda's waren oudbakken.' Zijn stem klonk ijskoud. 'Ik ben niet gelukkig met de diensten die je me tot nu toe hebt geleverd.'

'Ik ben niet gelukkig dat ik word voorgelogen.'

'Hoe heb ik je dan voorgelogen, Dennis?'

'Vertel me de waarheid over wat Sorenson heeft gezegd... komt er een tweede veiling met Frost?'

Quantrill slaakte een gefrustreerde zucht. 'Ja. Ik heb via twee relaties van me erover gehoord. Erg vervelend.'

'Je had het me kunnen vertellen.'

'Ik wilde niet dat je werd afgeleid. Twee van mijn contacten zeiden dat ze waren benaderd door een vent die het onderzoek aan hen wilde verkopen... voor de helft van mijn prijs.'

Quantrills geld kon hem geen moer schelen. 'Ik geloof niet dat Sorenson achter die veiling zit. Ik denk dat het Miles Kendrick is.'

'Wie?'

Groote vertelde wat hij te weten was gekomen over Miles' achtergrond. Hij zei er niet bij dat hij Miles en zijn gezelschap had laten ontsnappen, hij was niet van plan toe te geven dat hij Miles Kendrick had onderschat.

Quantrill dacht na. 'Dan is het gewoon een misselijkmakende samenloop van omstandigheden. De gangsters willen hem dood en ze vermoordden Allison, dat heeft niets met Frost te maken.'

'Dat moet de FBI geloven, ja. Maar wij niet. Miles Kendrick moet geweten hebben dat toen zijn zielknijper bij een bomexplosie omkwam, zijn verleden aan het licht kon komen en hij van moord beschuldigd zou worden. Dat verdoezelt dat hij Frost heeft gestolen, omdat hij moet hebben geweten dat wij de politie er niet bij zouden halen. Ik bewonder die kerel bijna, hij heeft een briljant plan bedacht.'

Quantrill knikte. 'Je moet die tweede veiling tegenhouden...'

'O ja? Ik wil dat mijn kind dat medicijn krijgt. Als een medicijnfabrikant het onderzoek goedkoop kan krijgen, komt het sneller op de markt. Je wordt genaaid, dat is waar, maar ik niet.'

Quantrill gaf geen krimp. 'Maar als Miles Kendrick toch niet die tweede veiling organiseert? Als het toch Sorenson blijkt te zijn?'

Groote zei: 'Ik begrijp het niet.'

'En jij zegt nog wel dat je helder nadenken zo bewondert.' Quantrill gooide zijn sigaret een paar centimeter naast Grootes teen. 'Eigenlijk denk ik dat je Miles Kendrick haat, en je wilt me niet vertellen waarom.'

'Hij is verdomme een gangster. Vroeger zette ik mensen als hij achter de tralies.'

'En nu leg je ze in hun graf.'

'Een paar komen wellicht in een urn terecht.'

Quantrill schudde zijn hoofd. 'Met wraak maak je Amanda niet beter. Maar met Frost wel, Dennis. Denk eens goed na waar we tegen aankijken, de dreiging komt niet van het feit dat hij Frost aan iemand wil verkopen. Bedenk wat hij heeft gedaan en wat die agent aan je heeft verteld: Kendrick wil wie haar ook vermoord heeft voor het gerecht brengen. Hij heeft Hurley vermoord, in het ziekenhuis ingebroken. Maar elke keer is het uiteindelijke resultaat dat hij een patiënt heeft gered op wie Frost is getest. Hij wil het niet verkopen. Hij wil het aan de kaak stellen. Wat denk je dat er gebeurt als Kendrick en zijn psychomaatjes Frost in de publiciteit brengen? Illegale medicijnexperimenten op getraumatiseerde patiënten, met inbegrip van veteranen? Geen farmaceutisch bedrijf komt nog bij ons in de buurt, hoe effectief het medicijn ook is. Zelfs een waardevol medicijn kan jaren in de koelkast worden gezet tot de farma's zich geen zorgen meer hoeven maken over rechtszaken of slechte publiciteit.' Quantrill stak nog een sigaret op. 'Ik kan de veiling laten ontsporen... het maakt niet uit of het Kendrick of Sorenson is. Er zijn maar weinig kopers die zich aan dubieus onderzoek willen branden. Een paar tactische telefoontjes, de suggestie dat het gestolen onderzoek niet compleet is, of, als de tweede veiling plaatsvindt, dreig ik het op een akkoordje te gooien en namen te noemen bij de FDA. Daarmee hou ik de veiling wel tegen. Maar als Miles Kendrick van plan is ons te verraden omdat hij zijn dokter wil wreken, dan is alles verloren.'

'Hij heeft ons nog niet verraden.'

'Voor het zover komt moet je hem tegenhouden.'

'Oké.'

Quantrill gebaarde met zijn hoofd naar de menigte die zich naar de kerk voortbewoog. 'Zie je die mensen? Als een kudde trekken ze naar die smeerpijperij toe die, als je in die verdomde onzin gelooft, elke kwaal geneest. En zij gaan in Frost geloven als jij en ik Kendrick en zijn vriendjes het zwijgen kunnen opleggen. We leven in een wereld waaruit trauma's nooit zullen verdwijnen.'

'Als het om geloof gaat heb je het mis,' zei Groote.

'Niet waar.'

'Iedereen heeft geloof nodig. Misschien niet in God, maar wel in mensen.'

'Diepzinnig geklets van een moordenaar.' Quantrill kon zijn spot niet verhullen.

'Je bent geen spat beter dan ik, Oliver. Ik doe waar jij niet toe bereid bent, waar je te bang voor bent. Dus praat niet zo tegen me.'

'Ik zal het niet meer doen.' Quantrill probeerde zijn spotlach om te vormen tot een stalen blik, maar dat lukte niet helemaal.

'Je moet het volgende doen,' zei Groote. 'Verander het medisch dossier van Nathan Ruiz, zet erin dat hij de dag voor Allisons dood door dokter Hurley uit het ziekenhuis is ontslagen. Ga dan terug naar Californië en zet de rem op die veiling.'

'Oké,' zei Quantrill. 'Maar als Hurley maandag niet op zijn werk verschijnt, moet ik hem als vermist opgeven. Hopelijk kan ik dat tot dinsdag rekken. Ik zeg de politie wel dat Hurley erg van streek was door Allisons dood – dat past in het plaatje van de eenling met een gebroken hart – en de stad uit is gegaan. Weet je zeker dat ze zijn lijk niet kunnen vinden?'

'Absoluut.'

Quantrill sloeg zijn armen over elkaar. 'Mooi zo. Dan nu ons andere probleem. Kendrick heeft twee geschifte vogels onder zijn hoede. Daar komt hij waarschijnlijk niet ver mee. Hij is misschien zelfs nog in de stad. Lok hem uit zijn tent. Gebruik voor mijn part Ruiz' familie. Misschien neemt Ruiz als eerste contact met hen op.'

'Als dit allemaal achter de rug is,' zei Groote, 'krijgt mijn dochter Frost. Als eerste.'

'Uiteraard, Dennis,' zei Quantrill, 'maar dat gaat niet als Kendrick een probleem blijft, wel?'

'Dat blijft hij niet. Zijn we klaar?'

Quantrill knikte.

Groote liep naar zijn auto terug. Hij reed naar Santa Fe, snakte naar slaap – naar het zich liet aanzien zou hij daar nog wel even van verstoken blijven – naar eten, naar een helder hoofd. Hij had vlak bij het Plaza een hotelkamer gereserveerd.

Zijn mobieltje ging. Het was de computertechnicus uit het ziekenhuis die Celestes computer onderzocht. 'Ik heb aanwijzingen gevonden dat er vanaf Celeste Brents computer bestanden zo groot als de Frost-onderzoeksbestanden naar een andere server zijn geüpload.'

'Waar zit die server?'

'De sporen wijzen naar een plek in Fish Camp, Californië, de server is van een zekere Edward Wallace.'

De naam zei hem niets.

'Vergelijk de bestanden met die van Hurley. Kijk of ze hetzelfde heten, even groot zijn.'

'Heb ik al gedaan. Ze heeft een extra bestand geüpload dat Hurley niet in zijn Frost-database had staan.'

'Wat is dat andere bestand dan?'

'Dat is een simpel tekstbestand... het heet KoopLijst.'

KoopLijst. Koperslijst? Allison had een lijst gekregen van de mensen die in de rij stonden om van Quantrill te kopen, de onder-de-tafelconsultants die Frost op een onderzoeksafdeling zouden binnensmokkelen.

Maar waarom zouden die tussen de onderzoeksbestanden zitten? De kopers waren Quantrills pakkie-an, niet dat van Hurley.

'Geef me een adres van Edward Wallace.' Hij hing op. Hij belde Quantrill.

'Voor je teruggaat naar Californië,' zei Groote, 'had Hurley jouw lijst met koopcontacten?'

'Nee, natuurlijk niet. Hoezo?'

Of Quantrill loog of Hurley had de lijst en Quantrill wist er niet van, of, angstaanjagender nog, Allison had de lijst ergens anders vandaan. Van iemand anders.

'Groote?' vroeg Quantrill.

'Niets. Gewoon nieuwsgierig.' Hij hing op.

Dus ze had de gestolen gegevens geüpload. Waarom? Waarom had ze die niet eenvoudigweg aan Kendrick gegeven als ze met hem samenwerkte?

Omdat Allison de gegevens voor Kendrick verstopte. Voor de veiligheid. En ze had er alle reden toe.

De tweede veiling. Ze had op een of andere manier de hand weten te leggen op de namen van de kopers voor de tweede veiling. Hoe en waarom?

En zijn verwarring over dit aspect bracht een andere vraag naar boven die hem sinds die nacht al bezighield: waarom had Sorenson tegen hem over de tweede veiling gerept? Waarom nam hij het risico hem te alarmeren?

Omdat hij je vertrouwen wilde winnen, je wilde inpakken, toegang wilde krijgen tot Nathan Ruiz, Ruiz wilde vermoorden, jou wilde vermoorden. Als hij er nagenoeg van overtuigd is dat je binnen tien minuten dood bent, kan hij je van alles wijsmaken.

Hij wist niet waarom Sorenson Ruiz dood wilde, maar hé, dat deed er niet toe, feiten waren feiten.

Hij parkeerde op het hotelterrein, stapte de auto uit waarbij zijn hoofd tolde van uitputting en zijn neus op de breuklijn klopte. Hij had slaap en een pijnstiller nodig, maar eerst moest hij Nathans familie bellen, Quantrills verhaal over Nathans ontslag bevestigen, kijken of het gezin wist waar het tinnen soldaatje was.

Zijn mobiel kweelde. 'Ik heb het adres van Edward Wallace gevonden.' De technicus gaf Groote het adres.

Groote verbrak de verbinding, streek met zijn tong langs de binnenkant van zijn wang terwijl hij die nieuwe informatie overdacht. Hij geloofde dat Kendrick naar Celeste Brents computer was gegaan om met name deze informatie te krijgen. Hij was vast onderweg naar Californië om Frost te pakken te krijgen.

Dat risico kon Groote niet nemen. Hij kon in het vliegtuig slapen.

Hij liep naar het hotel en toen zag hij ze, de federale agenten, hij zag het aan hun houding, bij de deur van de lobby, een blonde stond in een mobieltje te praten, een kale man stond met zijn rug naar Groote toe.

Pitts moest zich gemeld hebben, gezegd hebben dat hij Hurley achternazat toen hij Groote vanuit het ziekenhuis volgde. En nu had Pitts al uren niets van zich laten horen. Het was een fluitje van een cent om de plaatselijke hotels af te bellen en een op naam van Dennis Groote gereserveerde kamer te vinden.

Hij kon zich niet voor ondervraging door de agenten laten ophouden. Niet met een verklaring die mogelijk uren kon duren terwijl hij geen tijd te verliezen had, zeker als Pitts naar zijn teamgenoten zijn twijfels had geuit over Grootes betrouwbaarheid. Hij trok zich normaal lopend naar de auto terug en bad bij elke stap dat ze hem niet in het oog zouden krijgen. Als hij naar het vliegveld van Albuquerque kon komen en daar een vlucht naar Californië zou nemen, zou de FBI snel genoeg in de gaten hebben waar hij heen ging. En als hij zich schuilhield, zou het, nou ja, lijken alsof hij zich schuilhield. Geen van beide was een aanlokkelijk vooruitzicht. Hij moest zich gedeisd houden, Frost vinden en dan in Los Angeles weer opduiken, waar hij kon beweren dat zijn ziekenhuiscontract was afgelopen en hij eenvoudigweg naar huis was teruggekeerd, dat hij er geen idee van had dat iemand met hem had willen praten.

Santa Fe, een prachtige stad waar hij dolgraag met Amanda naartoe zou gaan, werd hem nu te heet onder de voeten.

Eerst Frost zien te krijgen, wat er ook gebeurt, zei hij tegen zichzelf toen hij achter het stuur glipte. Voor Amanda, zelfs als ze je te grazen nemen.

Hij startte de motor en iemand klopte tegen het raam.

'Meneer Groote?' De man had het schoongewassen, ernstige gezicht van een gretige FBI-agent. Hij was de blonde die bij de hotelingang in zijn mobieltje had staan praten.

'Ja?' Groote liet het raampje zakken en zette een beleefde, maar vragende uitdrukking op. Vertel een leugen, zei hij tegen zichzelf, en zorg dat het een goeie is; vergeet de DNA-sporen van de twee lijken die in je achterbak zitten, je mag geen druppeltje zweten. Dan kan die klootzaak je geen seconde langer ophouden dan nodig.

'Hallo,' zei Groote met de beleefdheid van iemand die een collega herkent.

De man was net zo beleefd, bijna verontschuldigend. 'Hallo, sir. FBI. We willen even met u praten.'

39

'"Het Psychisch-Gestoorden Genootschap, in het gelid!"' zei Nathan. 'Uit welke film is dat?'

Miles, die de afgelopen twaalf uur had gereden, wilde niet meespelen. Celeste, ineengedoken op de achterbank met een donkere zonnebril op, gewikkeld in een deken en met een dosis Xanax in haar lijf, gaf geen antwoord. Het was zaterdagavond laat, de melkweg aan lichten van Los Angeles strekte zich aan weerskanten van Interstate 5 uit.

'*One Flew Over the Cuckoo's Nest.* Nadat Nicholson *bzzzzzzt*, die schokbehandelingen krijgt.' En hij leunde naar achteren in zijn stoel, prikte met een vinger op Celeste voorhoofd en zei: '*Bzzzt, bzzzzt, bzzzzt.*'

'Ze hadden jou schoktherapie moeten geven,' zei ze. Zo nu en dan stak ze haar hoofd uit de dekens omhoog, als een naar lucht happende schildpad. Maar ze leek het te redden, dacht Miles, een stuk beter dan Nathan.

'Ik had dat voltage niet nodig,' zei Nathan, 'niet toen ik Frost kreeg. Ik heb ons vege lijf gered, vergeet dat niet.'

Celeste zei: 'Laten we het voor vannacht voor gezien houden. Het duurt nog uren voor we in Yosemite zijn.'

'Ik kan rijden,' zei Nathan.

'Geen goed idee,' zei Miles.

'Jezus, man, ik kan heus wel rijden, hoor.'

'Je lijkt me een beetje opgewonden,' zei Miles.

'Ik hoop niet dat je je denkbeeldige vriend laat rijden.'

'Genoeg, Nathan,' zei Celeste vanaf de achterbank.

'Hoe noem je meneer Onzichtbaar eigenlijk?' zei Nathan. 'Schuldtrip? De Schaduw?'

'Hij heet Andy.'

'Nou, we kunnen niet hebben dat Andy je van het autorijden afleidt.' Nathan greep speels half en half naar het stuur.

Miles schoot naar de rechterrijbaan, oogstte getoeter en een opgestoken vinger van een man die hij bijna schepte.

'Ik laat jou niet aan het stuur,' zei Miles, 'jij hebt last van spiegels. Ik wil niet dat je uit je dak gaat.'

Een lange stilte. 'Ik ga niet uit m'n dak,' zei Nathan.

'Laten we wat te eten en een slaapplaats zoeken,' zei Celeste zacht.

'We moeten verder,' zei Miles, ook al gierde de uitputting door zijn hersens. 'We moeten...'

'Alsjeblieft,' zei ze, 'alsjeblieft. Ik moet vier muren om me heen hebben.'

Ze haalden hun avondeten bij McDonald's en vonden soelaas in een uitgewoond maar schoon motel in de noordelijke contreien van de stad, vlak bij Santa Clarita. Miles nam twee aan elkaar grenzende kamers. Nathan verzwolg drie Big Macs, sloeg een beker fris achterover en liet een tevreden boer. 'Sorry,' zei hij.

Celeste zat met haar rug naar hem toegekeerd op de rand van het bed in een salade te prikken.

'Gaat het wel?' vroeg Miles.

'Ik kan niet geloven dat ik mijn huis uit ben gegaan,' zei ze. 'Ik zou me bevrijd moeten voelen. Maar dat is niet zo. Ik hoop niet dat Nancy naar mijn huis is gegaan en... het lijk vindt.' Ze huiverde. 'Ik had niet weg moeten gaan.' Ze deed de bak met de nagenoeg onaangeroerde salade dicht.

'De "had-ik-maren" vormen het pad der krankzinnigheid,' zei Nathan. 'Eet je eten op, Celeste. Soldaten weten dat je wanneer je even de kans krijgt moet eten, slapen en neu..., naar de wc moet, er komt misschien geen volgende kans.'

Ze opende de bak en dwong zichzelf te eten.

Miles at zijn hamburger op. 'We hebben allemaal slaap nodig. We staan morgen vroeg op en vertrekken meteen.'

'We zouden een paar dagen moeten blijven,' zei Nathan. 'Dan kan Celeste een beetje bijkomen.'

'We gaan,' zei Miles.

'Jij bent niet onze baas.' Nathan veegde zijn mond af.

'Wel tot we Frost hebben. Tot we weten dat we veilig zijn.'

'We zijn niet verantwoordelijk voor elkaar.' Nathan stond op.

'Grappig, uit de mond van een soldaat,' zei Miles tegen hem. 'Ik zou toch denken dat je je verantwoordelijk voor je medesoldaten voelde, Nathan.'

Nathans handen balden zich tot een vuist. 'Wat bedoel je daar verdomme mee?'

'Alleen dat we voor elkaar moeten zorgen...'

'Ah. Net als bij de maffia.'

'Ik ben geen gangster. Nooit geweest ook.'

'Dat zeg jij. Waarom zouden we je geloven?'

'Genoeg, Nathan.' Celeste stond op. 'Slapen. Dan gaan we.'

Nathan ging op bed zitten. Celeste trok zich in haar kamer terug en deed de deur achter zich dicht.

'We kunnen geen deken over de spiegel hangen. Je moet er gewoon niet naar kijken,' zei Miles.

'Dat zal ik niet doen,' zei Nathan tegen het plafond.

Miles waste zijn gezicht, trok zijn shirt en broek uit, kroop in het bed het dichtste bij de deur en legde zijn pistool onder zijn kussen.

'Met mij in de buurt hoef je niet met een pistool te slapen,' zei Nathan.

'Voor het geval Groote ons weer weet te vinden.'

'Ja, omdat ik door mijn lucifers heen ben.'

Miles glimlachte niet.

'Ik weet dat jij en Celeste boos op me zijn. Maar die brand is uiteindelijk goed uitgepakt, daardoor konden we ontsnappen.'

'Je kunt niet zomaar huizen in de fik steken. Ik had Celeste kunnen overhalen om te vertrekken. Je hebt haar ongelooflijk unfair bejegend.'

'Het heeft wel gewerkt.'

'Misschien wel, ja. Dat geldt ook voor lobotomie, Nathan, maar het is niet de juiste manier voor wie ook van ons.'

'Je hebt dat pistool onder je kussen gestopt zodat ik er niet bij kan.'

'Misschien heb je er wel een in je tas zitten.'

'Nee. Ben ik in de brand in Santa Fe vergeten. Waarom heb je tegen Groote gezegd dat je die spullen had?'

'Zodat hij jullie liet gaan.'

'Dat was stom.'

'Niet stommer dan jouw fik, Nathan.'

Nathan hield een poosje zijn mond en vroeg toen zachtjes: 'Wat betekenen Celeste en ik voor jou?'

'Ik... ik wil gewoon niet meer dat jullie iets wordt aangedaan.'

'Waarom niet?'

'Weet ik veel, jezus, wees een beetje dankbaar.'

'Dat ben ik, Miles. Dank je wel.'

Miles deed de lamp uit en begroef zijn gezicht in het kussen.

Hij was bijna in slaap toen hij Nathan hoorde zeggen: 'Miles?'

'Ja.'

'Als we Frost hebben... kunnen we dat dan aan het ministerie van Defensie doorspelen? Ik moet steeds maar denken... aan al die soldaten die uit de oorlog thuiskomen, hun hersens helemaal vervormd doordat ze al die verschrikkingen hebben gezien. Die hebben Frost nodig. Ik wil ervoor zorgen dat ze het krijgen. Dat was sowieso de reden waarom ik me heb aangemeld voor de VR-behandelingen... om te helpen.'

'En jij zei dat we niet verantwoordelijk voor elkaar waren.'

'Ik bedoelde...' en hij zocht naar woorden, '... dat we elkaar niet kennen. Waarom ben je voor me teruggekomen?'

'Niet omdat je dan bij me in het krijt zou staan,' zei Miles. 'Ik krijg het gevoel dat je werkelijk aan niemand enige rekenschap wilt afleggen.'

'Als ik beter ben,' zei Nathan, 'Als ik gerepareerd ben, als ik goed genoeg ben om in gezelschap van anderen te verkeren. Gauw. Dat is al gauw.'

'Je bent nu al goed genoeg.'

Miles hoorde hoe de ademhaling van de jonge man naar de regelmaat van de slaap gleed, koesterde de stille, heerlijke, blinde duisternis, liet zijn pijnlijke, vermoeide lichaam in een sluimering wegglijden.

'Neem er niet al te zeer je gemak van,' zei Andy in het donker. 'We moeten praten.'

Miles deed zijn ogen dicht en sloot de stem buiten.

'Jij denkt dat als je ze helpt, dat ik dan wegga, hè? Je hebt Allison niet kunnen redden, dus red je hen maar.'

Miles mimede in zijn kussen: houd je kop.

'Je hebt weinig moeite gedaan om mij te redden. Jezus. Ik ken je al vanaf het moment dat we rechtop konden pissen, en jij maakt je zorgen over volslagen vreemden.'

'Ik heb het geprobeerd... Daar zat nu precies het venijn in, jou redden,' zei hij in zijn kussen, bang om Nathan wakker te maken maar ook bang om Andy geen antwoord te geven.

'Je hebt op me geschoten.'

'Jij hebt op mij geschoten,' fluisterde Miles terug.

'Maar het was allemaal jouw schuld,' siste Andy, zijn stem klonk als een vlam. 'Je had je mond moeten houden. Je hebt me met een woord vermoord, klootzak.'

Miles trok de dekens over zijn hoofd, als een kind dat zich in de zachte lakens begraaft om aan een nachtmerrie te ontsnappen. Het zweet gutste van zijn ribben. 'Niet waar.'

'Je hebt Allison niet gered en je kunt hen ook niet redden,' zei Andy. 'Je verprutst het gewoon weer en *boem*, *boem*, dan zijn zij ook dood.'

Nadat Andy's gelach was weggeëbd, drukte de stilte van de kamer zwaar op zijn oren. Uiteindelijk sloot hij zijn ogen, bad dat zijn dromen wegbleven en viel in slaap.

Miles hoorde de deur dicht klikken. Volslagen duisternis.

Hij dacht dat hij zich het geluid had ingebeeld, dat de klik van de klink het laatste stukje van een droom was. Je hebt me met een woord vermoord. Hij zocht onder het kussen naar zijn pistool en zijn vingers sloten zich om de loop.

Stilte.

Hij ging rechtop in het donker zitten, angst omspande zijn borst, het pistool recht voor zich uit.

'In het donker schieten,' zei Andy. 'Schitterend krankzinnig idee.'

Hij sloot zijn ogen. Hij hoorde Nathan niet ademen.

Miles deed het licht aan.

Nathan was weg.

De klok stond op 04.03 uur. Miles deed zijn broek aan, hoorde het geruststellende geratel van de autosleutels in zijn zak. Nathan had tenminste niet de auto meegenomen. Miles trok zijn shirt aan, stopte het pistool op zijn rug tussen de broekriem en liet het shirt loshangen om het pistool te bedekken. Hij deed voorzichtig de deur naar Celestes kamer open. Ze had voor haar gemoedsrust een badkamerlichtje aan gelaten en hij zag dat ze de slaap genoot van iemand die uitgeput was. Zachtjes sloot hij de deur.

Hij pakte de kamersleutel en liep de gang in. Verlaten en rustig.

Rechtsaf was de lobby, links het parkeerterrein. Hij liep naar het terrein. Nathan was lopend, concludeerde hij, ging vast liften.

Maar op het parkeerterrein was niemand. Hij hoorde de verre dreun van incidenteel verkeer op de Interstate 5. Hij rende de gang door naar de verlaten lobby.

Nathan stond bij een telefooncel en hing op zodra hij Miles in het oog kreeg. Hij keek hem uitdagend aan.

'Wat doe je?' vroeg Miles.

'Ik heb mijn ouders gebeld... Ik moest ze laten weten dat het goed met me was.'

'Dat had je niet moeten doen.'

'Luister, mijn ouders hebben geen nummervermelding of zo, man, ze weten niet waar ik ben en dat heb ik ze niet verteld. Maar ik moest ze laten weten dat ik in orde ben. Ik ben altijd dik met ze geweest. Vroeger hoorden ze elke week wat van me, man, ze worden gek als ik niet bel.'

Een half jaar geen contact met hem, dat is onderdeel van de behandeling. Miles liet de leugen tussen hem en Nathan in hangen en vroeg zich af of er nog een zou volgen.

'Goed,' zei Miles. 'Hoe gaat het met je ouders?'

'Prima. Mijn moeder begrijpt me. Altijd al zo geweest. Ze steunt me door dik en dun.'

'Je mag van geluk spreken dat je haar hebt.'

'Oké,' zei Nathan. Hij deed een stap bij de telefoon vandaan. 'Sorry dat ik je ongerust heb gemaakt. Ik kan niet meer slapen. Laten we Celeste wakker maken en vertrekken.'

'Jij hebt gezegd dat we moesten blijven, Celeste een tijdje rust binnen vier muren gunnen.'

'Ik had het mis. Jij had gelijk.'

'Wauw. Ik. Gelijk.' Hij wilde zeggen: vergeet die leugen. Vertel me wie je werkelijk hebt gebeld. Zeg me waarom je zo'n haast had om op te hangen dat je niet eens afscheid hebt genomen.

'Dat wegrestaurant langs de ventweg gaat over een uur of zo open,' zei Nathan. 'Als ze niet allemaal spiegels aan de muur hebben hangen – sommige hebben dat, weet je – kunnen we daar eten.'

'Tuurlijk. Tuurlijk.' Misschien had hij zijn ouders inderdaad gebeld. 'Maar misschien kunnen we beter opstaan en weer op weg gaan.' Of hij heeft de politie gebeld, dan horen we over vijf seconden de sirenes gillen.

Maar er was slechts de stilte van de nacht en ze gingen weer naar hun kamer terug. Nathan meed met zijn ogen de spiegel die boven de wastafel hing en ging languit op bed liggen. Hij zou de politie niet bellen, niet vanuit de lobby, niet wanneer ik hem kan betrappen, besloot Miles. Hij zou gewoon vluchten, zich uit de voeten maken.

Hij liet Celeste nog een uur slapen. In het motel bleef het rustig en stil, tot douchegeluiden door de buizen ruisten, kuchjes in de gang opklonken, de verre dreun van een vrachtwagen die van het parkeerterrein wegreed, de aankondiging van een nieuwe dag.

Ze liepen in de frisse ochtend naar het wegrestaurant. Celeste kroop dicht tegen hem aan, en toen ze bij de glazen deuren kwamen, zag hij haar gezicht op de voorpagina van de ochtendeditie van USA *Today*. Een oude foto uit de tijd dat ze de vijf miljoen had gewonnen grijnsde vanuit een krantenautomaat de wereld in.

'O o,' zei Miles.

'Wat?' Toen zag Celeste zichzelf en ze begroef haar gezicht in Miles' schouder.

Een echtpaar kwam kwebbelend het restaurant uit en glimlachte begroetend naar hen. Toen volgde de vrouw hun blik die aan de krantenmachine was vastgenageld.

Miles duwde Nathan en Celeste naar het hotel terug. Hij verliet het parkeerterrein en dacht: die mensen hebben niet haar gezicht en de foto gezien, onmogelijk. Maar toen ze langs het tentje reden stond het echtpaar er nog steeds, ze bestudeerden de voorpagina van de krant die ze uit de machine trokken.

40

Andy reed met hen mee, praatte, mompelde, helemaal tot aan Fish Camp toe.

Het plaatsje deed zijn eenvoudige naam eer aan. Highway 41 slingerde zich hoog de bergen in en een paar kilometer voor Yosemite dook het stadje voor hen op: een paar bescheiden winkels, een weids vismeer, her en der verspreid wat huurobjecten en eenvoudige huizen, een paar bed & breakfasts en restaurants op de bergrug, een sjofel motel uit de jaren vijftig dat naar de naam Yosemite Gateway luisterde op het smalle lint dat de autoweg moest voorstellen. Het landschap stond vol met hoge pijnbomen, elke vuilnisbak op de motelterreinen en langs de weg was van ijzer, met een deksel om ervoor te zorgen dat de beren ze niet leeg roofden. De bergen en bossen deden Miles, die voordat daar een einde aan was gekomen zijn hele leven in Florida had gewoond, denken aan tekeningen uit een Duits prentenboek uit zijn jeugd.

Miles checkte in het Gateway in, twee aangrenzende kamers met een tussendeur.

'Waar is mijn kamer?' vroeg Andy. 'Oké, ik blijf wel bij jullie.'

Hij is boos omdat je in de buurt komt, zei Miles bij zichzelf. In de buurt van Frost, zo dichtbij dat je een manier hebt gevonden om hem voor eens en voor altijd uit je hoofd te bannen.

In Miles' en zijn kamer liet Nathan zich op een kant van het tweepersoonsbed zakken en ging languit liggen. Miles zag dat Nathan voortdurend naar de digitale wekker keek.

'Ik denk dat Nathan een afspraak in zijn agenda heeft staan, Miles,' zei Andy.

'Wat moeten we nu?' vroeg Celeste.

'Edward Wallace zoeken. Maar eerst gaan we je haar verven,' zei Miles. 'We kunnen niet hebben dat iedereen je uit de krant herkent en als je op de voorpagina van USA *Today* staat, durf ik te wedden dat je ook op tv bent geweest.'

'Ik geloof niet dat ik nog naar buiten kan,' zei ze. 'Ik heb nu muren nodig... Ik moet... moet mezelf snijden.' Ze slikte, verankerde haar schouder tegen de deurpost.

Miles ging naar de receptie van het motel en vroeg om een elastiekje. Hij nam het mee terug, liep haar kamer binnen waar Celeste aan het voeteneind van het bed zat, ging op zijn knieën voor haar zitten, nam haar hand in de zijne en liet het elastiek om haar pols glijden.

'We zijn toch absoluut niet verloofd,' zei ze. 'Maar bedankt. De aandrang is alweer weg.'

Hij wilde dat hij Andy met een elastiekje kon wegsturen. Toen hoorde hij het zachte, opzettelijke breken van glas. 'O, verdomme.' Hij ging op een holletje naar zijn eigen kamer. Daar stond Nathan met zijn vuist in de gebutste en verschoten ijsemmer, de badkamerspiegel was gebroken en twee verminkte Nathans fronsten vanuit het glas naar hem terug.

'Kun je je verdomme niet één minuut inhouden?' zei Miles.

Nathan liet de ijsemmer op de grond vallen, liep langs Miles heen en gooide zich ruggelings op het bed. 'Dat zal ik onthouden wanneer jij weer tegen lucht gaat praten.'

'We moeten geen problemen met het motel krijgen, die aandacht kunnen we niet gebruiken, we kunnen niet hebben dat iemand zich ons herínnert. Begrijp je dat?'

'Sir, ja, sir,' zei Nathan in het kussen. 'Maar ik kan mezelf niet beheersen. Dat kan ik niet. Ik heb mijn medicijnen nodig, man. Nu.' De wanhoop spatte van zijn stem af.

'Miles, rustig aan,' zei Celeste. 'Hij kan er niets aan doen...'

'Ik ben er ziek van. Ik ben er ziek van om ziek te zijn.' Miles strompelde naar buiten. De meilucht was nog altijd fris, koeler dan in de hooggelegen woestijn van Santa Fe, en sneeuwvingers hielden zich schuil in de schaduwen van de dichte naaldwouden en stukken grond tussen de huurhuisjes. De lucht knisperde in zijn longen, tegen zijn gezicht.

Hij liep bij de auto vandaan, weg van het motel, weg van de regelmatige *woesj* van passerende auto's die de drie kilometer naar Yosemite aflegden.

Ik kan dit niet, dacht hij. Ik kan ze niet kalm, helder en gefocust houden. Hij wist niet precies wat hij zou doen als hij Edward Wallace had gevonden, en hij wilde zijn eigen onzekerheid niet aan zichzelf of aan de anderen toegeven. Hoe bracht je een samenzwering aan het licht en kon je anderen daarvan overtuigen? Stel dat hij Frost in de openbaarheid zou brengen en dat daardoor alle kans was verkeken dat het medicijn geaccepteerd en geproduceerd werd omdat het illegaal was ontwikkeld? Stel dat ze eenvoudigweg werden gepakt omdat ze eten gingen halen en een televisiefan Celeste zou herkennen? De hele onderneming wankelde, stond op het punt in puin en stof uiteen te vallen en hem te begraven onder wat hij dacht dat een opwelling was, een behoefte om Het Juiste te doen.

Hij bleef bij de hoek van het motel staan, liet zijn hoofd tegen de baksteen rusten. Hij ademde gulzig de berglucht in. Hij kon het. Hij moest wel, hij had geen keus. Celeste had Frost nodig, evenals Nathan. Ze hadden hulp nodig. Ze hadden hem nodig.

Hij tilde zijn hoofd op en zij stond tegen de bakstenen geleund, in de kleren die ze de laatste ochtend van haar leven had gedragen.

Zijn adem stokte in zijn keel, hij schudde zijn hoofd, sloot zijn ogen. Telde tot tien.

Hij keek nogmaals. Ze was er nog steeds, had haar armen over elkaar geslagen.

'Ik... ik...,' begon hij.

'Miles, je pad is glashelder. Zo eenvoudig als wat. Laad je wapen. Zoek een rustig plekje op. Laat een briefje achter als je van iemand afscheid wilt nemen... DeShawn en Joy bijvoorbeeld. Ze zullen je missen...' ze haalde haar schouders op, '... maar ze hebben je ook weer niet zo lang gekend dat het ze heel veel kan schelen.'

Hij probeerde iets te zeggen, maar kon alleen maar een schorre zucht voortbrengen.

'Niemand neemt het je kwalijk dat je Andy's gevit in je hoofd niet de rest van je leven wilt aanhoren. Al die jaren dat hij tegen je aan praat.'

'Nee.'

'Je maakt je bezorgd dat je je... vrienden in de steek laat. Je maakt je bezorgd omdat je mij in de steek hebt gelaten. Maar ik heb jou in de steek gelaten, Miles. Ik heb je valse hoop gegeven.'

Hij kneep zijn ogen dicht, streek met zijn vingers langs de voeglijnen tussen de stenen. Een man uit een andere kamer liep langs en Miles voelde zijn nieuwsgierige blik op hem branden.

'En dat is Frost,' zei Allison. 'Valse hoop. Je denkt toch niet echt dat Nathan beter is, hè? Dat is hij niet. Het werkt niet.'

Hij fluisterde een gebed: 'Ze is niet echt. Ik weet dat ze niet echt is, en ook al was ze het wel, dan zou ze dit nooit zeggen, het is mijn ziekte.'

Hij deed zijn ogen open en keek naar de plek waar ze had gestaan, maar daar was alleen de bergbries.

Ze was weg. Hij drukte zijn vlakke hand tegen de stenen muur. Nathan en Celeste waren echt, zij waren zijn verantwoordelijkheid. Hij moest de boel weer in de hand krijgen. Als hij sterk bleef, konden Celeste en Nathan ook sterk zijn. Zodat ze dat medicijn kregen. Hij hunkerde er nu naar, merkwaardig dat je iets wilde wat je nooit had gehad, maar hij had Frost nodig om met beide benen op de grond te staan.

Aan de gang dus.

Hij liep naar de kamer terug. Nathan zat op bed naar een pokertoernooi op tv te kijken.

'Nathan, sorry dat ik je heb uitgefoeterd.'

'Ik krijg vijfhonderd jaar ongeluk vanwege al die gebroken spiegels,' zei Nathan. 'Jouw gefoeter schrikt me heus niet af.' Hij schudde met een glimp angst in zijn ogen zijn hoofd naar Miles. 'Ik heb al dagen geen Frost gehad, man, en ik begin af te brokkelen. Ik moet het hebben, man.'

'Wees eerlijk tegen me. Heb je inderdaad je moeder gebeld?'

Hij knikte traag. 'Je gelooft me niet.'

'In het ziekenhuis had je volgens mij helemaal geen contact met je moeder. Dus ik weet dat je haar niet elke week belde.'

'Dat is zo. Maar gisteravond heb ik haar wel gebeld. Ik zei tegen jou dat ze verwachtte van me te horen omdat ik niet wilde dat jij uit je dak ging omdat ik haar belde.'

'Dan geloof ik je. Probeer wat uit te rusten.'

'Miles.'

'Ja.'

'Over je gestorven vriend. Je bent niet zomaar ergens en je laat niet zomaar op je schieten. Je hebt jezelf alleen maar verdedigd.'

'Het gaat om nog heel wat meer, Nathan.'

'Hoe weet je dat als je je het niet kunt herinneren?'

'Dat weet ik niet.'

'Je maakt er meer van dan het is. Spijt het je dat je leeft?'

'Nee, dat niet.'

'Dan ligt daar je antwoord.' Nathan sloot zijn ogen.

Miles liep door de open deur naar Celestes kamer en klopte op de post. Ze kwam de badkamer uit onderwijl haar gezicht met een handdoek afdrogend. Hij sloot de deur achter zich.

'Sorry,' zei hij.

'Je hoeft je niet te verontschuldigen,' zei ze.

Hij wilde haar vertellen dat hij Allison had gezien maar de woorden bleven in zijn keel steken en hij slikte.

'Voordat we gaan moet mijn haar anders, dat wilde je toch?' zei ze. 'Vooruit met de geit.' Ze liep naar een tas, ze hadden bij een Walmart in Fresno wat kleren en rugzakken gekocht. Ze haalde er een nagelschaartje uit. 'Jij knipt mijn haar en dan verven we het.'

'Ik kan geen haren knippen,' zei hij.

'Ik heb in geen eeuwen een kapperszaak vanbinnen gezien.' Celeste woelde met een hand door haar dikke bos donkere haar. 'Ik ben niet ijdel. Knip het gewoon af.'

'Ik hak maar een eind weg.'

Ze greep hem bij de pols. 'Knippen, niet hakken. Groot verschil.'

Hij waste haar haar omdat zijn kapper dat bij hem ook altijd deed, en begon aarzelend haar haar af te knippen, bijna bang dat ze van afgrijzen zou gillen als hij te veel tegelijk wegknipte. Hij deed rustig aan en genoot van haar zware vochtige haar tussen zijn vingers. Ze zat op een stoel voor de spiegel en hij zetten een afvalbak neer bij de plekken waar hij knipte, verschoof de emmer met zijn voet om de vallende lokken op te vangen.

'Straks bijt je nog door je lip heen,' zei ze.

Hij liet zijn tanden van zijn lip glijden. Hij knipte een serie haarlokken af, streek het haar met zijn vingers naar achteren en wreef zacht over haar schedel.

'Dat is lekker,' zei ze. 'Dank je.'

Hij hield op. In zijn borst begon iets te trillen. Zijn mond werd droog. 'Hoe kort wil je het hebben?'

Ze keek naar zijn gezicht. 'Op de meeste foto's van me is het op zijn minst schouderlang. Zo herinneren mensen me. Doe maar een bobbykop.'

'Een wat?'

'Jongenskort. Maak je niet te sappel, Miles. Ik word niet kwaad, ook al scheer je me kaal.'

Dus werd het kort, tot op een centimeter van haar schedel en hij knipte het rond om de oren.

'Je doet het prima,' zei ze.

'Ik zit onder de haren.'

'Niemand is volmaakt.'

'Waarom snijd je jezelf?' Hij hield zijn blik op de schaar gericht, onverstoorbaar door het vochtige haar.

'Beter dan dode mensen te zien,' zei ze en ze voegde er plotseling aan toe: 'Sorry. Dat was niet eerlijk.'

'Het geeft niet. Maar ik haat het om jou jezelf pijn te zien doen.'

'Ik heb er geen antwoord op. Ik vind het vreselijk. Allison zei dat ik snijd om weer iets te kunnen voelen.'

'Ik heb al een bloedhekel aan een papiersnee. Doet het pijn?'

'Ja.'

'Voel je überhaupt wel? Ik voel me leeg.'

'Dat ben je niet, Miles. Je weet dat je dat niet bent. Want je zou dood zijn als je leeg was, en je hebt ervoor gevochten om me te redden, jezelf te redden. Je voelt, Miles, maar ik wed dat het geen leegte is.' Ze bestudeerde hem in de spiegel. 'Heb je een vrouw in Florida achtergelaten?'

'Nee.'

'Ooit getrouwd?'

'Nee. Ik wil niet dat iemand me nodig heeft, dat probeer ik althans.' Hij kamde een haarlok en knipte het uiteinde af.

Ze dook met haar hoofd onder zijn handen vandaan. 'Genoeg geknipt,' zei ze. 'Absoluut een verschrikking. Ik ben compleet onherkenbaar. Dank je wel, ik vind het prachtig.'

In de wasbak klopte hij haar haren van zijn handen, las de gebruiksaanwijzing van de haarverf en smeerde de kastanjebruine smurrie in haar haar.

'Ik wou dat je het knalrood verfde,' zei ze. 'Zoals Lucille Ball of Carol Burnett. Ik verveelde me nooit als zij op tv waren.'

Hij verdeelde het mengsel over haar haar en ze bleef zitten terwijl hij na afloop zijn handen afspoelde.

'Als we Frost niet vinden, of Edward Wallace,' zei ze, 'wat moeten we dan doen?'

'Jij en Nathan gaan dan terug naar Santa Fe en vertellen aan de politie wat er is gebeurd. Je kunt je niet eeuwig blijven verstoppen.'

'En jij?'

'Ik ben uit het getuigenbeschermingsprogramma. Ik neem aan dat ik een nieuw leven voor mezelf moet creëren.'

'Moet je nog een keer getuigen?' vroeg ze.

Hij trok een wenkbrauw naar haar op.

'Logische vraag, toch?' zei ze. 'Getuigen zijn getuigen omdat ze getuigen.'

'Ja, dat zal wel.'

'Dus het is nog niet achter de rug.'

'Nee. Ik moet nog getuigen.'

'Dan zal WITSEC je weer moeten beschermen.'

Waarschijnlijk zou hij in de gevangenis belanden omdat hij met DeShawn had gevochten, maar dat wilde hij haar niet opbiechten. 'Ik heb het gehad met WITSEC. Ik heb hun regels overtreden. Ik ga me verschuilen.'

'Je kunt je niet verschuilen.'

'Jij hebt je verscholen. Eenvoudigweg achter een muur. Ik doe dat achter een nieuwe identiteit. Of ik ga naar een ver land. Cyprus. India. Thailand. Het maakt niet uit.'

Hij ging op de hoek van het bed zitten, zij bleef op haar stoel.

'Stortte je gelijk in nadat je die man had vermoord?' zei ze.

Hij luisterde naar het geluid van zijn ademhaling. De muren waren in een afschuwelijk beigegroen geschilderd. Hij hoorde Nathan in de andere kamer zacht snurken. 'Ik weet alleen dat ik iets tegen hem zei, dat hij zijn pistool trok, dat ik op hem schoot, dat hij viel, dat ik viel. Meer niet. Geen details. Het is een stomme film waar beelden uit ontbreken.'

'Hoe weet je dan zeker dat het jouw schuld was? Hij trok zijn wapen.'

'Hij zegt tegen me dat het mijn schuld was. Hij zei tegen me dat ik hem met een woord heb vermoord. Ik ben bang om het me te herinneren.'

'Hij is een hersenspinsel van je verbeelding.'

'Nee. Hij belichaamt onze ziekte, geeft er vorm aan, blaast er leven in, geeft er een stem aan.'

'Als we nu, op dit moment, Frost hadden, zou je het dan nemen?'

'Ik... ik weet het niet.'

'Je weet het niet omdat je het je niet wilt herinneren. Misschien is wat er gebeurd is wel erger dan je denkt.'

De bekentenis zat nog steeds opgevouwen in zijn zak.

'En een minuut geleden zei je nog dat je niet maalde om wat andere mensen dachten,' zei ze. 'Ik ben mensen. Hou op met je zorgen maken.'

'Ik heb je tv-programma nooit gezien.'

'Daar heb je niet veel aan gemist.'

'Vertel me eens hoe je die vijf miljoen hebt gewonnen.'

'Nee. Als dit allemaal achter de rug is, huren we de dvd van het eerste seizoen. Ik wil het eind nog niet verklappen.'

'Ik weet hoe het eindigt. Jij wint. Vertel op.'

En dat deed ze, ze praatte het half uur vol met stiekeme overeenkomsten en stemmen en pootje lichten, waarna hij op de klok keek en zei: 'Tijd om je haar uit te spoelen.'

Ze stond op. Hij draaide de kraan open, ze bukte en hield haar hoofd eronder terwijl hij er water overheen goot en de verf uit haar haren spoelde. Ze leek nu zo anders dan de vrouw op de krantenfoto dat ze een vluchtige inspectie kon doorstaan.

'Je kunt mij over de schietpartij vertellen, Miles. Ik krijg heus geen hekel aan je. Dat zou ik niet kunnen.' Ze draaide zich om en haar gezicht was een paar centimeter bij het zijne vandaan. 'Ik kan geen hekel aan je krijgen. Nooit.'

'Je moet wel weten,' fluisterde Andy in zijn oor, 'dat ik nooit zal toestaan dat een ander ooit nog dicht bij je in de buurt komt.'

Miles kromp ineen. 'We praten er nog wel over. Laten we op zoek gaan naar Edward Wallace.'

Hij haalde het dunne telefoonboek uit de la van de zijtafel. De verspreid liggende gemeenten om Yosemite heen stonden er ook in. Hij liep met een vinger langs de lijst inwoners. 'Edward Wallace. Hij staat erin. Probeert zich niet te verstoppen.'

'We kunnen hem bellen en naar Allison vragen.'

'Nee. Ik wil niet dat hij ons afwimpelt. Jij en Nathan blijven hier.'

'Ik wil met je mee.'

'Nee. Het kan gevaarlijk worden,' zei hij. 'Bovendien heb ik ervaring met ontfutselen van informatie en jij niet. Alsjeblieft.'

Haar gezicht stond gekwetst. 'Nou, oké, als jij dan zo ervaren bent. Dan blijf ik hier in mijn vermomming zitten en ga tegen mezelf praten.' Ze sloeg haar armen over elkaar en ging zitten.

'Ik kom met Frost terug,' zei hij.

'Ja, fantastisch,' zei ze toen hij de deur sloot.

Celeste keek hem uit het raam na. Toen liep ze weer de kamer in en boog zich over Nathan heen die in een rustige slaap lag opgerold. Ze raakte voorzichtig zijn wang aan, alsof ze zichzelf wilde geruststellen dat hij er nog steeds was. Toen vond ze het adres van Edward Wallace in het telefoonboek, schreef een briefje voor Nathan en legde dat op zijn nachtkastje. Hij deed zijn ogen open, stak zijn hand uit en greep haar bij de arm.

'Wat ga je doen?' vroeg hij.

'Ik ga Miles helpen.'

'Nee, Celeste. Blijf hier.' Zijn stem klonk kalm, niet gespannen.

'Laat mijn arm los, Nathan.'

Dat deed hij niet. 'Je moet bij me blijven. Het is nu voorbij, Celeste, en dan ben jij veilig.'

'Wat bedoel je?' Ze probeerde haar arm te bevrijden, maar Nathan verstevigde zijn greep.

'Ik heb het voor ons gedaan. Hij kan hier elk moment zijn.'

'Wat heb je gedaan...' Ze worstelde zich vrij, sloeg hem tegen de borst en snelde naar de deur. Ze opende hem en zag Groote – de man uit Santa Fe – van de motelreceptie naar de kamer rennen, zijn ogen op de hare gepind. Ze sloeg de deur dicht, frummelde om het kettingslot erop te doen, miste en toen ramde Groote met al zijn spierkracht en woede tegen de deur en belandde zij onzachtzinnig op het versleten tapijt.

Hij richtte een pistool op Celestes hoofd.

Nathan gooide zich tegen Groote aan en Groote sloeg met het wapen Nathan hard in het gezicht, een snee in zijn wang achterlatend. Hij gaf Nathan een opduvel waardoor hij boven op Celeste terechtkwam.

Groote sloot de deur, vergrendelde die en richtte het pistool op hen.

'Hallo, Nathan. Geen alarm, alsjeblieft. Leuk u weer te zien, mevrouw Brent. Niet gaan gillen.' Celeste kreeg kippenvel van zijn glimlach. 'We moeten praten.'

41

De ramen van Edward Wallace waren duidelijk aan een wasbeurt toe. De muren van de bungalow schreeuwden om een lik verf. Maar op de oprijlaan stond een glimmende Mercedes, in schril contrast met de vervallen atmosfeer die het huis uitstraalde. Geen thuis, alleen een huis waar iemand woonde.

Miles moest denken aan hoe pijnlijk netjes Allison was geweest, hij kon zich haar niet in dit huis voorstellen. Maar aan de andere kant was haar leven een leugen geweest, hij kende de echte Allison totaal niet.

Miles liep naar de veranda en klopte op de deur. Hij hoorde schuifelende voetstappen en de deur ging op een kier open. Miles zag een glimp van een gezicht: blauw oog, blond haar, ongeschoren kaak.

'Meneer Wallace?'

'Het is dokter.'

'Neemt u me niet kwalijk. Dokter Wallace. We moeten praten.'

'Ik geloof niet in God of in fondswervers.' Hij sloot de deur.

Miles leunde naar voren en zei zacht tegen de deurpost: 'Allison heeft me gestuurd. Maar ik vermoed dat u haar Renee noemt.'

Vier tellen stilte. Toen ging de deur open.

Edward Wallace leek precies op de man op de trouwfoto. Lang met een smal, intellectueel gezicht en de soepele bouw van een marathonloper. Hij had een glanzend automatisch pistool in zijn hand en richtte op Miles' maagstreek. De hand beefde.

'Wie ben je?'

'Miles Kendrick. Ik heb uw vrouw gekend. Dat dacht ik althans.'

Edward Wallace beet op zijn lip. 'Jij bent die federale getuige.'

Miles verborg zijn verbazing. 'Heeft Allison u dat verteld?'

'Ja.'

Wallace liet het pistool zakken. 'Ik had toch gemist. Ik weet niets van wapens.'

'Ik heb u ongeveer duizend vragen te stellen,' zei Miles.

'Nou, daar heb ik maar één antwoord op. Jij en ik zijn beiden ten dode opgeschreven,' zei Wallace, 'tenzij we elkaar helpen.'

42

'Geef me een aanwijzing, man.' Groote knielde naast Nathan neer, terwijl hij het pistool strak op Celestes hoofd gericht hield. 'Oké. Niet tegenstribbelen, oké? Want dan bezeren we ons allebei.'

Nathans mond trilde. 'Nee. Nee.'

'Weet je nog dat we met zijn tweetjes waren?' zei Groote. 'Ik hou er niet van mensen pijn te doen. Maar als ik jou geen pijn doe, blijf ik met lege handen staan. Praat tegen me, dan hoef ik meneer Schroevendraaier niet tevoorschijn te halen. Althans niet voor jou.' Hij greep Celeste beet die zich onder Nathan vandaan had geworsteld.

'Niet doen,' zei Nathan. 'Doe haar geen pijn.'

'Dan moet je me helpen, Nathan.' Hij streek met het pistool langs de kruin van Celestes nieuwe kapsel. 'Ik wil weten waar Frost en Miles Kendrick zijn.'

'Miles is weg,' zei Celeste voor Nathan antwoord kon geven.

'Waarheen?'

'Frost halen,' zei Celeste.

'U bent wel erg welwillend, mevrouw Brent,' zei Groote.

Celeste slikte. 'Ik wil niet dat u op ons schiet.'

'Wanneer komt hij terug?'

'Over een uur. Ik weet het niet zeker,' zei Celeste.

'Je had anders behoorlijk haast om de deur uit te komen,' zei Groote. 'Ik heb gehoord dat je het heerlijk vindt om binnen te zitten.'

'Nathan begon om mijn zenuwen te werken,' zei ze.

'Die uitwerking kan hij inderdaad hebben,' zei Groote. 'Maar jullie werken mij op de zenuwen. Jullie hebben de verkeerde uitgekozen om te piepelen...'

De telefoon ging.
'Laat gaan,' zei Groote.
'Als het Miles is,' zei ze kalm, 'verwacht hij dat we opnemen. Hij zou zich afvragen waar we zijn. Als ik niet opneem, is hij op zijn hoede.'
Groote schoof haar de telefoon toe. 'Neem op. Als je hem waarschuwt, jaag ik een kogel door ons tinnen soldaatje.' Hij greep Nathan bij zijn haar, trok de jonge man met een ruk naar zich toe en plantte het wapen stevig tegen Nathans slaap.
Ze nam de telefoon aan. 'Ja?' Ze kon niet geloven dat ze zo kalm klonk.
Geen antwoord. Aan de andere kant van de lijn hoorde ze ademen.
'Ja, het is prima met ons,' zei ze, want ze wilde niet nogmaals 'ja?' zeggen, zich intussen afvragend: waarom zegt Miles niets?
'Is Groote daar?' zei een stem die ze niet herkende. Een mannenstem met een heel licht Bostons accent.
'Ja,' zei ze nogmaals.
De verbinding werd verbroken. 'Oké, Miles. Dag.' Ze hing op.
'Wat zei hij?' zei Groote.
'Hij liet me weten hoe zijn zoektocht vordert.'
'Naar Edward Wallace.'
'Ja. Maar Wallace is niet thuis. Miles wacht op hem en neemt als hij klaar is op de terugweg eten mee.' Ze ging op het bed zitten. Haar huid prikte. Wat was dat verdomme voor telefoontje, wie was die man? 'We hebben al uren niet gegeten.'
'Zielig, hoor.' Groote krabde aan het verband op zijn gebroken neus en ze vroeg zich af of Miles hem zo had toegetakeld. 'Ik heb je in *Castaway* gezien. Mijn vrouw was dol op dat programma. Ik weet dat je een linke bitch kunt zijn.'
'Ik heb het spel eerlijk en sportief gespeeld.' Ze kon niet geloven dat ze plotselinge angst in haar stem kon leggen.
'Hoe dan ook. Je bent een bekend gezicht. Jij gaat me problemen bezorgen.'
Angst spoelde over haar heen. Nu Groote geloofde dat Miles snel terug zou zijn met het kostbare Frost, was zij of Nathan niet langer van nut voor hem. Hij zou haar deze kamer nooit laten verlaten. Er zat een geluiddemper op zijn wapen en zijn handen waren groot genoeg om

haar keel te vermorzelen. Zijn ogen, bloeddoorlopen van uitputting boven het groezelige verband, keken haar genadeloos aan.

Ze kon niet in deze sjofele kamer haar dood zitten afwachten, niet nogmaals, wachtend, verstikt van angst, vanwege een man die door die deur naar binnen is gekomen en toe te kijken hoe hij werd vermoord. Niet nog een keer.

'Waarom doet u dit eigenlijk?' vroeg Nathan aan Groote.

'Mijn baas wil zijn eigendom terug,' zei Groote. Hij prikte Celeste met zijn pistool. 'Jij. Zeg op. Werkt het?'

'Wat?' Ze keek van haar schoot op.

'Frost. Werkt het?'

'Wat kan u dat schelen?'

'Gewoon nieuwsgierig.' Zijn stem klonk effen maar ze zag zijn ogen smeulend oplichtten toen ze de vraag stelde.

'Bedoelt u dat als Frost werkt, het de moeite waard is om ons ervoor om zeep te helpen? Nou, ik ben te bang om het u te vertellen.' Ze liet haar stem trillen. 'Als de paniek me overvalt, begin ik te gillen.'

'Geen gegil,' zei Groote schor blaffend. 'Als je gilt, ben je er geweest.'

Ze schoof haar handen tegen haar mond, deed alsof ze een kreet onderdrukte. Ze haalde twee keer diep adem en liet haar handen zakken. 'Ik heb... mijn medicijn nodig. Alstublieft.'

Groote zei: 'Vergeet het maar. Houd je mond en blijf zitten.'

'Laat haar toch haar antidepressiva innemen, man,' zei Nathan.

Groote gaf hem een schop tegen de borst. 'Ik heb geen zin in gejank. Ik heb ongelooflijk genoeg van jullie.'

'Mijn pillen zitten in mijn tas. In de kamer hiernaast.' Ze sloeg zich tegen de borst alsof ze een jammerkreet terugsloeg die in haar keel omhoog kroop. 'Ik heb ook kalmeringsmiddelen. Voor Nathan.'

Grootes voorhoofd trok glad en ze zag dat Groote de beslissing nam die ze had voorzien, hij kon een apotheek door hun keel gieten en ze zo in bedwang houden. Groote richtte het pistool op Nathan en trok hem naar zijn voeten. 'Kom op, tinnen soldaatje. Als je iets probeert gaan je tanden eraan.'

Ze liep naar de naastliggende kamer met Groote en Nathan een stap achter haar aan. Ze liep naar haar tas.

'Mis,' zei Groote. 'Pak hem bij de onderkant, mevrouw Brent, gooi hem op de grond. Geen verrassingen.'

Ze deed wat hij zei en haar spullen tuimelden in een hoop op het groezelige grijze tapijt: lippenstift, de extra elastiekjes die Miles haar had gegeven, haar geldclip, een zwart notitieboekje, een leeg pillenflesje, portefeuille, haar mobieltje, in opdracht van Miles uitgeschakeld zodat het telefoonbedrijf haar locatie niet kon achterhalen. Ze kroop tussen de rommel door.

'Handen af van die telefoon. Schop hem naar mij,' beval Groote.

Ze gehoorzaamde. Hij vermorzelde de telefoon onder zijn hak, de toetsen en de display braken in stukken.

Ze draaide het pillenflesje open. Leeg.

'O,' zei ze. 'Ik... ik ben erdoorheen.' Maar ze kon niet stil blijven zitten, zette haar knie op de geldclip.

'Stom,' zei Groote. Ze bleef op haar knieën zitten.

'Sta op, tinnen soldaatje, op het bed. Ik ga jullie vastbinden.'

Ze stond op en sloot haar vuist om de clip. Ze trok het geld los en liet de clip op de grond vallen. Tussen de zachte, versleten biljetten nipte de scherpe rand van haar scheermes aan haar vinger. Haar vingers sloten zich eromheen.

Groote zag het niet. Hij duwde haar op het bed tegenover Nathan. 'Eén beweging en je sterft,' zei Groote.

Bind mij eerst vast, dacht ze, alsjeblieft. Want dan kon Nathan haar helpen in het gevecht wanneer Groote haar onder handen nam.

Maar hij bond Nathan eerst vast. Hij trok de telefoondraad uit de muur en bond Nathans handen en voeten samen, verscheurde een kussensloop en ramde de bijna verstikkende prop in Nathans mond.

Ze zei tegen zichzelf: je geeft geen krimp.

Er was geen andere telefoondraad in de kamer dus trok hij het gordijnkoord los en kwam op haar af.

Ze knielde op het bed en stak haar handen voor zich uit, alsof ze zich wilde laten boeien, en voordat hij bij haar was, zei ze: 'Het grootste deel van de gewonnen vijf miljoen heb ik nog. Dat is van u. Laat ons alleen gaan.'

En omdat hij dacht dat ze ging smeken, niet vechten, bleef hij even staan. 'Jouw geld kan me geen snars schelen.'

'U moet me niet vastbinden. Door wat me is overkomen... toen mijn man doodging.' Het kostte haar geen moeite angst in haar stem te leggen. Maar ze was banger voor wat er zou gebeuren als ze hem niet kon tegenhouden. 'Bind me niet vast. Ik weet waar Frost is. Op dit moment.'

'Waar dan?'

Ze tilde haar kin op. 'Ik wil niet dat Nathan het hoort.'

Ze had gedacht dat Groote haar mee zou nemen naar de kamer ernaast maar hij was te gretig, boog zich dichter naar haar toe en omdat ze misschien niet meer zo dicht bij hem in de buurt kon komen, haalde ze naar hem uit. Met het scheermes stevig tussen haar vingers waarvan het snijvlak een felrode streep over zijn gezicht trok, over zijn wang en vlak bij zijn oog.

Hij wankelde verschrikt achteruit en ze haalde opnieuw naar hem uit, maar hij sloeg haar arm opzij met een laag, dierlijk gegrom dat uitmondde in een schreeuw. Ze mikte met het scheermes op zijn keel. Groote ramde een vuist tegen haar slaap en ze tuimelde van het bed. Hij zette zijn voet hard op haar pols, dwong haar vingers zich te openen en het scheermes glipte ertussenuit.

'Afspraak met pijn.' Zijn stem klonk gebroken. 'Zo is het, je hebt me gesneden, kreng, als daar maar geen litteken van overblijft, als Amanda daar maar niet bang van wordt...' Zijn stem stierf weg en ze vocht met hem, ze beet, schopte terwijl zijn handen zich om haar mond klemden, en hij droeg haar met haar hoofd naar voren naar de badkamer. Hij hield haar ondersteboven, haar voeten schuurden langs het gepleisterde plafond.

'Waar is Frost? Waar is het?'

'Ik weet het niet...' wilde ze zeggen en toen zag ze het open toilet op zich af komen. Ze wist nog een teug lucht te halen voordat hij haar hoofd in het ondiepe water duwde.

Celeste worstelde maar hij verankerde haar benen met de zijne en haar handen met een van zijn reusachtige armen, en hield haar hoofd in precies de juiste hoek zodat haar gezicht tegen het porselein werd gedrukt. Hij heeft dit eerder gedaan, realiseerde ze zich in shock.

'Je weet het wel! Zeg op!' gilde hij.

Het enige wat ze kon doen was blijven schoppen, ze liet zich niet zonder slag of stoot verdrinken.

De lucht explodeerde uit haar longen alsof die een uitweg zocht en ze stikte, ademde water in, en toen liet hij haar gaan. Ze viel hoestend en proestend op de koude rand en proefde bloed op haar lippen.

'Mevrouw Brent? Bent u in orde?'

De stem van de telefoon. Boven haar stond een man van in de vijftig met gitzwart haar en bleke huid, die het grootste schietwapen dat ze ooit had gezien tegen Grootes hoofd drukte.

43

'Waarom zijn we allebei ten dode opgeschreven?' vroeg Miles.

'We weten te veel. Of liever gezegd, mensen denken dat we te veel weten.' Edward Wallace deed een stap opzij en Miles liep het huis binnen. Hij zag dat de achterwand vol hing met foto's. Van Allison. Met bril op, de haren lichter gekleurd, langer.

'Over Frost.'

'Heb jij het?' Behoedzame hoop glom in Wallace' ogen.

'Nee. U hebt het.'

Hoop ging over in verbazing. 'Wat?'

'Allison heeft de bestanden op een server vanhier verstopt. Op de dag dat ze doodging.'

'O, jezus. Dat verklaart het.' Wallace leunde tegen de muur.

'Voor mij niet, dokter Wallace.'

'Ik heb Frost niet.'

'Maar u hebt toch toegang tot dit systeem waar ze de bestanden op heeft gezet...'

'Nee. Luister, je moet gaan. Meteen. Je moet weg zijn als Dodd hier komt.'

'Wie is Dodd?' Miles herinnerde zich dat hij de naam had gehoord tijdens Sorensons telefoongesprek in Allisons kantoor: Dodd weet er niets van. En dat hij Allison voor haar dood telefonisch had gevraagd wie Dodd was voordat ze ophing. Dodd. Het ontbrekende stukje van de puzzel.

'Je mag hier niet zijn en je mag ook niet weten wie hij is. Ga alsjeblieft.'

'Nee. Laat me dat systeem zien waarnaar ze die bestanden heeft geupload.'

'Ik heb de Frost-bestanden niet.'

'Dan hebt u ze gewist.'

'Nee. Ik weet niet wat er is gebeurd,' zei Wallace. Hij legde het pistool op tafel, woelde met een hand door zijn geklitte haar, alsof hij de hele dag al eindeloos ongerust door zijn haar had gewoeld.

'Uw vrouw heeft mijn hulp ingeroepen, doctor. Ik kon haar niet op tijd helpen en nu is ze dood, en de enige manier waarop ik haar nu nog kan helpen is ervoor te zorgen dat haar moordenaar er niet mee wegkomt.'

Wallace' halve kuch, halve lach klonk merkwaardig in de stille bungalow. 'Jij. Ze tegenhouden. Ik weet niet welke kant haar heeft vermoord, maar je houdt ze toch niet tegen. Luister. Dodd kan nu elk ogenblik hier zijn. We moeten gaan.'

Als je zo bang bent voor die Dodd, waarom ben je dan nog niet weg? vroeg Miles zich af.

'Dodd wil Frost. Waarom? Wie is hij?'

'Als ik je het vertel... wil je me dan helpen onderduiken? Voordat ze me net zo vermoorden als ze met Renee hebben gedaan?'

Dit klopte niet, maar de angst die zich op het gezicht van de man aftekende was onmiskenbaar. 'Die mensen hebben uw vrouw vermoord. Waarom gaat u niet gewoon naar de politie?'

'Ik... ik kan niet naar de politie.'

'Leg uit.'

Wallace haalde diep adem, vermande zich. 'Dodd had de leiding over het oorspronkelijke Frost-project.'

'Hebben Hurley en Quantrill Frost dan niet ontwikkeld?'

'Nee. Zij hebben op onze bevindingen voortgeborduurd. Ik zat in het oorspronkelijke Frost-onderzoeksteam,' zei Wallace. 'Evenals Renee.'

'Waarom gaf ze zich voor Allison Vance uit?'

'Ze had geen keus... Allison was haar dekmantel. Dodd dwong haar ertoe. Hij is van de overheid.'

'Welke afdeling?'

'Dodds groep staat bekend onder codenaam Sjamaan. Maar ze staan nergens op de congresbegroting. Ze opereren vanuit achterkamertjes, met geld dat vanuit legale projecten wordt doorgesluisd. Hij heeft de leiding over clandestien wetenschappelijk onderzoek voor het ministerie van Defensie.'

Nu viel het kwartje. Soldaten die door de oorlogsverschrikkingen als een geestelijk wrak terugkwamen, zouden direct van Frost kunnen profiteren. 'Dus ze moest het voor Dodd stelen.'

'Zijn gestolen eigendom terugbezorgen.'

'Waarom heeft ze het niet gewoon naar Dodd gestuurd?'

'Dat weet ik niet.'

'Waarom heeft ze Frost naar uw server gestuurd?'

'Dat weet ik niet. Sinds ze naar Santa Fe is gegaan heb ik geen contact meer met haar. Dodd verbood ons dat.' Wallace sloot zijn ogen. 'De... de mensen uit Dodds team van drie jaar geleden, wij hebben de eerste versie van Frost ontwikkeld. Ik ben neurobioloog... heb aan de bètablokkers gewerkt om te voorkomen dat traumatische herinneringen zich konden consolideren. Allison was een van de psychiaters. Maar ons prototype medicijn werkte niet, tenzij het binnen twee uur na het opgelopen trauma werd toegediend. Een soldaat uit de testgroep werd psychotisch. Zijn langetermijntrauma ging niet weg... hij heeft de andere patiënten uit de testgroep omgebracht. Allemaal.' Wallace' stem brak. 'We hebben die mensen daarheen gebracht om ze te helpen, ze te genezen, en ze werden stuk voor stuk in hun slaap gedood. Dodd maakte een einde aan het project en het onderzoek. Renee gaf zichzelf de schuld.'

'Ze wist alles van Frost. Ze wist van meet af aan waar het om ging,' zei Miles.

'Nadat Dodd het project had opgedoekt, viel het team uit elkaar en keek uit naar een andere werkkring. Renee en ik verhuisden naar Fresno en openden een PTSS-kliniek terwijl ik college gaf en met het onderzoek verderging. We hielden ons gedeisd, en toen dook Dodd een paar maanden geleden bij ons huis op. Quantrill had het oorspronkelijke onderzoek te pakken gekregen – een andere onderzoeker had het eerste onderzoek gestolen en het hem verkocht – en wist Frost naar een volgend stadium te brengen. Dodd kwam erachter, waarschijnlijk door dezelfde onderzoeker die de gegevens aan Quantrill had doorgespeeld. Dodd kan... heel overtuigend zijn. Je doet zijn zin of je wordt begraven. Die onderzoeker is bij een auto-ongeluk omgekomen. Ik geloof niet zo in toeval.'

Miles herinnerde zich het nieuwsverslag. 'Een paar weken geleden had u een wandelongeluk.'

'Dodd dwong ons onze baan op te geven en hierheen te verhuizen om nog minder op te vallen. Renee ging naar Santa Fe om daar voor Dodd te spioneren... Ze belde me een keer laat vanuit haar kantoor op. Ze miste me. Dodd moet de telefoon hebben afgeluisterd. Hij stuurde haar een bericht wat er zou gebeuren als de regels werden overtreden. Hij kwam naar me toe, vroeg of ik met hem ging wandelen zodat we konden praten en duwde me drie meter de heuvel af. Genoeg om me pijn te doen, door elkaar te schudden. Een waarschuwing.'

'Fijn.'

Wallace zei: 'Renee gaf zichzelf de schuld dat de eerdere patiënten van Frost het niet hadden overleefd, daar is ze nooit overheen gekomen. Dodd stopte de doden in de doofpot, liet de familie geloven dat de patiënten waren gestorven tijdens een brand op de ziekenafdeling van een hospitaal in San Diego waar we aan het werk waren.'

'Dus Dodd wilde een nieuw en verbeterd Frost terug. Hij liet Allison voor hem spioneren.' Zij was ook een soort spion geweest, net als hij. Miles' borst verkrampte, hij moest terugdenken aan haar woorden die laatste ochtend dat hij haar had gezien: ik denk dat ik je beter begrijp dan je vermoedt.

Wallace knikte. 'Geheugenonderzoek... het is een kleine wereld. Quantrill kon niet weten dat ze in het oorspronkelijke team had gewerkt. Ze moest bekijken of zijn Frost-versie veelbelovend was, en zo ja, het stelen. Daarna kon ze weer Renee worden.'

'Waarom is Dodd niet gewoon naar de autoriteiten gegaan en heeft hij het niet aan hen overgelaten? Quantrill heeft de wet overtreden, overheidsgeheimen gestolen...'

'Dodd wilde niet dat het oorspronkelijke onderzoek bekend werd, het Pentagon deed immers in het geheim medicijnexperimenten op veteranen. Ik geloof niet dat Dodd een schaduw heeft, de man ziet akelig weinig daglicht.'

'Hoe zit het met de andere spelers? Sorenson. Wie is hij?'

Wallace ging op een stoel zitten en veegde het zweet van zijn voorhoofd. 'Dat is een gemene klootzak. Hij zit bij de beveiliging van Dodds projecten. In Santa Fe moest hij Renee zogenaamd beschermen, haar helpen als ze langs beveiligingssystemen moest om bij het Frost-onderzoek te kunnen komen.'

'Sorenson heeft haar vermoord.'

'Wat?'

'Hij heeft de bom geplant die haar heeft gedood.' Hij vertelde Wallace dat hij Sorenson met een tas Allisons kantoor had zien binnengaan en dat hij zonder tas was vertrokken. Dat hij daarna was teruggekomen en aan de telefoon Dodd had genoemd.

Wallace verbleekte en bedekte zijn ogen met een hand.

'Kan Sorenson aan explosieven komen?'

'Hij heeft vroeger aan geheime operaties voor het Pentagon gewerkt. Hij is Dodds beveiliger. Dodd heeft me vanochtend vroeg gebeld, in paniek, omdat hij wist dat ze de bestanden naar de server zou sturen. Ik weet niet hoe hij dat wist...'

'Vanochtend vroeg?' zei Miles. O, jezus. Zijn mond werd droog. Nathan, die de hoorn van de celtelefoon neerlegde, hem schaapachtig had aangekeken, een leugen op zijn lippen over zijn plicht om wekelijks zijn moeder te bellen. Een telefoontje dat hij niet met hem in de buurt kon plegen, zelfs niet als Miles sliep. Dodd hield verband met Allison, Allison heeft geprobeerd Nathan te helpen ontsnappen. Dus misschien... 'Ik denk dat ik weet wie hem heeft gebeld. Heeft Dodd ooit de naam Nathan Ruiz genoemd?'

'Nee.'

Dat betekende niet dat Nathan Dodd niet kende. 'Dus Dodd wilde de bestanden die ze heeft gestuurd.'

'Maar ze zijn er niet. Ik gebruik die server voor een klein webhostingbedrijf en om mijn onderzoeksdatabase bij te houden, ik draai er ook grote programma's op die ik voor mijn werk nodig heb... ik heb die bestanden nooit gezien, nooit geweten dat ze er waren. Je moet me geloven.'

'Dodd doet dat anders niet.'

'Ik heb hem de toegangscodes gegeven, hij heeft het zelf gecontroleerd. Iemand is er vanochtend in geweest met het admin-wachtwoord 'Renee' en ik heb met een speciaal programma alle data van de schijf gewist... alles is weg, volkomen overschreven. Niets is terug te halen, dat heb ik al geprobeerd. De enige andere persoon met het administratieve wachtwoord die dat had kunnen doen was Renee. Tenzij ze het wachtwoord aan iemand anders heeft gegeven.'

Miles dacht hierover na. 'Sorenson. Voor hem heeft Allison de bestanden niet verborgen gehouden... Ze verstopte ze om ze aan Dodd te kunnen afleveren. Dus moesten de bestanden nog steeds beschikbaar zijn, voor hem of voor Sorenson, voor het geval Quantrills mensen haar te pakken kregen of vermoordden. Maar ze moest Sorenson de code hebben verteld, of hij was zelf achter het wachtwoord gekomen – mensen schrijven dat altijd ergens op – en Sorenson heeft het Frost-onderzoek van de server gehaald, en toen hij dat eenmaal had, heeft hij de server gewist om de bestanden te vernietigen.'

'Dodd gelooft me niet, hij denkt dat ik Frost heb. Hij komt eraan. Daarom moet ik onderduiken.' Er klonk een trilling in Wallace' stem door.

Het plaatje was Miles nog niet helemaal duidelijk en hij schudde zijn hoofd. 'Ga nog eens terug naar Sorenson. Waar is hij?'

'Dodd zei dat Sorenson sinds twee dagen wordt vermist, Dodd denkt dat een andere man, een zekere Dennis Groote die voor Quantrill werkt, hem te grazen heeft genomen. Waarschijnlijk heeft vermoord.'

Wellicht na onze ontsnapping uit het ziekenhuis, dacht Miles. 'Die Nathan Ruiz over wie ik het had. Hij was een patiënt van Allison. Sorenson heeft een hoop moeite gedaan om hem in het Sangre de Cristo om zeep te helpen, maar ik weet niet waarom.'

'Nooit van hem gehoord.'

'Van mij had je wel gehoord. Ze heeft mijn hulp gevraagd voordat ze doodging. Als Sorenson haar zogenaamd moest beschermen, had ze mij toch zeker niet nodig. Dus… ze moest ervan uit zijn gegaan dat hij haar verraadde. Hij heeft Frost gestolen.' Maar waarom zou ze hem dan de sleutel van het onderduikadres van de bestanden geven? Hij kon er geen wijs uit, tenzij ze hem vóórdat ze hem ging wantrouwen het wachtwoord had gegeven.

'Dit is allemaal Dodds schuld,' zei Wallace. 'Als hij de boel gewoon met rust had gelaten…'

'Nog één vraag. WITSEC heeft Allison nagetrokken, heeft een achtergrondcheck naar haar gedaan.'

'En?'

'Allison Vance bestaat niet echt, onder een valse naam was ze nooit door de controle gekomen.'

'Nou, kennelijk wel dus. Dodd heeft er vast voor gezorgd dat haar achtergrond onberispelijk was.'

Maar Miles was er niet uit. 'Waarom zouden ze zo'n risico nemen? Als ze daar was om te spioneren, waarom neemt ze dan een cliënt die haar kan verraden?'

'Ik denk dat ze in het begin niet wist dat je een federale getuige was, maar ik weet het niet... Dodd heeft dat allemaal geregeld. Luister, het heb alleen je hulp nodig om te kunnen verdwijnen.'

'Vraag dat maar aan Dodd.'

'Nee.' Wallace schudde zijn hoofd. 'Vergeet het maar. Ik stap eruit. Het is klaar.'

Miles zei: 'Het klopt niet.'

'Wat bedoel je verdomme?'

'Ze is dinsdagavond gestorven. U zegt dat de server vandaag is gewist. Sorenson kan niet dood zijn... als hij de boel heeft gewist.'

Wallace knipperde met zijn ogen, knikte. 'Nou, ja.'

'Hoe wis je een server?'

'Net als elke andere harde schijf: wanneer je geautoriseerd bent, kun je met een speciaal programma alle bestanden op de schijf overschrijven.'

'Waarom heeft hij dat dinsdag dan niet gedaan? Het klopt gewoon niet...'

'Ik weet het niet.' Wallace stond op. 'Ik kan niet blijven. We moeten gaan.' Hij begon in zichzelf pratend te ijsberen. 'Mexico. Niet ver genoeg. Ik heb Frans en Duits gehad voor mijn doctoraal, dus Europa is prima...'

Tijd, dacht Miles. Dagen om de bestanden op te merken, uren om te vluchten. Toch was Wallace gebleven, de nieuwbakken weduwnaar, de angstige labhaas, wachtend op Dodds wraak.

Wallace loog en Miles wilde net zijn wapen vanachter zijn rug tevoorschijn halen toen Wallace zijn weggelegde pistool van de tafel greep, zich met de gratie van een hardloper naar Miles omdraaide en vuurde.

44

'Mevrouw Brent,' herhaalde de man. Celeste kwam trillend overeind en leunde tegen de muur. 'Ik heet Dodd. Doe precies wat ik zeg, dan bent u veilig. Maakt u alstublieft Nathan los. Ga dan uw gezicht wassen. Ga bij hem op het bed zitten. Ga de kamer niet uit, blijf bij de telefoon vandaan. Ga niet gillen. Ik zal u helpen. Begrijpt u dat?'

Ze knikte verbijsterd.

Dodd werkte Groote de badkamer uit, duwde hem tegen de muur en begon hem te fouilleren. Zijn pistool, dacht ze en opende haar mond om te zeggen: ik heb zijn pistool onder het bed geschopt. Maar voorzichtigheid gebood haar te zwijgen.

Dodd keek naar haar om. 'Mevrouw Brent, doe alstublieft wat ik zeg, dan komt alles prima in orde.'

Ze maakte Nathans prop los. 'Gaat het?' vroeg hij.

Ze knikte en werkte de knopen van Nathans handen en voeten los. Ze was zo blij dat ze nog leefde dat ze van top tot teen stond te rillen, alsof ze een duik in ijskoud water had genomen.

'Meneer,' zei Nathan tegen Dodd, 'dank u wel. Dank u wel.'

'Ben je in orde, Nathan?' vroeg Dodd.

'Ja, meneer.' Hij zei het afgemeten, alsof hij weer in het leger zat, alsof hij zo weer de oorlog in zou gaan.

Celeste waste haar gezicht. Haar lippen waren gezwollen en ze bloedde uit haar mond en neus, maar niet erg. De zeep rook naar citroen en ze schrobde haar huid grondig.

'Wie bent u?' vroeg Celeste terwijl ze haar gezicht afdroogde.

'Hij is mijn baas,' zei Nathan, de trots droop van zijn stem.

'Baas?'

Dodd was klaar met het fouilleren van Groote en duwde hem met zijn gezicht omlaag op het bed waarbij hij het kanon dicht tegen zijn rug hield. 'Je geeft antwoord op mijn vragen, anders is je wervelkolom naar de haaien. Je werkt voor Oliver Quandrill.'

'Wie?' vroeg Groote.

'Ik bewonder je loyaliteit, maar slechts tot een bepaald punt. Waar is Sorenson?'

'Ik heb geen idee.'

'Lieg niet, meneer Groote.'

'Sorenson heeft mijn neus gebroken... vraag het Nathan maar. Als ik wist waar die klootzak was, had ik hem vermoord. Maar ik weet het niet.'

'Interessant,' zei Dodd. 'Meneer Groote heeft jou pijn gedaan, hè, Nathan?'

'Met een schroevendraaier.' Nathan kroop over de vloer en haalde Grootes pistool tevoorschijn, gaf dat aan Dodd en Celeste vroeg zich af: wat is hij verdomme aan het doen? Te laat bedacht ze dat ze het pistool als eerste had moeten pakken.

'Wil je meneer Groote met een schroevendraaier bewerken?'

Nathan schudde zijn hoofd. 'Nee.'

'Is Nathan niet een beter man dan u, meneer Groote?' vroeg Dodd.

'Kennelijk.' Zijn stem was doortrokken van haat.

'Nathan,' zei Dodd, 'schrik niet bij wat ik nu tegen meneer Groote ga zeggen. Ik doe het alleen maar omdat we in wanhopige tijden verkeren.' Hij boog zich dichter over Groote heen. 'Ik doe u een aanbod. Quantrill is einde verhaal. U moet u aan mijn kant scharen.'

'Welke kant is dat?' vroeg Groote.

'Wij zijn de mensen die Frost in eerste aanleg hebben uitgevonden. Uw baas heeft het van mij gestolen.'

'Wat...' wilde Celeste zeggen maar Nathan legde haar met een subtiel hoofdschudden het zwijgen op.

'Ik zal u vertellen hoe we u kunnen helpen, evenals uw dochter, meneer Groote.'

'Mijn dochter...' zei Groote met verstikte stem, en Celeste zag oprechte angst in de ogen van de man opflakkeren, oprecht afgrijzen. 'Je blijft verdomme uit de buurt van mijn dochter, jij...'

'Alleen angstige mannen dreigen, meneer Groote. Zelfverzekerde mannen doen beloften. Ik heb een belofte voor u: ik ben uw nieuwe werkgever.'

'Ik kan me niet herinneren dat ik naar een baan heb gesolliciteerd.'

'Slaak dan een zucht van verlichting, sinds u voor Quantrill werkt, bent u behoorlijk tot puin geslagen. Nu werkt u voor mij. Ik koop uw contract af.'

'Ik ben niet te koop.'

Dodd haalde een digitale recorder uit zijn zak. 'Ik weet uw prijs.' Hij drukte op een knop.

'Papa?' Een meisjesstem, rustig, onder de medicijnen, verrukt. 'Pap? Hoi. Met mij. Ik hoor eerst hoi tegen jou te zeggen. Vanochtend gaan ze me naar een ander ziekenhuis overbrengen. Ze zeiden dat je het te druk had om mee te gaan met de verhuizing, maar dat je gauw komt.' Vervolgens klonk er een murmelende vrouwenstem die het meisje toefluisterde dat ze afscheid moest nemen. 'Ja,' brabbelde het meisje. 'Ik hou van je, pap, kom me gauw opzoeken.'

De opname was ten einde. Groote hapte in een verkrampte hik naar adem en vond zijn stem terug. 'Ik zal je verdomme vermoorden.'

'En wat moet er dan met Amanda gebeuren?'

Groote zei gekweld: 'Jezus, doe mijn kind alsjeblieft niets aan. God, waar is ze? Wie ben je verdomme dat je haar zonder mijn toestemming kunt overplaatsen?'

Celeste verkilde bij de angst op Grootes gezicht, de zelfgenoegzame grijns op Dodds gezicht, het hartverscheurende fluisteren van de meisjesstem. Ze stond op.

'Houd haar rustig, Nathan, alsjeblieft,' zei Dodd.

'Wat heeft dit te betekenen...' begon Celeste. Nathan trok haar terug en liet haar weer op het bed zitten.

'Doe wat hij zegt, hij is de goeie.'

Celeste dacht: nee, dat is hij niet.

Dodd zei: 'Amanda is eenvoudigweg een verzekering. Ik wil er zeker van zijn dat u aan mijn kant blijft. U gaat Quantrill verraden, meneer Groote, maar ik wil zeker weten dat u geen dubbelspel speelt. Uw dochter is volkomen veilig. Het is aan u of ze dat ook blijft.'

'De overheid,' zei Groote plotseling. 'U bent van de overheid.'

'Overheid is zo'n groot woord. Log. Inefficiënt. Ik ben meer van de achterhoede,' zei Dodd.

'Quantrill heeft gezegd dat Frost een opgedoekt onderzoek was,' zei Groote. 'Zegt u nu dat hij Frost van de overheid heeft gestolen?'

Dodd bracht zijn lippen dicht tegen Grootes oor. 'Dit is de deal. Het enige wat u hoeft te weten is dat als u de hand weet te leggen op Frost, en Quantrill en Sorenson voor me doodt, u uw dochter veilig en wel terugkrijgt. Erewoord. U wordt niet vervolgd voor welke van uw freelance activiteiten ook. En, Dennis – mag ik je Dennis noemen? – je dochter krijgt Frost. Net zoals Nathan Frost krijgt en mevrouw Brent Frost zal krijgen als zij en ik tot een vergelijk komen.' Dodd knikte Celeste beleefd toe. Ze vroeg zich af of ze voor hij kon schieten bij de deur kon komen. Acht stappen. Twee door de deur. Hij zou haar neermaaien, haar in de rug schieten, daar twijfelde ze geen moment aan.

Groote slikte. 'Ik doe wat u maar wilt.'

'Begrijp me goed. Amanda's veiligheid hangt van mijn veiligheid af. Als je me verraadt, zal zij daaronder te lijden hebben. Niemand wil dat een onschuldig kind dat al zoveel heeft moeten doormaken nog meer pijn moet lijden. Geef me geen aanleiding aan je te twijfelen, Dennis.'

'Dat doe ik niet,' zei Groote. Celeste kon weinig sympathie voor hem opbrengen maar de zelfingenomen moordenaar die hun kamers was binnengedrongen was verdwenen, in zijn plaats was een verwarde kolos overgebleven.

'Ga zitten.'

Groote gehoorzaamde.

'Je bent eerst hierheen gegaan?'

'Ja. Ik nam aan dat ze het goedkoopste hotel zouden nemen.'

'Ben je ze helemaal vanuit New Mexico gevolgd?'

'Natuurlijk niet. Ik ben vanochtend naar Fresno gevlogen. Ik zag op Celestes computer dat de Frost-bestanden naar een server gestuurd waren die eigendom was van Wallace.'

'Maar je hebt doctor Wallace niet opgezocht?'

'Nee. Ik liep in Santa Fe vertraging op omdat ik door de FBI werd ondervraagd. Over Kendrick. De FBI is naar hem op zoek.'

'Omdat hij een vermiste getuige is?'

Groote knikte.

'Denk je dat Kendrick Frost heeft?'

'Dat dacht ik eerst wel.'

'Heb jij Allison vermoord?'

'Hemeltje, nee.'

'Heb je Sorenson vermoord?'

'Nee, maar als ik de kans kreeg zou ik het doen.'

'Zij… en Nathan… werken allemaal voor mij. Dat deden ze althans. Sorenson heeft Allison omgebracht, heeft geprobeerd Nathan om zeep te helpen, en is er volgens mij met Frost vandoor,' zei Dodd.

'Om het te verkopen,' zei Celeste en ze keken allemaal naar haar. 'Niets van dit al gaat over het helpen van mensen, het gaat alleen maar om geld. Het gaat altijd alleen om geld.'

'Mevrouw Brent,' zei Dodd. 'Ik weet dat Nathan loyaal aan me is, en ik heb genoeg over Dennis om met dichte ogen te kunnen slapen. U bent de open vraag.'

'Meneer,' zei Nathan, 'Celeste is cool. Zij heeft Hurley gedood. Hij kan niet meer over zijn werk praten.'

'Nou, dank u wel, mevrouw Brent,' zei Dodd. 'Daarmee hebt u me een grote dienst bewezen.'

'Werkte Allison voor u?' zei Celeste. 'Allison?'

'Zij en Nathan waren mijn spionnen, een binnen en een buiten, om Quantrill en Hurleys vordering met Frost in de gaten te houden. Het spijt me dat Allison u bij deze toestand heeft betrokken. Ik neem aan dat ze een manier moest zien te vinden om Frost voor Sorenson te verstoppen en daar heeft ze u voor gebruikt. Uitermate betreurenswaardig.'

'Gaat u me nu vermoorden?' vroeg Celeste fluisterend.

'Nee,' zei Nathan. 'Daar komt niets van in. Ze kan haar mond houden. Toch, Celeste?'

'Ja,' hoorde Celeste zichzelf zeggen. 'Natuurlijk.'

Dodd klapte een mobieltje open, toetste een nummer in, wachtte en toen zag ze een zwarte woede over zijn gezicht vliegen toen hij vroeg wie er aan de lijn was en zijn borst rees in een teleurgestelde zucht op. Dodd hief het pistool en richtte het rechtstreeks op Celeste.

45

De kogel zoefde ruim zestig centimeter links van Miles' hoofd en hij schoot niet terug. Hij viel met gestrekte armen naar voren uit en drukte zijn wapen tegen Wallace' keel. Wallace liet het pistool vallen en Miles dacht: hij schijt in zijn broek van angst, weet niet eens wat hij doet.

'Stom,' zei Miles. 'Echt stom.'

'Alsjeblieft. Alsjeblieft. Hij zei tegen me dat ik je moest vermoorden.'

'Wie?'

'Dodd,' zei Wallace.

'U wilde met me weggaan zodat u me naar hem toe kon brengen.'

'Of je ergens anders kon neerschieten. Niet in mijn huis. Het spijt me. Het spijt me… mijn vrouw is dood. Ik wil niet ook dood.' Wallace begon te huilen.

'Zeg me de waarheid. Hebt u Frost?'

'Nee. God nee. Als ik het had gehad, had ik het onmiddellijk aan Dodd gegeven en dan was ik voor hem de gevierde held, dan was ik veilig.'

'Wees eerlijk tegen me.'

'Woensdag ontdekte ik dat Allison dood was. Dodd belde me. Ik was in alle staten. De afgelopen paar dagen ben ik nauwelijks mijn bed uit geweest, heb niet gewerkt, heb de server nauwelijks bekeken. Ik wist niet dat de Frost-bestanden daarop stonden. Vermoord me alsjeblieft niet.'

'U hebt de bestanden niet binnengehaald, maar wel uw sporen uitgevlakt door de server te wissen?'

'Ik wilde niet in verband worden gebracht met de man die mijn vrouw had vermoord,' zei Wallace. 'Jezus. Ik heb Dodd het wachtwoord gegeven zodra hij erom vroeg. Hij heeft niets gevonden. Hij is er inmiddels van overtuigd dat ik hem niet heb voorgelogen, hij heeft het gecontroleerd. Alsjeblieft.'

De telefoon ging.

Miles prikte Wallace' pistool in diens rug. Hij nam de telefoon op. 'Huize Wallace.'

'Wie is dit?' Een kalme stem.

'Miles Kendrick.'

'Ah.'

'Meneer Dodd?'

'Ja. Ik heb uw vrienden hier bij me. Kamer vier- en vijfentwintig in de Yosemite Gateway.'

Miles kreeg kippenvel. 'Doe ze geen kwaad.'

'Sterker nog, ik heb ze gered. Dennis Groote was uw vriendin mevrouw Brent in het toilet aan het verdrinken. Zeg tegen hem dat het goed met u gaat, mevrouw Brent.'

Miles hoorde Celestes stem ruim een halve meter bij de telefoon vandaan. 'Met mij is het oké. Maar hij heeft een pistool op me gericht.' Ze klonk kalm.

'Ik wil niet dat hun iets overkomt,' zei Miles.

'Ik ook niet,' zei Dodd. 'We moeten tot een vergelijk komen. Nou, Miles, ik vraag me af wat je in doctor Wallace' huis doet.'

'Op jacht naar Frost. Net als u. Wallace zegt dat hij het niet heeft.'

'Moeten we dat geloven?' Dodd klonk bijna bedeesd.

'Dat denk ik niet. Maar ik lever hem aan u uit in ruil voor mijn vrienden, dan kunt u uitvissen of hij de waarheid spreekt. U kent hem beter dan ik.'

Wallace zette grote ogen op maar Miles mimede: het is oké, het is cool, en stak een vlakke hand op om de doctor te kalmeren.

Dodd zei: 'Edward is een uitstekend wetenschapper maar bepaald geen sterke persoonlijkheid. Ik dacht altijd dat Renee met hem was getrouwd omdat hij geen problemen maakte. Ik wil uw vrienden niet echt kwaad doen. Nathan...'

'... werkt voor u. U hebt hem in het ziekenhuis neergezet toen u er lucht van kreeg dat er met Frost werd geëxperimenteerd. En u hebt hem voor dood achtergelaten toen het allemaal misging.'

'Ik wist niet dat hij in gevaar was.'

'Lariekoek. Ik heb uw naam horen vallen. Toen Sorenson voorbereidingen trof om Allison te vermoorden. Ik zat toen verstopt in haar kantoor. Ik hoorde hem over de telefoon zeggen: "Dodd weet er niets van."'

'Dat zou betekenen dat ik niet wist wat Sorenson van plan was,' zei Dodd. 'Ik vraag me af met wie hij aan het praten was, u niet?'

'Ik weet het niet.'

'Ik vermoed zijn ingehuurde hulpje. Ik ben teruggekomen om Nathan uit de kou te halen en om u en mevrouw Brent te helpen.'

'U bent gekomen om Frost te krijgen en verder niets.'

'Praat met me. In levenden lijve. Ik kom naar u toe.'

Nee. Het huis van Wallace lag te afgelegen, was te rustig. Dodd wilde geen ophef rond Frost, rond hoe het was ontwikkeld en getest. 'Nee, dat moet in het openbaar, in een drukke omgeving, daar wil ik u wel ontmoeten.' Hij dacht snel na. In het openbaar met beperkte toegangswegen zodat als Dodd hulpjes zou meebrengen, die anderen hem niet makkelijk konden besluipen. Afstand, om elk lastminuteplannetje waarmee Dodd voor de dag zou kunnen komen te dwarsbomen.

Wallace leek zijn gedachten te lezen. 'In het park. Bridalveil Falls.'

Miles zei: 'Bridalveil Falls. Zo snel mogelijk. Als u Nathan of Celeste iets aandoet, garandeer ik u dat niemand Frost krijgt en dat de hele pers over Sjamaan wordt ingelicht. Dan begrijpen we elkaar.'

'Dat doen we zeker.' Dodd hing op.

'Snel.' Miles trok Wallace overeind. 'We gaan. Dodd kan ons de pas afsnijden, hij kan hier binnen een paar minuten zijn.'

'Maar, verdomme, je zei dat je me zou helpen...' sputterde Wallace tegen. 'Ik heb mijn pistool ingeleverd, je verteld wat hij van me wilde...'

'Ik help u ook,' zei Miles, 'wilt u dan hier op Dodd blijven wachten? Dat begrijp ik niet. Als u zo bang voor hem bent, had u de benen moeten nemen. En dat hebt u niet gedaan.'

'Ik kan me niet lang voor hem verstoppen.'

'U zat te wachten tot u een deal met hem kon sluiten, en u wilt geen deal met mij. Allison heeft uit veiligheid Frost naar u gestuurd. Of ze wilde los van Dodd een wetenschappelijke analyse laten uitvoeren. Nu is ze dood en wilt u het wanhopig op een akkoordje gooien om in leven te blijven.'

'Ik heb Frost niet, dat zweer ik!'

'Ik ben uw beste hoop om levend uit deze puinhoop tevoorschijn te komen, doctor Wallace. Ik kan u beschermen. Als Dodd van het Pentagon is, wil hij wellicht wel een babbeltje maken met mijn hooggeplaatste vrienden bij het getuigenbeschermingsprogramma, of een paar hongerige aanklagers die ik bij het ministerie van Justitie ken. Ik ben een van hun favoriete getuigen.' Hij hoopte dat dat nog steeds het geval was... als hij zichzelf aan hun genade overleverde, kon hij de WITSEC-inspecteurs en federale advocaten altijd op de mouw spelden dat hij in een vlaag van waanzin uit Santa Fe was vertrokken. Ze hadden hem nog steeds nodig om alle Barrada's veroordeeld te krijgen. Maar zelfs al was hij nu voor de regering geen fluit meer waard, en had hij geen bondgenoten bij de overheid om met Dodd te onderhandelen, dan moest hij Wallace evengoed afbluffen. 'Dus ik ga de brave burger uithangen en het met Dodd op een akkoordje gooien...'

'Je bent gek!'

'Dát kan een probleem worden,' zei Miles.

Ruim drie meter in het dichte naaldbomenbos dat vanaf Wallace' huis de heuvel af liep, keek de man toe terwijl Kendrick en Wallace zich naar Kendricks auto haastten en de weg op reden. Hij liet zijn afluisterapparaatje zakken, het gesprek tussen hen was ongeveer geweest wat hij ervan had verwacht. Hij klapte een mobieltje open en drukte op een sneltoets.

'Ja.'

'Kendrick neemt Wallace mee voor een ontmoeting met Dodd in Yosemite Park. Bij Bridalveil Falls.'

'Shit. Wallace kon wel eens doorslaan. Kun je het afhandelen?' zei Sorenson.

'Natuurlijk. Maar het is nu een dubbele complicatie, dus ik verdubbel de prijs.'

'Nee.'

'Jij mag het zeggen. Ik zit liever thuis.' De man wachtte terwijl Sorenson het aanbod overwoog.

'Akkoord,' zei Sorenson op vermoeide toon. 'Steek eerst het huis in de fik.'

De man verbrak de verbinding. Hij sloeg een ruitje in de keuken aan de achterkant van het huis in, besprenkelde de hele keuken, gordijnen en de vloer van de werkkamer met aanstekervloeistof, streek een lucifer af en schoot de vlam met duim en wijsvinger in de plas. Hij rende naar het bos terug en greep zijn motorfiets. Het had nog geen drie minuten geduurd.

De man stapte op zijn motor en reed Kendricks auto achterna. Hij hoefde ze niet zo nodig in te halen, hij wist waar ze heen gingen en het was een schitterende dag voor een bergrit.

46

Dodd reed in een zwarte, ruime Lincoln Navigator. Het was lastig waar iedereen moest zitten. Degenen die Groote had proberen te vermoorden wilden voor geen goud naast hem zitten. Maar Groote ging naast Celeste achterin zitten en Nathan voorin. Dodd gaf Groote een stuk kussensloop uit de motelkamer om de bloedstroom te stelpen van de sneden die Celeste hem had toegebracht.

Celeste dook in de stoel weg en vermoedde dat Miles met Dodd tot overeenstemming was gekomen, zou hij Frost gevonden hebben? Als hij Frost voor haar en Nathan wilde uitwisselen, had ze hem wel gezegd dat hij weg moest blijven, omdat Dodd volgens haar ze allemaal definitief het zwijgen wilde opleggen over deze hele operatie.

Ze werd beroerd van het spectaculaire uitzicht toen ze over de kronkelige, smalle weg reden die naar Bridalveil Falls leidde. Links van haar tuimelden een vallei en rotsen omlaag en rechts rees een met altijd groene bomen begroeide bergrug op. De breed uitgemeten blauwe lucht en volslagen uitgestrektheid werden haar bijna te veel. God kon haar zien. Brian kon haar zien. Ze sloot haar ogen, probeerde zichzelf te kalmeren. Ze had het veel verder gebracht dan ze voor mogelijk had gehouden, ze kon ermee overweg. Ze moest wel.

'Ik durf te wedden dat je een week geleden niet had gedacht dat je nu in Californië zou zitten, Celeste,' zei Nathan. Opgewonden nu, zelfverzekerd, maar niet rustig. Manisch.

'Nee, Nathan, dat had ik zeker niet gedacht.'

'De bergen, valleien. Allemaal ontstaan door afgebroken rotspartijen waaraan miljoenen jaren lang met een onvoorstelbare kracht is geduwd en getrokken. Schoonheid ontstaan uit druk. Net als bij ons.'

'Niet net als bij ons,' zei Celeste.

'Als je het bewijs wilt dat Frost je repareert, kijk dan naar Celeste,' zei Nathan. 'Yosemite is zonder meer de nachtmerrie van iedereen met pleinvrees, en zij blijft rustig.'

'Jij bent niet de vent die ik dacht dat je was,' zei Celeste.

'Je hebt Nathan verkeerd beoordeeld,' zei Dodd. 'Hij is een held.'

'Dat wil hij zijn en u maakt daar misbruik van,' zei Celeste.

'Hou je mond,' zei Nathan. 'Frost helpt elke soldaat die uit de oorlog terugkomt, jarenlang. Geen zelfmoorden meer. Geen gebroken huwelijken, geen problemen meer om het normale leven op te pakken. Niets van waar ik doorheen ben gegaan. Het hele land zal dankbaar zijn.'

'Dat weet ik, Nathan.' Celeste zei het met vaste stem. 'Vind je ontvoering en dreigen met het doden van Grootes kind dan heldhaftig, Nathan?'

Hij moest hard slikken. 'Hij heeft je leven gered, Celeste, dus je hebt geen recht van spreken.'

Dodd zei: 'Ik heb nooit het woord dóden in de mond gehad, mevrouw Brent. Ik ben geen monster en ik verwerp die insinuatie. Ik heb geen enkele wens om u of Amanda Groote kwaad te doen.'

'Wat gebeurt er met ons als u Frost te pakken hebt?'

'Dan kunnen jullie aan een testprogramma deelnemen. Een legaal programma dat we kunnen publiceren wanneer het medicijn aanslaat. En ik kan ervoor zorgen dat jullie weer in het openbare leven kunnen functioneren, jullie verdwijning uit Santa Fe in ogenschouw nemend. We zeggen eenvoudigweg dat jullie jezelf na Allisons dood in een kliniek hebben laten opnemen. Dat is niet zo moeilijk. Als jullie je mond tenminste kunnen houden.'

'En als ik dat niet doe, vermoordt u me.'

'Op tv was u een stuk diplomatieker.' Dodd klonk geamuseerd. 'Gaat u bekendmaken hoe Frost is ontstaan en het voor miljoenen andere mensen bederven?'

Celeste negeerde hem. 'Groote.' Ze klopte op zijn been tot hij haar aankeek. 'Waarom heeft je dochter Frost nodig, wat is er met haar?'

'Alsof jou dat iets kan schelen.'

'Misschien wel,' zei Celeste. 'Zij is jou niet.'

Groote verplaatste zijn blik naar de oprijzende bergen, de laatste flinters sneeuw lagen nog steeds in de schaduw. Celeste kon bepaald geen medelijden voor hem opbrengen, maar met zijn gebroken neus, zijn bont en blauwe, met een scheermes bewerkte gezicht, evenals de uitgeputte blik in zijn ogen zag Groote eruit alsof hij honderd oorlogen voor zijn kind had uitgevochten en ze allemaal had verloren. Zo'n man was niet te houden. Hij hield niet op. Ze was bang dat Groote nog meer vechtlust in zich had. Of misschien had hij Frost wel voor zichzelf nodig, bedacht ze met een schok. Dodd had Groote misschien in dat randgebied van het gezonde verstand gedwongen waar zij na Brians dood had rondgedwaald, verdwaald, alleen, zonder kaart om haar de weg naar huis te wijzen.

Groote negeerde Celestes Brents vraag – hij zou het met deze halvegaren nooit over zijn meisje hebben – en dacht: Dodd weet het niet. Hij weet niet dat Allison zowel het onderzoek als de koperslijst heeft. Hij denkt dat ze alleen het onderzoek heeft gestolen. Ze weten niets van de tweede veiling waar Sorenson het over had. Ze hebben nog geen compleet beeld van wat die klootzak Sorenson aan het doen is. Die twee mafkezen schenen het ook niet te weten, of het kon ze niet schelen.

Hij had een troefkaart, zo sterk dat hij die voor Amanda kon inzetten maar hij wist dat hij het juiste moment moest afwachten om hem uit te spelen. Tussen Miles en Dodd broeide een soort deal of zo, en dit was precies de informatie die de kansen in zijn voordeel kon doen keren, in Amanda's voordeel. Dodd was niets meer dan een bekrompen bureaucraat die dacht dat hij de zaak in de hand had. Dodd sloeg de plank volslagen mis, zoveel wist Groote wel, als hij zijn zenuwen maar bij elkaar hield.

Hij beloofde zichzelf dat hij Amanda een keer naar dit bergenparadijs zou meenemen, wanneer ze weer helemaal gezond was. De frisse lucht zou haar verschrikkelijk goeddoen als ze tenminste niet bang was voor de kronkelwegen.

Zonder oog te hebben voor de schoonheid reed Miles door het verbazingwekkende landschap van Yosemite. Oprijzende, vooruitspringende bergen, heldere lucht, reusachtige pijnbomen. Spectaculair, maar hij was niet in de stemming om ervan te kunnen genieten. Wallace zat naast hem.

'Vertel me over haar,' zei Miles.

'Ze was… een harde.'

'Dat bedoelde ik niet.'

'Dat is het eerste wat bij me opkomt,' zei Wallace.

Miles week naar rechts uit toen een motorrijder achter hen ging rijden en ze inhaalde, een jonge man met een groot pak achterop, die tijdens het langsrijden naar hen keek.

Wallace zei: 'Ze is in arme omstandigheden opgegroeid. Heeft met een volledige beurs gestudeerd, de universiteiten vochten om haar binnen te halen. Ongelooflijk slim. Ze kon fantastisch mensen inschatten, zei tegen ze wat ze wilden horen…'

'U hebt het er niet over dat ze mensen hielp.'

'Heeft ze jou geholpen?'

'Ja. Een tijdje heb ik gedacht dat zij de enige was die dat kon.'

'Ze was er inderdaad goed in mensen te laten geloven dat zij genezing kon bieden,' zei Wallace uit het raam starend.

'Was dat dan niet zo?'

'Geen enkele arts is de heilige graal,' zei Wallace. 'Maar patiënten schrijven hun dokters dat wel toe, en dokters genieten van die fantasie. Ze vond het fijn wanneer ze nodig was.'

Een bord kondigde aan dat Bridalveil links van hen was. Miles reed de auto naar een parkeerplaats.

'Blijf dicht bij me in de buurt,' zei Miles.

'Ik dacht dat je me niet vertrouwde.'

'Dat doe ik ook niet. Maar het gaat erom dat we tot overeenstemming komen, en dat we allemaal zonder problemen kunnen weg wandelen. U incluis.'

Ze stapten uit de auto en liepen naar de watervallen. Het pad naar Bridalveil liep over een reeks terrastrappen. Wit water stortte zich schuimend in een kreek. Het gebulder van de watervallen werd sterker naarmate ze dichterbij kwamen, het smeltwater baande zich in een stortvloed een weg onder de vroege meizon. Nu kon Miles de top zien waar vandaan de watervallen neerstortten, mist rees bij de inslag op en het water danste bijna in de krachtige wind die door de vallei zwiepte.

Ze hielden rechts aan in de richting van de watervallen en liepen langs een razende kreek van kolkend smeltwater. Zo vroeg in het seizoen was er nog niet veel volk, Miles zag een stuk of drie Japanse toeristen, een ouder echtpaar met vastberaden tred dat zich lachend naar elkaar toe boog, een jonger stel dat in eerbiedige vervoering langs de waterval omhoog staarde.

Hij zag Nathan, lachend, zenuwachtig, opgewonden. Toen Celeste, haar lippen en neus bont en blauw, haar gezicht bleek.

Zijn borst kromp samen.

Groote stond naast haar – zijn gezicht was een puinhoop, de langslopende toeristen staarden hem aan en verplaatsten hun blik naar de waterval of het pad wanneer Groote terugkeek – en naast hem stond een oudere man. De man was lang en pezig, kalend, met een smal, intelligent gezicht. Hij droeg jeans, een zwarte jas, laarzen.

Ze wachtten bij de verbreding van het pad, een kruispunt waar bezoekers zowel de watervallen als de gezwollen stroom konden zien die van de voet van de waterval wegvoer. Hier bulderde de waterval luider en Miles voelde nu de kus van Bridalveil op zijn gezicht, op zijn handen. Als hij nog tien minuten in die mist bleef staan, zou hij doorweekt zijn.

'Hallo, Miles. Aangenaam kennis te maken,' zei de man. 'Edward.'

'Dodd,' zei Edward. 'Ik heb Frost niet. Ik heb je de waarheid verteld.'

'Er is ergens een open plek waar het niet zo vochtig is. Ik heb zin in een sigaret. Daar kun je op de rotsen zitten, een natuurlijke vergaderzaal.' Dodd begon te lopen, alsof hij aannam dat ze hem zouden volgen, wat ze ook deden.

'Gaat het wel met je?' mompelde Miles tegen Celeste. Ze knikte, kneep in zijn arm. Hij keek achterom naar Nathan, die zijn blik eerbiedig op het achterhoofd van Dodd had gericht. Ze liepen achter hem het doornatte stenen pad af, bij de watervallen vandaan, met Nathan in de achterhoede. Miles keek naar Groote. Groote ontmoette zijn blik, maar er viel niets van zijn gezicht af te lezen, geen reactie, alsof Miles lucht was.

Dodd leidde ze over een brug over de met smeltwater kolkende kreek. Rechts van hen was een vlak, met zwerfkeien bezaaid terrein en Dodd liep naar een rots die ongeveer zo hoog was als een stoel. Hij ging zitten en gebaarde naar Miles en Celeste dat ze naast hem moesten gaan zitten. Nathan, Groote en Wallace bleven staan. Binnen gehoorsafstand waren er geen andere bezoekers en het gebulder van de watervallen overstemde hun gesprekken voor langskomende luistervinken.

'Een schitterende plek als ontmoetingsplaats, Miles,' zei Dodd. Hij stak een sigaret op. 'De natuur is zo kalmerend.'

Hij sprak, bedacht Miles, alsof hij alle troefkaarten in handen heeft.

'Waarom is Groote hier?'

'Hij werkt nu voor mij. Niet meer voor Quantrill.'

'Hij heeft Grootes kind ontvoerd,' zei Celeste. 'Hem gechanteerd om naar zijn kant over te stappen.'

'Celeste overdrijft,' zei Dodd. 'Ik heb hem een aanbod gedaan om voor me te gaan werken en dat heeft hij aanvaard.'

'Dan heb je zeker een plan,' zei Miles.

'Groote gaat terug naar Quantrill en steelt Frost van hem. Ik zoek voor jou, je vrienden en doctor Wallace een onderduikplek. Als Groote Frost terug heeft, kunnen zijn dochter – en jij, Nathan en Celeste – deelnemen aan een wettig testprogramma voor Frost en krijgen jullie alle hulp die jullie nodig hebben.' Dodd glimlachte.

'Geen voorwaarden?' vroeg Miles.

'Een paar. Ik zou graag hebben dat je niet meer in contact komt met andere... federale autoriteiten. En als je je beter voelt, Miles, kan ik je wellicht een lucratiever leven bieden dan WITSEC ooit zou kunnen. Onder lastige omstandigheden blijk je vindingrijk. Je zou voor me kunnen gaan werken.'

'En hoe zit het met Celeste? Ze is een bekend gezicht, bekende naam. Vandaag stond ze op de voorpagina van de krant.'

'Ik help haar weer boven Jan. We construeren wel een achtergrondverhaal. Over een week is alle belangstelling voor haar weggeëbd. Niet persoonlijk bedoeld, Celeste,' zei Dodd met een knipoog.

'We hebben een lijk in haar huis achtergelaten.'

'Hurley is begraven,' zei Groote plotseling. 'Ik heb hem gevonden en me over hem ontfermd.' Hij keek naar Miles... een merkwaardige blik, dacht Miles, verterend.

'Hé, Groote,' zei Miles. Groote keek hem aan. 'Dodd denkt dat je zijn agent hebt vermoord. Sorenson.'

Groote schudde zijn hoofd.

'Over Sorenson maak ik me geen zorgen,' zei Dodd.

'Zou je wel moeten doen. Als Wallace Frost niet heeft, weet ik zeker dat Sorenson het heeft.' Miles sloeg zijn armen over elkaar. 'Wat gaat hij ermee doen als hij het niet bij jou aflevert?'

'Als jij zo bezorgd bent om het wel en wee van Sorenson en of hij ons iets wil aandoen,' zei Dodd, 'spoor hem dan maar op. Ik wil Frost, mij boeit het verder niet.'

Miles zei: 'Ik begrijp niet hoe je Nathan hebt kunnen overhalen om ons te verraden.'

'Ik heb je niet verraden.' Nathans stem trilde.

'Hou je mond, Nathan. Op een bepaald moment had je open kaart met ons kunnen spelen. En dat heb je niet gedaan. Je hebt ons met die kerel opgezadeld.'

Nathan zei: 'Dat was de enige manier om aan Frost te komen, een legaal testprogramma op te zetten, met ons leven te kunnen doorgaan.'

Miles schudde zijn hoofd naar Nathan. 'Ben je werkelijk getraumatiseerd of doe je maar alsof?'

'Alles wat Nathan in Irak en daarna heeft doorgemaakt, is waargebeurd,' zei Dodd. 'Hij heeft zich vrijwillig aangemeld. Hij wilde zijn medesoldaten kunnen helpen.'

'Veroordeel me niet,' zei Nathan. 'Ik ben geen crimineel.'

'Mee eens,' zei Dodd. Hij stond op. 'Celeste, jij hebt een man vermoord, weliswaar uit zelfverdediging, maar je bent van de moordplek weggevlucht. Miles, ik moet er zelfs niet aan denken hoeveel wetten jij hebt overtreden in je jacht op Frost. Help me en ik kan jullie verzekeren dat geen van jullie misdaden jullie nog zal achtervolgen.' Hij verpulverde zijn sigaret onder zijn hak.

'Anders vermoord je ons. Quantrill is niet achterlijk, die zal Frost ergens verstoppen waar wij het nooit kunnen achterhalen.' Miles was nu opgestaan en stond zo dicht bij Dodd dat hij de sigarettenrook in de adem van de man rook. 'Je omzeilt de vraag wat Sorenson met Frost gaat doen als hij het heeft. Gaat-ie erop zitten, houdt-ie het zelf, verkoopt hij het aan Quantrill terug, of...'

'Hij heeft gelijk,' zei Groote. 'Dat is inderdaad de vraag.'

'Geef antwoord,' zei Miles.

Nathan zei: 'Miles. Achteruit.'

'Wat, ben je nu ook al zijn bodyguard?' zei Miles. 'Eerst was je een knul die te bang was om te weten wat je in Allisons huis deed, je huilde en werd aan een bed in dat ziekenhuis vastgeketend, bang voor spiegels, te bang om eerlijk te zijn tegen mij en Celeste. Dus hou verdomme je kop, Nathan.' Hij besloot Dodd uit te testen. 'Sorenson wilde Nathan dood omdat hij bang was dat Nathan hem kende. Gewoon uit nieuwsgierigheid, is Sorenson soms op jouw bevel achter Nathan aan gegaan? Het noodzakelijke opknapwerk als je operatie eenmaal uiteenviel?'

Het enige antwoord kwam van het gestage bulderen van de watervallen en de opgetogen kreten van een wandelaar die het pad op liep.

Ten slotte schudde Dodd zijn hoofd. 'Natuurlijk niet. Ik ben gekomen om Nathan te helpen. En om afspraken met jou te maken. Dus jullie beiden kunnen me helpen, of ik pleeg een telefoontje en laat jou en Celeste arresteren zodat jullie binnen afzienbare tijd in de gevangenis belanden.'

'Niet als we alles vertellen wat we weten.'

'Ik heb het over een gevangenis in het buitenland. Sjamaan is uiterst geheim. Jullie hebben nu kennis van supergeheime overheidsdossiers. Als jullie Frost in je bezit hadden gehad, zou dat hoogverraad zijn, ventje. Ik kan je aan Marokko of Pakistan uitleveren en dat is dan het enige wat ze erover zullen schrijven. Ik denk niet dat je tussen dat soort muren opgesloten wilt zitten, Celeste.' Hij haalde zijn schouders op en zette een onderhandelingsglimlach op. 'Luister, ik heb geen zin in grove middelen. Maar jullie werken mee of niet. Aan jullie de keus.'

Miles keek naar de rots tegenover hem waar Andy en Allison zaten, alsof ze over de paden hadden gedwaald en even moesten uitrusten.

'Een keus is interessant. Een keus helpt je een theorie te ontrafelen,' zei Miles. 'Waarom, vraag ik me af, heeft Wallace de keus gemaakt om op jou te blijven wachten? Laten we zeggen dat hij de Frost-bestanden heeft opgehaald toen Allison ze verstopte en toen zijn sporen heeft gewist, en dat hij liegt over het feit dat de bestanden zijn vernietigd. Geen reden voor hem om te blijven en van jou ervan langs te krijgen. Hij had kunnen vluchten en verdwijnen. Hij heeft voor miljoenen handel in zijn bezit.'

'Onschuldige mensen slaan niet op de vlucht,' zei Wallace.

'Ik heb hem opgedragen te blijven,' zei Dodd.

'Ja, en om mij neer te schieten. Hij is schijtbang voor jou. Maar ik denk dat een ander hem opdracht heeft gegeven dicht in jouw buurt te blijven.'

Dodd wendde zich tot Wallace en Miles zag het bloed eerst van Dodds borst af spatten, plotseling en felrood, en toen van Wallace' keel, hoorde door het geruis van de watervallen knallen over Groote en Celeste heen breken. Nog een knal en een derde kogel raakte in een rode vleesmassa in Wallace' borst verstrikt.

Miles duwde Celeste weg, gooide haar achter de rots toen nog twee schoten zich een paar centimeter boven hun hoofd door de lucht boorden. Nathan verstijfde van schrik en toen rolde Miles naar hem toe en trok hem achter de dekking van de rots.

Nog acht schoten. Groote lag plat op zijn buik, gevangen tussen twee rotsen. Hij probeerde zijn hoofd op te tillen, maar een kogel ketste op de steen af. Toeristen en wandelaars in de buurt zochten in blinde paniek een goed heenkomen, onzeker waar de schoten vandaan kwamen. Een vrouw schreeuwde, een man greep zijn dochtertje en trok zich terug achter een uitstekende rotsformatie aan de overkant van de wandelbrug.

Toen niets meer. Miles telde tot vijftig, luisterde naar de uitzinnige voetstappen die het op een lopen hadden gezet, naar zijn eigen hart dat zo hard bonsde dat zijn bot ervan kraakte. Hij trok Wallace' lijk achter de rots vandaan en tilde het hoofd van de dode man op.

Dat was er niet af geschoten. Hij legde Wallace voorzichtig op de grond.

Dodd lag met uitgestrekte armen en benen dood op de grond, zijn ogen waren open, zijn borst was door twee salvo's doorboord.

Miles greep Celeste vast. 'Kom mee.'

'We moeten gaan...' zei Nathan.

'Blijf bij je baas,' spuugde Miles hem toe.

'Nee, Miles, alsjeblieft... ga niet bij me weg.' Nathan wees naar Groote die een uitval riskeerde en naar Dodds lijk rende. 'Hij vermoordt me...'

'Kom op, Nathan, het is oké,' zei Celeste. Maar Miles zag dat Groote bleef staan en Dodds lijk doorzocht...

Een pistool. Dodd had vast een wapen.

Maar Groote trok een mobiele telefoon uit Dodds zak.

'Groote...' begon Celeste.

'Hij weet waar mijn kind is, hij heeft iemand gebeld om haar te verhuizen, ik moet zijn telefoonlijst hebben, dan kan ik haar vinden,' schreeuwde Groote. Maar hij stak zijn hand weer in Dodds jas.

Pistool, dacht Miles. Hij sloeg Groote met een stevige vuist op de neus neer – zijn zwakke punt – en Groote brulde het uit van de pijn. Miles wrong het pistool los en hij, Celeste en Nathan zetten het op een lopen terwijl Miles zeker wist dat er nog een kogel uit het wapen van de scherpschutter kwam oversuizen. De scherpschutter was verdwenen. Of wachtte hen eenvoudigweg op het parkeerterrein op.

'Mijn kind! Waar is mijn kind? Nathan! Waar is mijn kind?' raasde Groote achter hen.

Ze haastten zich over het nu verlaten pad naar het parkeerterrein, langs dekking zoekende wandelaars, een van hen schreeuwde tevergeefs in een mobieltje, onbruikbaar in de beslotenheid van het dal. De gevallen regen was niet goed van het terrein afgevoerd en ze raceten door enkelhoog water naar Blaines auto.

Miles startte de motor, reed de auto het parkeerterrein af en schoot de weg op. 'Allebei laag blijven, jullie,' zei hij, ze zaten op de achterbank. Eén weg naar de uitgang, hij draaide hem op naar het zuiden, de weg waar ze vandaan waren gekomen.

Hij probeerde na te denken. De geweerschoten waren van de overkant van de weg gekomen, dicht bij de rivier, waar een uitkijk was om de grandeur van het steile rotsgezicht van El Capitan te kunnen bewonderen.

Sorenson. Hij had Wallace zover gekregen dat Dodd zich naar Fish Camp had gehaast, waarschijnlijk met het plan ze beiden te elimineren. En toen waren Miles met zijn vrienden evenals Groote in de val meegesleurd.

Een motorrijder dook achter hen op en de achterruit explodeerde.

47

Links van Miles rezen de bergen op, rechts viel het land weg in een vallei, een duizelingwekkende rotsachtige kloof of een glooiende weide naar de rivier de Merced. Het was een tweebaansweg, en tegenliggers moesten naar de berm uitwijken toen Miles uitzwaaide om de motorrijder af te schudden. Geen auto's voor hem, Miles gaf plankgas. De schutter op de motor bleef vlak achter hem.

Miles zag het gezicht van de man in de achteruitkijkspiegel... Niet van Sorenson of een andere bekende. Hij hief zijn schietwapen nogmaals.

'Koppen neer!' riep hij tegen Celeste en Nathan.

Hij kon nergens heen. Aan de ene kant de berg, afgrond aan de andere. Hij kon die vent niet afschudden.

Toen zag hij dat een zwarte Lincoln Navigator de motorrijder snel inhaalde. Groote aan het stuur.

De motorrijder vuurde opnieuw en Miles hoorde de kogel in de rug van de passagiersstoel ploppen. En toen zag hij in de achteruitkijkspiegel dat Groote met de Navigator op de motorfiets in reed, hard. De motorrijder vocht om in balans te blijven, verschoof zijn doel naar Groote en vuurde op de Navigator. Gemist. Groote viel niet terug.

Toen Miles bij de volgende bocht kwam, ramde Groote hard met de Navigator op de motor in waardoor de berijder de lucht in vloog en op Miles' kofferbak belandde. Hij greep om zich heen naar houvast en gleed naar de omlijsting van de achterruit.

De motorrijder werd tegen een veiligheidsrail gesmeten, maakte een duikeling en zwaaide toen door de lucht. Grootes Navigator schampte de reling en vonken vlogen alle kanten op terwijl hij wor-stelde om weer op koers te komen.

In een poging de motorrijder eraf te gooien, draaide Miles de auto met een ruk naar links, gierde op de linkerrijbaan en zwenkte net op tijd terug om een toeterende pick-uptruck te omzeilen. Hij keek in zijn achteruitkijkspiegel.

De motorrijder had met zijn gehandschoende hand de rand van de verbrijzelde achterruit te pakken gekregen. Nathan ramde met zijn vuist op de greep van de man in en Miles zag het pistool van de motorrijder zwervend een doel zoeken.

Niet op Nathan of Celeste. Op hem. Dood hem en de jacht is voorbij.

Groote kwam snel achter hem aan razen.

De motorrijder vuurde, Miles' ruit ging aan gruzelementen en in de achteruitkijkspiegel zag hij hoe Nathan met de berijder vocht, worstelend om macht over het wapen te krijgen. Celeste gooide haar deken over het hoofd van de schutter en probeerde hem uit zijn evenwicht te brengen.

Toen knalden er twee schoten, snel achter elkaar, en de motorrijder gilde het uit. Een band ging aan flarden en Miles vocht om de auto ervan te weerhouden naar de linkerrijbaan te glijden of in de vangrail en de afgrond daarachter.

Plotseling zag Miles een bord: benzinestation linksaf. Op twee wielen zwenkte hij manhaftig tussen het tegenliggende verkeer door een vlak parkeerterrein op. Grootes Navigator kwam achter hem aan.

Nathan sleurde de motorrijder de auto in en begon met zijn vuisten op hem in te stompen.

Celeste tuimelde de auto uit en viel op haar rug op de stenen. Grootes auto kwam vlak bij haar gierend tot stilstand. Miles greep zijn pistool en richtte dat op Groote.

'Wapenstilstand!' riep Groote. 'Ik heb je leven gered, man! Wapenstilstand! Niet schieten!' En Groote gooide zijn wapen op de grond.

Nathan sleurde de motorrijder de auto uit en ging boven op hem zitten. Miles zag de twee schoten die Groote had afgevuurd: keurige kogelgaten in de rechterheup en het been van de motorrijder.

'Ik heb je gered,' herhaalde Groote.

'Nadat je hebt geprobeerd ons te vermoorden.'

'Ik dacht dat jullie Frost hadden. Het is mijn werk het terug te krijgen. Maar ik heb Allison niet vermoord, je weet dat Sorenson dat heeft gedaan, en Dodd... heeft mijn dochter. Ik weet niet hoe ik haar zonder hem moet vinden... zonder de mensen die hem kennen, zijn operatie kennen. Alsjeblieft. Alsjeblieft, Miles. Ik moet Sorenson vinden. Vertel me alsjeblieft wat je weet. Alsjeblieft. Mijn kind. Ik heb niets zonder mijn kind...' En Groote zweeg. Onder de scheermeskerven, de gebroken neus, het gekneusde gezicht zag Miles waarachtige pijn in de ogen van de man. 'Ik heb de informatie die je nodig hebt om Sorenson een halt toe te roepen. Die zal ik jullie vertellen als Nathan of deze klootzak...' en hij gebaarde naar de motorrijder, '... me kan zeggen waar mijn kind is.'

Met het pistool nog altijd op hem gericht liep Miles naar de motorrijder. Celeste duwde Nathan tegen de auto terug. 'We moeten met hem praten, Nathan!'

'Nathan,' zei Miles. 'Volkomen eerlijk. Weet jij waarheen Dodd Grootes dochter heeft gebracht?'

Nathan schudde zijn hoofd. 'Nee. Dat weet ik niet.'

'Je kunt Groote niet vertrouwen,' zei Celeste.

Miles knielde naast de motorrijder, trok de helm van zijn hoofd. 'Jij. Waar is Sorenson?'

De motorrijder sloot zijn ogen.

'Waar kunnen we Sorenson vinden? Waar vinden we de rest van Dodds mensen?'

'Dodd heeft... geen mensen... meer. Niet in het... veld.' De motorrijder hoestte bloed op. 'Daarom had hij geen... bescherming.'

'Je kunt Sorenson niet meer helpen. Waar is hij op uit?' zei Groote. Hij raapte zijn pistool op en zette dat tegen het voorhoofd van de man. Hij begon af te tellen: 'Vijf. Vier.'

'Austin. Hij zit in Austin, Texas.'

'Waar in Austin?'

'Dat weet ik niet... ik weet alleen dat het Austin is.'

'Vindt daar die veiling soms plaats?' vroeg Groote.

'Veiling?' zei Miles. 'Welke veiling?'

De motorrijder negeerde Miles en knikte naar Groote.

'Weet je waar mijn dochter is?' vroeg Groote.

'Nee.'

'Drie,' telde Groote verder.

'Ik weet het niet... echt niet. Maar Sorenson, hij moet het weten... hij werkte voor Dodd.'

'Dat weten we.'

'Is mijn dochter bij hem?' zei Groote. De man knipperde met zijn ogen en Groote zei: 'Twee.'

'Dat weet ik niet... Sorenson heeft niets over haar tegen me gezegd.' De motorrijder begon gehaast te praten. 'Ik kan Sorenson bellen, hem zeggen dat ik jullie allemaal te grazen heb genomen, dan houdt hij zich wel een paar dagen gedeisd, als jullie onderduiken...'

'Larie,' zei Nathan.

'Miles, we moeten gaan,' zei Celeste.

'Je hebt gelijk,' zei Groote. 'Een.' En hij schoot de motorrijder tussen de ogen.

'Godverdomme!' schreeuwde Miles. 'Hij had ons nog heel wat meer kunnen vertellen.' Hij duwde Celeste en Nathan naar de auto terug.

Groote haalde een mobieltje plus portefeuille uit de leren jas van de motorrijder. 'Hij had ons niet meer kunnen vertellen omdat we hier niet langer kunnen blijven. De boswachters zwermen over een paar minuten door het hele park. We moeten gaan.'

'Hoe bedoel je *wij*?'

'Wapenstilstand,' zei Groote. 'We zijn allebei op Sorenson uit. Ik zat alleen maar achter jullie aan omdat Quantrill dacht dat jullie Frost hadden. Dat is niet zo. Sorenson heeft het. Sorenson heeft Frost gestolen om het te verkopen, op een nieuwe veiling. Hij weet waar mijn meisje is en ik kan zijn veiling bedreigen om hem zover te krijgen dat hij informatie loslaat over hoe ik haar kan vinden. Ik ga naar Austin. Ik wil niet dat jullie worden opgepakt en me aan de politie verraden. Ik kan jullie vermoorden of we kunnen elkaar helpen, en ik vermoord geen mensen in een opwelling of voor de lol.'

'Je bent niet te vertrouwen,' zei Miles.

'Ik ben maar een huurling. Je weet toch hoe dat werkt, Miles?' zei Groote.

Miles knikte.

'We hebben een gemeenschappelijke vijand. Sorenson. Ik heb je daarnet gered, Miles, en jij hebt mijn leven gered in het ziekenhuis toen je Sorenson in elkaar sloeg. Hij had mij gedood als hij Nathan om zeep had geholpen. En je hebt me niet levend laten verbranden in dat huis. Met die auto van je kun je niet rijden. We kunnen de Navigator nemen. Maar je moet wel nu beslissen.'

'Miles, geen denken aan,' zei Nathan. Celeste nam Miles bij de arm en kneep er hard in.

'Miles. We halen Frost en gaan dan elk ons weegs, niet als vrienden, natuurlijk, maar dan hebben we allemaal wat we willen en Sorenson wordt verslagen. Hij heeft ons net proberen te laten vermoorden, dat zal hij opnieuw proberen. Maar ik had zijn handlanger hem niet kunnen laten bellen en rapporteren dat we het hebben overleefd.'

Miles nam een besluit. 'Stap in Grootes auto.'

'Ammenooitniet!' schreeuwde Nathan. 'Absoluut niet, man, nee, hij heeft me pijn gedaan, écht pijn gedaan...'

'Nathan,' zei Groote. 'Ik heb nooit geprobeerd je te vermoorden. Sorenson wel.'

'Je bent een zieke klootzak. Ik ga niet met hem mee, Miles.'

Miles ving Celestes hand, schrik en verwarring vochten op haar gezicht om voorrang. 'Als we blijven, worden we ondervraagd en belanden we waarschijnlijk in de gevangenis. Je bent net uit de ene gevangenis ontsnapt, Celeste, ik wil niet dat je in een volgende terechtkomt.'

'Hij heeft geprobeerd me te vermoorden...'

'Jij hebt geprobeerd mijn gezicht open te snijden,' zei Groote op effen toon. 'Maar we weten nu allemaal de waarheid en we kunnen blijven kissebissen tot de politie er is of we kunnen elkaar helpen. Ik kan jullie verzekeren dat mijn kind me heel wat meer aan het hart gaat dan jullie iets te willen aandoen.'

'In de auto,' zei Miles. Celeste haalde diep adem en deed het. Nathan deinsde voor Miles terug.

'Nathan, ik zorg ervoor dat hij je niets doet.'

'Knul,' zei Groote, 'ik had je kunnen vermoorden. Ik had nog veel ergere dingen kunnen doen. Het spijt me. Het was niet persoonlijk bedoeld.'

'Ik zorg dat hij je niets doet,' herhaalde Miles.

Nathan ging met een van woede trillende kaak naast Celeste op de achterbank zitten.

'Als je hem iets doet,' zei Miles, 'vermoord ik je.'

'Dat weet ik,' zei Groote. Ze stapten in de Navigator met Groote aan het stuur en voegden zich weer in het verkeer. Uit de richting van Bridalveil scheen nagenoeg geen verkeer te komen, Miles vroeg zich af of de weg was afgesloten in de chaos na de schietpartij. Groote stuurde de Navigator naar het zuiden, naar de uitgang van het park.

Ze reden in stilte.

'Alles wat er gebeurd is,' zei Groote, '... mijn acties, waren totaal niet op de persoon gericht. Ik wilde alleen maar Frost. Voor mijn dochter. Ze heeft het echt heel hard nodig.' Hij vertelde ze in het kort hoe zijn gezin was aangevallen, hoe Amanda het had overleefd, haar gevecht tegen PTSS. Hij vertelde er niet bij dat hij de Duartes nagenoeg had uitgeroeid.

Enkele ogenblikken zwegen ze. 'Dat snijden,' zei Celeste. 'Frost... heeft mijn aandrang om te snijden bijna helemaal weggenomen. Dus misschien helpt het haar en doet ze zichzelf geen pijn meer.'

'Dus daarom had je dat scheermesje.' Groote raakte het geronnen bloed van de ondiepe sneden op zijn gezicht aan.

'Ja.'

'Het heeft jou echt geholpen. Lieg alsjeblieft niet tegen me. Alsjeblieft.'

'Mij heeft het echt geholpen,' zei Celeste. 'Maar ik geef er geen moer om of jij je nu beter voelt. Dit is een bestand. Geen vriendschap. Niemand zal vergeten wat je hebt gedaan of wat je bent.'

'Ik ben een stronthoop van van alles en nog wat, net als jullie,' zei Groote, 'maar ik ben in de eerste plaats vader.'

Celeste gaf geen antwoord.

'Zoek het kentekenbewijs op,' zei Groote tegen Miles. 'We moeten ons eruit kletsen als de politie een wegversperring heeft opgeworpen.'

Hij had gelijk. Bij het Wawona-resort was de weg geblokkeerd, vlak bij de zuidelijke ingang van Yosemite. De parkpolitie hield auto's aan die het park uit kwamen, controleerde identiteitsbewijzen en sprak mensen aan.

'O god,' zei Nathan. 'Wat moeten we doen?'

'Kalm blijven,' zei Miles.

De auto's kropen in een file vooruit en na tien minuten stopte Groote naast een politieagent.

'Goedemorgen,' zei Groote.

'Rijbewijs en kenteken, alstublieft.'

'Natuurlijk.' Groote gaf hem het kenteken, niet op Dodds naam, maar op naam van een bedrijf, Horizon Investments, gevestigd in Californië, en zijn eigen rijbewijs. Miles vermoedde dat Horizon een dekmantel voor Dodds activiteiten was. De agent nam alles zonder commentaar aan, schreef het rijbewijsnummer op en controleerde het kenteken zorgvuldig. Zoveel hangt af, dacht Miles, van of er een goede beschrijving van ons is gegeven, of ze weten of we eerder in deze truck hebben gereden.

'Wat is er met uw gezicht gebeurd, sir?' vroeg de agent.

'Ben gisteren tijdens het klimmen gevallen. Ik heb wel een puinhoop van mezelf gemaakt, vindt u ook niet?' zei Groote. 'Zijn er problemen in Bridalveil? We komen uit Yosemite Village en veel auto's reden daar als idioten weg, in een verdomde haast om weg te komen. Een ervan botste fiks tegen me aan maar is doorgereden.'

'Een schietpartij,' zei de agent.

'Jezus,' zei Groote. 'In het park?'

'Ja, hebt u iets gezien?'

'Nee,' zei Miles. 'Daarom hebben we ook van die strenge wapenwetten nodig, dat is mijn overtuiging tenminste, omdat geweld in alle facetten van ons leven begint binnen te kruipen. Vindt u ook niet, agent? En als we in onze nationale parken al niet meer veilig zijn, zijn we dat zeker niet in de steden en...'

De agent gebaarde dat ze door konden rijden. 'Bedankt, mensen.'

Groote reed met een vriendelijke zwaai door.

'Wat nu?' zei Nathan.

'Ik moet dit dal uit zien te komen, bereik zien te krijgen op mijn mobiele telefoon,' zei Groote. Hij probeerde met een hand zijn mobieltje. 'Geen bereik. Ik moet mijn dochter in het ziekenhuis bellen, zien of ze echt weg is.' Paniek klonk in zijn stem door.

'Als Dodd zei dat hij haar heeft meegenomen,' zei Nathan zacht vanaf de achterbank, 'dan is het zo.'

Groote reed het Park uit, versnelde op de slangenrug van snelweg 41.

'Ga naar Fish Camp,' zei Miles.

'We moeten niet bij je motel wezen...'

'Dat doen we ook niet. We kunnen daar kijken of er een kopie van Frost in Wallace' huis verborgen is, maar ik denk niet dat we die zullen vinden. Hij zou het nog liever vernietigen dan dat Dodd het kreeg. Hij nam bevelen aan van Sorenson,' zei Miles. 'Maar ik doorzoek het huis toch liever, die kans wil ik niet laten lopen.'

'Maar Sorenson heeft Allison vermoord... waarom zou Wallace hem helpen?'

Miles dacht daar een ogenblik over na. De stukken begonnen langzaam, ruwweg op hun plaats te vallen. Hij zei: 'Ik denk dat Sorenson en Allison Wallace hebben overgehaald om het onderzoek voor hen te analyseren. Ze wilden niet dat Dodd wist wat ze van plan waren, dus gebruikte ze niet haar kantoorcomputer om de bestanden te versturen, omdat ze wist dat Dodd haar computer en telefoon in de gaten hield. Maar nadat ze de bestanden had verstuurd en Wallace had geanalyseerd dat het inderdaad een goed medicijn is, was Allison niet meer bruikbaar voor Sorenson.'

'Hij heeft haar vermoord,' zei Celeste. 'Als hij haar met een bom heeft vermoord, was hij dat steeds al van plan. Dat is niet in een opwelling gedaan.'

'Zonder twijfel.' Miles knikte. 'En hij wilde Wallace te vriend houden, dus vertelde hij Wallace dat Quantrill of Dodd haar heeft vermoord. Dit is veel meer dan waar Wallace op had gerekend. Sorenson verdwijnt van Dodds radar. Wallace is bang, hij kan Dodd niet laten merken dat hij Sorenson heeft geholpen. Als Wallace op de vlucht slaat, weet Dodd dat hij schuldig is. Wallace mag geen bewijs op zijn server hebben dat de Frostbestanden daar ooit zijn geweest. Dus hij loog tegen me over het feit dat Sorenson de server had gewist, Wallace heeft de bestanden vernietigd om zijn eigen vege lijf te redden.'

'Maar hij weet niet dat wij de transfer van de bestanden hebben ontdekt. Toen Nathan Dodd belde, en Dodd op zijn beurt Wallace, moet Wallace uit zijn dak zijn gegaan. Hij belt Sorenson en Sorenson vertelt hem dat hij moet blijven waar hij is. Want nu is Wallace het aas. Iedereen die achter Frost aan zit, gaat als een haas naar Fish Camp, een gouden gelegenheid voor Sorenson om iedereen die hem bedreigt te elimineren, allemaal tegelijk.'

Nathan trok bleek weg en schudde zijn hoofd. 'Ik wist niet dat dit een valstrik was. Ik heb niet gekletst.'

'Ik geloof je,' zei Groote. 'Jij geeft niet makkelijk info weg. Dat heb ik gemerkt.'

'Hou verdomme je kop,' zei Nathan.

'Ik ben nog steeds woedend op je, Nathan,' zei Miles. 'Je hebt geen open kaart met ons gespeeld, door jou waren we bijna vermoord.'

'Dodd zei dat hij ons zou beschermen,' zei Nathan.

'Miles.' Celeste legde haar hand op zijn arm, hij schudde die af. 'Nathan dacht dat hij het juiste deed. Dodd heeft mijn leven gered in het hotel. Hou erover op.'

'Als dat bombardement een ongeluk was, wat moet je dan in orde maken, Nathan?' zei Miles. 'Wat moet je dan in hemelsnaam repareren?'

Nathan staarde uit het raam.

'Nathan. Je had ons van het begin af aan kunnen vertellen dat Dodd je in de kliniek had geplaatst,' zei Miles. Hij zei tegen Groote dat hij moest afslaan... ze waren bij Wallace' huis aangekomen.

Voor een normaal gesproken rustige uithoek was het een drukte van belang op de weg naar Wallace' huis. Rook schilderde de lucht. 'Slecht teken,' zei Groote.

'Ik had beloofd... dat ik niets zou zeggen.' Nathan legde zijn handpalmen plat op de zijkant van zijn hoofd.

'Hoe moest je aan Dodd rapporteren? Via Allison?'

'Ik had geen idee dat Allison en Sorenson voor Dodd werkten, helemaal niet. Ik moest doorgaan met de behandeling en na afloop over de testresultaten aan Dodd terugrapporteren. Dat is alles. Toen jij me uit het ziekenhuis haalde, besloot ik mijn mond te houden. Jij wilde niets te maken hebben met de autoriteiten en ik wist dat Dodd ons zou helpen, maar ik moest jou naar hem toe brengen. Ik dacht dat ik jullie twee daarmee beschermde.'

Ze kwamen bij een bocht in de weg. In de verte zagen ze brandweerauto's langs de weg geparkeerd staan. De vlammen laaiden op uit de ingestorte ruïne die Wallace' huis was geweest.

'O, verdomme,' zei Miles.

'Sorenson nam geen risico's dat er ook maar een fractie van een spoor van wat vandaag is gebeurd naar hem kon leiden,' zei Groote. 'Verdomme, verdomme.' Hij reed weer terug naar snelweg 41.

'We kunnen nergens heen,' zei Nathan.

'Jawel, hoor,' zei Celeste. 'Rijd in de richting van Orange County.'

'Wat?' vroeg Groote verbaasd. Amanda had in Orange County gezeten, hoe kon zij dat weten?

'Ik weet een plek waar we heen kunnen. Rijd nou maar.'

48

Zodra zijn mobieltje weer bereik had ging Groote bellen.

Eerst belde hij Amanda in het ziekenhuis en overwoog zorgvuldig wat hij zou zeggen als Amanda inderdaad verdwenen was, dacht zwetend: alsjeblieft, laat haar daar nog zijn, straf haar niet, God, voor al mijn zonden, laat haar daar zijn.

Het gesprek duurde vijf minuten. Dokter Warner was niet beschikbaar, maar de vrouw van de administratie met de vriendelijke stem zei tegen hem dat de verhuizing zonder problemen was verlopen en dat ze hoopte dat Amanda het fijn vond in het nieuwe ziekenhuis in Phoenix.

'Jeetje, ik heb het nummer van het ziekenhuis in mijn hotelkamer laten liggen. Kunt u me dat geven?' zei Groote.

Natuurlijk kon ze dat.

'Phoenix,' zei Nathan toen Groote tegen ze zei wat de vrouw hem had verteld. 'Dodd heeft me in een ziekenhuis in Phoenix gevonden.'

Groote kreeg weer hoop en zijn hand beefde toen hij het nummer wilde intoetsen. Miles nam de telefoon van hem over, toetste het nummer in en gaf de telefoon aan hem terug.

Man, dacht Groote, je moet niet aardig tegen me zijn, dat maakt het zo'n stuk moeilijker als ik je moet vermoorden. Hij dacht slim te zijn geweest door hen bij zijn zaak te betrekken, maar nu – na de schok van de wegebbende strijd – wist hij dat zij een overmacht vormden en het idee dat hij de macht over de groep zou kwijtraken stond hem niet aan.

Het ziekenhuis in Phoenix had geen gegevens over een Amanda Groote, of over een nieuwe jonge patiënt die in de afgelopen twee weken naar hen was overgebracht.

'Controleer het alstublieft nog een keer. Alstublieft.' Groote wachtte en de vrouw controleerde het opnieuw.

'Het spijt me, sir.'

Hij verbrak de verbinding. 'Ze is daar niet. Dodd heeft tegen het ziekenhuis gelogen, de gegevens vervalst.'

'Je kunt elk psychiatrisch ziekenhuis in het land bellen,' zei Celeste. 'We kunnen een lijst downloaden en die afwerken.'

'Wilt u me helpen, mevrouw Brent?' vroeg Groote.

'U niet. Het kind.'

'Als Dodd normaal gesproken in de achterhoede van het Pentagon rondhangt,' zei Miles, 'hoeft hij zich niet op openbare ziekenhuizen te verlaten. Hij kan de beschikking hebben over een geheime kliniek of een veilige plek waar hij Amanda kan verstoppen. Ze hoeft niet eens per se in een ziekenhuis te zijn.'

'Dat is ze ook niet,' zei Nathan. 'Dodd kon geen ziekenhuis riskeren waar ze wellicht belastende details aan een andere patiënt zou kunnen doorgeven.'

'Geef me Dodds telefoon,' zei Miles. 'Ik loop zijn bellijst na. Misschien kunnen we daarmee iemand bereiken die voor Dodd werkt.'

Groote gaf hem de telefoon.

Miles klapte hem open, controleerde en vloekte binnensmonds. 'Geen telefoontjes. De telefoon is zo geprogrammeerd dat die geen nummers bijhoudt.'

Groote sloeg met zijn vuist op het stuur.

'Rustig aan,' zei Miles. 'Je helpt Amanda er niet mee als je te gammel bent om na te denken.'

'Ik breng jullie eerst allemaal naar Orange County, zoals mevrouw Brent het wilde,' zei Groote. 'Dan pak ik een vlucht naar Austin. We staan quitte. Ik haal Frost, ik bel jullie en laat jullie weten dat ik het heb. Maar jullie hulp kan ik niet gebruiken bij het ophalen ervan.'

'Ik denk eigenlijk,' zei Celeste, 'dat u die wel kunt gebruiken. Ik ken iemand die ons kan helpen Sorenson en Amanda op te sporen. Een vriend van me.' Ze moest lachen, een frêle, nerveus geluid. 'Ik heb hem gezegd dat ik te bang was om met hem in *Oprah* op te treden, wacht maar tot hij hoort wat ik de afgelopen twee dagen heb gedaan.'

49

'Tragisch maar grappig,' zei Andy op de achterbank. 'Mij vertrouwde je niet genoeg om me te vertellen dat je me aan de FBI zou verraden, maar je vertrouwt wel een kerel die op je heeft geschoten, je van een klif heeft af gejaagd, Nathan heeft gemarteld en Celeste heeft geprobeerd te verdrinken.'

Miles gaf geen antwoord, maar als hij hardop had kunnen praten, had hij gezegd: nee, ik vertrouw hem niet, voor geen ene cent, dus houd je kop.

Miles nam de tijd en liet Groote tot bedaren komen voordat hij zijn vragen ging stellen. De stress van de beproeving had Nathan uitgeput, hij was in slaap gevallen en leunde tegen Celestes schouder. Celeste staarde naar het plafond van de auto, verloren in haar eigen gedachten. Groote frutselde met de satellietradio, vond een nieuwszender en ze wachtten tot het scherpschuttersverhaal in Yosemite werd uitgezonden. Het belangrijkste nieuws was dat bij een brand in een bouwvallig wooncomplex in New York een stuk of tien mensen waren omgekomen.

'In Sangriaville heeft iemand naar me gevraagd,' zei Miles. 'Ik hoorde je dat zeggen toen je met Hurley in gesprek was.'

'Voorzichtig met wat je zegt,' zei Andy. 'Het heeft mijn doodvonnis betekend.'

Hij zag hoe Groote reageerde – een vastere greep om het stuurwiel, een frons in het voorhoofd die doorliep tot zijn mond – maar Grootes gezicht verraadde geen geheimen.

'Ik durf te wedden dat hij DeShawn Pitts heette.'

'Ja, dat was 'm,' zei Groote.

'Wat heeft hij over me verteld?'

'Hij was niet erg mededeelzaam. Zei dat je misschien vragen zou komen stellen. Of counseling wilde. Vroeg me je op te sluiten en hem te bellen als je kwam opdagen.'

'Dat is alles?'

'Hij heeft me niet verteld dat je een federale getuige bent. Dat heb ik zelf uitgevogeld.'

'De FBI is erg stilletjes naar me op zoek. Nergens mijn naam of gezicht op het nieuws. Dat kan zo niet doorgaan. Dat doen ze...'

Hij hield op.

'Doen wat?'

Miles herhaalde: 'Dat doen ze...'

'Gaat het wel met je?' vroeg Groote.

'Dat doen ze... zodra we... de tape hebben afgezet,' zei hij. Hij legde zijn handen op zijn gezicht.

'Welke tape? Miles?'

Miles zweeg, haalde diep en bevend adem. 'Niets. Het gaat wel weer. Sorry.'

'Wat is er verdomme met je aan de hand?' vroeg Groote. 'Heb je medicijnen nodig?'

'Het gaat prima. Ik herinnerde me alleen plotseling iets.' Hij staarde uit het raam en zei niets meer.

Toen ging het nieuws over de schietpartij in Yosemite, twee mensen dood, een ander lijk gevonden een eind bij de watervallen vandaan, van dichtbij neergeschoten, maar nog geen verdachten, geen motief, geen verklaring.

Groote liet de nieuwslezer zijn hele riedeltje afdraaien en dacht: als de FBI je zoekt, Miles, kerel, dan vinden ze je. Jij bent mijn onderpand als ik Amanda eenmaal terugheb en zij en ik moeten verdwijnen. Ik geef je aan de FBI, bazuin Dodds activiteiten rond en al mijn zonden worden me vergeven. Maar hij zei: 'De FBI wil je niet verraden, wat betekent dat ze niet opgeven tot je weer als getuige onder hun hoede bent.'

Het duurde lang voor Miles antwoord gaf. Wat hij zich ook had herinnerd toen de FBI ter sprake kwam, Groote zag dat het tot op zijn botten door hem heen gierde.

Miles zei zacht: 'Jij en ik moeten hen in veiligheid brengen, en dan gaan we zonder ze verder. Ik wil niet dat ze in nog meer gevaar komen.'

'Zouden ze hun mond houden over... wat ik heb gedaan?'
'Ja. Dat garandeer ik je.'
Groote knikte. Dat zou, wist hij, zijn leven een stuk makkelijker maken. Eén vijand in zijn zak kon hij makkelijker aan dan drie. Hij hoopte dat er op het satellietnieuws niets gezegd was over een vermiste WITSEC-inspecteur, het leven was nu al ingewikkeld genoeg.

50

Ze kwamen zaterdagavond laat bij Tustin in Orange County aan.

Celeste zag dat Miles in de war was. Ze dacht dat hij nerveus was of Victor Gamby wel te vertrouwen was en de autoriteiten niet op ze af zou sturen.

'Dit is een slecht idee,' zei Miles tegen Celeste. 'Je hebt die man nog nooit in de ogen gekeken.'

'Ik ken hem,' zei ze. 'Ik vertrouw Victor.'

'Je kent hem via e-mails, in hemelsnaam.'

'Victor heeft met zijn blog meer PTSS-patiënten geholpen dan wie ook.'

'Het zou alleen maar heel verstandig van hem zijn als hij de politie zou waarschuwen.'

'Niemand van ons is verstandig,' zei Celeste. 'Wacht.' Ze liep naar het hek van een bescheiden huis in een rustige buurt van Tustin. De pallisanders stonden vol in bloei en in de bries dwarrelden paarse bloesems die zich op haar hoofd nestelden terwijl ze naar de voordeur liep.

Nathan zei: 'Ik heb nog een taak te volbrengen. Ik moet Frost zien te krijgen voor de soldaten.'

Miles legde een hand op Nathans schouder. 'We doen dit op mijn manier, Nathan. Dodd heeft je in een illegaal testprogramma gestopt, heeft misbruik gemaakt van je ziekte en schuldgevoelens. Hij is dood en je bent hem niets schuldig.'

'Ik ga Frost zoeken.' Nathans stem klonk onvast.

'Nathan,' zei Miles. 'We hebben het er een ander keer over.'

Miles zag dat de deur werd geopend door een man van in de veertig in een rolstoel. Celeste praatte met hem en de man opende zijn armen – een ervan een prothese – en Celeste boog zich voorover om hem te omhelzen.

Ze praatten tien minuten, Celeste op haar hurken naast de rolstoel. De man luisterde aandachtig, onderbrak Celeste geen enkele keer. Toen maakte hij een verwelkomend gebaar naar de auto.

Miles en Nathan liepen naar hem toe. Groote bleef bij de Navigator achter.

'Miles, Nathan, dit is Victor Gamby,' zei Celeste. 'Victor, Nathan Ruiz, Miles Kendrick. Verderop staat Dennis Groote. Hij is nogal, hm, verlegen.'

Hij schudde hen beiden de hand en zei: 'Kom binnen, dan kunnen we praten.' Hij keerde zijn rolstoel – Miles zag dat hij ook geen benen meer had, de broekspijpen lagen netjes opgevouwen onder zijn stompen – en ze liepen achter hem aan het huis in. Groote sloot de rij en keek om zich heen alsof het huis een valstrik was.

'Dank u voor uw gastvrijheid, meneer Gamby,' zei Miles.

'Jullie zijn van harte welkom. Nathan, vergeef me, maar Celeste zegt dat je een hekel hebt aan spiegels.'

'Ja, sir,' zei Nathan. Hij bleef dicht in de buurt van Celeste.

Victor zei: 'Freddy! Bezoek!'

Een jonge man van begin dertig kwam achter uit het huis tevoorschijn. Hij droeg een halfronde zonnebril en liep met een blindenstok. Blind. Littekenweefsel piepte langs de rand van zijn zonnebril.

'Jij hebt in Irak gevochten, hè, Nathan?' vroeg Victor.

'Ja.'

'Freddy ook. Blind geworden door een IED buiten Tikrit.'

Freddy zei hallo terwijl ze elkaar allemaal een hand gaven.

'Freddy, Nathan kan niet tegen spiegels, waar ik niets van begrijp want hij is tien keer zo knap als ik. Wil je alle spiegels die Nathan misschien kan zien afdekken?'

'Het hoeft niet, hoor,' zei Nathan. 'Ik kan me wel beheersen.'

'Je hoeft je niet te generen.'

'Als ik dat had geweten,' fluisterde Groote tegen hem, 'verdomme, dan had ik die schroevendraaier niet hoeven gebruiken.'

'Hou verdomme je kop,' zei Nathan zachtjes, 'en blijf bij me uit de buurt.'

Miles ging tussen hen in staan.

'Als je klaar bent met de spiegels, Freddy, wil je dan een paar sandwiches voor onze gasten klaarmaken?' zei Victor.

'Natuurlijk, maar we hebben alleen roggebrood.' Freddy had het nonchalante accent van een jonge bediende.

'Ik weet zeker dat dat prima is. Dank je wel.' Victor wachtte tot Freddy de kamer uit was en keek Miles zonder angst aan. 'Celeste heeft me in het kort verteld in wat voor moeilijkheden jullie zitten.'

'Ik waardeer het zeer dat u ons wilt helpen,' zei Miles. 'Ik weet dat u een populaire website voor mensen met posttraumatisch stresssyndroom hebt...'

'En je wilt weten of je me je geheimen kunt toevertrouwen.'

'Nou...'

'Het is al goed, Miles. Ik heb die site nu een paar jaar. Een miljoen hits per maand. Ik ben database consultant voor de regering, ik werk voor mezelf, ben onafhankelijk. Maak je niet ongerust, ik ben geen FBI-agent. Ik stuur heus de politie niet op jullie af, want Celeste zegt dat jullie achter een medicijn aan zitten dat elke getraumatiseerde patiënt in de wereld kan helpen. Met inbegrip van mij en Freddy.'

'Is hij, eh, uw vaste vriend?' vroeg Nathan.

Victor schudde zijn hoofd. 'Nee. Hij is een van mijn verloren schapen, ze blijven bij me tot ze op eigen benen kunnen staan. Altijd een PTSS'er. Net als jij, net als ikzelf. Mijn benen en arm zijn op 11 september weggeblazen.'

'Victor zat op het Pentagon,' zei Celeste kalm.

'Voor Freddy had ik een jongedame bij me wonen, zag haar broer en verloofde voor haar ogen in een bendeoorlog in Compton doodgeschoten worden. Daarvoor een andere soldaat uit Irak. Daarvoor een jonge vader die zijn ouders en kinderen had verloren, voor zijn ogen verdronken in orkaan Katrina. Nooit gebrek aan verdriet in deze wereld. Ik help ze zo goed mogelijk weer op de rails en stuur ze dan weg om een andere ziel te helpen.'

'Als u ons gaat helpen, moet dat met open ogen. Celeste heeft uit zelfverdediging een man vermoord, maar dat hebben we niet aangegeven. Ik verberg me voor een getuigenbeschermingsprogramma. Groote heeft ons helpen vluchten vanaf een meervoudige moord in Yosemite.' Victor keek Groote kort, maar waarderend aan en Miles vroeg zich af hoeveel Celeste precies over de man had verteld. 'Mensen willen ons vermoorden. En de regering, in elk geval een factie die niemand erkent, is betrokken bij een grootscheepse cover-up van een medisch onderzoek.'

Victor Gamby wees naar zijn ogen. 'Wijd open. Praat maar een eind weg.'

Miles vertelde hem het hele verhaal, van zijn ochtendlijke ontmoeting met Allison en Sorenson, tot het moment dat ze op Victors drempel opdoken. Victor onderbrak hem niet. Freddy stommelde door het huis en maakte in de keuken luidruchtig sandwiches en salade klaar. Celeste stond op om de blinde soldaat te helpen en Victor greep haar bij de arm.

'Freddy moet ermee leren omgaan. Laat hem maar. Daar help je hem het meest mee.' Celeste ging weer zitten en Miles eindigde zijn verslag.

Victor fronste zijn wenkbrauwen. 'Om te beginnen. Dat medicijn. Frost. Jullie weten dat er voortdurend onderzoek wordt gedaan op dit gebied, hoe de impact van PTSS tot een minimum terug te brengen.'

'Ik weet er niet veel van.'

'Ik hou alles op het gebied van PTSS-onderzoek nauwlettend in de gaten. De meeste psychiaters zijn niet toegerust om het traumatisch geheugen te behandelen. Die stoppen ons vol met antidepressiva en bidden om genade. Omdat PTSS zo verduiveld lastig te behandelen is, met een hele rits symptomen en het vervolg na het oorspronkelijke trauma zoveel verschillende kanten op kan. Naar verluidt heeft de Chinese regering begin jaren negentig geëxperimenteerd met bètablokkers en geheugenremmers op politieke gevangenen en dat heeft niets opgeleverd. Zeer gerespecteerde onderzoeksgroepen doen wettig onderzoek aan Harvard en UC-Irvine. Maar als Frost het traumatisch geheugen kan verminderen nog lang nadat de gebeurtenis heeft plaatsgevonden, dan steekt Frost er met kop en schouders bovenuit.'

'Het moet eerst nog op de markt komen,' zei Miles.

'Dat betekent miljoenen voor Quantrill,' zei Groote, 'in termen van harde, kille pegels.'

Victor knikte. 'De winst loopt in de miljarden, als het onderzoek al is afgerond.'

'Dus de kopers op die veiling van Sorenson zijn uiterst serieuze partijen,' zei Celeste.

'Mensen riskeren een hoop voor dat soort winsten. Fijn dat ze ons zo graag willen helpen, hè?' Victor stiet een zacht lachje uit.

'Als Sorenson vroeger bij het Pentagon heeft gezeten,' zei Miles, 'hebben uw connecties dan wellicht info over hem, of waar Dodd Grootes dochter kan hebben verborgen?'

'Je begrijpt dat volgens het nieuws de schietpartij bij Bridalveil het werk was van een geesteszieke ex-soldaat. Zijn verstand verloren. Niemand van de regering zal jullie dode vriend opeisen.' Victor schraapte zijn keel.

Celeste zei: 'Dus iemand heeft de betrokkenheid van Dodd en het Pentagon al weten te verdoezelen.'

Victor haalde zijn schouders op. 'Ik zal kijken wat ik kan vinden, maar ik beloof niets. Ik ben geen hacker. Ik overtreed niet de wet om jullie te helpen. Ik kan mijn connecties polsen, van sommigen heb ik nog wat te goed – dat houdt de boel in Washington draaiende – maar voor hetzelfde geld wordt elke deur in mijn gezicht dichtgeslagen. Ik ben geen overheidsfunctionaris, mijn machtsbasis staat of valt met mijn freelance relaties en het feit dat ik bekendsta als pleitbezorger van PTSS-patiënten. Dus misschien kom ik nergens.'

'Mijn dochter...'

'Ik doe alles wat in mijn macht ligt,' zei Victor. 'Maar ik moet je wel vertellen, Dennis, als ik Dodd was, zou ik Amanda met een regeringsvliegtuig naar het buitenland hebben gebracht. Naar een veilige plek in Mexico of de Caraïben. Maar buiten Amerikaans grondgebied. Het zal niet eenvoudig zijn haar te vinden.'

'Begrepen,' zei Miles. 'Dank je wel, Victor.'

'We hebben geen etensbel, maar naar de stilte te oordelen heeft Freddy het eten klaar. Laten we een hapje gaan eten. Daarna ga ik aan de telefoon en computers zitten en kijken of ik geluk heb.'

51

'We moeten wat uitrusten,' zei Celeste.

'Je hebt gelijk.' Uitputting sijpelde door Miles' hele lichaam. Victor had zich in zijn kantoor teruggetrokken, wilde niet gestoord worden. Groote zat op de rustige veranda achter het huis naar het maanlicht te kijken dat tussen de wolken door piepte. Miles observeerde hem een poosje – de eerste keer dat hij Groote alleen liet – liep achter haar aan naar de logeerkamer die ze had geclaimd en zag twee bedden.

'Nathan deelt een kamer met Freddy. Zij kunnen samen over de oorlog praten. Groote slaapt boven, aangenomen dat hij menselijk is en kan slapen. Je vindt het toch niet erg, hè?'

'Natuurlijk niet.'

Ze ging op het ene bed liggen en hij op het andere. Ze lagen met hun gezichten naar elkaar toe, gescheiden door een nachtkastje en een lamp.

'Enorm risico dat we Groote vertrouwen,' zei ze.

'Vertróúwen is een groot woord. Hij gebruikt ons, maar wij gebruiken hem ook, dus dan kan het wel.'

'Hij kijkt op een bepaalde manier naar je,' zei Celeste, 'die me helemaal niet bevalt.'

'Hij is zo lief voor me.'

'Zonder gekheid. Hij doet alsof hij nog steeds een rekening te vereffenen heeft.'

'Hij is een huurmoordenaar,' zei Miles, 'maar nu is hij niet aan het werk. Het is nu persoonlijk, zoals ze in de filmtrailers zeggen. Zolang hij denkt dat we hem helpen bij het terugbrengen van zijn dochter, werkt hij met ons samen. Ik weet hoe ik hem aan de leiband kan houden.'

'Ik stel me zo voor dat wanneer Victor ons komt vertellen dat hij

Amanda heeft gevonden, dat hij weet waar ze is, Groote ons allemaal gaat vermoorden en vervolgens vrolijk zijn eigen weg gaat.'

'Dat laat ik niet gebeuren.' Miles woelde op bed, probeerde zijn draai te vinden.

'Je hebt je iets herinnerd.'

'Nee.'

'Miles. Ik mag je dan niet zo heel goed kennen, maar dat zie ik zo aan je. Wat is er gebeurd?'

Hij trok zijn jasje om zich heen, alsof hij het koud had.

'Het is warm hierbinnen. Je kunt net zo goed je jas uittrekken.'

'Nee. Het is prima zo.'

'Ik heb gemerkt dat je niet graag je jas uittrekt.'

'Ik heb het gauw koud.'

'Lieg niet.'

'Ik heb iets in mijn zak wat ik aan Allison had willen geven.'

'Wat dan?'

Hij realiseerde zich dat hij niets te verliezen had, hij zou gauw genoeg weer afscheid van Celeste nemen en haar waarschijnlijk nooit meer zien. De waarheid was een mooi afscheidscadeau. 'Mijn bekentenis. Van de moord op mijn beste vriend.'

De uitdrukking op haar gezicht veranderde niet. 'Je beste vriend...'

'Ja. Sinds mijn derde.'

'Zelfverdediging. Je hebt niets op te biechten.'

Hij sloot zijn ogen.

'Het is niet jouw schuld, Miles.'

'Ja, wel.'

'Weet je dat echt heel zeker, in je hoofd, je binneste, je hart? Echt?' vroeg ze.

Andy stond tegen de muur tegenover hen, over elkaar geslagen armen, bloed op zijn schouder en keel. Drie kogelwonden glinsterden in het lamplicht.

'Het is niet jouw schuld,' herhaalde ze. 'Het is niet jouw schuld.'

'Hij zei tegen me dat ik hem met een woord heb vermoord. Toen wist ik het weer. Tijdens de autorit. Toen ik het met Groote over de FBI had. Hoe ik hem heb gedood.'

'Is Andy er nu?' vroeg ze.

'Ja.'

'Vraag het hem,' zei ze, 'wat hij wil. Waarom blijft hij rondhangen.'

'Hij is heus geen op wraak belust spook,' zei Miles. 'Mijn hoofd heeft hem uitgevonden.'

'Dan probeert je hoofd je iets te vertellen wat je moet weten.'

Miles zei: 'Wat wil je, Andy?' Hij voelde zich niet gegeneerd of belachelijk dat hij met Celeste erbij tegen Andy praatte.

Andy legde zijn handen over twee van de wonden. 'Ik wil dat je weet wat je hebt gedaan, Miles. Ik wil je laten weten wat je niet hebt gedaan.'

Miles herhaalde de woorden tegen Celeste. Ze fronste haar voorhoofd. 'Laat me die bekentenis zien.'

'Nee.'

'Waarom niet?'

'Het is mijn last en ik moet hem dragen.'

'Ik bied je niet aan Andy van je over te nemen. Ik wil alleen kijken wat je je nog kunt herinneren.'

'En nadat je het hebt gelezen, wat dan, denk je dan beter over me?' Het bleef een halve minuut stil. 'Ik heb mijn beste vriend vermoord. Wat voor mens ben ik dan?'

'Ik heb mijn man niet gered. Ik heb mezelf een jaar lang in huis opgesloten. Wat voor mens ben ik dan, Miles?' Ze ging rechtop op het bed zitten. Ze stak haar hand uit. 'Geef me die bekentenis. Ik kan ermee overweg.'

Hij ging zitten, haalde het papier uit zijn jas en gaf het aan haar. Ze vouwde het open en las:

Allison,

Ik heb mijn beste vriend vermoord. Ik werkte met mijn vader samen in Miami, hij had een privédetectivebureau. Mijn vader stierf (kanker) en mijn vriend Andy was naar mijn overtuiging een accountant bij een verzekeringsmaatschappij, maar die firma was een financiële dekmantel voor de misdaadfamilie Barrada. Mijn vader verloor met gokken driehonderdduizend dollar en dat geld was hij schuldig aan een bookmaker van de Barrada's. Toen hij stierf, erfde ik die schuld. De Barrada's dreigden mijn vaders bedrijf over te nemen, wat het enige was wat mijn vader me had nagelaten. Maar Andy stelde een deal voor: hij zei dat ik de schuld kon inlossen door clandestien voor de Barrada's te gaan

werken. Andy wilde financiële en logistieke informatie over andere misdaadbendes: spreadsheets, betalingen, dealernetwerken, informatie over zendingen door het hele land.
Ik was geen huurmoordenaar of zware jongen. Ik was hun privéspion en Andy gaf me fijntjes te verstaan dat als ik weigerde, de Barrada's me zouden vermoorden en hij niet in staat zou zijn hen tegen te houden. Hij huilde toen hij het me vertelde en ik geloofde hem. Hij bood me een uitweg. De Barrada's droegen me elf geheime klussen op om hun rivalen te bespioneren en ik heb ze stuk voor stuk tot een goed einde gebracht. Ik geloofde dat mijn schuld was afbetaald. Maar ze lieten me duidelijk weten dat ik er niet zomaar uit kon stappen.
Ik benaderde de FBI in Miami. Zei tegen hen dat ik wilde getuigen over de misdaadbendespionage voor de Barrada's als zij immuniteit voor me konden regelen, en voor Andy. Hij had mijn vege lijf gered, dus wilde ik dat met het zijne doen. Maar Andy mocht er niets van weten, zeiden ze tegen me, zijn loyaliteit aan de Barrada's ging ver. Hij was verloofd met een Barrada-nicht, die eigenaar was van de verzekeringsdekmantel. Ik moest informatie over Andy verzamelen, pressie op hem uitoefenen, zodat hij niet naar de Barrada's kon terugrennen, hem geen andere keus laten dan mee te werken. Zijn loyaliteit mocht geen optie meer voor hem zijn, dat moest ik zien uit te sluiten.
Ik regelde een ontmoeting met Andy in een pakhuis van de Barrada's. De FBI speelde me vervalste gegevens toe waarvan ik kon beweren dat ik ze van de Duarte-bende had gestolen, een groep in Los Angeles die naar Zuid-Florida wilde uitbreiden en bondgenootschappen wilde sluiten. Ik had ze al met wat klein spul opgelicht, maar deze FBI nepinfo was bedoeld om Andy te laten kwijlen: namen van dealers die zij in hun macht hadden, bankrekeningnummers, mensen die op hun loonlijst stonden. Ik moest twee FBI undercoveragenten meenemen. De undercovers deden alsof ze door mij als medewerkers waren gerekruteerd en zij wilden opnemen wat Andy zei over de spionagekwestie en hem dan onmiddellijk daarna immuniteit aanbieden. Omdat ik het niet alleen kon, en Andy wellicht ook fysiek moest worden bewerkt, zei ik tegen de FBI dat ik er zonder Andy niet uit kon stappen. Hij wilde het misschien niet geloven, maar de Barrada's zouden hem de schuld van mijn verraad in de schoenen

schuiven, omdat hij me in hun kamp had binnengebracht en ik ze aan de FBI had uitgeleverd. Ik wist zeker dat ze hem zouden vermoorden.
Dat was de enige manier om Andy te redden.
We waren in het pakhuis en dit is het enige wat ik me nog kan herinneren: ik stelde Andy aan die kerels voor en we begonnen te praten, lieten hem de gegevens zien. Ik zeg dat ik meer over de Duartes te weten kan komen, maar dat dat een substantiële operatie zou moeten worden, het addertje dat ik voor hen in gedachten heb, dat ik het niet alleen kan, dat ik die twee jongens nodig heb. Ik vraag Andy heel gericht wat voor gegevens ik voor hem van de Duartes moet stelen, en hij steekt schitterend van wal, alles wat de FBI nodig heeft wordt opgenomen, zodat we hem echt onder druk kunnen zetten, en hij vraagt me wanneer ik kan beginnen... en dan is het allemaal zwart. Vervolgens zie ik dat hij een pistool vanonder zijn shirt trekt. Op het hoofd van een van de agenten richt, dan trek ik mijn wapen dat ik niet veel gebruik, maar ik schiet omdat ik niet kan toestaan dat hij een man door het hoofd schiet.
Mijn kogel raakt hem in de schouder en zijn schot op mij raakte me in mijn borst. We schreeuwen het allebei uit, vallen en ik richt mijn pistool weer op hem. Dan wordt alles opnieuw zwart.
Het volgende wat ik herinner is dat ik op mijn onderduikadres in Jacksonville ben, dat ze me het getuigenbeschermingsprogramma aanbieden en dat mijn beste vriend, mijn broeder in alle denkbare opzichten, dood is en dat ik niet weet wat ik verkeerd heb gedaan, waarom ik hem heb vermoord.

Celeste vouwde het papier op.

'Je herinnerde je nog iets,' zei ze rustig.

'Ja. De eerste black-out. Toen Andy me vroeg wanneer ik kon beginnen.' Hij zweeg even. 'Groote en ik hadden het over de FBI en wanneer ze mijn naam in het nieuws zouden noemen... dat bracht het weer terug, glashelder. Maar...'

'Draai er niet omheen,' zei ze.

'Hij vroeg me wanneer ik en de jongens met het project aan de gang konden en ik zei: zodra we de tape hebben uitgezet.'

'Je liet hem weten dat hij werd opgenomen.'

'Ik zei... ja, vooropgezet, maar als grapje, om de schok te verzachten. We lachten allemaal. Zelfs Andy. Maar toen zag hij mijn ogen en raakte in paniek, hij realiseerde zich dat het een val was en hij trok zijn wapen, richtte dat op het hoofd van de undercoveragent... Als ik mijn mond had gehouden, als ik het op een andere manier had gezegd...'

Ze nam zijn handen in de hare. 'Maar er was geen goede manier om het hem te vertellen, wel?'

Miles schudde zijn hoofd.

Ze greep zijn handen stevig vast. 'Maar Andy trok het pistool. Hij koos voor het gevecht. Je hebt een leven gered, twee levens, ook dat van jezelf. Jij en ik hebben levens gered, wauw, we horen bij een speciale club.' Haar stem brak en de tranen sprongen haar in de ogen. 'Als God een grootboek zou bijhouden, denk je dan dat onze balans klopt?'

'Ik... schoot op hem om hem te verwonden, niet te vermoorden. Ik weet nog altijd de details niet.'

'Hij schoot je in de borst. Heeft hij dezelfde terughoudendheid met jou gehad?'

Miles wilde iets zeggen, maar bedacht zich.

'Ik heb het verkeerd aangepakt. Hij raakte in paniek.'

'Verwachtte hij soms dat je tot in eeuwigheid voor de maffia zou blijven werken als ze je dwongen voor hen te werken? Het maakt me niet uit dat je hem al kent sinds jullie nog in luiers rondliepen, hij is een akelige vriend.'

Miles bevrijdde zich uit haar handen. 'Dus wat zegt Andy tegen me, dat hij er spijt van heeft? Hij biedt nooit zijn excuses aan. Wat ik heb gedaan, wat ik niet heb gedaan, wat betekent dat verdomme allemaal?'

'Die tape die de FBI van die bijeenkomst heeft gemaakt... heb je die ooit beluisterd?'

'Ze zeiden dat de opname mislukt was. Andy is voor niets gestorven.' Hij ging weer zitten. 'God, je moet wel denken dat ik een monster ben.'

Ze stopte haar benen onder zich op het bed. 'Ik had je al verteld dat mijn man eieren en koffie was gaan halen. En over een man van wie ik dacht dat hij een goede vriend was maar die me in plaats daarvan stalkte, die ik in mijn huis heb binnengelaten, die me vastbond en wachtte tot Brian thuiskwam. Hij hield een mes tegen mijn keel. Hij had me niet gekneveld. Hij zei dat hij me pijn ging doen omdat ik niet van hem hield, dat ik hem niet waardeerde – al die standaard stalkerbullshit – maar hij zou Brian niets doen. Ik geloofde hem. Ik was verlamd van angst, ik kon nog geen twee seconden vooruitdenken.' Ze klopte met een vinger op haar slaap. 'Dat brein dat negen heel slimme mensen buitenspel zette en vijf miljoen dollar had gewonnen bevroor als ijs. Ik hoorde Brian naar me roepen toen hij de voordeur openmaakte. Als ik had geschreeuwd dat hij moest maken dat hij wegkwam, had hij misschien nog een kans gehad. Hij had kunnen vluchten, zichzelf kunnen redden. Maar met een mes op mijn keel sloeg ik geen alarm en mijn man kwam binnen en de gestoorde fan heeft hem doodgemarteld. Voor mijn ogen. Zodat ik elke kreet van pijn, elke grimas, elke centimeter pijn kon zien. Een buurman hoorde Brian gillen en belde de politie, zij vielen binnen en hebben de gestoorde fan gedood, drie minuten nadat Brian was gestorven. De fan rookte een sigaret voordat hij aan mij wilde beginnen en ik lag daar maar, staarde in de ogen van mijn overleden man en vroeg me af: waarom heb ik niet geschreeuwd om hem te waarschuwen? Waarom niet?'

'Omdat je bang was. Omdat je hem wilde geloven dat hij Brian geen kwaad zou doen.'

'Nou, hoe stom kun je zijn, hè?'

'Ik wilde geloven dat Andy blij zou zijn als ik ons beiden uit de maffia zou halen. Jij wilde geloven dat Brian veilig was zolang jij maar bevelen opvolgde. Denk je dat Brian jou er één seconde de schuld van heeft gegeven?'

Ze gaf geen antwoord.

'Als je had geschreeuwd, denk je dan dat Brian op de vlucht was geslagen? Vergeet het maar. Hij zou naar jou toe zijn gerend. Gevochten hebben om je te redden.'

De waarheid van zijn woorden verpletterde haar. 'Alleen maar omdat ik aan zo'n stomme tv-show wilde meedoen.' Ze begroef haar gezicht in haar handen. 'Waarom kunnen we niet over al dat verdriet heen komen?'

'Omdat we van die mensen hielden. Je schudt ze niet als een stuk oude huid van je af.'

'Denk je dat als ik Frost zou blijven nemen... dat ik dan vergeet wat er met Brian is gebeurd?' Haar stem brak. 'Als ik die afgrijselijke gebeurtenissen zou vergeten, ben ik dan geen verschrikkelijk mens?'

'Brian zou niet willen dat je je hele leven met dat verdriet moet leven. Hij zou zeker niet hebben gewild dat je jezelf voortdurend sneed.'

Ze veegde haar ogen af. 'Dank je dat je me de bekentenis hebt laten lezen.'

'Bedankt dat je hebt verteld wat jou is overkomen.'

De stilte tussen hen werd enigszins gênant, bijna alsof ze fysiek intiem waren en niet wisten wat ze moesten zeggen, hoe ze moesten afronden, verder moesten.

Ze liep naar zijn bed en krulde zich in zijn armen. Zo lagen ze, gespannen, raakten elkaar nauwelijks aan en toen sloot ze haar hand om de zijne en begon te spanning weg te ebben. Huid op huid. Haar haar – ze had na het eten gedoucht en makkelijke kleren aangetrokken die Victor haar had gegeven – rook naar mandarijntjes en hij realiseerde zich dat hij was vergeten hoe perfect een vrouw kon aanvoelen, de soepele huid, het ritme van haar ademhaling.

Als hij achter Frost aan bleef jagen, kon hij binnen een dag dood zijn. Of in de gevangenis. Dit kon wel eens het laatste stukje geluk zijn, een laatste brokstukje, in zijn leven.

Hij sloot zijn ogen en viel in slaap.

Een hand raakte zijn schouder aan. Miles opende zijn ogen. Victor zat in zijn rolstoel vlak naast het bed.

Slecht nieuws, mimede hij. We moeten praten.

52

In Victors kantoor stond een hele reeks computers: twee Linux werkpaarden, een glanzende Apple Macintosh, vier beigekleurige pc's.

Op een beeldscherm was Quantrill te zien. Op het volgende Sorenson en daarnaast een met Allison.

Groote stond bij een scherm naar de foto van Sorenson te staren.

'Je dochter heb ik niet gevonden, Dennis, en als het gaat om onderduikadressen van de overheid loop ik voortdurend tegen muren op. Die locaties zijn goed bewaakte geheimen. Ik moet nu een omtrekkende beweging maken en dat kost tijd.'

'Als ze haar hebben vermoord vanwege de dood van Dodd...'

'Dat betwijfel ik. Dodds dood heeft ze verlamd, ze moeten zich hergroeperen. Je moet blijven hopen,' zei Victor.

Groote ging zitten, stopte zijn gehavende gezicht even in zijn handen en stond weer op. 'Hoeveel tijd heb ik dan nog? Een dag, twee? Zelfs als we Frost te pakken kunnen krijgen, weet ik nog niet hoe ik contact moet opnemen met degene voor wie Dodd werkte.'

'Ik heb wat munitie voor jullie wapens, heren. Het is of het bewijs om jullie te helpen bepalen of jullie absoluut geen stap meer verzetten, je gedeisd houden of stante pede naar de politie gaan.'

'We zijn een en al oor,' zei Miles.

Victor gebaarde naar Sorensons gezicht op het scherm. 'James Sorenson. Vroeger zat hij op het Pentagon, gestationeerd bij Buitenlandse Zaken in Beijing. Daarvoor, het leger. Nu staat hij niet langer op de loonlijst van de overheid; althans, dat wil niemand toegeven. Verder kan ik niets over hem vinden: familie, academische achtergrond, nul komma nul, die dossiers zijn verzegeld. Hij is nogal een bureaucratische rondzwerver.

Normaal gesproken wurmt een eeuwige ambtenaar zich op een plek en bijt zich daar stevig in vast.'

'Of hij is een hete aardappel, wordt hij rondgeschoven omdat hij problemen veroorzaakt,' zei Miles.

'Mijn contacten bij de legerarchieven en op Defensie proberen meer te weten te komen, maar tot nu toe hebben we niets, behalve dan dat een vriend op het Pentagon me heeft verteld dat Sorenson, en ik citeer, "een ongeleid projectiel, krankzinnig en lastig te hanteren" was. Sorry, ik heb geen ingang bij Buitenlandse Zaken, daar zit een bakstenen muur omheen.'

'Oké. Quantrill.'

'Ik zeg je,' zei Groote, 'dat hij een bedrijfsspion is.'

'Meer dan dat,' zei Victor. 'Een dotcommiljonair, heeft zijn geld daaruit teruggetrokken voordat de internetbel kapotspatte. Hij heeft een consultingbedrijf dat ooit is beschuldigd van bedrijfsspionage, maar de aanklachten zijn ingetrokken, wat naar afkoop riekt. Hij heeft ook te maken met een aantal bedrijven die weer andere bedrijven bezitten die gespecialiseerde ziekenhuizen exploiteren, zowel hier als in het buitenland, of contracten hebben met de Veterans Administration.'

'Als hij illegaal in een ziekenhuis met medicijnen experimenteert, kan hij dat dan ook ergens anders doen?' zei Groote. 'Misschien werkten hij en Dodd aan een deal, om Frost bij Sorenson weg te halen... en zit Amanda in een van zijn ziekenhuizen...'

'Ik kan het nagaan, maar ik geloof niet dat Dodd en Quantrill voor Dodds dood tot enige overeenkomst zijn gekomen,' zei Victor. 'Wat de experimenten aangaat, ik ben er bijna zeker van dat als Frost in één ziekenhuis werd getest, dat ook in andere is gebeurd. Zijn enige gezondheidszorgschandaal was in een veteranenziekenhuis in Minneapolis, toen werd hij ervan beschuldigd dat hij onbewezen kankermedicijnen op patiënten uitprobeerde. Twee artsen en een bestuurslid werden vervolgd. Een andere arts is de dans ontsprongen wegens gebrek aan bewijs. Die dokter nam ontslag uit het veteranenhospitaal en ging in een ziekenhuis werken van een van Quantrills holdings in Florida. Verder houdt Quantrill zich in het duister op.'

'Evenals Sorenson.'

'Is het bij je opgekomen dat Sorenson net zo hard op jou jaagt? Hij weet inmiddels dat zijn aanslag in Yosemite is mislukt... en, des te beter voor hem, hij weet dat de overheid bereid is tegen de media te liegen om Dodds betrokkenheid te verdoezelen. Als jij door de politie wordt gepakt, ben je in het nieuws. Jij kunt alles tenietdoen door de publiciteit op te zoeken.'

'Tenzij hij toegang heeft tot Amanda en zij sterft zodra wij onze mond opendoen,' zei Groote.

'Zelfs als hij dat niet doet en we komen in de openbaarheid, en de overheid snoert ons de mond of brengt ons in diskrediet, of we praten en sturen Frost naar het farmaceutische vagevuur,' zei Miles, 'dan zal het onderzoek niet worden geaccepteerd, wordt het jaren teruggezet. Nee. Ik moet de formule te pakken zien te krijgen en het bij een bedrijf zien onder te brengen dat het op verantwoorde wijze ontwikkelt.' Miles staarde naar de foto van Sorenson op het computerscherm. Achter in zijn hoofd bleef iets knagen. De feiten pasten niet harmonieus in elkaar, dat hoefde niet altijd, maar hij kon niet de vinger leggen op wat hem dwarszat.

'Je hebt een hoop ontdekt, man, bedankt,' zei Groote.

Victor reed naar Groote toe. 'Wil je ons alleen laten, Dennis? Ik moet Miles even onder vier ogen spreken. Dank je wel.'

Groote stond op en liep zonder een woord te zeggen weg.

Victor wachtte tot hij Groote hoorde teruggaan naar de patio in de achtertuin en de glazen schuifdoor sloot. 'Hij is niet te vertrouwen.'

'Ik weet het. Maar ik heb hem nodig. Ik kan Sorenson niet in mijn eentje bestrijden.'

'Groote is ex-FBI. Hij heeft een eigen beveiligingsfirma. Je weet dat hij er bepaald geen problemen mee heeft om buiten de wet om te opereren.'

'Ondanks zijn ruwe kanten heeft hij nog steeds federale trekjes. Dat is het enige waardoor ik hoop dat hij zich uiteindelijk fatsoenlijk zal gedragen.'

'Wellicht heeft hij Frost nodig,' zei Victor, 'meer dan jij of ik. Welnu... Ik weet dat je boos bent op Nathan omdat hij je niet de waarheid over Dodd heeft verteld. Maar je moet Nathans verhaal aanhoren. Met een beetje omzichtig ompraten en de belofte dat ik tien uur gratis peperdure databasewerkzaamheden voor ze zal doen, heb ik via het ministerie van Defensie de hand weten te leggen op zijn dossier.'

Miles stak een hand op en ging staan. 'Vertel het me maar niet. Het boeit me niet.'

Victor boog zich naar voren en klopte Miles met zijn prothesearm op de knie. 'Jij hebt me gevraagd je te helpen, er met wijd open ogen in te stappen. Ik zeg je dat je moet luisteren en je oren wijd open moet houden.'

'Vertel het dan maar.'

'Cleopatra,' riep Victor naar een van de computers, 'speel het Ruiz-videobestand af.'

De door de stem geactiveerde software begon prompt een film te vertonen. Nathan, schoon, vochtige haren, maar met gebroken neus, bont en blauwe ogen, zijn gezicht vol butsen en verband, staarde nerveus in de camera.

Aan het begin van de band maakte de interviewer zich bekend, vermeldde de datum en de locatie op een Amerikaanse militaire basis in Koeweit.

'Sergeant Ruiz, ik wil het met je hebben over de gebeurtenissen op 2 april.'

'Ja, sir.' Nathan veegde met een vinger langs zijn onderlip, vermande zich en ging rechtop zitten. 'Ja, sir.'

De ondervrager gaf een samenvatting van de procedure die Nathans artillerie-eenheid had gevolgd toen de Amerikaanse strijdkrachten naar Bagdad optrokken. Nathan stemde met elk punt in.

'En toen, nadat je je raketten had afgevuurd, wachtte je niet langer op verdere instructies.'

'Zo is het, sir.'

'En je hebt een operationele check uitgevoerd om te kijken of alle systemen naar behoren functioneerden.'

Nathan knikte. 'Ja, sir, zoals altijd.'

'En wat kwam daaruit?'

'Alles was in orde.' Nathan slikte.

'Het infrarode baken dat jullie als Amerikaanse strijdkrachten identificeerde werkte?' vroeg de interviewer.

'Nathan knikte.

'Je moet het hardop zeggen.'

'Sir, ja, sir, maar slechts een paar meter…'

'En tijdens jouw afwezigheid hield het baken ermee op.'

'Ja, sir.' Nathans stem klonk vast. 'Dat neem ik aan. De back-up deed het ook niet.'

'En hoe lang ben je bij de apparatuur weg geweest?'

'Slechts een paar minuten, sir, toen was ik weer terug.'

'En je merkte niet dat de glimwormen niet hadden gefunctioneerd?'

Stilte.

'Heb je de vraag gehoord, sergeant?'

'Sir, ja, sir, ik heb u gehoord. Ik heb niet gemerkt dat het baken was uitgevallen.'

'Let je alleen op de uitrusting tijdens de operationele controles, sergeant Ruiz?'

'Sir, nee, sir.'

'Maar je hebt niet gemerkt dat het baken het had begeven, en ook niet dat het betreffende alarm niet werkte.'

Vier seconden stilte. Nathans militaire onbewogenheid ging over in pure pijn. Hij probeerde uit alle macht zijn kalme gezichtsuitdrukking te herstellen. 'Sir, ja, sir, maar...'

'Maar?'

'Buiten, op het veld, sir, gebeurde er iets onverwachts. Ik weet niet waarom het systeem ermee ophield. Het... gebeurde gewoon.'

'Maar jij was er verantwoordelijk voor dat het werd gemaakt.'

'Dat is waar... sir.' Nathan slikte, zweet parelde op zijn gekneusde en gehavende voorhoofd.

'En hoeveel minuten verstreken er voor de Amerikaanse aanval?'

'Negen minuten na de lancering van onze laatste raketten, sir.'

'Negen minuten en je merkt niet dat het baken geen signalen uitzendt?'

'Sir, nee, sir.'

'Negen minuten waarin je je compagnie moest redden.' Er viel een afschuwelijke, zware stilte en Nathan knipperde heftig met zijn ogen in de camera. De onzichtbare ondervrager vervolgde: 'Volgens kapitein Cariotis was je in die negen minuten met je vrienden aan het praten en lachen, genoot je dat jullie missie was geslaagd. Je dacht dat al het werk voor die avond klaar was, nu al jullie raketten met succes waren gelanceerd.'

'Sir, ja, sir.' Nathan sloot zijn ogen en haalde diep adem. 'Sir, ja, sir.' Tranen vormden zich in zijn ooghoeken. 'Maar de schietcontrole had bij de piloot moeten bevestigen, sir, dat we Amerikaanse strijdkrachten waren... Ik begrijp niet hoe ik als enige...'

'Jij was daar, op de plaats van handeling, met een kapot baken. Je had dat kunnen opmerken. Je had het kunnen repareren. Je had de schietcontrole kunnen waarschuwen dat er een probleem was.'

'Jezus,' zei Miles, 'ze hebben hem de schuld van dat hele ongeluk in de schoenen geschoven.' Met droge mond dacht hij terug aan Nathans nachtmerrie in Santa Fe, terwijl hij uitriep: ik heb het gemaakt gerepareerd gemaakt.

'Cleopatra, zet de video op pauze,' zei Victor tegen de computer en Nathans gezicht bevroor op het scherm. 'Zonder een operationeel infraroodbaken kon een Amerikaanse piloot Nathans compagnie verwarren met de Republikeinse Garde. Een piloot krijgt onjuiste bevestiging van de schietcontrole nadat hij raketten in het donker gelanceerd heeft zien worden, hij schiet en de hele woestijn ligt bezaaid met Amerikaanse jongens.'

'O, man,' zei Miles. 'Die arme knullen.'

'Ja,' zei Nathan achter hem in de deuropening. 'Die arme knullen die ik heb helpen doden.'

Miles stond op. 'Nathan. Ik bedoelde dat jij ook een van die arme knullen was. Het spijt me zo, man.'

'Sta niet met je oordeel klaar,' zei Nathan. 'Ik ging in dienst. Ik ging verdedigen. Ik ben geen folteraar als Groote. Ik ben niet zo'n kluns als jij, Miles.'

'Het was een onvervalst ongeluk,' zei Victor. 'Die komen voortdurend voor in een oorlog.'

'Ik dacht dat jullie mijn vrienden waren. Stom van me,' zei Nathan. Hij veegde met de rug van zijn hand over zijn neus. 'Ik maak als de donder dat ik hier wegkom.'

'Nathan, je hoeft je nergens voor te schamen... we begrijpen wat je hebt doorgemaakt en waarom je Dodd hebt geholpen. Blijf hier.'

'Zet die band af!' Nathan schopte met zijn laars tegen het scherm. 'Jij bent absoluut een spion, Miles, en een veel betere dan ik. Geen geheim is veilig voor jou.' Hij stoof naar buiten, het huis door, de voordeur door. Miles racete achter hem aan en greep hem bij de arm toen hij uit de tuin de straat op stapte.

'Jij kunt ons helpen Sorenson te vinden...'

Hij drukte een pistool tegen Miles' hoofd. Miles' pistool. 'Laat me gaan, Miles. Laat me gaan.'

'Dat doe ik niet. Dan schiet je me maar dood.'

'Miles, alsjeblieft! Alsjeblieft!'

'Je gaat er niet vandoor. Laat je door ons helpen.'

'Jij bent zo'n stuk stront. Me een beetje de les lezen dat we bij elkaar moeten blijven. Jij dumpt mij en Celeste, en gaat er met Groote vandoor, een beest van een vent, verdomme, die... me heeft gemarteld.'

'Nathan...'

'Hou je kop. Hou goddomme je schijnheilige smoel, Miles. Hij heeft me pijn gedaan, jezus, maar ik heb je naam urenlang voor me gehouden omdat ik dacht dat dat het beste was. Ik wilde het goed doen. Weer sterk zijn.' Hij begon te snikken.

'Nathan, god, het spijt me.'

'Ik ben iedere vriend kwijtgeraakt die ik in het leger had. Stuk voor stuk. Ik dacht dat jij het zou begrijpen omdat jij al jouw vrienden in Florida hebt achtergelaten. Ik dacht... het maakt ook niet uit wat ik dacht.' Hij schoof Miles opzij en richtte het pistool op hem. 'Je wilt alleen maar dat ik blijf omdat je bang bent dat ik de politie erbij haal, ze ga vertellen waar jij en Celeste zijn. Dat ik weer de held ga uithangen. Maak je geen zorgen. Ik zal jou beter behandelen dan jij mij hebt gedaan.' Hij liep achteruit de rustige straat in.

'Dit is krankjorum, je hebt geen geld, geen auto.'

'Ik houd mijn mond over jou en Celeste. Tenzij je achter me aan komt. Dan praat ik tot mijn keel er schor van wordt, begrepen?' Nathan liet het pistool zakken en liep bij hem vandaan.

Miles keek hem na terwijl hij de duisternis in liep en ging weer terug naar het huis.

'Het spijt me, Miles,' zei Victor.

'Misschien is hij over tien minuten of tien uur weer terug, als hij tot bedaren is gekomen,' zei Miles. 'Hij denkt dat ik hem haat. Dat doe ik niet. Maar hij begrijpt niet wat vertrouwen inhoudt.'

'Hoeveel van je plannen heeft hij gehoord?'

'Hij weet in elk geval dat ik hem en Celeste bij jou had willen achterlaten. Dat heeft hij misschien in de auto gehoord, ik dacht dat hij sliep.'

'Gaat hij naar de politie?'

'Dat weet ik niet.'

'Nou, de enige wet die ik heb overtreden is dat ik voortvluchtigen onderdak heb geboden, en als ik geen tv heb gekeken, weet ik niet eens dat jullie voortvluchtig zijn.'

'Sorry.'

'Jij en Groote kunnen misschien beter vertrekken. Voor de veiligheid.'

'Kan Celeste hier blijven? Ik mag haar niet in nog meer gevaar brengen. Ze heeft al veel te veel te verstouwen gekregen.'

'Gaan jullie maar terwijl zij nog slaapt. Anders gaat ze hemel en aarde bewegen.'

De gezichten die in verband stonden met Frost stonden als bevroren op de computerschermen. Behalve het scherm uiterst links: dat toonde Victors website voor traumapatiënten. Hij hield een enquête met een puur theoretische vraag, de vraag die Sorenson hem een leven geleden had gesteld: als je het ergste moment uit je leven kon vergeten, zou je dat dan willen?

Vierennegentig procent zei ja. Dat was de kracht, de belofte, van Frost.

Dus als je Frost vindt, kun je Nathan dan ook vinden? Om hem te helpen?

Miles keek naar de slapende Celeste, verdwaald in het gewicht van haar dromen. Hij haalde de bekentenis uit zijn zak en legde die bij de lamp. Hij boog zich voorover en kuste haar op het voorhoofd.

'Laten we gaan,' zei Miles. Groote stond op uit zijn stoel in de patio. Miles dacht dat het beter was niet te zeggen dat Nathan was vertrokken. Groote zou achter hem aan willen gaan. 'Misschien is er nog een late vlucht naar Austin.'

'Eigenlijk,' zei Groote, 'heb ik een idee. Allison heeft de koperslijst van Quantrill gestolen. Dat zou wel eens nuttige informatie kunnen zijn.'

Miles zag waar hij heen wilde. 'Als we de details over de veiling van een koper te weten kunnen komen, kunnen we heel dicht bij Sorenson komen zonder dat hij het in de gaten heeft.'

'En we kunnen die lijst vanavond nog te pakken krijgen,' zei Groote. 'Je bent niet bang voor alarmsystemen en mannen met geweren, toch, meneer Spion?'

53

Nathan had anderhalve dollar in kwartjes die hij uit de kamer van de blinde soldaat had gestolen en die stopte hij in de telefooncel bij een benzinestation. Stelen van een blinde, god, klasse, hoor. Met zijn mouw veegde hij de tranen en snot van zijn gezicht. Hij had een portefeuille met vijfhonderd dollar in cash en een identiteitsbewijs met foto die Dodd hem in Yosemite had toegespeeld, een ticket om weer in de maatschappij terug te keren na zijn missie in het Sangre de Cristo. Maar hij had geen kleingeld voor de telefoon, en vijfhonderd dollar was misschien niet genoeg voor wat hij wist dat hij moest gaan doen. Zijn benen deden zeer, zijn rug was pijnlijk van het pak slaag dat Groote hem in Santa Fe had gegeven en hij wilde niet alleen zijn. Maar dat zou hij wel zijn, tot hij zijn taak had volbracht.

De telefoon ging drie keer over en zijn moeder nam op.

'Mama? Ik ben uit het ziekenhuis. Ik ben weer helemaal gerepareerd.'

'Liefje? O, goddank,' toen een litanie in gekweld Spaans. Hij wachtte tot de woordenstroom over was en probeerde te lachen zodat ze zou geloven dat hij blij was.

'Je moet wat voor me doen, mam. Ik ben niet in Santa Fe. Ze hebben me naar een ander ziekenhuis vlak bij Los Angeles overgebracht voor de laatste behandelingen.'

'Ik begrijp het niet...' en ze vuurde opnieuw vragen op hem af, ratatat, en hij sloot zijn ogen.

'Mama,' onderbrak hij haar, 'ik heb geld nodig. Om te eten en thuis te komen.' Maar hij ging niet naar huis. Nee. Eerst moest hij klaar zijn met de held uit te hangen.

54

Miles maakte het keukendeurslot open met een speciaal onderdeel van Grootes meneer Schroevendraaier, wilde er niet aan denken dat dit het wapen was waarmee Nathan zo bruut was bewerkt. De palletjes klikten op hun plek en Miles duwde zachtjes tegen de deur. Groote stond achter hem, pistool in de aanslag, en ze luisterden naar de zoem van een alarm. Niets.

Quantrill had het systeem nog niet geactiveerd, hij was nog niet naar bed gegaan.

Miles liet de schroevendraaier in zijn achterzak glijden en liep achter Groote aan het huis in. Ze hoorden in de verte gebrul van geweervuur, toen een uitbarsting van artillerievuur, de kreet van een jet. Vervolgens het aanzwellen van een orkest, muziek die met de strijd mee donderde, allemaal komend uit een halfopen deuropening van de woonkamer.

Bewakers, mimede Groote naar Miles. Hij gebaarde Miles naar de trap, mimede: kantoor en gebaarde dat Miles naar boven moest gaan.

Miles liep naar boven. Groote bleef wachten met zijn wapen in de aanslag. Als de bewakers voor hun blockbuster bleven zitten, was er niets aan de hand, geen reden om ze te doden.

Quantrill zat op de stoel aan zijn lege bureau, hoofd achterover, een rood met zwarte veeg op zijn voorhoofd, ogen halfgesloten.

Miles raakte de keel van de dode man aan. Nog warm.

De computer van de man was van zijn bureau verdwenen. Miles ging naar de aangrenzende badkamer, griste een handdoek weg en maakte daarmee de laden open, doorzocht de kast die ook als voorraadkast diende. Geen laptops waar eventueel een back-up van de Frost koperslijst op kon staan, geen cd's of dvd's, geen discs… alles weg.

Sorenson was schoon schip aan het maken, elimineerde elke mogelijke tussenkomst, en ze hadden hem of zijn huurmoordenaars maar op een haar na gemist.

Hij duwde de man in zijn stoel naar voren en doorzocht zijn zakken. Portemonnee, vol cash, onaangeroerd. Hij vond een mobieltje, dichtgeklapt. Hij stopte de telefoon in zijn zak.

Miles liep de trap af, Groote stond op zijn post, de film was nog steeds bezig. Miles liep langs hem naar de tv-kamer. De twee bewakers lagen languit op de bank, een kom beboterde popcorn tussen hen in, drie kogelgaten prijkten op hun gezicht.

'Nou,' zei Groote, 'Ik neem aan dat Quantrill geen cheque meer voor me uitschrijft.'

'We hebben ze net gemist. Dit is ongeveer een kwartier geleden gebeurd. Sorenson heeft zojuist een einde gemaakt aan de mogelijkheid dat kopers trouw blijven aan Quantrill. Nu is hij nog de enige partij in de stad.'

Groote bukte zich en pakte een handvol popcorn. Miles probeerde tijdens het kauwen van de man niet te kokhalzen. 'Stel dat hij geprobeerd heeft met kopers in contact te komen, ze heeft gewaarschuwd bij de veiling weg te blijven, ervoor heeft gepleit dat ze niet van een dief mogen stelen, of zelfs heeft gedreigd er ruchtbaarheid aan te geven als ze de veiling niet boycotten.'

Miles stak het mobieltje omhoog. 'Misschien vinden we hierin een koper die hij heeft gebeld. Als ik een mobiel nummer heb, kan ik bijna iedereen te pakken krijgen.'

'We hebben,' zei Groote met een mond vol popcorn, 'maar één nodig.'

Vlak bij de Santa Monica Pier vonden ze een koffieshop die het klokje rond open was en waar ze internettoegang hadden en Miles toog aan het werk. Nadat hij had ontdekt dat Quantrill zijn laatste uren op aarde had besteed aan een telefoontje naar een Chinees restaurant, zijn mannen in het veld en twee nummers waarvan Groote dacht dat die van de dode popcorneters moesten zijn, had Miles bij het vijfde nummer beet. Dat behoorde toe aan ene Greg Bradley. Hij googelde de naam van de man, gecombineerd met 'farmaceutisch', en toen bleek dat Bradley een consultingbedrijf in Boston had dat Aldis-Tate adviseerde, een van de grootste medicijnfabrikanten in Amerika.

'Dat is onze man,' zei Groote. 'In het ziekenhuis deed Sorenson zich voor als iemand van Aldis-Tate.'

De bellijst gaf aan dat het gesprek tussen Quantrill en Bradley lang had geduurd... ruim een half uur.

'Lange gesprekken,' zei Miles, 'suggereren uitputtende discussies en dat betekent dat Quantrill wellicht overtuigend moet zijn geweest om de tweede veiling te torpederen.'

Groote fronste zijn voorhoofd. 'Denk je dat Bradley bang is geworden en zich heeft teruggetrokken?'

'Laten we kijken of dat zo is. Wacht even.' Hij belde Bradleys mobiele nummer en wachtte.

'Verknal het niet,' zei Groote op zachte toon.

'Hallo?'

'Meneer Bradley?'

'Ja?'

'Hallo, sir, u spreekt met Corey van de creditcardbeveiligingsfirma Ironlock. Ik controleer de intrekking van een betaling waardoor in ons systeem een rood vlaggetje gaat wapperen. Hebt u onlangs een vlucht geannuleerd, sir?'

'Eh, ja. Vandaag.'

'Een vlucht naar Austin, sir?'

'Nou, ja...' Toen een lange, onbeholpen stilte. 'Met wie spreek ik, zei u?'

Miles sprak met streng afgemeten efficiency: 'Sir, we controleren elke annulering waarbij de vlag op rood gaat aangezien wij de creditcardbedrijven verzekeren en wij hun annuleringsverzekering betalen. We onderzoeken een aantal luchtvaartmaatschappijen die valse declaraties indienen, dan onmiddellijk annuleren zodat we toch moeten betalen. Maar als het een heuse annulering is, is er geen probleem, en ik dank u voor uw tijd.' Hij hing op. 'Ik denk dat hij heeft geannuleerd. Hij veranderde in ijs toen ik het over Austin had.'

'Je bent een goed leugenaar. Bestaat zo'n verzekering eigenlijk wel?'

'Geen idee.' Miles belde de volgende nummers op de lijst.

Drie nummers later had hij weer geluk. Quantrill had drie keer achter elkaar hetzelfde nummer gebeld. Het eerste gesprek had veertig seconden geduurd, de volgende twee nauwelijks tien.

'Als het geen vriendinnetje is,' zei Groote, 'dan is het iemand die niet met Quantrill wil praten.' Hij trok een wenkbrauw op. 'Je bent hier goed in.'

De man heette David Singhal en was een voormalig vicepresident van een onderzoeksafdeling van een Zwitsers farmaceutisch bedrijf, die nu aan het hoofd stond van een onderzoeksadviesbureau in Los Angeles. Miles googelde hem met Google's Images en vond een foto van Singhal tijdens een interview in een Europees zakenblad. In de vijftig, gecultiveerd, intelligente ogen, een grijzende sik. Miles belde het nummer.

'Hallo, meneer Singhal?'

'Ja?' hij had een afgemeten Brits accent.

Miles zei plompverloren: 'Hallo, met James van Excelsior Creditcardbeveiliging. We werken met VISA en AmEx, en we hebben een vraag over uw rekening. Hebt u onlangs een vluchtreservering naar Austin geannuleerd?'

Singhal was voorzichtiger dan Bradley: 'Sorry, van welk bedrijf bent u?'

Miles herhaalde het en voegde eraan toe: 'We helpen creditcardbedrijven bij een corrupte database. Er zit een discrepantie in de ene versie van de creditdatabase, waarin u hebt betaald voor een LAX-Austin vlucht en de andere, herstelde database meldt dat u die hebt geannuleerd.'

'Zo te horen moet ik mijn vliegtuigmaatschappij bellen,' zei Singhal. 'Ik ga u niet over de telefoon mijn creditcardnummer geven.'

'Eh, nee, sir, heel verstandig. Dat moet u nooit doen.' Hij deed nog een poging. 'Ik kan de database in orde brengen zodat er geen verwarring bestaat over de status van uw ticket. Had u een vlucht naar het zuidwesten geboekt?'

Singhal hing op.

'Schitterend,' zei Miles. 'Nu belt hij direct naar de luchtvaartmaatschappij en zij zullen hem vertellen dat alles in orde is.'

'Geef me de telefoon.' Groote pakte de telefoon aan, toetste een nummer in, sprak op zachte toon, belde een ander nummer, gaf een code door. Hij hing op, haalde nog twee koppen koffie voor hen beiden en ging zitten. Zijn telefoon ging, hij luisterde en verbrak de verbinding. 'David Singhal zit op de GlobeWest vlucht van morgenochtend naar Austin. Ik word teruggebeld als hij zijn reservering wijzigt.'

'Hoe ben je daarachter gekomen?'

'Een contact bij de FBI.'

'De overheid houdt de passagierslijsten van de luchtvaartmaatschappijen in de gaten.'

'Dat verbaast natuurlijk niemand.'

'Oké,' zei Miles. 'Wat nu?'

'Slapen,' zei Groote.

Ze stopten bij een vierentwintiguurs megawinkel en kochten kleren en andere benodigdheden. Groote pinde geld bij een automaat. Ze checkten in een hotel vlak bij LAX in, zelfde kamer, twee bedden.

Groote zei welterusten en deed de lamp uit. Miles kon niet slapen, hij was bang om zijn ogen dicht te doen, want als hij rust nam, zou Andy terugkomen.

'Groote?'

'Ja?'

'Tijdens de rit vandaag... heb je niet precies verteld wie je vrouw en dochter hebben aangevallen.'

Er viel een lange stilte. 'Een stelletje klootzakken die bang waren dat het oog van de FBI op hun misdaadbende zou vallen, dachten dat ik meehielp hun activiteiten lam te leggen. Misplaatste wraak.'

Hij wilde vragen: welke misdaadbende? Als het iemand was waar de Barrada's zich op richtten... maar de enige Zuid-Californische bende waar ze zich op hadden gericht waren de Duartes... en die waren nu allemaal dood. 'Wie waren die klootzakken? Drugsdealers?'

'Doet er niet toe.'

'Waarom ben je bij de FBI weggegaan?'

'Mijn carrièrekansen waren uitgeput.'

'Welke kansen?'

'Goedgeplaatste wraak,' zei Groote. 'Ik wil er niet meer over praten, Miles. Welterusten.'

55

De volgende ochtend bulderde de tweede vlucht van LAX naar Austin de frisse blauwe lucht in en Miles keek de rijen langs, waar een oudere heer een zondagskrant inkeek waarvan de kop luidde: FEDERAAL AGENT VERMIST en daaronder een foto van DeShawn Pitts. Vanwaar hij zat kon hij het artikel niet lezen en de heer was een trage lezer, las elk woord en keek geen enkel artikel vluchtig door. Vijf rijen voor hem zat David Singhal, in pak, de *Wall Street Journal* te lezen.

Ten slotte vouwde de man de krant op en stopte hem in zijn stoelzak.

'Sir?' Miles leunde opzij en vroeg fluisterend: 'Neemt u me niet kwalijk. Mag ik uw krant inkijken nu u ermee klaar bent?'

'Uiteraard.' De heer gaf hem de pagina's.

Miles las het artikel en kreeg er kippenvel van. DeShawn Pitts, een federale marshal – in het verhaal stond niet dat hij werkzaam was voor het getuigenbeschermingsprogramma – werd sinds twee dagen vermist, verdwenen tijdens niet nader te noemen veldwerkzaamheden. De FBI vroeg iedereen met informatie te bellen.

Hurley was dinsdag omgekomen. DeShawn was die dag in het ziekenhuis – dat had Miles gehoord toen hij naar Hurley werd weggeroepen – en raakte vrijdag vermist. De dag nadat Groote met hem had gepraat.

Of DeShawn had het misschien niet opgegeven, was door blijven vragen, blijven zoeken naar Miles – dat zou hij doen als hij die opdracht had gekregen, als WITSEC DeShawns argument had geaccepteerd dat Miles gezien zijn handicap niet in staat was om krachtige beslissingen te nemen – en was hij opnieuw op Groote gestuit. Groote was op jacht naar Miles, en DeShawn ook. Stel dat hun paden elkaar hadden gekruist. Op een beroerd moment.

Wees in orde, DeShawn, wees alsjeblieft in orde.

Miles las de rest van het artikel. Hij werd niet genoemd, WITSEC zou zijn nieuwe naam nog steeds niet prijsgeven. Maar de vermelding, aan het eind, dat het een moeilijke week was geweest voor de politie van Santa Fe: een vrouw die in haar kantoor tijdens een explosie om het leven was gekomen (Allison), een beroemdheid die uit haar huis was verdwenen (Celeste), vier middelbareschoolkinderen die buiten de stad zwaargewond waren geraakt bij een auto-ongeluk, een dokter en een toeriste die werden vermist. Het ziekenhuis had Hurley als vermist opgegeven. Zou dat nieuws – of DeShawns hardnekkige vasthoudendheid – DeShawn naar Sangriaville hebben teruggedreven en was hij op een verband gestuit? Terug naar Groote?

Miles wilde plotseling het vliegtuig uit, heel erg graag.

Hij vouwde de krant op, gaf hem met een bedankje aan de eigenaar terug, liep naar de toiletruimte, spoelde water over zijn gezicht, probeerde zijn gedachten te ordenen en overwoog de obstakels. Hij ging naar zijn plaats terug. Groote was wakker.

'Luchtziek?' vroeg Groote zachtjes. 'Je ziet bleek.'

'Nee,' zei Miles. 'Het gaat prima met me.'

'Als je maar niet gek wordt,' zei Groote.

'Ik zei dat het prima met me is.'

'Mooi. Want we zijn bijna thuis.'

Als jij DeShawn hebt vermoord... dan vermoord ik jou, dacht Miles. 'Ja. Dat hoop ik maar.'

56

Miles zat in de bar van het Austin Four Seasons hotel en Allison, Andy en nu ook DeShawn zaten tegenover hem, een beschuldigende stoet dode mensen door zijn schuld.

Nu moest hij zichzelf in de hand zien te houden. Andy's knipperende aanwezigheid – aan en uit, aan en uit – overtuigde Miles ervan dat zijn geestesziekte een kwestie van nuance en schommelingen was, maar nu Allison en DeShawn hem ook achtervolgden, wist hij dat zijn geest op het punt van instorten stond, in fragmenten uiteen zou vallen die niet eenvoudig weer aan elkaar gelijmd konden worden.

Hij mocht niets laten merken. Groote zou hem vermoorden als Miles' brein het zou begeven en hij alleen maar onwelkome ballast zou zijn.

Hij keek uit het raam, keek naar de rust van het Town Lake zoals zich dat langs het centrum uitstrekte. Denk aan je lievelingsdingen, zoals al die leuke dingen waarover Julie Andrews in dat oude liedje zong. Hij haalde goede herinneringen aan Austin op: Miles was een keer eerder in deze bedrijvige, creatieve smeltkroes van een stad geweest, naar een Austin City Limits Music Festival met Andy... Andy was dol op Oasis en Miles was een grote fan van de Black Crowes. Dus waren ze erheen gegaan, hadden bier gedronken en met de bands mee geswingd. Andy had backstagekaarten weten te bemachtigen en Miles wist nog hoe Andy onvermoeibaar had geflirt met een prachtig meisje, het vriendinnetje van een drummer van een van de grote bands. Ze werden uit de vip-ruimte gegooid en hadden er de hele terugweg naar de Four Seasons om moeten lachen.

'Mooie tijden,' zei Andy.

'Ja,' antwoordde Miles binnensmonds. 'Wees nou stil.' Het zweet liep hem over de rug.

'Wat ga je doen als hij me heeft vermoord, Miles?' zei DeShawn. 'Ik heb het recht te weten of ik op je kan rekenen.'

'Je moet niet in het openbaar met hem praten,' zei Allison vanaf de andere stoel. 'Dan sleuren ze hem naar een ziekenhuis, pompen hem vol antipsychotica en luistert hij misschien niet meer naar ons.'

'Je denkt toch zeker niet dat een pil mij wegjaagt, wel?' zei Andy. 'Dan kun je net zo goed een koe voor magische bonen willen verkopen, Miles. Je weet dat jij en ik voor eeuwig een team zijn. Een permanent getikt stel. Ik ben de oorspronkelijke boosdoener in je hoofd, deze twee nieuwelingen hangen er maar zo'n beetje bij.'

'Ik ga je opnieuw vermoorden,' fluisterde Miles, 'en deze keer is het zelfverdediging.'

'Het was niet de eerste keer,' zei Andy. 'Niet echt. Diep in je hart weet je dat het de waarheid is.'

'Te popelen om naar boven te komen,' zei Allison.

'Houd je kop, houd je kop,' mompelde Miles zachtjes.

Hij trok zijn shirt recht. In het Four Seasons kon je er zonder al te veel op te vallen verwaarloosd maar toch hip uitzien: Austin was een film- en muziekstad en aan kleding kon je niet altijd iemands rijkdom afmeten. Hij was onschuldig gekleed in een schone broek met T-shirt dat zo'n obscure muziekgroep promootte dat het voor Austin-cool kon doorgaan.

Elf minuten later zag hij een man aan de overkant van de lobby met een aktetas naar de liften lopen. David Singhal kwam terug van een taxirit die hij kort na zijn aankomst in het hotel had gemaakt. Groote had hem, eveneens in een taxi, gevolgd en Miles gebeld dat de man eenvoudigweg in een restaurant was gaan lunchen.

Groote was nog niet terug en dus volgde Miles Singhal door de lobby. In de lift ging Miles naast de man staan, hij vouwde zijn handen achter zijn rug en Singhal had al op de knop gedrukt.

'Als u vandaag naar de Frost-veiling gaat,' zei Miles op conversatietoon, 'wordt u vermoord.'

'Vandaag,' herhaalde Singhal met ogen groot van schrik. De deuren gleden op zijn verdieping open. 'Ik heb geen idee wat u bedoelt...'

'Ik heb geen microfoontje bij me. En doe niet alsof u niet weet waar ik het over heb. U zit diep in de problemen, meneer Singhal, en ik ben de enige die u daaruit kan halen.'

'U vergist u.' Singhal liep langs hem heen. 'Laat me met rust of ik roep de hotelbeveiliging erbij.'

'Ga uw gang. Dan bel ik de FDA.' Miles liep achter hem aan naar een suite aan het einde van de gang. 'U was van plan Frost van Oliver Quantrill te kopen. Nu gaat u het van iemand anders kopen die genoegen neemt met een lagere winst. Dat is een vergissing.'

Singhal handhaafde zijn pokerface. 'Nogmaals, u moet in de war zijn.'

Miles trok het pistool vanachter uit zijn broekriem, verborgen onder zijn loshangende shirt, en richtte dat op Singhals maag. 'Zullen we dit dan maar onder vier ogen ophelderen? Naar binnen.'

Met trillende handen opende Singhal de suitedeur en Miles volgde hem naar binnen. Hij beval Singhal op bed te gaan zitten, belde Groote en zei hem naar suite 409 te komen.

'We hebben twee minuten. U gaat me vertellen waar de Frost-veiling plaatsvindt. Als u dat doet, zorg ik ervoor dat uw farmacliënten de kans krijgen om het gratis te ontwikkelen. Ik geef u het onderzoek... wat ik belangrijk vind is dat zieke mensen dat medicijn krijgen. Maar ik moet weten waar Sorenson is.'

Singhal beet op zijn lip.

'Neem mijn voorstel alstublieft aan. Als u denkt dat ik bang ben, wacht dan maar tot u mijn... vriend ontmoet. Zijn dochter is door de mensen die de veiling organiseren ontvoerd.' Niet bepaald accuraat, maar hij kreeg het effect dat hij wilde: Singhal slikte. 'Ik moet weten waar de veiling gaat plaatsvinden.'

'In een oud particulier gesticht in het oosten van de stad. In onbruik maar Sorensons mensen hebben het een maand of zo geleden gekocht.'

'Wanneer?'

'Zes uur vanavond.' Nog zes uur te gaan.

'Hebt u een pas, een speciale manier waarmee u toegang krijgt tot de veiling?'

'Nee.'

'Ik ben een aardige jongen. De volslagen meedogenloze man die nu hiernaartoe op weg is, is de kwaaie pier. Denk nog eens over uw antwoord na.'

Een klop op de deur. Miles liet Groote binnen.

'Wie zijn jullie?' zei Singhal. 'Als ik weet met wie te maken heb... kunnen we misschien tot een vergelijk komen.'

'Hier is uw vergelijk.' Groote greep de man bij de keel en duwde hem gladjes tegen de muur. Toen begon hij op Singhal in te stompen, precieze stoten met gestrekte vingers. Zo regelmatig als een metronoom, in de nieren, tussen de ribben, boven het hart en Miles dacht: dat doet vast niet veel pijn, maar plotseling liep Singhals gezicht paars aan en hij zei: 'Mijn portefeuille. God, stop. Alsjeblieft.'

Miles trok Singhals portefeuille uit zijn jas en vond er een stukje papier in: een adres in Oost-Austin en een toegangscode: 12XCD.

'Er staat een hek om het terrein. Dat is de elektronische code om langs de sloten te komen.'

'Wat voor soort beveiliging heeft Sorenson beloofd?' vroeg Miles.

'Hij... zei dat het er veilig was.'

'Hoeveel kopers komen er?'

'Geen idee... alstublieft. Ik heb een gezin.'

'Ik ook, klootzak,' zei Groote.

'Groote. Vermoord hem niet.'

'Vertel me over die beveiliging.' Groote hief zijn vuist.

'Mij was alleen verzekerd... dat het veilig was... ik weet het niet, echt niet.'

Groote schudde zijn hoofd naar Miles. 'We kunnen hem niet naar Sorenson laten bellen en de alarmklok luiden.'

'Vermoord hem niet,' zei Miles nogmaals.

'Ja.'

'Nee.'

'Godverdomme, wil je in een achterlijke hinderlaag lopen, soms? Beter hij dan wij.' Spuug spatte van Grootes lippen af.

Miles gaf Singhal een harde vuistslag. Singhals ogen rolden weg en de man stortte neer.

'Goed idee,' zei Groote. 'Hij kan gaan gillen terwijl wij bediscussiëren of hij wel of geen toekomst heeft.'

Miles had zijn hand met die klap danig bezeerd en hij verwerkte de pijn met een huivering. 'Als je hem vermoordt en we worden gepakt, dan zie je Amanda nooit meer terug. Door die vent in Yosemite neer te schieten heb je levens gered, en dat zouden we allemaal in de rechtszaal zweren. Maar dit zou koelbloedige moord zijn en ik weet zeker dat je daar geen zin in hebt. Dat loont nooit.'

Groote schudde zijn hoofd. 'Hij mag Sorenson niet waarschuwen.'

'Dan moet je me helpen.' Miles bond Singhal met een gordijnkoord, knevelde hem met een stuk gescheurd kussensloop en propte hem in de kast. Hij belde de receptie, zei dat hij Singhal was en dat hij een gemene buikgriep had opgelopen, en of ze hem vandaag alsjeblieft niet wilden storen. Er hoefde niet te worden schoongemaakt en ja, houdt u alstublieft alle telefoontjes tegen.

'Dit staat me niet aan,' zei Groote.

'We hebben zes uur voordat de kopers komen opdagen,' zei Miles. 'Kom mee.'

Ze huurden een auto en reden naar de I-35.

Ze zagen de auto die achter hen aan reed niet, die een kleine kilometer achter hen bleef en hen geen ogenblik uit het oog verloor.

57

Groote nam de afslag, sloeg drie keer links af en reed door een straat met bescheiden woningen, waarvan de meeste in onberispelijke staat waren en een paar een erbarmelijk gebrek aan onderhoud vertoonden. Aan het eind van de straat doemde hoog boven de buurt een gotisch, grijs granieten, onheilspellend gebouw uit. Een stenen bord waarop stond YARBROUGH HOSPITAL 1893 was door de tand des tijds aangetast en zat onder de graffiti. Daarboven stond op houten palen een verweerd, afgesleten bord met daarop een fundraiser voor Halloween spookhuizen, 'Nachtmerrie Hospitaal', dat op zijn beurt overtimmerd was met een kleiner bord met HORIZON ONROEREND GOED, Verboden voor onbevoegden.

'Horizon,' zei Groote. 'Dodds auto stond op naam van datzelfde nepbedrijf.'

'Sorenson heeft Dodd vermoord en gebruikt nu zijn hulpbronnen,' zei Miles.

'Keurig netjes,' zei Groote. 'Is je hoofd helder, Miles?'

'Ja.'

'Pak aan.' Groote gaf hem een klein pistool en een enkelholster. Na hun komst in Austin had hij met een telefoontje een bescheiden wapenuitrusting geregeld. 'Kan van pas komen als het akelig wordt en je neergaat of als je magazijn leeg is.'

'Bedankt.' Miles bevestigde de holster en liet de broekspijp over het wapen vallen, verrast vanwege het geschenk. 'Groote?'

'Ja?' Groote schakelde de motor uit.

'Als dit achter de rug is... gaan we elk ons weegs. Niet nodig om elkaar schade toe te brengen, wel?'

'Ik zou niet weten wat, Miles.'

'Wat ga je doen?'

'Mijn dochter naar een plek brengen waar haar geen kwaad kan worden gedaan.'

'Dan moet je ook je oorlog tegen de Duartes opgeven.'

Groote keek hem aan.

'Dat zijn de mensen die haar pijn hebben gedaan en je vrouw hebben vermoord. Het waren de Duartes, hè? Je weet dat het zo is, ook al wist de FBI het niet zeker.'

'Waarom denk je dat?'

'We hebben geen tijd voor subtiliteiten, Dennis. Ik heb geen zin in een kogel in mijn rug zodra we Frost hebben.'

'Waarom zou ik zo onbeleefd zijn, Miles?'

'In Los Angeles vroeg ik je over die bende die jij de schuld geeft vanwege die narigheid met je gezin. Je ontweek de vraag en dat zat me dwars. Omdat er geen reden is om het me niet te vertellen. Tenzij het de Duartes waren. Omdat ik met hen te maken heb gehad. Je weet van mijn werk voor de Barrada's, dat ik elkaar rivaliserende misdaadbendes bespioneerde, met inbegrip van de Duartes. Jij was FBI. Natuurlijk wist je dat.'

Groote wierp hem een zijdelingse blik toe.

Miles hield zijn blik hardnekkig op die van Groote gericht. 'Het spijt me heel erg van je verlies, maar ik heb je gezin nooit iets aangedaan. Ik heb financiële informatie van de Duartes gestolen, en de FBI heeft me nepdossiers gegeven over de Duartes om daarmee de Barrada's onder druk te kunnen zetten. Ik heb de Duartes nooit zo erg tegen me in het harnas gejaagd dat ze het kookpunt bereikten. Ik weet niet waarom ze het op jouw gezin gemunt hadden, maar dat kwam niet door mij. Ze stonden duidelijk al in de schijnwerpers van de FBI. Je hebt geen reden om mij daarvan de schuld te geven. Dus als je je wilt wreken, zet het dan maar uit je hoofd.'

Grootes mond vertrok zich in een glimlachje dat na een tel weer verdween.

'Ik ga terug in het getuigenbeschermingsprogramma, als ze me willen hebben. Ik moet nog steeds tegen de Barrada's getuigen, wat althans nog van ze over is. En dan willen ze dat ik tegen andere misdaadbendes getuig. Dat zal me een mooie grote schoonmaak geven. En het gaat sneller en makkelijker dan ze één voor één om zeep te helpen.'

Groote keek nu strak naar voren.

'Ik kan een vriend bij WITSEC bellen. Je hebt hem ontmoet, zei je, DeShawn Pitts.'

'Ja,' zei Groote op neutrale toon.

Miles hield hem in de gaten of hij een spoor van een reactie vertoonde. 'DeShawn is een goeie vent, ik kan aan hem doorgeven waar Amanda is, als Sorenson het weet. Dan kunnen we haar onmiddellijk in bescherming nemen, haar gelijk in veiligheid brengen.'

Groote zei: 'Dat is aardig van je, Miles.'

'Je hebt mijn vrienden pijn gedaan. Je hebt Nathan gemarteld, Celeste aangevallen. Dat zal ik niet vergeten. Maar ik weet dat je je dochter probeerde te redden.'

Groote kuchte in zijn vuist.

'Ik help je kind, Dennis, en daarmee staan we quitte, voor het geval je nog een wrok koestert en genoegdoening wilt. Duidelijk?'

'Volslagen,' zei Groote.

'Heb je me nog iets te zeggen? Is er nog een reden waarom ik boos op je moet zijn?' Dacht: heb je DeShawn vermoord?

'Ik zou niets kunnen bedenken,' zei Groote.

De stilte hing als een gordijn tussen hen in. Ten slotte zei Groote: 'We houden het plan simpel. Als Sorenson er is, overweldigen we hem. Zo niet, dan nemen we Frost mee als het er is, of we verstoppen ons in het ziekenhuis tot Sorenson opduikt en dan nemen wij de zaak over.'

'Simpel.'

'Dat zijn de meeste dingen.'

'Kom mee,' zei Miles. 'Laten we hier een eind aan maken.'

58

Miles toetste de code uit Singhals portefeuille in. Het slot op het oude, ijzeren hek piepte, schoot los en Miles duwde de ijzeren tralies open en deed het hek niet weer op slot.

Ze renden over het overwoekerde gras naar de voordeur van het hospitaal.

'Jij eerst,' zei Groote, 'het is immers jouw idee.'

De deur zat op slot. Miles ging op zijn hurken zitten, bewerkte het slot met Grootes meneer Schroevendraaier en kreeg het open. Ze stapten in de stilte van het verlaten hospitaal.

Groote sloot de deur achter zich. Beide mannen hielden hun wapen voor zich uit, wijzend in het schemerige licht. De foyer was stoffig, lag bezaaid met rommel: resten van papier-maché monstermaskers, feloranje, verschoten folders die de spookhuishappening en andere lang vervlogen oktoberconcerten in clubs aankondigden, weggegooide papieren bekertjes en bierblikjes, een gehavend spandoek, in tweeën gescheurd met daarop: NAAR DE GR RUIMTE.

Ze bleven een volle minuut staan luisteren. Miles' oren gingen suizen van de stilte.

Gr? mimede Groote op de gescheurde aankondiging wijzend.

Griezel, concludeerde Miles. Griezelruimten.

Groote tikte op zijn oor. Luister. En in de stilte hoorde hij een zacht computerachtig gezoem vanuit de gang.

Miles zag dat Andy hem in de gang stond te wenken. Het zweet brak hem uit, op zijn ribben, in zijn keelholte, zijn haar en hij realiseerde zich dat hij banger was dan hij ooit in zijn leven was geweest. Bang voor wat er zou gebeuren, bang voor die psychopaat naast hem, bang voor wat er van hem zou worden.

Groote gebaarde met zijn pistool naar de gang. Ze liepen langs een aantal verlaten kantoren. Gerafelde gordijnen, overblijfsels van het spookhuis, hingen in de vensters, de vertrekken waren helemaal leeg. In het achterste stond een laptop op een klaptafel. Miles liep erheen om het scherm te bekijken.

Er stond een PowerPointpresentatie voor: 'Onderzoeksmogelijkheden voor Geheugen en Trauma: Toepassing van Bètablokkers'.

Al dat bloedvergieten, dat lijden, de miljoenen die op het spel stonden, kwam neer op een PowerPointpresentatie.

Miles zette zijn mond tegen Grootes oor en fluisterde: 'We zijn niet alleen. Sorenson zou dit nooit zomaar achterlaten.'

We gaan in de gang in een hinderlaag liggen, mimede Groote. Hij gebaarde naar de gang. Miles knikte en volgde hem.

Aan het eind van de gang was een open deur in de bakstenen muur. Daarachter tekende zich flauw een vertrek af. Misschien was het ooit een cafetaria geweest, of een ontmoetingsruimte. Nu stonden er nepmuren in, gevormd in een kronkelig doolhof, een opzet van nachtmerrieachtige schilderingen op een zwarte achtergrond, en spiegels die verwarrend en angstaanjagend waren neergezet. Achtergelaten rommel door iemand die Halloween-fundraiser, waarschijnlijk met het idee het volgend jaar weer te gebruiken, voordat Dodd het vervallen gebouw had gekocht.

Miles rook de stoffige geuren die door de lang verwaarloosde open ruimten trokken. In Miami had het als een parfum in de fatale lucht gehangen, en paniek greep hem bij de keel. Hij mocht nu geen flashback krijgen, nee, jezus, houd je hoofd erbij, zei hij tegen zichzelf, laat je brein je niet verraden.

Groote knikte naar hem en Miles ging als eerste door de deur, het pistool met gestrekte armen voor zich uit, bang om te ademen, te denken, te kijken. Geen Andy, geen Allison, geen DeShawn, alsjeblieft, dacht hij. Groote kwam achter hem aan. Het spookachtige huistafereel stond nog in de grote ruimte, monsterlijke gezichten grijnsden hem vanaf triplex en zwarte verf aan: jammerende geesten, sloffende zombies, vampiers met enorme slagtanden, allemaal geconstrueerde speeltjes, valse angst.

Miles klopte Groote op de schouder. Ze hadden niet besproken hoe ze het zouden aanpakken als ze op onderzoek moesten uitgaan. Groote gaf een ruk met zijn hoofd naar rechts, wees naar Miles en gaf een ruk naar links. Miles knikte. Hij bewoog zich naar links, Groote liep naar rechts.

Miles liep door een bochtige gang. Zwarte stof, opgehangen om de activiteiten van het spookhuis te maskeren, aan rafels. Opnieuw stilte.

Andy stond aan het einde van de gang en hij joeg Miles meer schrik aan dan welk zelfgemaakt monster ook. 'Je mag dit niet doen. Sorenson zal je vermoorden. Ik bedoel, ga je werkelijk iemand doodschieten?'

Miles keek achter hem. Allison stond naar hem te kijken, alsof ze wilde weten wat hij nu ging doen. Hij draaide zich met een ruk om naar Andy, maar die was weg. Hij draaide zich opnieuw om en Allison was verdwenen. Maar het gordijn bewoog en dat kwam niet door een airconditioning...

Hij voelde beweging achter zich en draaide zich razendsnel om toen Sorenson door de gescheurde zwarte stof op de hoek afstormde waar Andy net had gestaan, hij hield een wapen op hem gericht en schoot.

De kogels doorboorden het vlees en de spieren van zijn arm en been. Miles schreeuwde het uit van de pijn en viel door het zwarte gordijn in de gang, probeerde slechts dekking te zoeken tussen zichzelf en Sorenson. Nog twee kogels floten boven hem langs, scheurden gaten in de zwarte stof. Hij liet zich plat op de grond vallen en hoorde twee verdwaalde schoten terwijl hij zich met het hoofd naar voren liet rollen naar waar een triplex wandje met een houten steunbeer samenkwam.

In de val. Hij kon niet voor- of achteruit.

Miles rolde weer terug de gang in, de kogels vlogen om hem heen terwijl hij overeind probeerde te komen en hij zag dat Groote door twee kogels werd geraakt, in de borst en schouder. Groote wankelde achteruit, viel hard op de grond, ogen wijd open, op zijn lip kauwend van de pijn en shock.

Miles draaide zich om.

Sorenson liep naar hem toe, het pistool op Miles' hoofd gericht.

59

Miles viel in de stof terug, een Dracula van triplex viel boven op hem, Groote lag achter hem te hoesten en vloeken, schreeuwde naar hem dat hij zijn pistool moest trekken en die klootzak moest neerschieten.

Miles wrong zich uit het nepmonster toen Sorenson een uitval naar hem deed. Miles probeerde te richten, maar Sorenson had hem in zijn schietarm geraakt, en zijn schot miste doel. Sorenson schopte tegen Miles' polsen en het pistool schoot langs de gordijnen. Sorenson sloeg met zijn eigen wapen op Miles' gezicht.

'Ik heb je in Allisons kantoor al beloofd dat ik een einde zou maken aan je pijn,' zei Sorenson. 'Ik houd mijn beloften.'

Sorenson wrong zich langs Miles en richtte zijn pistool op Groote.

Groote probeerde te kruipen en Sorenson schoot hem in het been. Hij richtte zijn wapen, Sorenson schoot hem in de hand.

Hij gilde het uit.

'Miles,' zei Sorenson. 'Wie weet nog meer van vandaag?'

'Niemand. Laat hem met rust.'

'Waar is de rest van die gekkenbende?'

'Na Yosemite... zijn ze allemaal ondergedoken. Ik ben met Groote meegegaan.'

'Bedoel je dat dat stuk stront dat ik achter jullie heb aangestuurd jullie echt heeft afgeschrikt? Wauw. Ik zal bloemen op zijn graf leggen.'

Miles schreeuwde: 'Je wist dat ik een getuige was. Je wilde mij dood als camouflage voor de dood van Allison. Ik moest op hetzelfde moment dood als zij. WITSEC en alle anderen zouden mij de schuld geven, vooral toen de politie mijn dossier op Allisons computer aantrof. Je hebt mij en Allison erin geluisd...'

'Je moet je kansen grijpen wanneer je maar kunt, Miles.'

Groote keek naar Sorenson omhoog, vocht om bij bewustzijn te blijven, het bloed drupte uit zijn mond, zijn neus, van zijn hand. 'Amanda. Amanda. God, help mijn meisje alsjeblieft. Waar is… ze? Doe haar geen pijn. Alsjeblieft.'

Sorenson liep naar Groote.

Miles zag zichzelf op een vloer liggen, de geur van bloed en betongrit zwaar als rook in zijn neus en Andy bloedend op het beton.

Voetstappen die langs Miles liepen, naar Andy.

Andy, Miles roepend, om zijn mammie roepend… maar Miles had hem in de keel geschoten.

Nee. Dat kon niet. Zo is het niet gebeurd.

Miles knipperde met zijn ogen.

Sorenson boog zich over Groote heen. Groote kreunde, brabbelde smekende woorden.

Maar Miles kon Groote niet horen, hij hoorde alleen Andy roepen, Miles, laat ze me niets aandoen, alsjeblieft. Het spijt me. Andy die zijn schouder vastgreep waar Miles hem had geraakt.

Sorenson glimlachte naar Miles. Richtte het pistool op Groote.

De agent keek naar Miles. Richtte zijn pistool op Andy.

Niet nog een keer.

'Amanda…' Groote riep naar zijn afwezige kind, naar de lege lucht.

'Miles, help me,' schreeuwde Andy. '… Alsjeblieft!'

Miles ging staan, strompelde naar de twee mannen, het bloed stroomde uit zijn been, hij negeerde de pijn.

Niet nog een keer. Nee.

Sorenson vuurde twee schoten op Groote af. Het haar op Grootes hoofd woei iets omhoog, hij stuiptrekte nog een keer en bleef toen stil liggen.

De agent vuurde twee keer door Andy's keel.

Miles gilde.

De agent keek naar Miles. Probeerde te glimlachen. Liet het pistool zakken. 'Hij probeerde ons allemaal te vermoorden. Jouw schuld, Miles, je zei iets verkeerds en dat heeft hem gelanceerd. Jouw stomme schuld. Je had je kop moeten houden.'

Miles viel op de grond.

Sorenson richtte het pistool op Miles. 'Miles, jij gaat praten…'

Zijn stem was nu weer kalm, alsof ze terug waren, weer op de pluche leren stoelen zaten in Allisons kantoor. 'Jou hoef ik niet te vermoorden. Maar ik moet weten wat je weet. Ik zorg ervoor dat je Frost krijgt. In ruil voor behandeling vertel je me alles wat er te weten is over wie er achter ons aan zit. Daar kan ik mee omgaan, geen probleem. Ik kon een zakkenwasser als Groote niet in leven laten. Maar met jou kan ik een deal maken.'

'Alsjeblieft... ik vertel alles.' Miles trok zijn knie tot zijn kin op, graaide naar het kleine pistool boven zijn enkel, plakte een pijnlijke trek op zijn gezicht alsof hij overweldigd werd door de pijn. Hij was hem vergeten door de shock dat hij was neergeschoten, van zijn vlucht, dat Groote dood was, dat zijn herinneringen terugkwamen door de kracht van een kogel. 'Ik zal je vertellen...'

Hij trok zijn gewonde been dicht naar zich toe, greep onder zijn broekspijp alsof hij tegen de pijn grimaste. Sloot zijn hand om het kleine pistool.

Sorenson boog zich naar voren en Miles stak het pistool omhoog, vuurde en schoot een keurig net gaatje in Sorensons oog.

Sorenson viel dood neer.

'Ehhh,' zei Miles. Hij kroop langzaam en pijnlijk over het beton, zich bewust van het bloed dat uit zijn been en schouder stroomde, terug naar Groote.

Hij controleerde Grootes hals. Geen hartslag. Hij doorzocht zijn zakken, op zoek naar een mobieltje om hulp in te roepen.

Hij klapte de telefoon open, probeerde met zijn duim het toetsenbord te bewerken.

Hij hoorde voetstappen dichterbij komen. Sorenson had hulp, backup, Miles was nu dood, niets aan te doen. Dit was dood, dit was vrede. Hij kroop, wachtte op de onvermijdelijke kogel die zijn rug zou breken, zijn schedel zou doorboren.

Een gewicht sloeg tegen zijn hoofd, één keer, nog een keer, en toen wist hij niets meer.

60

Het steen voelde koud en vochtig aan op zijn huid. Langzaam opende hij zijn ogen en kwam overeind. Zijn gezicht zat onder het geronnen bloed. Hij droeg alleen zijn T-shirt en ondergoed. Grof verband, uit zijn shirt gescheurd, bedekte de wonden op zijn arm en been. De pijn klopte onder de stof, alsof vingers in zijn wonden rondwoelden en ze willekeurig beklopten. Het was een klein vertrek, de lucht proefde compact en koperachtig in zijn mond, alsof de in de donkere hoeken wonende angst was gegroeid en zijn extract door de vele, vele jaren heen in de stenen had weggelekt.

Het verlaten gekkenhuis. Hij was er nog steeds.

Hij probeerde iets te zeggen. 'Hallo?' Zijn stem klonk gebarsten. Hij schraapte zijn keel. 'Hallo?'

Een paar seconden gingen voorbij. Hij hoorde sloten klikken – meer dan één – en de deur van het vertrek ging open. Iemand stapte in het schemerlicht van de kamer uit het felle licht van de gang. Miles knipperde met zijn ogen en zijn stem stierf in zijn keel.

'Hallo, Miles.' Allison Vance droeg een kostuum, haar haar was lichter, goed gekapt, als op de foto's uit Edward Wallace' huis. Ze bleef op tien pas afstand van hem.

Eerst dacht hij: mijn geest is nog altijd van de wereld, ingestort, en dat hoorde niet, want hij had Andy niet vermoord. Nee. Maar toen zei ze nogmaals: 'Hallo Miles', en haar zachte stem weerkaatste, o zo lichtjes, tegen het steen. In plaats van in zijn hoofd. Toen hief ze een pistool – het pistool dat Groote hem had gegeven, waarmee hij Sorenson had gedood – en richtte dat op hem.

'Allison?' wist hij uit te brengen. 'Allison.'

'Ik heet Renee Wallace,' zei ze.
'Je... heet Allison Vance. Je bent... dood.'
'Nee. Jij bent dood. Tenzij je precies doet wat ik zeg.'
'Je... je hebt me om hulp gevraagd, je hebt me in de val gelokt.'
'Miles.' Ze hield haar hoofd schuin, bood hem de vriendelijke glimlach die ze altijd opzette als ze hem in haar kantoor binnenliet ter voorbereiding op hun gesprek, en zij zou proberen door te dringen tot zijn geheimen uit het verleden. Maar er was geen begrip, geen mededogen in haar gezicht, de bezorgdheid was slechts een uitdrukking die op een masker was geschilderd. 'Ik ben het probleem niet. Dat ben jij.'
'Sorenson zei in Santa Fe... dat hij je niet had vermoord. Ik dacht dat hij loog.' Hij hoestte. 'De veiling...'
'Miles. Er is geen veiling. Nu niet. Ik heb al een koper.'
Ze had hem er weer in laten tuinen. 'Singhal.'
'Ja. Ik gooi het op een akkoordje met je, Miles. Jij vertelt mij wat ik moet weten en ik zorg ervoor dat je Frost krijgt. Ik maak je beter. Je bent een moordenaar, het is een beter aanbod dan wie ook je zal doen.'
'Ik ben geen moordenaar. Ik weet het weer. Ik heb Andy niet vermoord.'
'Ja, dat heb je wel. Ik heb je overheidsdossier gezien, Miles, twee federale agenten zweren dat jij hem hebt neergeschoten...'
'Nee... dat heeft de FBI gedaan... ze hebben me zelfs verteld dat de tape verknoeid was... gaven mij de schuld...'
Ze schudde haar hoofd. 'Jij hebt hem vermoord. Jij hebt Groote vermoord, je hebt Sorenson vermoord. Jij hebt Hurley vermoord. Ik durf te wedden dat je zelfs DeShawn Pitts hebt vermoord.'
'Dat is een leugen. Jij... jij hebt me om hulp gevraagd...'
'Miles. Het enige wat ik hoef te zeggen is dat ik je over het Frost-programma heb verteld, dat je wilde meedoen, dat Hurley je heeft geweigerd. Het is tenslotte bedoeld om onschuldige geweldsslachtoffers te helpen. Mensen als Celeste. Als Nathan. Maar jou niet... jij hebt je beste vriend in koelen bloede vermoord.'
Miles schudde zijn hoofd. 'Nee.'
'Dus je ging door het lint. Je hebt iedereen vermoord die je in de weg stond. Zo zullen de autoriteiten het zien, Miles. Een geestelijk wrak dat hulp werd onthouden.'
'Nee.'

'Je ging op eigen houtje achter Frost aan. Eerst wilde je mij uit de weg ruimen. Ik durf te wedden dat de bomfragmenten die ze in mijn kantoor vinden heel erg lijken op de samenstelling en het ontwerp van de bommen die de Barrada-familie in het verleden gebruikte. Jij kon weten hoe je zoiets in elkaar moest zetten, Miles. Dat kan geen toeval zijn.'

'Je kunt niet verklaren dat je weg was… verdween… na de explosie.'

'Ik was op zakenreis, Miles. Ik had niets van de knal gehoord en je weet dat ik mijn mobieltje in Santa Fe had laten liggen. De omgekomen vrouw was naar kantoorruimte aan het kijken, vermoed ik. Ik kan lang genoeg weer als Allison Vance ten tonele verschijnen tot het hele verhaal achter de rug is, dan vertrek ik uit de stad en niemand maalt erom.'

Hij herinnerde zich de vrouwenstem weer, voordat hij in Allisons kantoor inbrak: een vrouw uit Denver die navraag deed over kantoorruimte. In de krant van gisteren stond iets over een vermiste toeriste in Santa Fe. Jezus.

'Ik moet alleen weten wat er te weten valt.' Ze hield een witte pil omhoog, volmaakt als een parel. 'Het antwoord op je gebeden. De genezing voor je pathetische krankzinnigheid. Je hoeft me alleen maar te vertellen wie nog meer van mij en Frost weet, en me te vertellen waar ik ze kan vinden.'

Celeste en Nathan. Op hen was ze uit. Dan kon Singhals bedrijf ze het zwijgen opleggen. Niemand anders kon haar bedreigen, er was niemand meer in leven die haar iets kon aandoen.

'Dat… dat kan ik niet.'

De akelige valse glimlach verdween, in plaats daarvan verscheen er een kille vastberadenheid. 'Ik zal je niet vermoorden, Miles. Ik maak je finaal kapot. Singhals bedrijf koopt Sangriaville uit Quantrills bezittingen op… ik haak je aan een van Hurleys machines en laat elke afgrijselijke nachtmerrie en trauma in je hoofd afspelen. Ik breek je geest zo grondig dat die nooit meer kan genezen. Ik sluit je voor altijd in dat ziekenhuis op. Niemand zal je ooit komen zoeken. De FBI geeft je op als vermist of dood. Jij en Grootes snotaap, ik gebruik jullie hoofd als mijn onderzoeksspeeltuin. Tenzij je me helpt. Help me en dan zijn we weer vrienden, dan maak ik je beter.'

Grootes dochter moest hier ook ergens zijn, elders opgesloten in dit verdorven gekkenhuis. 'Nee, ik heb Andy niet vermoord. Dat heb ik niet gedaan… ik heb dat spul niet nodig.'

'Je bent geen held, Miles, je bent een waardeloze klootzak van een mafkees. Je wordt nooit beter zonder dit...' en ze liet hem Frost nogmaals zien, een witte ovaal, puur als sneeuw. 'Celeste. Nathan. Zeg me waar ze zijn. Schiet op.'

'Zul je ze geen kwaad doen?' Hij greep naar het verband op zijn been alsof hij stuiptrekte van twijfel en angst.

'Zij willen ook Frost. Zij willen weer gezond en heel zijn. Ik weet zeker dat ik met hen dezelfde deal kan maken als die ik jou nu aanbied.'

Ze zou ze, evenals Victor, allemaal laten vermoorden, dat wist hij zeker. Ze zou hem vermoorden zodra ze hoorde dat ze dood waren, dan had ze niets meer aan hem en ze gokte op zijn wanhoop, geloofde dat hij niet helder kon denken.

'Ik begrijp je heel wat beter dan je denkt,' zei hij.

'Wat?'

'Dat heb je eerder tegen me gezegd voordat... ik geloofde dat je dood was. Het is waar. Het werkt twee kanten op. Ik wil helpen. Wil er niet meer zo aan toe zijn.'

'Vertel op dan.' Ze ging zachter praten.

'Celeste... had een volslagen breakdown. Na de schietpartij in Yosemite. Zij en Nathan. Haar tv-agent heeft geld naar haar overgemaakt en ze hebben een week een huis gehuurd in Fish Camp. Zij en Nathan zijn daar nog steeds. Voor zover ik weet.' Hij leunde tegen de stenen muur. 'Moeilijk voor ons... om in de echte wereld los rond te lopen. Konden er niet mee overweg. Onmogelijk.' Laat haar maar denken dat hij en de anderen niets waren, waardeloos, dan neemt haar waakzaamheid wel af.

'Adres.'

Hij aarzelde. Zij kende de straatnamen van Fish Camp, hij niet. Hij kon moeilijk een adres verzinnen. Door het waas van pijn wist hij dat zijn enige hoop erin lag dat Fish Camp ver weg lag. Wie ze ook zou sturen om Celeste en Nathan te elimineren, het zou uren duren voor die in Yosemite was, en tegen die tijd zou hij dood en bevrijd zijn. 'Ik weet het niet... adressen. Er stonden daar een paar huurobjecten gegroepeerd... achter een supermarkt. Daar zitten ze.'

Ze klapte haar telefoon open, sprak er zachtjes in en herhaalde wat Miles had gezegd. Gaf een telefoonnummer door van een terrein daar. Ze klapte de telefoon weer dicht.

'Ik hoop niet dat je liegt. Ik laat iemand bellen om het te controleren.'

Vergissing. Hij had niet verder gedacht dan de pijn, hun aanwezigheid daar kon met een paar telefoontjes worden ontzenuwd.

Hij had misschien maar een paar minuten voor ze werd teruggebeld en erachter kwam dat hij had gelogen. Geen ruimte voor fouten. 'Dat doe ik niet. Ze waren een blok aan mijn been.' Hij maakte het verband op zijn been los.

'Laat dat met rust, je gaat weer bloeden. Ik wil je bij de les hebben.'

'Het doet pijn.' Hij maakte het hele verband los en grimaste naar het kogelgat in zijn been alsof het een plaatje in een boek was, niet een wond in zijn eigen vlees. Het bloed gulpte eruit. Hij hield het stuk stof tussen zijn handen.

'Ik zei dat je het met rust moest laten.'

'Je had Groote niet moeten vermoorden.' Hij moest het spelletje verder spelen, ervoor zorgen dat ze dichter bij hem kwam, haar laten denken dat er nog een dreiging bestond die alleen hij kon helpen afwenden. Hij viel op de grond alsof rechtop zitten alle energie uit hem had weggelekt.

'Ik heb de wereld een gunst bewezen. Nu dan. Aan wie heeft Groote over Frost verteld?'

'FBI... oude maatjes van hem,' loog Miles. 'Hielpen ons je vriendje Singhal te vinden. Hebben hem naar hier opgespoord.'

Kortstondige angst overschaduwde haar gezicht. 'Ik moet namen hebben.'

Hij liet zijn ogen halfdicht, mompelde. Kom dichterbij, dacht hij. Dichterbij. Ik krijg maar één kans.

Ze deed twee stappen. En bleef staan. Misschien geloofde ze hem niet. Maar hij had haar geprikkeld. 'Miles? Namen.'

Nog drie stappen dichterbij. Hij zette zich schrap om te springen.

Toen hoorde hij een knal, rommelend alsof een tank hard door de voorkant van het gebouw brak. Het gesticht schudde op zijn grondvesten.

Ze draaide zich om en hij sprong, greep naar haar pistool. Het ging af, de kogel floot vlak langs zijn hoofd, ketste op de stenen muur af. Ze schopte hem hard tegen zijn wond, draaide zich om en vloog de kamer uit. Miles strompelde achter haar aan, de pijn gierde door zijn been. Ze bleef boven aan de trap staan, Miles zag dat ze op de bovenste verdieping waren, hier liepen geen trappen meer omhoog.

Ze rende de trap af.

'Allison! Allison!' gilde hij.

En toen hoorde hij een antwoord, boven haar op de trap ratelende voeten uit: 'Miles?'

Nathan.

'Nathan, maak dat je wegkomt, bel de politie, Allison heeft een pistool...'

En toen dat afgrijselijke, laatste gekraak van twee kogels. Miles hinkte de trap af, half vallend, half rennend – de pijn in zijn been was onbeschrijflijk – maar als een uitzinnige vanwege Nathan.

In de hal lag de vernielde voorkant van een sedan tussen de resten van de voordeur, puin en stof lagen op de motorkap en de gebarsten voorruit. De bestuurdersdeur stond open, de auto was leeg.

Nathan was weg.

Miles hoorde voetstappen en draaide zich razendsnel om. Allison rende de hal weer in, de laptop uit het kantoor waar hij en Groote waren geweest tegen zich aangeklemd, het pistool op hem gericht.

'Allison.'

Ze bleef staan, verstevigde haar greep en deed een stap terug.

'Je kunt niet vluchten. Je kunt niet... blijven vluchten. Dat werkt niet.'

'Houd je kop.'

'Vluchten haalt niets uit.' Hij proefde bloed in zijn mond. 'Je redt het nooit. Je kunt niet ontsnappen. Nooit. Als ik het niet ben, dan is het Nathan wel. Celeste. Onze vrienden. Dodds medewerkers. Er komt geen eind aan. Nooit. Je hebt je leven vergooid. Jij bent hier de krankzinnige.'

Haar gezicht vertrok van woede en angst. Ze vuurde op hem en hij dook door de open deur van de vernielde auto.

Ze schoot zijn kleine pistool leeg terwijl ze een uitval naar de auto deed. Hij telde de schoten. Ze vloog naar de deur, richtte op hem en hij schopte met zijn goede been door het open raam, raakte haar borst terwijl haar vinger de trekker overhaalde en slechts een klik voortbracht. Ze wankelde achteruit, verloor haar evenwicht, stootte haar hoofd tegen de brokken pleisterwerk op de grond en bleef stil liggen toen ze op de tegels terechtkwam.

Hij hoorde zijn naam roepen. 'Miles! Miles!'

Nathan.

'Hier!' Miles strompelde naar Allison en trok het pistool uit haar slappe vingers.

Nathans gezicht verscheen in het gat dat de voordeur was geweest.

'Nathan, heilige god...'

'Ik ben geen kluns,' zei Nathan. Hij zette Miles tegen de auto. 'Ik... ik ben jou en Groote vanuit het hotel naar hier gevolgd... Ik wist niet wat ik moest doen... dus wachtte ik... tot ik genoeg moed had verzameld. Toen jullie niet naar buiten kwamen... ik kon gewoon niet zomaar wegrijden. Dus heb ik de huurauto door de voordeur geramd en ben toen hulp gaan halen.' Hij gebaarde naar de puinhoop. 'Wat dacht ik in hemelsnaam wel niet...'

'Nee, je hebt het geweldig gedaan, Nathan.' Hij greep Nathan bij de schouders en omhelsde hem, klopte op zijn rug.

'Ik heb het heus niet voor jou gedaan, Miles,' zei Nathan. Zijn stem klonk koel. 'Op jou ben ik nog steeds kwaad. Ik heb het voor mijn vrienden gedaan.'

'Dat weet ik. Ik ben alleen blij dat je dat hebt gedaan. Dank je.' Hij wist niet wat hij moest zeggen en toen kwamen de woorden, opgeroepen door zijn herinnering aan Nathans nachtmerrie: 'Je hebt het gefikst, man.'

'Ja.' Nathan glimlachte lichtjes naar hem. De buitenspiegel hing aan zijn kabels en hij draaide hem zorgvuldig naar de gehavende auto toe. 'Is Frost hier?'

'Als het niet zo is,' zei Miles, 'dan vertelt zij ons wel waar het is. We hebben gewonnen, Nathan.'

'Ik ben gevlucht toen ze op me begon te schieten... naar een huis verderop in de straat... zij bellen de politie. Die vent is een veteraan. Net als ik.'

'We moeten zo snel mogelijk Victor en Celeste bellen. Blijf hier. Laat Allison niet ontsnappen.'

Miles liep de trap op, riep Amanda's naam. Hij hoorde een zwak antwoord op de tweede verdieping.

De deur zat vergrendeld. Hij maakte hem open en zag een in ziekenhuiskleding gekleed meisje dat zich in de hoek had teruggetrokken, lijkbleek.

'Amanda?'

'Wie ben je?' Ze huiverde bij zijn bebloede gezicht, de open wond op zijn been.

'Een vriend van je vader.'

‘Ik wil naar huis. De geluiden. De stemmen. Het zit hier vol geesten.’

‘Nee,’ zei Miles. ‘De geesten zijn weg. Nu is het oké. Je hoeft nergens bang voor te zijn.’

61

'Werkt het?' vroeg Miles.

'Ja,' zei Amanda. Ze zat op het terras van het ziekenhuis, liet de wind haar gezicht kussen. 'Ja. De magie zit helemaal in die bètablokkers. Ze gooien alle slechte herinneringen overboord. En de therapie helpt mee.'

'Denk je dat ik die pil moet nemen?'

'Ja. Maar ik vind het therapiegedeelte maar niks,' zei ze. 'Ze praten zoveel. Ik heb liever stilte. In de stilte hoor ik de stemmen van mijn vader en moeder.'

'Ze hielden verschrikkelijk veel van je,' zei Miles.

'Dat weet ik.' Ze krabde aan een stervormig litteken bij een mondhoek en hij vroeg zich af hoe ze daaraan kwam. 'Ga jij dat medicijn slikken, Miles?'

'Ik weet het niet,' zei hij. 'Soms worden we sterker van pijn. Soms verzwakt die ons. Ik weet niet wat voor soort pijn ik heb.'

'Je moet het medicijn nemen,' zei ze. 'Het is waardeloos als het zo'n pijn doet dat je leven in puin ligt.' Ze stond op. 'Ik ga Nathan helpen.'

'Waarmee?'

Ze kondigde haar project aan met de ironie van een tiener. 'Het stelt eigenlijk niet veel voor. Ik schilder een spiegel voor hem.'

'Raak er maar niet aan gehecht.'

'Nee. Het is een spiegel voor het moment dat hij erin kan kijken. Aan de zijkanten schilder ik alle NFL-teamlogo's. Hij weet dat hij het zal besterven als hij hem breekt. Ik denk dat hij binnenkort zover is, dus ik moet zorgen dat hij dan af is.' Ze ging aan haar project werken.

Miles keek vanaf het terras naar een nieuweling. Een jonge man met het voorkomen van een soldaat maar met opgejaagde ogen stapte uit een auto in gezelschap van een van Victors pas aangestelde counselors. Sangre de Cristo was door de regering overgenomen, als onderdeel van haar onderzoek naar zowel Quantrill als Dodd. Victor en zijn legertje advocaten hadden over een contract onderhandeld, met veel armdrukken en vriendelijke overredingskracht, om in samenwerking met een gerespecteerde farmaceutische fabrikant een testprogramma naar Frost te mogen uitvoeren. Victor en Celeste begonnen zonder ruchtbaarheid contact te zoeken met de mensen die actief waren op zijn PTSS-website. Ex-soldaten van over de hele wereld. Slachtoffers van misbruik, verkrachting, terrorisme, natuurrampen, die het trauma van hun in de war geraakte herinneringen niet van zich af konden schudden. Een paar keer per dag arriveerden nieuwe cliënten, ze stapten uit een taxi of een huurauto, of werden door familie gebracht, knipperden met hun ogen naar het voor hen oprijzende Sangre de Cristo alsof zijn muren hun laatste hoop betekenden. Victor verwelkomde ze met koffie en een praatje, legde de theorie uit en de mogelijke risico's van Frost, en ze gingen nagenoeg onveranderlijk akkoord met deelname aan de test. De overheid, erop gebrand om Dodds en Quantrills werk te begraven en een wettig medicijn aan te prijzen, had snel haar goedkeuring gegeven. Allison zat in een federale gevangenis haar proces af te wachten.

Miles vond Celeste wandelend langs de rand van de kunstmatig aangelegde vijver achter op het terrein. Ze gooide kiezels in het water. Ze stond ver bij de muren vandaan. Ze hief haar gezicht naar de wind, naar de zon.

'Waar denk je aan?' vroeg hij.

'Herinneren. Niet denken. Gewoon... herinneren. Ik heb twee cadeautjes voor je.'

'Ik ben niet jarig.'

'Verrassing, ja, dat is het. Een nieuw begin. Een nieuw leven.' Ze haalde de bekentenis uit haar zak die hij voor haar had achtergelaten. Ze waren drie weken teruggeweest in Santa Fe, ze had het niet over de bekentenis gehad, hij had er niet naar gevraagd. 'Deze is van jou.'

'Dat vind ik maar een rotcadeau.' Hij staarde naar zijn voeten.

'Maar het is niet de waarheid. Je weet dat je hem niet hebt vermoord.'

'Toch heb ik er een puinhoop van gemaakt. Als ik hem niet in paniek had gebracht...'

'Je hebt hem niet vermoord, Miles, en de FBI gaat de man aanpakken die het wel heeft gedaan.' Ze duwde het papier in zijn handen. 'Het is niet langer een bekentenis, het is het laatste hoofdstuk van je oude leven. Ik zou me maar op een nieuw leven gaan richten.'

Hij verscheurde de bekentenis langzaam in snippers, gooide de dwarrelende stukken in het rustige water.

'Je had het over twee cadeaus,' bracht hij haar in herinnering toen hij klaar was.

Ze antwoordde: 'Ik ga vandaag met het nieuwe Frost beginnen.'

Hij zei niets.

'Ik kan de herinnering aan Brians dood niet verdragen. Ik heb Frost nodig. Dan kan ik weer verder...' Ze legde haar hand tegen zijn wang, sprak *wij* niet uit. Dan kunnen wij verder.

Zou je het ergste moment van je leven willen vergeten? Hij wist dat hij Andy niet had vermoord. Zijn ergste moment was niet dat hij een moordenaar was, maar dat hij niet bij machte was geweest om zijn vriend te redden. Hij wilde nooit meer machteloos zijn. Nooit meer zo alleen. Zijn oude leven kon hij niet terugkrijgen... maar hij zou alles in het werk stellen om een nieuw leven te creëren.

Hij keek naar de tegenoverliggende oever. Andy stond daar nog steeds, schudde zijn hoofd, fronste zijn voorhoofd en zei: 'Nee, doe het niet, Miles, stuur me niet weg. Ik wil blijven. Altijd.'

'Is hij daar?' vroeg ze.

'Ja, en hij is kwaad op me.'

Celeste opende haar gesloten vuist. Een witte pil lag op haar handpalm, wit als de gescheurde snippers die als confetti op het water dreven.

Miles nam de Frost-pil uit haar hand. Hij liet hem in zijn mond glijden, legde hem op zijn tong. Celeste sloot haar vingers om de zijne.

Hij slikte en opende zijn ogen.

'Laten we gaan eten,' zei ze. Hij knikte en liep met haar bij de vijver vandaan, keek niet achterom, omdat, hoopte hij, er voor hem niets te zien was.

Dankbetuiging

Voor het schrijven van *Angst* ben ik velen onbeschrijfelijk veel dank verschuldigd. Grote dank en waardering aan Mitch Hoffman, Brian Tart, Lisa Johnson, Kara Welsh, Kristen Weber, Erika Kahn en iedereen op Dutton en NAL; David Shelley, Jenny Fry, Sheena-Margot Lavelle, Nathalie Morse en iedereen in Little, Brown, VK; en Peter Ginsberg, Shirley Stewart, Holly Frederick en Dave Barbor voor hun altijd parate, verstandige raadgevingen.

Dank ben ik verschuldigd aan Gerald Shur, de oprichter van WITSEC (beter bekend als het getuigenbeschermingsprogramma Witness Protection). Meneer Shur had een prompt antwoord op al mijn vragen. Zijn boek: *WITSEC: Inside de Federal Witness Protection Program* (co-auteur Pete Early, uitgegeven bij Bantam; Nederlandse vertaling: *WITSEC: Binnen het Federale Programma van de Bescherming van de Getuige,* Pocket, april 2003) is een schitterend verslag van hoe het programma werkt en zich ontwikkelt bij de bescherming van federale getuigen.

Mijn dank gaat ook uit naar dr. James L. McGaugh, directeur van het Center for the Neurobiology of Learning and Memory, en professor in de neurobiologie en gedragswetenschappen aan de universiteit van California-Irvine; en dr. Roger K. Pitman, Massachusetts General Hospital en professor in de psychiatrie aan de Harvard Medical School. Dr. McGaugh en dr. Pitman zijn vooraanstaande onderzoekers op het gebied van geheugen en emotie, en ze hebben ruimhartig hun inzichten doorgegeven over hoe we PTSS kunnen behandelen en minimaliseren. Hoewel er op dit moment nog geen medicijn als Frost bestaat, geeft veelbelovend onderzoek naar het gebruik van bètablokkers hoop dat we ooit in staat zullen zijn om de afgrijselijke herinneringen te kunnen afzwakken en de verminkende invloed van PTSS tot een minimum terug te brengen. Dr. McGaughs boek *Memory and Emotion: The Making of Lasting Memories* (Columbia University Press) is een fascinerende en toegankelijke verhandeling over dit complexe onderwerp.

Een volgende dankronde gaat uit naar de schitterende mensen die hun tijd en wijsheid aan me hebben geschonken: dr. Lawrence Hauser, die zo vriendelijk was mij inzicht te verschaffen in PTSS, opgedaan in jarenlange ervaring in de psychiatrische praktijk. William E. Thompson vertelde over zijn ervaringen in zijn tijd in Irak als legerreservist en fotojournalist. Heidi Mack, die www.jeffabbott.com als een goedgeoliede machine beheert, en Jerry Saperstein, forensisch computerexpert (www.civildiscovery.com) en thrillerfan bij uitstek, heeft mijn technische vragen beantwoord. Betty Osborne, Ellen Ray, Pam Kohler en Mark Kohler hebben informatie aangeleverd en waren zo vriendelijk verschillende deuren voor me te openen tijdens mijn verblijf in Santa Fe. Marsha Jackson was een fantastische en ruimhartige gids in Santa Fe en heeft meer vragen beantwoord dan ik kon tellen. Chris McLarry van McLarry Fine Arts, Victoria Price van de Price-Dewey Gallery en David Loren Bass van de Bass-Thompson Gallery hebben hun expertise op mij overgebracht over hoe het er in de galeriewereld van Santa Fe aan toe gaat. David Bailey, hoofd onderzoek naar brand/brandstichting van de brandweer in Austin en mijn vriend en brandweerman L.J. Saul hebben me bijgepraat over explosies en brandscenario's. Paige Johnson van Seton Shoal Creek Hospital heeft mijn vragen beantwoord over psychiatrische benoemingen en beveiliging. Maria Lima, Sandi Wilson, Joy Cocke, Cinco Cocke en dr. Jill Grimes, krijgen allemaal een gouden ster vanwege hun hulp en steun. Elke fout of overdrijving in het kader van dit boek valt onder mijn verantwoordelijkheid, niet onder die van hen.

Grote dank aan mijn oude vriend David Schmid omdat hij Yosemite voor me heeft doorgelicht en omdat hij niet dacht dat ik gek was geworden toen ik tijdens een rit naar de prachtigste plek op aarde bedacht dat daar een schietpartij en een autoachtervolging moest plaatsvinden. Ook dank aan zijn vrouw Jennifer, en hun zoons Daniel, William en Andrew, voor hun gastvrijheid tijdens mijn verblijf in Californië. En ten slotte mijn diepste dank aan mijn vrouw Leslie, mijn zoons Charles en William, mijn moeder Elizabeth en mijn stiefvader Dub, voor hun ongelooflijke aanmoediging en steun.